春声赋

张炜

创作40年

论文集

山东省档案馆 编

山东大学出版社

*

《春声赋——张炜创作40年论文集》
编委会

*

前言

2014年11月22日上午，由山东省档案馆主办，山东省文艺评论家协会、山东省新华书店协办的“张炜创作40年研讨会暨手稿、版本展”系列活动在山东省档案馆举行。山东省档案馆从所藏10000多件张炜手稿、著作版本及其他材料中，采撷部分精品和素材举办此次展览，张炜也将其8部中长篇小说手稿捐赠给山东省档案馆。山东省委副秘书长、省档案局局长杜文彬致辞并为张炜颁发了捐赠证书。山东省委宣传部副部长王红勇、山东省作家协会党组书记杨学锋出席并讲话。山东省人民政府特邀咨询张建国和杜文彬、王红勇等为《张炜文集》(48卷)首发式揭幕。30余位作家、诗人、评论家参加了研讨会和有关活动。研讨会后，省委常委、宣传部长孙守刚，省委常委、秘书长雷建国等同志参观了“手稿、版本展”。

“民间收藏张炜著作版本、手稿展”也相继在济南泉城路新华书店和青岛书城举办，展出济南藏书家张期鹏和周村藏书家袁滨收藏的部分张炜著作版本、手稿，受到广大读者欢迎。

张炜是山东省作家协会主席、中国作家协会主席团委员，是新时期以来一直活跃在当代文坛上的重要作家，是“文学鲁军”的代表、山东文学界的领军人物。张炜自 1973 年开始小说和诗歌创作，至今已发表作品 1500 多万字，包括 19 部长篇小说和大量的中短篇小说以及诗歌、散文、文论作品，在国内及海外出版单行本 500 余部，作品被译成英、日、法、俄、韩、德、瑞典等多种文字，获得了包括茅盾文学奖、全国精神文明建设“五个一工程”奖、全国优秀短篇小说奖、全国优秀长篇小说奖在内的 70 多项国内外重要文学奖项。其代表作《古船》分别被两岸三地评为“世界华语小说百年百强”和“百年百种优秀中国文学图书”；《九月寓言》与作者分别被评为 20 世纪“九十年代最具影响力十作家十作品”；《你在高原》获得第八届“茅盾文学奖”、《亚洲周刊》“全球华文十大小说”等 10 多个奖项。其小说还被法国等国家教育部列为高等教育教材，成为高等教育考试必读书目。

张炜从事文学创作 40 年间，一直潜心耕耘、笔耕不辍，对文学写作有深深的敬畏和热爱，以其丰富的、高品质的作品为繁荣文学事业做出了重要贡献，得到国内外文坛的广泛关注和高度评价。国内外著名作家、学者葛浩文、罗伯特·鲍曼、坂井洋史、居里安·安妮、关根谦、王蒙、铁凝、严家炎、陈思和等人对张炜的文学作品给予高度评价。美国著名汉学家葛浩文说："张炜是中国当代创作最丰、最受推崇的作家之一。《古船》开始创作时年仅27岁，无论在内容、风格还是历史视角方面，都称得上突破之作。张炜创造了中国小说的一座里程碑、一部对一切人类进行言说的作品。在西方，张炜一直是个谜一样的人物。"美国出版索引学会创会主席罗伯特·鲍曼称："我自九十年代初就一直关注张炜的创作，我高度评价《古船》《九月寓言》和《蘑菇七种》等作品。这是我最喜欢的中国作家。他描写历史和现实的令人惊愕的真实，都深刻地打动了我。"著名作家王蒙称他"是中国当代最富创造力和用心灵写作的作家之一。他是纯文学园地上执着的坚守者；是一位充满深情和深挚的忧患感的书写者；他始终以理想主义的诗情而高歌低咏"。著名学者、北京大学教授严家炎在《二十世纪中国文学史》中认为："张炜是思想底蕴上最为深厚和深邃的小说家之一，自鲁迅以后，二十世纪中国文学史中像张炜这么注重作品的思想性和哲学内涵的作家,已经不多了。”复旦大学教授、著名学者陈思和说:“中国很多作家是学会了在浑浊的世界里面看问题。张炜却始终是一个例外,他是在这个浑浊世界上面升到一个清流世界。这个世界,我认为是张炜独创的,他是继承了文艺复兴以来文学经典中走向高尚境界这一路的血脉。”

张炜在 40 年笔耕的同时,也始终坚持在基层、在民间和田野行走,把创作的根深扎在生活的土壤里。从 1987 年到 1996 年,他先后在基层挂职达 9 年之久。这期间,他在繁忙的工作之余,坚持扎根人民、深入基层,从基层生活、普通民众身上提炼生活、汲取素材,与人民同命运共呼吸。他曾长期坚持在齐鲁大地上行走,深入胶东半岛的 100 多个村庄,做了大量的乡村调查,掌握了大量的素材资料,这是他能够持续不断地创作出一系列优秀作品的重要基础。

张炜在文学创作获得丰硕成果的同时,为推出文学新人付出了大量心血。他每年都无偿为基层作者辅导,并为学术文化交流和大学教育事业付出了许多劳动。张炜先后受邀到德国柏林大学、纽约格林威治村作家书坊、美国哈佛大学、韩国仁荷大学、日本佐贺市访问交流；多次在中国台湾、香港地区举行新书发布会、讲演、授课等形式的文学交流活动。从20世纪80年代末开始，张炜在紧张的文学创作之余，受邀担任香港浸会大学、华中科技大学、中国海洋大学等众多高校的驻校作家、荣誉院长或研究生导师，到美国哈佛大学、法国语言文化大学、德国柏林大学、意大利东方大学、土耳其海峡大学、北京大学、复旦大学、武汉大学、华东师范大学、山东大学等著名高校讲演，受到学术界、文化界的高度赞扬。

张炜与山东省档案馆有着很深的渊源。他曾在那里工作过四年半时间，与档案工作结下了不解之缘，是全国唯一一位从兰台走出来的著名作家。在省档案馆工作期间，张炜通过档案收集了大量的创作素材，这成为他文学创作无穷无尽的源泉。他说："档案能激发灵感，提供素材，如果没有在省档案馆的工作经历，对我的文学创作来说是无法想象的。"因此，当省档案馆提出保存张炜的手稿时，他欣然同意，并给予大力支持。目前，山东省档案馆收藏了张炜的《古船》《家族》《九月寓言》等手稿及各种著作、资料等

10000 多件。这将为海内外中国当代文学的版本研究、作家传记研究、创作心理研究、作家心态研究提供重要而珍贵的研究资料。

为纪念张炜创作 40 年，山东省档案馆特将张炜创作 40 年研讨会与会者的发言和征集到的部分论文编成是书，以飨读者。同时，聘请张炜著作版本收藏者、研究者张期鹏先生为执行主编，谨致谢意。

山东省档案馆

2015 年 7 月 20 日

/ 目录 /

第一辑　印象·散记

第二辑　专　论

附　录

第一辑

印象·散记

■王红勇*

在“张炜创作40年研讨会暨手稿、版本展”开幕式上的讲话

各位作家、评论家：

大家上午好！

很高兴参加由山东省档案馆主办，山东省文艺评论家协会、山东省新华书店协办的“张炜创作40年研讨会暨手稿、版本展”系列活动。首先，我代表省委常委、宣传部长孙守刚同志和省委宣传部对这次系列活动的举办表示热烈的祝贺，对张炜主席多年来为山东乃至全国文学事业做出的突出贡献表示衷心的感谢！

山东作为中国传统文化的重要发源地，自古以来文脉昌盛、人才辈出，一代代山东作家，汲取传统精华、肩负时代使命、坚守创新精神、扎根现实生活、关注国计民生，创作了一系列散发着独特魅力的优秀文学作品。改革开放以来，更涌现出了一批在全国文学界有重大影响的作家，形成了“文学鲁军”。我个人认为，张炜主席是文学领域的孤独的坚守者、辛

---

* 王红勇，山东省委宣传部副部长。

勤的耕耘者，没有在市场经济的大潮中迷失方向。如果没有这种坚守、这种执着、这种担当，就不会有洋洋洒洒1500多万字的作品，就不会有蔚为大观的48卷本《张炜文集》，他的这种坚守精神和人文情怀令人钦佩。

今天，我们在这里共同举办“张炜创作40年研讨会暨手稿、版本展”，用这样一种形式表达对张炜主席40年创作生涯及成果的赞誉和祝贺，我觉得特别有意义。48卷《张炜文集》的首发和多种版本著作的展览，集中展示了张炜主席丰硕的创作成果。在各种收藏热盛行的今天，捐赠手稿显示了张炜主席无私的情怀。举办张炜创作40年研讨会，回顾他40年文学创作的历程，总结他的创作经验和风格特色，必将对山东乃至全国文学事业的繁荣发展产生积极的影响。

文学是社会主义文化建设的重要组成部分，在实现中华民族伟大复兴“中国梦”、建设社会主义文化强国的伟大实践中担负着重要而神圣的使命。优秀的文学作品，承载着人们的生活、情感和梦想，标志着一个民族的思想深度、文化厚度和精神高度。时代需要优秀的作家，人民呼唤伟大的作品。2014年10月15日，习近平总书记主持召开文艺工作座谈会并发表重要讲话，提出了一系列新思想、新观点、新论断、新要求，亲切中肯、语重心长、饱蘸深情，充分体现了党中央对文艺工作的高度重视和关怀，具有很强的思想性、理论性、针对性和指导性。11月19日，中宣部召开文艺界“深入生活、扎根人民”主题实践活动电视电话会议，号召广大作家、艺术家深入学习贯彻习近平总书记重要讲话精神，扎实开展主题实践活动，在深入生活、扎根人民中提升思想和艺术境界，创作更多无愧于时代的优秀作品。总结张炜主席的创作经验，“深入生活、扎根人民”就是非常重要的一条。他从1987年到1996年，受省委组织部派遣，先后在龙口市挂职副市长、副书记达

9 年之久。期间，他在繁忙的工作之余，坚持扎根人民、深入基层，从基层生活、普通民众身上提炼生活、汲取素材。他还长期坚持在齐鲁大地上行走，深入胶东半岛的许多村庄，掌握了大量的素材资料，这是他能够持续不断地创作出一系列优秀作品的重要基础。文学创作的根在基层、本在群众。人民群众的历史创造活动是文学创作的丰厚土壤和源头活水。对社会实践有深刻体验，对日常生活有深切介入，作品才能内涵丰富、形象生动，才能情感真挚、打动人心。

习近平总书记指出："推动文艺繁荣发展，最根本的是要创作生产出无愧于我们这个伟大民族、伟大时代的优秀作品。"优秀文学作品的大量涌现，是文学事业繁荣发展的重要标志，是建设文化强省的重要支撑。全省广大作家和文学工作者要认真学习贯彻习近平总书记一系列重要讲话精神，坚持以人民为中心的创作导向，坚持为人民服务、为社会主义服务这个根本方向，把爱国主义作为文艺创作的主旋律，把满足人民精神文化需求作为出发点和落脚点，以张炜主席为标杆，深入生活，扎根人民，密切关注现实，紧扣时代脉搏，牢记创作是自己的中心任务，作品是自己的立身之本，努力创作更多有筋骨、有道德、有深度的优秀作品，推动我省文学事业的繁荣发展。

最后，祝张炜主席创作 40 年研讨会等系列活动圆满成功！

2014 年 11 月 22 日

■杨学锋*

在“张炜创作40年研讨会暨手稿、版本展”开幕式上的讲话

各位作家、评论家，朋友们：

大家上午好！

今天，我们一起来回顾张炜主席40年文学创作的不平凡经历，对于展示其40年来的创作成果，总结其创作的艺术特色，促进全省文学创作的繁荣、文学事业的发展具有十分重要的意义。首先，我代表省作家协会向研讨会的召开和手稿、版本展的举办表示热烈祝贺！向多年来重视、关心文学事业发展并主办这次研讨会暨手稿、版本展的山东省档案馆表示衷心的感谢！向参加活动的各位作家、评论家表示诚挚的问候！

张炜主席的文学之路，从农村起步，由早期田园牧歌式的赞美，到深入地审视社会巨变，又到回归故地、回归田园精神与大地文化，进行文化与精神的寻根，这种创作历程的变化在某种程度上折射了当代知识分子的精神追求的历程。在浮躁喧嚣的今天，他始终以一种慎独平和的心境、严肃执着的态度进

* 杨学锋，山东省作家协会党组书记、副主席。

行自己的文学创作，展示了他对文学的坚守和追求，展现了一位当代著名作家的风采，为扩大山东文学的影响发挥了积极作用。

今天，我们在此举办“张炜创作 40 年研讨会暨手稿、版本展”，既是对张炜主席 40 年文学成果的一次展示，也是对山东文学创作近年来取得的重要成果的集中展现。张炜主席多年来一直坚持高品质的文学创作，坚守文学素养和艺术追求，这种对文学创作孜孜不倦、执着追求的精神值得我们广大作家和文学工作者认真学习，山东文学事业的繁荣发展需要这种文学精神的支撑和推动。

当前，山东文学事业正处在一个新的发展阶段。在省委、省政府的正确领导下，在省委宣传部的直接指导下，省作协紧紧围绕“多出精品，多出人才”的中心任务，认真履行“联络、协调、服务”的职能，不断创新体制机制，进一步建立完善文学精品激励机制、重点选题策划机制、重点作品扶持机制、作家深入生活长效机制、签约作家培养机制、青年作家培训机制、专家咨询评价机制等一系列培养优秀作家、促进精品创作的工作机制，加大作家培养扶持力度，积极营造良好的创作环境，努力把作家的智慧和力量凝聚到探索创新、打造精品上来，全省文学事业和作协工作开创了新局面，推出了一批思想性、艺术性俱佳的优秀作品，为文化强省建设做出了新的贡献。

山东文学事业的发展，需要广大作家的潜心创作、共同努力，更需要在座各位专家、学者、评论家的帮助和指导。恳请各位专家继续关注山东文学事业，支持山东文学事业和作协工作，帮助山东作家不断丰富作品的表现形式，提升作品的艺术境界，创作出更多富有齐鲁风格、山东气派的优秀文学精品。

最后，再次向张炜主席表示祝贺！预祝张炜主席在未来的文学道路上不断推出更多精品佳作！

2014 年 11 月 22 日

■王凤胜等

“张炜创作40 年研讨会”发言摘录

王凤胜（山东省文联名誉主席，山东省文艺评论家协会主席）：

首先代表山东省文艺评论家协会对张炜创作 40 年研讨会系列活动表示祝贺，这是在山东乃至全国都很有意义的一件事。刚才看到 48 卷《张炜文集》，真是令人震撼。在这几十年当中特别是近些年来，在社会如此浮躁，人们把金钱和名利看得很重的情况下，张炜一直不受外界影响，潜心创作，而且每个作品都有相当高的思想和艺术水平，体现了一个思想家的高度和深度。这一点在当代作家中尤其珍贵。今天参会的老中青评论家都在，评论家们对张炜的创作包括他的思考应该再探索、再认识。我们应该用更广阔的视野来看待张炜，研究张炜要深入到他的灵魂当中，深入到他的思考当中，深入到他对人性、生命和人类的社会价值的探讨当中。祝愿他永远保持着诗心和童心，创作出更多更好的作品。

邱勋（山东省作家协会原副主席，作家）：

从张炜的两本小书说起。十几年前，山东文艺出版社出版了张炜的两本小书：一本叫《心仪》，写了外国作家——俄罗斯作家、欧美作家、拉丁美洲作家、日本作家等。这些作家中有大家比较熟悉的，像托尔斯泰等，其他我大约能知道10%，90%的我未读过其作品。张炜则对这些作家如数家珍，他的阅读量之大、阅读面之广、对这些外国作家的认识和了解之深，令人惊叹。比如，他在托尔斯泰的墓地前，对其一生的思考，对其作品的评价，令我读后非常吃惊。张炜用什么时间读了这么多作家的作品，而且是这么深入？张炜说他每天一定要抽出时间读十几页到几十页经典作家的作品，他说是为了避免浮躁。他读外国作家是一个一个地读，从作品到传记，到同时期人和后人的评论，我非常吃惊他是如何挤出这么多时间的。

还有一本叫《他们》，写的是小动物。由于当时的社会原因，张炜小时候住在大森林里，天天与小动物为伴，天上飞的、地上跑的、水里游的、土里钻的他都非常熟悉。这些小动物我大体知道1/3，2/3我都不知道。他和这些小动物的关系非常好，这就说明了一个问题，他把这些动物当成人类族群的一部分，非常平等地对待，他和每个小动物都有一个故事，写得很精彩，适合孩子读。他那么熟悉这些小动物，而且与小动物有许许多多灵异的关系，他说动物到子夜时分要变成人，和人说话，他们可以互相交流。他和动物的故事太多了，有的时候我们说这种灵异是迷信，其实不是，人类和动物植物是有一种方式交流的，可能现在我们是不了解的。

总而言之，从这两本书中我看到了一个深入阅读的张炜，一是对文学的深入阅读，一是对生活的深入阅读，我觉得这是张炜创作源源不断出现新高峰的支撑点。

孔范今（山东大学文学院原院长，山东省文艺评论家协会顾问，评论家）：

作家张炜和张炜创作的出现是当代文坛的幸事。和张炜的初次相识是1986年开《古船》的讨论会，当时正处于文化艺术界和思想文化界集中精力反思历史重启启蒙之际，张炜的创作很别样而且更具真实的历史景观。在这里我们看到的是，在历史巨变中人性与生命救赎的复杂而深刻的别样的艺术呈现，还有文章字里行间别样的历史观、文化观。说到人类文化和人文精神，直到今天仍然是一个认识十分混乱和模糊的问题，这和几百年来人类变革的历史有关。特别是现在，历史变革到了一个十分重要的时期，引起了一些混乱，人文秩序沦落，人文意识沦陷。

因此，张炜的《你在高原》有着极其特殊的意义。因为《你在高原》就是在这种情况之下，建造起了人文精神的文学的高原，对人类社会的震撼是极其深刻的。所以我说在人类感叹人文精神大面积沦落和文学艺术堕落之时，《你在高原》的面世意义非凡。张炜数十年的思考和创作都是牢牢地守住人文立场，所以张炜及其创作在今天出现是当代文坛之幸也。

宋遂良（山东师范大学文学院教授，评论家）：

我觉得张炜心气很大，孤独的张炜陷入深思，世界就要警惕了，他什么都能想到。张炜写《古船》的时候找了一个写作的地方叫第五招待所，他说每天早上去时都是靠着墙根走，生怕碰到一个熟人，来一辆车，把他的思绪打乱了。他是呕心沥血地把文学当作自己的生命。他广泛地阅读各种文学作品，他很严格，又很固执，我觉得这是成为大作家的条件。当20世纪80年代大家还在埋头写伤痕写苦难写改革的时候，张炜已经开始写他清新、自然、美丽的农村的东西了；等到别人批判的东西写得差不多了，他又开始写《古船》，然后又转到自然。所以他是从自然土地开始，然后转到社会批判，再从社会批判回归到自然和人类，将二者结合到了很高的境界。我是亲眼看着他一步步成长起来的，我现在已经跟不上他的作品了。我老了但他还没老，所以我希望年轻一代搞文学创作的朋友能够好好地传承张炜的精神，把山东文学推上去。

王兆山（山东省作家协会原巡视员，作家）：

张炜担任山东省作家协会主席以来，在从事文学创作工作的同时也从事文学组织工作，我想谈一下张炜在文学组织工作方面的情况。张炜从事文学工作几十年来，尤其是担任作协主席之后，在文学创作上仍然具有较高的文学表现力、文学精神和深厚的人文关怀，这一点同样也用在了他所从事的文学组织工作上面。在这方面我的感触是很深的，因为我和他配合的时间最长。他认为作协的主要精力要放到文学创作的繁荣和文学人才的培养上，包括我们作协的一些活动，文学比赛、文学评论、文学研讨、深入生活等等，都要围绕着“出作品、出人才”来抓。由于张炜思想明确，所以我们作协在开展工作的时候就比较方便，比较大胆。只要这个活动可以出作品出人才，创作再忙，工作再忙，他本人也要在百忙中抽空参加。

刘玉堂（山东省作家协会原副主席，作家）：

参加张炜创作 40 年研讨会，很兴奋也很振奋。我想到了张炜的创作对我个人创作的启示。我跟张炜认识 30 多年了，30 年间我们的文坛发生了好多事情，对文坛冲击很大。张炜比我小了八九岁，但是在我心中一直是少年老成，他对我文学创作上有很大的支持。张炜开始写作的起点非常高，当我们还在受政治因素影响，文学为政治服务的时候，他的创作就按照文学规律来。我一直相信一句话，“一个人靠小聪明能够获得一个小成功，而聪明加刻苦能够获得终生的成功”。张炜就是这样做的。张炜创作 40 年间，中国文坛风风雨雨，要想始终坚守思想道德和创作高地是非常非常难的，但张炜从来都没有动摇过。对人、对社会、对文坛的看法，一直都很冷静。张炜是山东文坛的旗帜，尽管比我小，但永远是我学习的榜样。

谭好哲（山东大学文学与新闻传播学院教授，山东省作家协会副主席，山东省文艺评论家协会顾问，评论家）：

1993 年我写过一篇文章，题目叫《张炜的意义》，当时主要是从文学的角度来说明张炜在中国文坛的价值和意义，在那之后也写过几篇小文章。为了参加这次研讨会，我重翻自己过去写的东西和学术界、评论界写的评论文章，我觉得我们有一点写得不正确，就是只从文学的角度探讨张炜的价值和意义，是远远不够的。我就想了这样一个题目，叫做《作为思想家的张炜——张炜的意义再探讨》。谈到文学和思想的关系，我想大家都还记得，张炜在《你在高原》的前言中写过几句话，说作品的背景是“茂长的思想、豪放的记忆和生猛的心”，我觉得“茂长的思想”可以用在对张炜作品的把握当中。我看他写的《俄罗斯思想》，里面一大半人物其实写的不是思想家，都是写的俄罗斯最伟大的作家和批评家，他们在 19 世纪时思考俄罗斯到底往哪里走，是那个时代最智慧的人的思想和思考。在这样一个意义上，我们来看他 40 年的创作和中国文学的契合，他的思想上的意义，我想是很有价值的。他不是追逐各种理论性的话语，而是借助自己的感受、生存体验、广博的知识和独行者的思考去介入我们这个时代最根本性的问题。

新时期以来我们中国思想界所要解决的恐怕主要是三个问题：一个是在新秩序的重建中，中国人的生存是怎么安定的。第二个是在中国这块大地上，人和山河大地的关系怎么处理，这就有了后来的生态文明。第三个，我们这个有着五千年文化传统的民族，在今天的发展当中要建立一种什么样的文化观。

从这三个方面来看，张炜始终坚持一种伦理取向的思想介入方式。所以我把他概括为人道伦理，他更强调了伦理当中人性的尊严、生存的公正、个体生存的自由权利等。有人说张炜是“大地守夜者”，我认为他体现的大地伦理是目前生态文明建设当中非常前沿的东西。西方生态美学中有一个“地母伦理”，整个宇宙以地母为基础生长出来。大地情怀、大地伦理是张炜作品非常突出的特色，所以他评价一个人不是单纯评价人，还要看这个人和动物的关系，他是双重评价。另外，张炜在文化建构上对恶俗低俗文化的批判，力倡一种清明的、向上的、向善的，能够促进人与自然和谐的文化取向，也是我们文化界应该特别重视的。

李掖平（山东师范大学传媒学院副院长、教授，山东省作家协会副主席，山东省文艺评论家协会顾问，评论家）：

刚才接受电视台采访的时候我发自内心地说了几句话，尽管我一直以为我对张炜主席的创作有个较为系统的、比较深入的阅读与了解，但当我看着那皇皇巨著，那么多版本，那么多手稿的时候，我还是震撼并且震惊。因为我觉得对始终在纸上书写着爱、温情和真情的作家来说，没有什么比悲悯、担当、坚守更重要的了。今天我就用这几个语词串联起我对张炜创作的感受。第一个是悲悯。但凡一个伟大作家，必须要有悲悯的情怀。张炜的悲悯不仅给予社会底层的人，更重要的是给予世界上所有的人和阶层，更难能可贵的是，他把悲悯给予令人忽视的小生命，甚至是异类、古灵精怪的小动物。在地母般的情怀里他把自已纸与笔的温情持续了 40 年。40 年对每个人来说都是极为重要的漫长的阶段，张炜坚持下来了，全然赋予了他这种悲悯的精神和坚守。第二个就是担当。张炜一直不肯放弃对中国历史的思想审视和文化考辨，尤其是文化批判，涉及了改革开放以来各个领域中不尽如人意、违反人性、有悖伦常、与历史文明前进节奏背道而驰的假、恶、丑的东西。张炜几乎覆盖了文化批判的各个方面，而且在一些宏大的、深刻的、久远的话题上始终坚守着严肃的审视和批判，甚至是刻薄的审视和批判，我觉得这也是一个作家非常难能可贵的。第三个就是坚守。他坚守的是对人类生存的终极意义和重要价值的不懈思考。中国传统文化是不主张文人或作家追寻那些好高骛远的、玄妙的、形而上的话题的，所以我们才有“不知生焉知死”的古人教诲，而西方哲学则是“不知死焉知生”，张炜的创作坚守的思想立场既有“不知生焉知死”的接地气、沉着和务实，又有“不知死焉知生”的超越和提升。这种形而上的追索和具体的形而下的关爱成就了一个完整的张炜。所以他的文学体现出来的不仅是一个作家的意义和位置以及由此产生的影响，他已经波及思想界、文化界甚至宗教界。尽管他不写纯粹的宗教题材，但他对理想直奔而去的义无反顾，我觉得就是一种宗教情怀。因此在这种悲悯、担当和坚守中我看到了一位在文学坎坷之路上的作家的勇气。诚挚地祝福张炜，致敬张炜，学习张炜，也期待张炜今后创作出更多震撼思想界、文化界、文学界的大作和力作。

杨枫（山东省文联副主席，山东省美术家协会副主席，艺术评论家，画家）：

我和张炜是 40 年的朋友，他既是我的老师，又是我的兄长，多年来在精神上、生活上牵着我的手，教我一步一步往前走。我给大家讲几个亲身经历的小故事，从中大概可以反映出张炜取得今天成就的一个精神层面上的底色。我和张炜经常去散步，一天傍晚看到有位将近 70 岁的老太太，是捡垃圾的，用一个自行车拉着往垃圾场送。张炜看到了，立刻上前帮她猛推上去，并将身上带的钱都给了老太太。这还不算，回到家后他就给市长热线打电话。我觉得一个文人的关怀应该是像张炜一样非常具体的，具体到一个人。他的作品、人格和行为是一致的。20 多年前，在省体育馆前面有一片窝棚，好多流浪汉住在那里。那时候张炜正在写《古船》，住在团省委，连续好几年中秋节他都要去送月饼，送给那些无家可归的人。还有就是前两年，有天下大雪，他说我们不散步，到诊所去看看吧。然后，我们就专门去社区开的很小的诊所，先后去了好几家，看有没有需要帮助的人。就是这些具体的事儿，具体的关怀，铺就了张炜生命的底色；也是这种善良，成为张炜作品的精神内涵。

杨守森（山东师范大学文学院教授，山东省文艺评论家协会顾问，评论家）：

张炜在创作方面的追求、孤独的坚守令人感动。一个作家的成功离不开这种执着的寻找精神，张炜正是因为这种精神才能取得这么辉煌的成就，这是我们文艺工作者需要学习的。张炜是令人向往的学者型作家，有很多自己的思考。他提到过很多文学理论方面的问题，对我们从事文学理论研究很有启发意义。比如他讲到作家的小个性和大个性问题。他说作家光有小个性、小技巧、小聪明不行，要有大个性。他还说，爱文学就是仁慈，文学本身是很神圣的。按海德格尔的说法，现在我们人类世界是黑夜时代，伟大的作家应该在这样的时代里道说神圣。没有仁慈之心，没有对文学的敬畏没法道说神圣。我觉得这跟张炜对文学的理解有关系。如果每个人都能做到仁慈的话，我们这个世界将会好很多。另外他讲过不为读者写作，也可以引起我们深思。这防止了某些方面迎合世俗、满足欲望的要求，不考虑这个就可以避开这些诱惑。他还提出过文学想象根本上来说是语言表现问题。很多人讲文学想象时都是从观念、思考、意识这些角度，实际上从文学创作角度而言，一切都要落到语言上，所以真正的文学语言一定是高妙的想象语言。这些对我很有启发。

陈文东（山东省作家协会创联部主任，山东省文艺评论家协会顾问，评论家）：

我想谈一谈自己的两点感受。

一，张炜用他的作品为我们奉献了一座文学高原。从作品来说，张炜通过 40 年的潜心写作为我们奉献了一座壮美的高原。我这样说，一是因为张炜的创作体量大，1500 多万字的数量绝对是少有企及的。二是因为张炜作品的质量高，他从初入文坛之时就是高起点，甫一露面，就以《声音》《一潭清水》获得全国优秀短篇小说奖，直接到了一个较高的层次之上，到了高原之上。不像有的作家一样，从稚嫩到成熟，有一个清晰的成长过程；也不像一些作家一样，出几部有影响的作品，鼓起一个小山包，到小山顶上露露脸，就再也不见踪迹了，再也没有进步了。

我用文学高原来概括张炜的作品，而不是用高峰来概括，是因为我觉得高峰一般来说只有一座，如果单独用高峰来比喻张炜的作品，就显得单薄了。高原比高峰更壮观，更宏大，更富内涵与宝藏，高原之上可以有高峰，因而也就更能代表张炜文学作品的特征。张炜的文学高原也不是一般意义上的高原，他的高原不是黄土高原，而是青藏高原，上面有着一座又一座的高峰。张炜的《古船》《九月寓言》《外省书》《你在高原》等一部又一部作品，就如青藏高原上的乔戈里峰、洛子峰乃至珠穆朗玛峰一样。张炜的文学高原上，有数不清的宝藏需要我们去挖掘、去认识，有一座又一座高峰等待我们去览胜。

二，张炜用他的创作历程书写了一个作家传奇。作为一个作家，张炜的创作历程完全可以用传奇来形容。他是一位始终保持着旺盛创作活力的作家，一位在文学创作上有着很好的可持续性的作家。

很少有作家像他这样创作时间这么长。40 年间张炜的创作一直持续不断，经常有新作问世。这在从事纯文学创作的作家中，是非常难得的。和张炜同时开始写作的作家，只有少数人还在坚持写作。很少有作家像他这样创作数量这么多。无论从发表作品数量，还是出版作品数量，在从事纯文学创作的作家中，他都应该是首屈一指的。很少有作家像他这样创作质量一直这么高。张炜始终坚持高品质的创作，在当代文学史上写下了浓墨重彩的一笔。40 年来，张炜的作品始终是文学评论界的关注点，每一部新作问世，都能引起人们的关注和思考。中国作家协会主席铁凝说张炜“不断地给中国文坛制造惊奇”，非常恰切。很少有作家像他这样得到国际文坛这么广泛的认可。张炜的作品已经被译成英、法、德、俄、日、韩、瑞典等多种文字，已在海外出版了 30 多部作品。其小说还被一些国家教育部列为高等教育教材，成为高等教育考试必读书目。很少有作家像他这样能够自如地进行各种文体的写作。小说、诗歌、散文、文论，不管哪一种文体，张炜的创作量都非常大，质量都非常高。从这个意义上说，张炜是一个真正意义的作家，而很多的写作者，只是一个小说家、诗人、散文家。对于一个真正意义的作家来说，文体不应该成为他写作的羁绊，他可以自如地穿梭于各种文体之中。很少有作家像他这样一直保持这么深刻而敏锐的思考。张炜是一位思想性的作家，他始终坚持在文学的世界中书写自我的体验与反思、对人性的洞察和对灵魂的拷问。张炜和他的作品已经成了一代知识分子精神的象征。

我深信，张炜的作家传奇一定会更加精彩。

宫明亮（山东省文联文艺创作研究室主任，作家）：

张炜是我的从业老师，是把我带入文学之路的引路人。我大学毕业后，拿着习作去找他，想从他那儿获得一些文字经验。他耐心地指导我，其中有一句话我至今难忘："对一切黑暗的东西，都要仇视！"

这么多年过去了，当时的情景仍历历在目。这句话也一直留在我心中，它不仅是我的文学经验，更是我的人生经验。

接触多了，我发现，张炜老师对生活所求好像只是一支笔、一叠纸和一个能安下书桌的屋子而已，剩下的就是营造他的艺术世界。他对艺术有着宗教般的感情，这种感情不可避免地渗入到他生活的其他方面。比如他交朋友，就是以是否爱艺术为标准，没有丝毫功利心，他的很多朋友都是普通的业余作者。他曾跟我说过："在这个时代，对于真正爱艺术的人，如果我们不尊重，谁还会尊重？"

刚才邱勋老师说起张炜老师跟小动物的一些童趣之事，我很有同感。曾经有一段时间，张炜老师工作之余，我陪着他散步。路上会碰到一些动植物，他对它们非常着迷。我注意到，当他看着它们的时候，眼神既温柔又专注，那是情感的本真流露，丝毫不带刻意的痕迹。当他看到一只招摇过市的脏狗，便若有所思地说："幸亏他不知道自己很丑。"他看到一只公认的美猫在同类中遭到冷落，会惊讶地对我说："看哪，猫的审美标准与人不一样！"朋友见他写作太累，送他一只甲鱼滋补身体。他悄悄地叫上我，趁夜色把甲鱼送到市郊的一条小河里，放生时还为它即将迎来的孤独而忧虑。他写作之余喜欢到市郊的田野中散步，并把沿路的树木根据不同的形体特点赋予一些好听的名字，一边走一边说："快见到×××了。"他仿佛生来就具备一种本领，即从平凡的自然中发现被忽略的美。有一次我们走到一棵壮硕的榆树下，他刚要伸手抚摸，忽然发现榆树接近地表部分被人烧焦了一大片。他猛地抬起头向四周张望，脸色通红、神情激愤地吼道："这是谁干的？太残忍了，它碍着谁了？人这样下去真是没希望！不配活！"此后，他再也不往那里去了。我毫不怀疑他的真诚。在他眼里，一棵树与一个人的生命没有什么区别。他可以为一棵树的死亡而悲愤不已，为一条狗的被杀而伤心落泪，那么对人类自身的恶行呢？感受无疑会更加强烈。我由此明白了他为什么常常提到"恨"，为什么作品中蕴藏着那么强大的道义力量。

我还由此明白了他那绵绵不绝的巨大爱力从何而来，他内里的理想与浪漫气质为何盈盈不衰，他为何具有常人难以企及的敏感和刚毅……这一切都因为他汲取了自然的伟力，他的血脉已经深深地根植于大地之中并且成为它的一个感觉器官。

从寻常经验来讲，如果跟一个杰出人物接触久了，他身上的光环就不会那么耀眼了。为什么？因为随着你对他接触的深入，你会更多地了解他身上普通人的属性。而我对他的感受却相反，他实在是一个为文学而生的人，一个注定把全部生命都祭献给文学的圣者！

赵月斌（山东省作家协会文学研究所所长助理，山东省文艺评论家协会副秘书长，评论家）：

我的年龄和张炜先生的"创龄"差不多，"读张"也有20多年。大学时学习当代文学史，知道了张炜，开始读他的作品。打那以后他每有新作我都会购买、阅读，还断续写了一些读张心得，今年整理成了近万字的《张炜作品读记》。我一直设想着好好写一篇像样的"张炜论"，但是总觉得准备不足，未敢贸然动笔。时至今日，48卷《张炜文集》问世，更不敢奢望准备充足了，面对如此庞然大物，恐怕无论怎样准备也难全面、充分地将其说通解透。所以我也只好退而求其次，只说张炜先生的“童心”。

刚才有同志称张炜为“伟大作家”，我的发言稿里也写着一句话：张炜是一位具备了伟大品质的作家。那么，把“童心”和“伟大”放在一起是不是不太相称？说到伟大，似乎总要和高深、玄奥联系起来，不过我倒觉得童心与伟大并不相悖，甚至还可以说，童心正是伟大的原点，一个没有童心的人，也不足以称其为伟大。明代思想家李贽说过，所谓童心，即“最初一念之本心”。这种“本心”实为人的个性和主体价值的自觉体现。土耳其作家帕慕克也曾说，小说家能够以孩子的独有方式直抵事物的核心，他要比其他人更为严肃地看待人生，因为他具备一种无所畏惧的孩子气，言人所不敢言，道人所不能道。在我看来，张炜正富有这样的伟大品质，在他身上，总能看到天真质朴的童话气质。

张炜曾说过，从一开始创作，他一直都在写着自己的“小儿科”——以儿童为重心的文学创作。他一再谈及“天真的东西”“儿童趣味”——在他的作品中总能找到这样的精神和情怀。就拿《古船》来说，虽有沉重的历史、政治背景，其内在质地却如主人公的名字（抱朴、见素）所寓示，是质朴、天真的。所以我常从他的小说中读出童话的意味，千言万语，莫不饱含赤子之心。张炜的童话情结一直延续，至《半岛哈里哈气》和《少年与海》达到极致。画家齐白石有“衰年变法”，张炜在完成《你在高原》这样的鸿篇巨制之后好像也在“中年变法”，他索性写出了野物众多、野气旺盛的系列童话。这些童话显然不是市场意义上的童书，而是老少咸宜的志异小说。它在叙事上采用了第一人称复数——“我们”，要比某个人的一面之词更有声势。而童年视角更有“童言无忌”的叙事优势，可以捕风捉影，可以口无遮拦，甚至可以放肆地“哈里哈气”。这样的童话不只写给孩子，也写给大人，它以拙讷的讲述把读者拉进“我们”的阵容，把“我们”遭遇的蹊跷事儿和盘托出，让你不由自主地听信了发生在莽野林子里的奇闻异事，也感受到只有“沌沌兮如婴儿之未孩”才会有的大勇气。张炜以其哈里哈气的“齐东野语”，写出了明心见性的不老之书。衷心祝愿张炜先生永葆童心，相信他还会不断“变法”，写出新的伟大的作品。

李亦（山东省文联文艺创作研究室文学部主任，作家）：

张炜是我们这个时代文学越来越边缘化的奇迹，他的劳作无疑是对喧嚣和物质第一的反拨，他给无数作家立起了一个标杆，有效地让浮躁和虚空的心灵得以沉静和重整。

张炜无疑是勤奋的。但众所周知，文学创作中第一位的因素不是勤奋，而是才华，但仅有才华和勤奋也不足以成就这样惊人的劳动成果，剩下的只能用爱来解释。这似乎是每个作家不得不直面的问题。心理学家说爱情是每个青年人都要犯的一种“精神疾病”：她的疯狂、她的痴迷、她的奋不顾身、她的舍生取爱、她的种种有悖常理的举动，都是无法医治也无需医治的。张炜对文学有着“爱情”般的心理情怀，所不同的是这种“爱情”并没有在青春期后淡化，而是日渐浓烈和醇厚，须臾不舍地跟随着他走过了 40 多个春秋。文学这个最易被感动也最难持久被感动的神，自然要睁圆双眼，认真打量这个来自齐鲁大地上的胶东汉子，他皮肤白细，眉黑发粗，但他却有一颗婴儿般纯净和女人一样温婉的心，他内心更有法官一样的铁律，坚定不移，毫不妥协。文学之神爱上了张炜，爱得让人羡慕让人嫉妒。他的劳作强度越来越大，成果自然越来越多越好。按常理，他的身体应该受到某种程度的磨损，恰恰相反，青年时期曾经的小恙反被文学养好了，他的内心越来越放松，他的神智越来越平和，文学之气充盈。进入中年，他身心俱佳，作品井喷式地出现在读者面前，这让我们不得不用震撼这个词来评说了。但我看不到张炜让我们震撼的更多外在理由，我只能说，文学在张炜身上附体，他和文学不分了。

提到 1500 多万字的作品，大家最易想到的是作品的质量。可以肯定地说，张炜的作品在当代中国甚至世界纯文学写作里都有着独到意味。首先，张炜是 20 世纪 70 年代末崛起的作家，此时中国已渐渐向世界打开了大门，一大批优秀的世界文学作品渐次被译介过来，他当然没错过这种大阅读，这个时期以及此后漫长的阅读和吸收给了张炜一个文学的大视野，这也奠定了他文学起步的高度。文学创作实践让他对世界文学阅读越来越挑剔，他甚至发现了“用外国瓶装中国酒”的这种创作方式，因此，他开始了静心的内视。他从先秦诸子散文，从屈原，从李白、杜甫，从陶渊明，从苏东坡，从曹雪芹等身上汲取营养，发现了虚构从词语开始的创作秘径，他用全副武装的词语，一点点打下了不小的文学天地。伴随着虚构自然形成了一大批非虚构的其他文体，他慢慢成为中国文脉在当代最清晰的一支。

有了这样的文化根基，张炜不长成一棵大树也难。在中外文学的对比中，他发现了一个最好的立足点，那就是“自然”。“自然”不仅是现代意义对山川大地的定义，它更是一种理念，一种哲学，一种认识世界的方法，它无穷无尽地诠释着人类、宇宙存在的可能性，它是中国人内在的精神支柱，这就是“人法地，地法天，天法道，道法自然”。从张炜 48 卷本文集里，我读出了这样的哲学意境。

张艳梅（山东理工大文学院院长，教授，评论家）：

张炜不仅在文学创作领域，在中国当代思想史和文化史上，包括人文教育领域，都是非常重要的存在。他的思想深刻厚重，艺术飞扬灵动，这是他作为当代中国最优秀的知识分子和最具有原创能力的作家的重要标志，也正因此，40 年来，他的创作总是带给我们巨大的心灵震撼和精神提升。

学界对张炜创作的研究，正在不断拓展和深入。我们目前做的是研究之研究的工作。在过去的一段时间里，我们收集整理了国内能够见到的有关张炜文学创作的全部研究文献，包括论及张炜的文学史及学术著作 89 本，硕士论文 328 篇，博士论文 139 篇，期刊文章 619 篇。这些资料，来源于中国知网、学术期刊、硕博文库、各大报纸、文学史著作、网络文章等，有些是直接研究，有些是间接研究，有的是整体研究，有的是单篇研究，有作家论，也有作品论，我们正在对这些文献资料进行归纳整理，总结分析，以便清晰地看到张炜研究的总体情况及发展历程。

首先，是研究的大致分期。从 20 世纪 80 年代侧重张炜文学创作，到 90 年代关注其文学思想，再到新世纪进一步梳理其文学价值，包括审美价值、文化价值和思想价值。不同阶段，张炜研究的重点略有不同，以长篇小说《古船》的研究为例：20 世纪 80 年代学界研究热点在历史反思；20 世纪 90 年代新历史主义思潮蔓延，历史解构成为时代话题；21 世纪以来，文化冲突让位于现实社会矛盾，更多学者开始思考历史重构——在这样的大背景下，对《古船》的理解和解读也就必然带有时代的影子。

其次，是研究的主要分类。总体上看，包括张炜作品研究（单篇、整体、比较研究），作家研究（作家生平、文学观念、美学风格、文化立场等），相关的文学文化思潮研究（反思文学、改革文学、生态文学、底层文学、家族文学等，还涉及齐文化、儒家文化，文化守成主义，文化寻根，文化反思与批判，道德理想主义等维度），张炜创作的文学史意义和价值研究等。

再次，是研究的方法。包括叙事学研究、文学审美研究、意象研究、主题研究以及人类学、社会学、文化哲学、历史诗学和生态美学研究等。

最后，是研究的意义与不足。张炜研究无疑具有重要而独特的价值。一是文学史意义。作为当代文学经典化的一种标准和尺度，张炜研究具有重要的现实意义。二是文化史意义。作为文化反思以及文化重建道路选择的重要思想参照，张炜研究具有历史意义。不足：现有研究同质化倾向严重，观点重复，缺少更深入的本体论研究。人为窄化或者泛化，缺乏更开阔的文化视野，对于张炜的文学世界和思想体系认识不全面，缺乏超越性。今天的一切都会成为历史，我们要做的是站在未来看张炜的价值。

房伟（山东师范大学文学院副教授，山东省文艺评论家协会副秘书长，评论家）：

我认识张老师有十几年了，那时我还是个研究生，每次听他讲话，都感到有收获，有启发。他常说："我每天都不敢懈怠。"看着刚出版的 48 卷《张炜文集》，我既感动又惭愧。感动的是张炜老师对文学的执着，他的巨大成就；惭愧的则是我们自身的软弱和懒惰。读书的时候，我们读了中文系，我们都曾声称"热爱文学"。然而，又有几人把这句话放在内心深处，并作为终生的行动准则？扪心自问，这些年来，到底写了多少自己满意的东西？可以说，张炜老师是我们从事文学事业的一个标杆。读张老师的书，想着他的为文为人，都让我的心“静”下来。

这些年来，阅读张炜老师的著作，有了些心得感想。第一是现实主义的问题。当代文学对现实主义的看法，存在很多误区，似乎只有写现实才是主流，只有将现实写得更狠，更决绝，更虚无，才有力量。张炜的创作，恰恰启发了我们，那些对现实不假思索的呈现，所谓“原生态现实”表达，其实是“偷懒”的做法和不负责任的文学态度。不是说回避现实，与现实妥协，不是以有毒的笔，将现实割碎，或化为噱头，而是应以文学的超越性视角，给予现实有力的悲悯与包容。中国文学有种现实主义焦虑，似乎写现实就是反体制。这也是假设，在大作家那里，这是个伪命题。不管生活在体制内外哪个方面，大作家的心灵一定会超越束缚，表现出属于他气质的，对时代现实深刻的，又是超越性的反映。我们的现实焦虑，一方面说明中国的政治问题依然是大问题；另一个方面，也说明了作家想象力的贫乏和现实感的拘谨。张炜的创作，从《九月寓言》后，似乎离现实远了，但其实是他真正形成了风格，以超越性的自然写作，形成了对现实、历史和文化的整体关照。如《你在高原》系列的《海客谈瀛洲》，借对徐福故事的历史追索，拷问着当代知识分子的精神世界。《橡树路》中，我们也可看到延续自《古船》的，对现实和历史的愤怒和反抗，如对凹眼姑娘和白条的悲剧的思考。但与此同时，这些现实关怀，都被放置在“自然”的背景之中。因为与自然相比，与宇宙相比，城市、人类文明，都只不过是其中的一小部分而已。张炜以伟大的自然力量，形成了对中国现实问题厚重的，又是诗性的思考。

第二就是大自然与人类、文学的关系。考察中国新时期以来的文学，特别是小说创作，很少有人一以贯之地表现自然与文学、人类的关系。有的评论家说张炜的小说是“生态写作”，我并不认同。从《声音》《一潭清水》开始，张炜就一直执着于探讨自然和人类的关系。“自然”在他的笔下，并不是优美的“风景描写”，而是思考人类生存、欲望、道德等很多问题的参照系和出发点。“自然”对张炜而言是本源性力量。无论是《古船》中那只被遗落在洼狸镇的放射性铅筒，还是《九月寓言》中破坏了自在欢欣的野地小村的矿区，张炜的疑虑既是针对中国，也面向整个人类。我们的文学一直处于“落后就要挨打”的民族主义焦虑，这也导致了我们过分强调冲突、批判，暴露黑暗，而我们对待自然，依然是策略性的。无论边地经验，还是生态写作，都带有概念性痕迹，有西方参照系的压抑性焦虑。“占领山河，何如推敲山河。”张炜持之以恒地表达对自然的热爱，思考自然与人的关系。在某些作家笔下，“自然”是反思参照物，但不是本质性的东西，他们的自然写作是文化符号式的，服从于故事需要。对张炜而言，故事是第二位的，自然是第一位的。《九月寓言》后，张炜实际放弃了他熟悉的故事套路，小说结构更松散，人物更神秘、传奇，整体是虚的，细节是实的。人物和自然融为一体。张新颖的评论《大地的守夜人》，说出了张炜创作的很多质素，但还有偏颇。“大地”易被指认为农业文明，成为乡土的某种道德性守成。其实张炜的文学疆土，存在很多隐喻性地标（不仅是大地，且是广义的大自然），如葡萄园、野地、海洋、森林、河流、半岛、高原、小村，生生不息的自然人及那些戕害自然，或已被毒化内心的“坏人”。这些东西并不能用“大地”来简单概括。

张炜的作品，需要静下心来认真地读。而我们的时代是浮躁的时代。我们的批评家也是浮躁的。但我相信，随着中国的发展，会有更多的阅读者能以安静的读书心态，走入张炜博大的世界。当人类回归自然、朴素和真纯，当人类注意草叶的露珠、脚下的蚂蚁、头顶上的星空，当人类真正慢下来，思考自己的心灵，张炜的小说必定会成为永恒的伟大标识。这也许就是"你在高原"的精神意义所在吧。慎独、反省、真诚，拥抱自然，执着于你热爱的事业，张炜老师对我的这些启示，我将铭记在心。祝愿张炜老师再创佳作！

东紫（山东省作家协会签约作家）：

面对着张炜主席1500多万字的几乎涉猎了文学所有体裁的著作，面对着中外文几百种的版本，面对着一部作品多达47个版本，面对着那勾勾画画但书写极为工整的摞起来要用米当计量单位的手稿，面对着他遍布世界名校的讲学足迹，面对着他那足可以用美貌来形容的影像，我只能用震撼来形容内心的感受。我在心里默默地列着这样一个公式：1500万除以40，等于37.5万。就是说，他在40年的时间里，每年都至少要写下37.5万字的作品，这个数字还不包括他曾毁掉的三四百万字。曾听一位与他亲近的老师说过一件旧事——很多年前，在张炜主席成名之初，各大杂志纷纷向他约稿。他就从好几纸箱子的旧作里挑选了作品拿出去发表。几次之后，他忽然意识到这样会减弱他向前冲的动力，会让惰性滋长。他下决心毁掉所有的旧作。那一摞摞一沓沓用赤诚用热爱用勤奋用激情写就的文稿，成了蜂窝煤炉的引燃之物。写作的人，都是疼惜文字的啊！该有怎样的决绝才能对三四百万字的作品痛下杀手?！何况，痛下杀手的原因不是因为作品的质量，而仅仅是怕自己坐在既有的成果上懈怠了自己……如果再加上三四百万，不，不能再增大被除数了，这个除式的结果已足以让人不可思议——37.5万字，每年，每年，从18岁到58岁，年年如此啊！他到底有着怎样的积淀有着怎样的意志有着怎样的赤诚和热爱，才能源源不断地写下如此巨著！他那堪称美貌的容颜后面有着怎样的大脑，那没法用强壮形容的躯体里有颗怎样的心脏，才能如此智慧如此热烈而纯粹……

长久以来，只敢凝视他的背影，从不敢也做不到坦然直面他的眼睛。因为，他在我这个写作后辈的心里是一棵参天大树，是一面招展的旗帜，是一座放射光明的灯塔，一面高悬的明镜，一把遮风避雨的巨伞。在他面前，你既有感受到仰望的、榜样的、引领的、护佑的幸福，也有惶恐愧疚。因为他的高大他的渊博他的智慧他的坚守他的执着他的勤奋和努力，既护佑加持你真诚为文的定力，又映照出你的渺小浅薄懈怠懒惰和浮躁。他谆谆的教诲和期望，更让久久没有明显进步的你愧疚得不敢抬头，惶恐得不敢直视他的眼睛。现在，面对他令人震撼不已的成就，你的心里甚或泛起一种甜蜜的绝望——你所崇拜的仰慕的折服的，是你终生都不可超越的，你注定此生无法与他比肩，你只能凝视着他的背影，感受他的伟大体味自己的渺小。

感恩张炜主席的存在，是我的也是很多在文学路上行走者的心声。曾听到两位批评家的感慨——每见张炜主席一次，每听一次他的谈话，就觉得自己被洗涤了一次，有种清爽的涤荡感。我庆幸自己生长在齐鲁大地上，庆幸在文学创作的道路上，能时常听到他的谈话，听到他关于文学创作的态度、理念的教诲，能时常被洗涤，去污清垢，能较为清爽地对文学抱有敬畏和纯粹之心。能在当下欲望纷杂横流的状态里，在许多人借着文学之名装饰自己、名利自己的时候，可以心安理得地面对天地世人——我没有对文学落井下石，我一直真诚待之。我知道，这也是来自张炜主席的传承，是他颔首赞成的。

八九年前，我曾做过一个梦，在一条繁忙着收获的田间道路上，我在麦秸零星覆盖的路面上惊讶地发现了他的脚印，蹲下身拨开那些覆盖，发现每个脚印都有着精美的图案，如丝绒线绣出的鞋垫，大如扇，一个一个，铺向远方。今天，面对着1500多万字的恢宏巨作，我又想起那个梦，也更深切地理解了那个梦。那些在收获的田间道路上壮美的大如扇的铺向远方的脚印，是给我们文学后辈的指引——只有像他那样为文学呕心沥血，才能让文学在笔下茂长，才能无愧于文学和自己这一世的相遇，才能无愧于一个作家的称谓。

■王延辉[*]

张炜肖像

这其实是一个很敏感的题目，甚或是危险的话题，可是当我们已经习惯于喋喋不休地王顾左右而言他的时候，为什么不可以来说一点真正关乎文学本质的事情呢？

这些年来，我有一个很深的感受，就是张炜在文学创作的道路上越走越远，已渐渐成为了一个背影。如果说《张炜文集》出版之前，他所不断发表着的那些优秀的著作和篇什，像是在前行的道路上不时地侧脸与我们打个招呼，说：我很好，我很好。那么《张炜文集》的出版，则仿佛一个突然的回身，让我们看到了他一直行走着的结果，也看到了文学的高贵和荣光。这样说，没有过分复杂的意思，仅仅是一种惊叹。其实，最让人难以预测的，应该是张炜最终的目标。作为朋友，作为生活在他身边的人，我曾经有一种悄悄的惑问：这到底是一个什么样的人呢？这人到底要走向哪里？到底要达到什么样的高度啊？

写张炜，总要想起一首诗——“祖先啊！我们的勇敢和执

---

* 王延辉，山东省文艺评论家协会副主席。

着已在都市中渐渐褪色，所以我们拼命抓住你，这就是我们的故事。”也许这个概括于张炜并不十分贴切，但是下意识里有这样一个意象，应该有一定道理。至少，他确实一直抓住了什么东西，一直不撒手，否则，他哪会有那么大的定力和激情。这个东西是否可以叫土地？可以叫文化？或者叫人性？

初识张炜，是在20世纪80年代初。对于至今还在热爱着文学的人来说，那个年代是个刻到骨头里的记忆。那年月，人们对文学、对作家的感情尽管也有盲目的成分，却绝对是尊重的。我那时还在山东省图书馆工作，读了几本书，就想往外倒，就也学着写起了小说，自然也就有了几个舞文弄墨的朋友。记得应该是1982年那会儿，是一个晚上，几个家伙凑在一起喝酒说大话，突然就听到了“张炜”这个名字，说话的人言语之间充满了敬佩和感慨，让我心里一动，遂悄悄记下了这个“弓长张”和“火字炜”。那时节，文学的传播渠道有两条，一是书报刊，二是口碑，后者最重要，是读者和文学圈里私底下心悦诚服的认可。我很快就找来张炜的作品，一读之下，果然倾心，从此开始了对他的关注。不久，他的短篇小说《声音》获了全国奖，关于他的信息就更多地在人们嘴里传传说说了。见到他，大约是一年以后了，当时他给我的印象是清秀、淳朴、热情、内敛，他那会儿也就是二十六七岁，但往那儿一坐，便是中心了。那天人多，没有深谈，就有一个想单独聊聊的想法。几天后的一个晚间，这个想法落实了。他那时在省档案局工作，我们就在档案局墙外的马路上走了几个来回。他依旧是轻声慢语，含着他这般岁数少有的沉稳，这使他有点像个老大哥，其实论年龄他比我还要小几个月。这是他的特点，这些年来我注意到，他对初识的人，言语间总是充满了关心和尊重，让人觉得很舒服，不自觉地便会以他为友。那晚，他问了我在图书馆的工作情况和创作状态，我也得知他除了创作，还在做着《山东历史档案资料选编》的工作，这是个大工程，有28卷之多，每卷30余万字，他要把档案卡片一行行摆满整整一个大房间，像农民锄地那样在卡片之间来回走动，选取资料，他的创作时间便只有寥寥可数的几个晚上，这几个晚上对他来说可谓珍贵，要一直写到深夜两点才作罢。那一刻，我只在他的声音里听出了对时间的渴求，却想不到他那么急切地盼望从事专业创作是由于一个巨大的题材，包括那些经他细筛过的档案资料，已然化为骨肉，正在他的腹中躁动。更想不到这部叫作《古船》的长篇小说一经问世，便震动了中国文坛。

好像是在第二年，他终于如愿以偿，进入山东作家协会创作室，从此有了完全属于他的创作时间。这之后，很快，《古船》出版了。我一直认为，《古船》的问世，对张炜来说，是一个重大标志，它意味着张炜在人格上完成了一次锻造和宣示，在力量上进行了一次爆发和检阅，在题材上实现了一次探险和跨越，使他从此进入了自信而又自由的创作王国，也使他后来一系列佳作的出现和人格的演进显得顺理成章。

如今，我与张炜已是30多年的友情了，时间使我们的友谊仿佛成为老酒，越来越醇越来越香。可恰恰因为这样，对他的描述反倒变得越发不容易了：这一方面是由于他在文学的道路上越走越远，渐渐成了一个背影；另一方面则是由于现实中的关系越来越近，觉得可写的东西太多，不知该从哪儿下笔才好。

林　子

许多年来，张炜一直奔波于济南、龙口两地之间，这几年，住济南的日子渐增。张炜在不在济南，对朋友们来说是不一样的。他不在跟前，大家各忙各的，心思被俗务占去不少；他一回来，大家的兴奋点便会立刻集中起来，文学和创作也自然又成了最重要的事情，你会明显感到文学的前景是那么的美好、明朗，文学依旧是那么值得干的一项事业。不仅如此，我们还知道又要有事情做了。我们已经都习惯了，只要张炜离开济南的时间比较长，回来时，笃定是要带回一部刚完成的长篇小说，接下来，我们要做的事就是分头阅读他的新作，然后再聚到一起，为这部作品把脉。最初这样做的时候，我们还比较客气，净说好听的，后来见他是诚心要听意见，就也不客气了，不管感觉对不对，通通放开说。张炜对这个场合从来十分重视，一般是安排在他家里，我们胡侃时，他认真记录，而他的夫人便在厨房里做饭，这样，等我们谈完了，饭菜也就端上来了。这时，张炜总要邀着夫人给大家敬酒，并一改适才的严肃状，用他特有的幽默口气说："小王，这可都是高手啊，这么多的高手都是咱们的好朋友，你说咱们的福气多大呀。"他的夫人小王天性善良，是机关中人，说话做事从来严谨，每值此时，总是笑不露齿，微微颔首，以酒示意。我们其实都明白，我们的意见对张炜来说不一定会起多大的具体作用，顶多是一种碰撞，重要的是通过这一形式，他可能获得某种刺激，可不管怎样，毕竟出了一番力气，所以饭也就吃得气壮，兴尽方归。这之后一段时间，没有人会问张炜小说改得怎样了，因为我们都知道他早晚会说。于是，突然哪一天张炜就会说了，说他把小说又彻底修改了一遍或者两遍，说这一次，"哼哼，"他闭上眼，重重地点头，"这一次可不是闹着玩儿的了，这可是个大家伙了。"于是，我们就都为他高兴。我们绝对相信他说的话，因为他的确没有让我们失望过。

张炜在济南的日子里，我们的身体和情绪也会得到调节，这自然得益于每天下午的爬山。张炜的作息时间很严谨，他每天大约工作 6 个小时，然后，太阳落山时分，你便会接到他的电话，约定山下碰面。在电话里你就能感觉到，刚刚结束工作的张炜有多么的充实和惬意：他会先拉长了声调叫着你的名字，继而迅速转为快节奏："就走就走！山底下碰面！"到了山下，他还是一如刚才的兴奋。若你到得晚一点，他会拿眼白斜瞟了你，直到你走近了，才会转身率先而去。若你到得早了，你会看到他奔过来的样子充满了急迫和歉意，不必你问，就会解释："电话，电话，刚要出门来了个电话。好了，上山上山。"

所谓山，并不算高，叫锦鸡岭，远看确乎像一只卧着的锦鸡，眼睛和尾巴尤似。一定是得益于新中国建国初期的植树造林活动，这座山的植被相当棒，树都长得鲜活充盈，以松树最多，也有枣树、桑树一类，可以顺手采摘果实入口。对于一个城市来说，它可是一块难得的宝地，而它恰恰就在我们的居处附近，就更被我们视之为宝了。爬山的过程，是张炜一天当中最放松的时刻，夏天，他总是上身穿一件破旧圆领衫，下身着一条紧口的黑裤子；冬天的上装是旧羽绒服，却不大系扣子和拉链，往往是衣襟压衣襟，再拦腰扎一条破布带子，可能是这样挡风效果更好一些？闹不清，也没问过他。至于那双运动鞋，永远都是黑乎乎的，好像永远都是那一双。对了，还有帽子，大概刚入深秋，他就会戴上帽子，款式不讲究，但一定要保暖，他说，写作的人可得保护好脑袋。在山上，尤其是一旦入了林子，他就更欢实了，那些坷坷垃垃的小径对他来说如同平地。他走得很快，始终都在前头。同时，他的思绪也更加飘忽不定，话题变换特快，腔调谐谑幽默，双手胡乱比划，说起生活中的一些人和事，描述极度夸张，却又入木三分，同样一件事情，有时他会接连说上两三天，但每次都妙趣横生，把你笑翻。记得有一次，就我俩在山上，大概就因为他说的某件事情，我笑得脚下一滑，差点摔倒，等他搭手把我拽起来，却出了蹊跷，竟然越走越不对，完全不是驾轻就熟的路了。后来走了许久，我俩才下了山，四下环视，根本是一个陌生的地方，靠着直觉，最终才找到了公路。那时出租车还是面包车，硬硬打了一辆“面的”，我俩才回了家。这之后很长一段时间，张炜想起这事就说：“怪了，这山上的路再熟悉不过了，可是就延辉这一滑，我这一拽，好像无形中就转了一个圈儿，就进到五维空间里了。”朋友们听了都笑，知道这是他惯常的夸张，也明白他是太喜爱这座山了。

张炜实在喜欢这座山，他不止一次感慨若能藏进山里“写一批作”该有多好。有一天，在一所深藏着的小院门口，他驻足许久，流连忘返，直说“这块地儿好”，后来干脆进院真的跟住户谈起租用的事项来。院子里的房屋十分简陋，就是些简易房，住户则是市园林局看护变电所的职工，人家见他喜欢得溢于言表，就也真诚待他，但我和朋友们并不以为真，以为他说说也就罢了。没想到，过了一阵子，他竟真办成了。那时已是初冬，住户正好得撤出山来，他就托人找关系搬了进去。那段时间，他的兴致好得出奇，在院子里又是翻地又是施肥又是播种，好过了一把农夫瘾。他还不断把朋友们邀去，铁锅土灶，粗茶淡饭，吟诗作画，炊烟袅袅，人声鼎沸，好不热闹。当然，他费了那么大的劲儿住进来，可不是只为了玩儿这些虚活儿，他可不是个“伪浪漫”，对他来说，最重要的永远是写作。那个冬天不是一般的冷，朋友们中有个画家一直陪着他，如今说起那段经历，他舌齿间还是咝咝哈哈的，仿佛仍旧存着当年山里的寒气。但就是这样的条件，张炜硬是自得其乐，甚至是如鱼得水，整整一冬天都在读书写作，直到开春人家工人又得住进来了，他才恋恋不舍地下了山。只是这番遭遇让他对这座山的感情益发深厚了，只要在济南，便是“不可一日无此君”了。这座山脚下是省内一所大学校园，因其系傍山和劈山所成，慢慢的，校方就误以为整座山都归他们所有了，院墙越修越广，上山必经其门方可。有一天，我们兴致勃勃串门而入时，竟遭到了门卫的阻挡，那一刻，张炜的脸色突然沉了下来，他声音不大，却一字一字咬得很艮：“你们不是弄错了吧？我们是要上山，不是进你们学校，告诉你们领导，再怎么说，这山也不能成了你们家的。”门卫还在发怔，张炜早已头前走了。上山的路上，张炜很长时间都处在愤愤之中，我们明白他不是在跟那个门卫怄气，而是气愤生活中这种粗暴地割断人与自然相亲近的做法太多。

张炜对山林的感情绝非时髦的“回归自然”一类口号所能涵盖，他爱得真切而又具体。走在山上，他随手指点，便可以说出某棵树或者某丛灌木的名称、习性甚至药理作用，语气里充满了相知相惜的默契；偶或停下步子，柔声叨叨几句什么，这时候，不用看，一定是刚刚有什么鸟飞过或是有什么虫子躲起来了。张炜对动物的熟知以及感情，在其作品里一直表现得很动人，近乎通灵似的絮语，即便如此，平时他于这一方面自然而然流露出的意趣，依旧不断让我惊讶。有次上山路过一家院落，一只狗吠得很凶，我自然是要加快脚步躲开的。他却好，干脆迎着叫声进了院子，一边跟主人打招呼，一边走到狗身边，蹲下来，很温柔地说道着什么。狗于是不叫了，还摇了尾巴偎着他，“咻咻”地撒欢，他出门时，竟跟上一直送到门口，连主人都感叹起来。类似的事情很多，其中还有一件给我印象也特别深刻。那好像是 2000 年春天，我在龙口市小驻，有天晚上已经很晚了，和张炜还有几个当地朋友在街上溜达着说话。突然间，脚前边有个黑乎乎的小东西在蠕动。“小刺猬。”几乎是同一时刻，张炜疾步趋前，伸出两手虚空着罩住了它。我从小没见识过这类野物，又疑惑又惊讶，却见张炜像哄小孩子一般，轻声喃喃着：“小刺猬呀小刺猬，你怎么跑到大街上来了?”一边说，又环顾四周，从不远处找来一根树枝，慢慢推动着那团身子，“别害怕，小刺猬。快走吧，快回家吧，回家吧。”小刺猬在他的劝哄和导引下，真就渐渐隐入路边的灌木草丛中去了。张炜日常模仿力很强，学起动物来也同样惟妙惟肖，他每次学他姐姐家的猫如何拉门，学他弟弟家的狗如何服从他弟弟的训斥，简直叫你笑破肚皮。但他却不大说他曾经养过的几条狗，原因是它们死于非命的记忆让他太伤心，尤其是他所经历过的那个残酷的打狗年代，对他少年时期的心理伤害和精神影响实在太深刻了。对此，他在一篇文章中这样说：“从那一次我明白了好多，仿佛一瞬间领悟了人世间全部的不平和残暴。从此生活中发生什么我都不会惊讶。他们硬是用暴力终止了一个挺好的生命，不允许它再呼吸。我有理由永远不停地诅咒他们，有理由做出这样的预言：残暴的人管理不好我们的生活，我一生也不会信任那些凶恶冷酷的人。如果我不这样，我就是一个背叛者。”

写到这里，正好可以说说张炜的童年、少年和最初的青年时代。这些年来，我隐约意识到，张炜早年的经历对他后来的生活道路、精神追求和对世界对人世的看法有着不可分割至关重要的影响作用。他出生在胶东半岛一个叫作“龙口”的地方，这地方如今很繁华了，可是当年张炜出生的时候，却荒凉得很，方圆四处基本就是田地、果园和树林，还有稍远些的大海。张炜就落生在一片浩瀚的林子里，林子里只有他们家一幢孤零零的小茅屋，再就是鹰、野鸡、狐狸、刺猬、小蜥蜴等不伤害人的动物和各种鸟儿。他的父亲由于当年政治上的不公正，被迫常年在外，母亲则要去果园打工，整个童年时期张炜完全就是与白发外婆以及家犬和各种动植物一起度过的。正像他在一篇文章中描述的："林子在海滩平原上，狗和各种动物在林子里，我则徘徊在它们中间。"后来他上小学、中学，仍旧没离开林子，因为所谓校园不过就是在另一片林子里的另外几间房屋。中学毕业后，他十六七岁，但就在这个年龄，他已经过早地开始了他独自一人的流浪生涯。整整五六年的时间里，他的足迹遍布整个南部山区，他居无定所，奔无所终，风餐露宿，随处可栖，有一次甚至跟一个始终没闹清是什么动物的动物同宿了一夜。那段时间里，他接触了许多的人和事，经历了许多他那个年龄不该经历的磨难，但是也让他更加亲近和洞知了自然万物的万般奇妙，"人在自然中的欣悦，简直是无以形容的"。在他后来的作品里，我们可以无数次地感受到他的这种发自肺腑的咏叹。一个人的早年经历是他一生中永远的精神关照，对于作家来说，更是如此，对于张炜来说，尤其如此。他说："一个不热爱大自然的人，难以培养起很强的美的感受能力，也难以写出有华彩的文章，更成不了真正的作家。与作文的关系如此，与做人的关系好像也如此——我总觉得一个对大自然怀有满腔柔情的人，很难是一个品行低下的坏人。"因此，我们看到，在时刻保持着精神层面的锋锐姿态的同时，他的肉体和心灵则总是在不断地逃避既有的居所，寻找梦寐以求的家园。直截了当地说，就是逃离城市回归自然。好像再没有谁比他更加敏感于城市的嘈杂了，好像也没有谁比他更加厌恶城市的呆板和污染了，也因了此，他才要不断地回到家乡龙口，才会即便是在济南，也要千方百计地寻找那些人迹罕至的地方住下来，读书写作。其实，在锦鸡岭之前，他在济南城郊的不少座大山里面都呆过，那些近乎神秘的老屋仿佛只有他才能寻得到。不过，越到后来，他越理清了他的最终归宿，他一路向东，一片深山接一片深山，一处老屋接一处老屋，到底还是在自己童年、少年时期生活过的地方，在一片浩瀚的松林中，筑起了“沉着安静，风清树绿”的万松浦书院。简朴地栖居，有尊严地活着并创造着，他终于接近了自己的理想。

每次写张炜，总要想起一首诗——“祖先啊！我们的勇敢和执着已在都市中渐渐褪色，所以我们拼命抓住你，这就是我们的故事。”我相信，张炜也同样一直抓着一样东西，一直不撒手，这样东西最终成为了他由此地泅向彼岸的绳索，以其为援，他始终没有偏离既定的方向。还用说吗？这样东西当然就是大自然。

书 房

对张炜来说，大自然是他的精神家园，而书房则是他终生愿意为此经营的唯一的家产。每次搬迁，他的兴奋点都是在书房的安排布置上。结婚前，他住集体宿舍，只能将晚间的办公室当书房用。结婚后，他住在两间小平房里。最初还好，可以有一间用来读书写作，但很快有了孩子，先是母亲后是保姆帮着带孩子，自然那一间就被占去了。那时《古船》的写作正是紧锣密鼓阶段，可以想见一间书房对他来说是何等的重要。而孩子小，又不允许他像后来那样云游山林驻扎老屋，好在离一家部队招待所很近，总算在里边租了一个房间，才得以顺利写完了《古船》。那段时间里，每天从家里去招待所的路上，他总是抱着书稿小心翼翼地贴着路边走，生怕发生什么意外，影响了写作。几年之后，他终于住进了一套两室一厅的楼房，也终于拥有了一间准书房，说“准”，是因为它仍旧算不上是严格意义上的书房，《九月寓言》应该就是在那里诞生的。再后来，条件逐渐好起来，直到有了如今的40多平方米的大书房，他终于可以把大部分的藏书和自己的著作正经放在书橱里，也正经可以手脚舒展地在自己的“阵地”上撒撒野了。

张炜曾跟一位在书房坐不大住的朋友说过，书房就是你的战场，你的阵地，不管写不写得出来，你都得按时坐下来，哪怕一上午一个字都写不出来，你也得坐在那里，这种习惯和作风必须得养成。这绝对不是虚话，他自己首先就是这样做的。据我所知，从20世纪70年代中期发表处女作，至今整整40年了，他几乎没有一天不动笔，几乎没有完整休息过一个星期日，即便在蜜月里、在老岳父家里，也还一口气写出了好几个短篇小说呢。其实，以他眼下的成就，让自己稍微放松一下也不为大碍，可他对自己的要求仍旧是近乎苛刻，至今仍旧是每早8点左右起床，早饭后即进入写作，中午小憩片刻，之后继续工作。这工作自是也包含着读书在里边的。张炜有一个严格的读书计划，即每天必读5万字，哪天若因事未完成，次日定要补上。想想看，这一年下来，这一辈子下来，他要读多少书呀！很多年以前参加一次文学活动，就有文友对他说，若有他这样的身份，早就吃喝玩乐了，哪还再这么个苦干法儿。他后来对我复述这话时，一副又理解又不理解的样子。叫我看，这其实还是一个文学理想的问题，我曾在一篇文章中涉及过这个话题，即张炜的文学理想究竟有多高，其内心到底有多么丰富？除了他自己，是不会有人能够弄清楚这一点的。事实如此。想想看，若张炜不始终盯紧自己的目标，真按当年那位文友说的那样去做，怕也就不会有后来的《外省书》《能不忆蜀葵》《丑行与浪漫》等作品了。

说到此，还得说几句张炜的早年经历。他好像从很小就对书对纸笔有偏好，或曰异秉或曰癖，反正是入了迷。所有带字的纸，他都要从头至尾读一遍，有时甚至是好多遍；所有不带字的纸，更是他不遗余力地去获取的目标。除了学校发的作文本，他曾踩着木凳把屋里的顶棚纸撕下来在反面写字，也曾搜求到许多年前的一卷日历，也在反面写字。还有家里的窗户纸、父亲的卷烟纸，都曾经是他的战利品。他小时是个缄默的孩子，在他最感动、最喜悦、最想大声嚷嚷的时候，唯一的表现形式就是拿过一张纸来写画一阵，小学时的一次暑期作业，他竟洋洋洒洒写了 6 万多字。他母亲曾经为他担忧，说这样老写老写会得病的，他却在心里想，把我的手和笔绑住，才会得病呢。因了这特殊的爱好，张炜吃过很多苦头，但内心的甜蜜又是其他任何东西都换不来的。他因此还结交了不少跟他一样有着纸癖书癖的人，有男孩、女孩，有中年、老年，甚至有 70 多岁的老翁。这些人不求名利，只是为写而写，他们中间，有的直写到媳妇逃跑、兄弟翻脸或被父亲拿棍子赶出家门的份上，却仍旧还是写个不停，就像是得了一种再也不会痊愈的病。在那个年代，这是一些多么奇怪的人呀，可张炜恰恰就是在这些人身上，得到了知己般的慰藉，尤其是在 16 岁那年开始的流浪途中，这些人几乎就是他的生命支撑。“我总是不知不觉地走近他们。有时是无意中听人说起，而有时纯粹是巧遇，仿佛这些人是一些特别者，他们靠一种无测的电波、磁场和气息来互为吸引。真的，他们之间真像有一条秘密通道。”——这是张炜在小说《远河远山》中的一段描述，这其实也是他对自己那段生活的真实书写。顺便说一下，这部小说中除了继父这个人物是虚构之外，其中大多人和事都是真实的。

回过头来还说张炜对写作的痴迷。我们看到，随着年龄的增长，自小就有的“癖”在张炜身上不但没有减弱，反倒得到了强化，当然理性的成分也更多了。也就是说，为什么写，写什么，怎么写，在他不仅已是胸有成竹，更是悟觉精深，颇有道业了。他之于文学，可谓如影随形，静如处子，动若脱兔；文学之于他，亦堪称深入骨髓，扯不出拽不断了。可是，这样的状态或者说境界，并不是一日之功，旦夕可求的，张炜这些年来为此的付出绝非一般人可比。不要说别的，就他这个年龄，光说因病住院和下病危通知书的次数就叫人感叹。

张炜近几年的身体真是好多了，可是前几年实在差劲，时常听到他不适的消息。先是胃不好。记得与他初识那段时间，正是他大吃中药的阶段。之后胸腔又不慎遭创，虽是硬伤，却一直未能痊愈，时不时就要闹点症候。有一次正与朋友谈话甚欢，突然就“呼呼”流起鼻血来，若非及时送往医院，麻烦就大了。可就这样，刚做完手术，他就在医院病床上修改起《九月寓言》的清样来，当时我曾想，这人真是不要命了。他却不以为然，兀自对身体不惜不吝，一如既往泼了命地干。他母亲曾对我说过，有一阵他住在老家写作，那天听到楼上“咕咚”一声，过了许久没再有动静，老母亲不放心，就到楼上去看，刚好看到他从地上爬起来，问他刚才怎么了，他只轻描淡写地说了一句“可能是晕倒了吧”。后来与张炜说起这事，才知道这等事情不止一次，他一本正经地说：“你不知道，失去知觉再醒过来的感觉其实非常好，就像一次彻底的休息，头脑特别清楚，真正是心明眼亮哩。”他紧接着又说：“人有时候病一病不是坏事，比如写作《丑行和浪漫》的时候，有一天可能是饭吃得不合适，夜里突然上吐下泻，我就在不断地来往于卫生间的过程中，把一处很挠头的结构给理顺了，你说怪不怪？”我一点不以为怪，相信这笃定是实情，因为多少年来，我注意到他虽然经常强调身体如何如何的重要，可写作一旦入了境界，就什么也不顾了。也是在他老家龙口，有一年我去，看到他写作的地方简陋得简直不可思议，里间仅一盘土炕，外间便是写作的桌椅，那正是夏天，房间里没有空调，只一个旧电扇，那一年胶东还特别热，我说这可怎么写？他说实在出汗太多，就扒光了脊梁，蹲在椅子上写。张炜的确是个对日常生活太不在乎的人，按说他算得上是个美食家了，但平时的饮食他简单得不能再简单，尤其是写作期间，只要吃饱了能干活就行，午餐基本上是妻子前一晚蒸下的大包子，晚餐则要等妻子回来，才正经吃一点。有一天他对我说他晚饭一气吃了十几条鱼，吓了我一跳，细问原来都是一拃长的小鱼。还有一次，是冬天，我亲眼见到他的早餐竟是一个馒头、一棵大葱和一个从冰箱里刚拿出的冻西红柿。这些事情当然过去许久了，如今张炜对身体确实注意了许多，比如晚间不再工作、坚持每天爬山散步等便是其例。不过上来劲儿他还是不管不顾，就在几天前的早上还跟我通电话说，半夜醒了睡不着，起来写了个小稿子，后来睡了一会儿，现在又已经在书房里工作了。我听着他“呵呵”的笑声，明白其中有一半是在嘲笑我懒惰恋床，但另一半，我知道那是无法抑制的工作的快乐。他经常说：“我们这些人天生就是得工作才行，就像一位老诗人描写的蜜蜂和蚂蚁的歌唱那样——‘劳动劳动，我们永远的歌声’。”

工作着的张炜的确是快乐的，但无论多么繁重的工作似乎也不能排除深藏在他内心里的某种孤独感，或者说，他正是用不停地工作在填补这种孤独。只有跟他很接近的人才能对此有所感受，也只有在跟他很接近的朋友面前他才对此有所流露。记得有次话及他的创作速度之快和创作量之大，他突然长叹一声："我大寂寞呀，延辉。"这话几如电击一般，令我全身一震。那之后他又说："有句诗叫'何以解忧，唯有杜康'，在我这里就叫'何以解忧，唯有写作'了。"那一刻我是深深理解张炜的，因为我虽然无从知晓他在书房里写作的状态，却是熟悉他写作之余在书房里的情境。书房里的张炜与平时在外聚会或公干时的他实在不一样，尤其是在他如今的书房里，空间那么大，四壁都是书橱，他蜷缩在沙发里，声调很低，也不再是语带幽默言必夸张，望着他，我总是能够隐隐感觉到他的忧郁。我相信这时候的他才是最本质的。他其实是个内心很柔弱的人，很小的时候，他曾经有很长一段时间总在考虑自杀的问题，躺在炕上，伏在窗台前，一个劲儿地想怎样才会死得不那么痛苦。这种心境随着年龄的增长当然已经荡然无存，但是与生俱来的性格并没有根本的改变，敏感、多思、忧郁的性情仍旧在内心最深处久久地缠绕着他。我们知道张炜的著作中有许多经过整理的讲座、演讲稿、会议发言，看上去他像是一个很能适应社会活动的人，其实不然。他在日本一桥大学的演讲《我跋涉的莽野》中就说过："说起来让人不信，我记得直长到二十多岁，只要有人大声喊叫一句，我心上还是要产生突然的、条件反射般的惶恐。直到现在，我在人多的地方待久了，还常常要头疼欲裂。后来我慢慢克服，努力到现在。但是说到底内心里的东西是无法克服的。"是的，正是这种内心的东西使得他那么迷恋于大自然和书房，那么固执地值守于心灵的一隅，那么不知疲倦地书写着。2000 年春天，我去龙口，到他新住所里去过，这是他作为龙口市委挂职副书记的居室，门厅挺大，有电视机和音响设备，也有 DVD 机，但是都比较陈旧。书房极小，顶多八九平方米，那时他正在写《外省书》，他站在书桌边告诉我他每天只写 500 字，而且是用正楷一字一字誊到方格稿纸上。听他说得这么郑重，我把伸出去要翻阅一下手稿的手缩了回来。之后我们在门厅里聊天，我问他吃饭怎么办，他说全靠他母亲和姐姐给他做，晚饭去吃，然后带回第二天的早饭和午饭。这期间，张炜的神色一直很凝重，再加上房间里的光线比较弱，他的忧郁和孤独就更加让我感慨。我想，任何一个热衷世俗、喜欢喧哗、工于社交的人都难以想象这样的日子该怎么过。

不过，书房里的张炜尽管话少了许多，却恰恰能够对所论及的话题说出他的真正的思考。也只有这时候，我们才正经谈谈文学。

张炜谈起文学大致有两种状态。一是说起自己喜爱的作家、艺术家及作品时眉飞色舞，妙语如珠，甚至如数家珍。这一点在他的《心仪》《凝望》两部书里尽管可以管窥，但仍旧不如面对面看他手舞足蹈地表述来得过瘾。有时候他说起哪个作家来，无论国内还是国外的，无论在世还是故去的，你都会觉得那人活生生就在眼前。我知道这与他的读书方式有关，他对所喜爱的作品的阅读和研究可不是“蜻蜓点水”，而是如同欧文 · 斯通在《杰克 · 伦敦传》中所描写的杰克 · 伦敦一般，“像一个作势跳跃的野人和饿狼。他把牙齿深入书的咽喉，凶猛地摇摆，一经把它征服，就舔尽他的血，吞掉他的肉，咬碎它的骨头，直到那本书的所有纤维和筋肉成为他的一部分，用它的力量来补养他，然后告一段落”。与杰克 · 伦敦稍有不同的是，他不会轻易地告一段落，他总是会常常地、不断地拿出那本书来，一次次地抚摸和阅读，有的多达十几遍。交谈中，他会轻而易举地背诵出哪部作品里的大段文字，并且辅以动作，是真正的绘声绘色。还有的时候，他会迫不及待地把刚看到的妙文妙语立刻转述给你，前几天就是这样，都晚上挺晚了，他突然打来电话，说发到我邮箱里两段很棒的话，让我赶快看看。我即照办，看到一段是左拉在《我的憎恨》中所说的："我憎恨那些高傲和无能的蠢人，他们叫嚷说我们的艺术和我们的文学已濒临死亡。这些人头脑十分空虚，心灵极其枯竭，他们是埋头于过去的人，而对我们当代的生动而激动人心的作品，只是轻蔑地翻两页就宣布它们浅薄而没有价值。我呢，我的看法迥然不同。"另一段是艾尔默·莫德在《托尔斯泰传》中说托尔斯泰："在八十年代和九十年代，莫斯科至少有一家住宅，那里各种类型各种状况的人们在一个人的影响下汇聚一起，这个人身上没有任何卑鄙的东西，他在最黑暗的反动时期，保持着一颗充满希望的心和一个燃烧着的信念，即邪恶的事物决不能持久，当前的罪恶不过是暂时的。这种状况决不是一件小事。"你看，在这类事情上，他就是这样认真和率情。当然还引以为乐。他常说："好多人收藏这个收藏那个的，哪好跟咱这种收藏比。"说完，便"呵呵"地笑，满足得不得了。

至于他谈文学时的另一种状态，则必须是极要好的朋友在一起时才会出现的情景，这一般发生在论及他或在座朋友的创作、尤其是具体作品的时候，这时他的脸色极为郑重，思绪却是异常活跃和兴奋。比如谈到一部作品的书名和题目，他的看法是：绝非总结和概括，而是一种意象，就像天上的太阳，是一种笼罩。他说除了极个别的作品，他都是先要有了一个好的名字，然后才动笔。再比如谈到目前的小说创作，他认为在资讯极度发达的今天，作家如果还是一味笨拙地叙写自己的经历或眼见目睹的事情，就不再能勾住读者的眼球了。如果写进了经历，也只能写其"符号"意义，不是真的写经历，借用经历中积累的场景、境遇中人的反应经验之类。想象力不能被经历的线条割伤。经历过的情节经验只可利用，而情节则尽量不用，因为它反想象力。对于想象力，他在上海大学文学圆桌会议上说得比较集中。他说："人们长期以来太过注重剧烈和离奇的故事，所以格外看重这方面的编造能力，甚至误以为这就是文学想象力的全部或主要部分。其实文学的想象力的重心，并不表现在这儿——或者严格一点讲，这不是真正意义上的文学想象力。正像社会生活中的千奇百怪直接记录下来毕竟不是小说一样，仅仅是幻想出一些怪异的故事也还不算文学。文学的想象力和刚才说的大胆编造幻想仍然有所不同，而是更内在更复杂一些。比如说它可以是通过个性化的语言去完成和抵达的一个复杂的过程。文学作品写出的完全不是现实生活中一再重复的故事，而是经过了作家独特心灵过滤的东西。苛刻一点讲，文学的语言也不是生活的语言，而是虚构和创造出的一种语言，就是说，真正意义上的想象力首先从语言开始，然后是细节，再然后是作家自己的一个完整的世界。想象力其实是对语言的把握能力，是通过语言进入细节和独特世界的一种能力，是一个个绵密的细部的展现能力，而绝非仅仅是一些大幅度的编造勇气。这种编造比较起来是没有难度的，是可以重复和仿制的。文学的想象力既需要付出一生的劳动，更需要天生的个性魅力。我们常说'只有说不到的，没有做不到的'，就是指各种故事的发生是容易的，而'说'本身却是难的。作家写不到的故事，生活中已经发生，这是古已有之。可见我们今天强调的想象力，不是比谁更能编能造，比谁更能想出什么虚玄奇怪的事情，而是比怎样通过个人的语言去抵达奇妙的细节。整个事件的过程由细节表达，这些细节你无法看到，所以只有依靠想象力。这种能力，才是小说家的想象力——通过语言，展示细节，完成一系列非常复杂的过程。小说家的想象力当然要包括情节，但最重要的不是情节，而是细节，说白了，直接就是语言本身，是‘说’。”

至于细节，他也有独到的见解，他不止一次地对我说过：“一定要注重‘点’的描写，要见‘点’就兴奋，要把它打磨得锃光瓦亮，一定不能平均用力地去写，要激动起来，要忘情起来。”对于结构，他这样说：“一个大‘传奇’套着一些小‘传奇’，这就是结构。大传奇几句可以概括，小传奇则需要慢慢读下来。把一个个传奇故事平凡化，这就是小说，相反，把平凡故事传奇化，就完了。”

张炜对文学的“悟”是一直贯穿在他的创作中的，这一点从他不同时期不同作品的风格表现中可以看得很明显。这一方面是其天性和资质所致，另一方面则是由于他对读者的关注和尊重。他不是一个看重市场的人，但对读者却从来不敢轻视，他曾说，千万不要以为你比读者高明多少，你所关注的事情可能恰恰也是读者想要细究的“点”，所以你必须尽你所能，把它写好，否则读者不但会失望，同时也会抛弃你。当然，这不等于说张炜对于当前读者的阅读素质就是全面认可的，他还曾说，现在很多读者的目光已经不会在“正经”的文字面前停留了，他们已经近于彻底的丧失了这种能力。因此，张炜所说的读者其实是有特指的，他说喜欢他作品的人永远不会成为大多数，这也就是他的书永远不会成为畅销书的原因。他说如果哪一天他的书成百万册的印刷和发行的话，他倒要警惕自己了。

说实在的，我其实特别喜欢张炜在书房里的状态，望着他蜷缩在沙发上，胡子也不刮，声音很低地说着这些对文学的见解，我总要想，这绝对是心血呀。又想，这真是一个为文学而生、而活着的人，没有办法，任谁也不能阻止他。

在 场

张炜的确是一个逃避城市、厌恶喧嚣、内心沉静、钟情大自然的人，但这却决不意味着他是一个现代隐士。恰恰相反，在新时期以来的文坛上，无论是文学本体的革命行为，还是精神层面的过往交锋，都不乏张炜的身影。他把自己严格区别于某些精明的作家，绝不仅仅满足于虚构作品的写作，而是不断地与现实社会碰撞，不断地表达自己对当下的最真实的感受，这样的文字在他的作品中占据了很大一部分，已出版的就有几百万字。相比那些只沉醉于虚构冥想、不愿示人以真意、怕得罪人的文学家们，一个年仅 28 岁就写出《古船》的人，其实根本不缺少那点文化策略，但他硬是不愿那么干。作为一个本质意义上的作家，他必须发出和留下自己对一个时代的思考与声音。

值得重视的是，在文字之外，张炜还时常有意无意地加入、参与或被卷入一些文学、思想论争中。印象中比较早的一次是山东大学、山东师范大学、烟台师范学院、烟台大学四高校联合举办的“1993 张炜文学周”，其间，张炜参加了 20 余场学术讲座、4 场对话会和作品朗诵会。那是个初秋季节，我至今记得他穿着那件他最喜爱的方格衬衫，面容沉静、语速缓慢却有力地穿梭于几所校区间的样子。好像也就是在那时，读者，包括熟悉他的师长和朋友们，第一次目睹和意识到了这个年轻人身上不同寻常的勇气和原则性。虽然活动主题是文学，虽然张炜的所有演讲和对话都离不开文学，但你却不能不被他对于现实社会的关注、忧思所感染所感动。那些天里，他一反往日的羞涩和沉默，像一个不知疲倦的长跑手，煎熬着心火，长啸着呼哨，直接面对读者，倾诉着他对当代生活的诉求。令人欣慰的是，他的热望没有失落，无数的学者和学子同他一起对话、一起激动，最终使一次文学活动变成了一次流动的丰盛的精神聚餐。

这之后，人们对他的惊奇和认知尚在热议当中，他的一次主动出击更加引起了来自不同方向的深度审视，他发表在《文汇报》上的那篇“诗人你为什么不愤怒?”的文章既为他赢来了支持和叫好声，也带来了质疑和诘难，但恰恰就是在这样的背景下，一场关于“人文精神”的大讨论拉开了序幕。现在来看，那是 20 世纪 90 年代中国知识分子对突然兴起的商品经济大潮的自然而然的反应，不管结果如何，都在中国当代思想史上留下了很深的刻痕，作为缘起者的张炜，自然也在其中烙下了突出的印记。如今，时过境迁，许多当时的热点话题已经被庸俗的社会学和势利的思维观化解了，可当我们不经意间翻开张炜在那个时期的一些著述以及他为了配合那场讨论迅速写就的小说《柏慧》，却仍旧会被一种道义和激情蓦然烫伤。

仿佛命中注定张炜必须和一些人和一些思潮和一些论争相遇，“人文精神讨论”过去整整 10 年之后，他的一篇几年前的会议发言《精神的背景》突然又引起了轩然大波。这一次他是在完全不知情的情况下，被昔日的好友拖进去的。这件事情的发生给人一种很奇怪的感觉，尤其是几位“好友”的做法，自始至终都显得不那么光明正大，叫人觉得有点放暗箭和告状的意思，总之心思和姿态都挺暧昧。相比之下，倒是原本无辜的张炜体现了一种大气，只做了少许适当的回应便不再过多纠缠，使这桩貌似庄严实则无聊的人挑起的貌似庄严实则无聊的话题很快就销声匿迹了。但是，也许只有张炜最亲近的朋友才能深刻体察这件事情对他内心的伤害有多重，在当时和之后，一旦提起这事，张炜脸上都会出现一种很凝重的表情，只说他“实在不明白为什么会发生这样的事情”。其实叫我看，这事体也好理解，归根到底还是张炜的话说得“太多了”，多得让一些人感到被压过了风头，倘若他只是埋头于所谓的创作中，锋芒隐匿，何至如此。

其实张炜在《精神的背景》里只不过说了一点对于这个世界、这个时代的观察和思考，这正是他一以贯之的处世原则和精神风致，若非这样，恰恰就不是张炜了。而就是这一点，单凭着对文学的所谓“热爱”，是做不到的。事实证明，除了对文学的少见的痴迷以外，的确有着更让张炜动心、更让他割舍不掉的情愫在支撑着他的创作。这些年来，文学界发生了多少变化，不说“下海潮”，不说“各领风骚三五天”，单说一个诺贝尔奖，就疯魔了不少人的心性，致使其做出利令智昏之举。可张炜硬是按兵不动，以不变应万变，不中潮流的毒，不中“泛欲望”“泛消费”的毒，也不中“诺毒”。这看似简单，其实何尝容易，在这个如他所说的“沙化”的年代，顽强地站成一个个体的“人”，大约比什么都难。

这样，我就还是要提及“血脉”这两个字。完全可以说，表现在张炜身上的独立的人格、独立的文学态度以及他宁可遭人白眼也要把他的不安、呼号传播出来的入世姿态，皆来源于他血脉之中的齐鲁文化。如果读一读他的散文《木车的激情》和《稷下之梦》，你就会深切地体会到对于孔子不畏艰难传播理想的做法和稷下学宫辩手云集、百家争鸣、学术争论和思想交锋激烈而又优雅的盛况，他是多么向往和赞佩；对于当下文化界的庸俗和“聪明”，他是多么厌恶——甚至有一种如入无物之阵的悲哀。由此，我们可以更加洞悉他之所以爱慕鲁迅，之所以非要在家乡龙口建一所书院的心情。这的确是一种为文化献身的心情。由此，我们也可以更加理解他对于倡导全球一体化的不同见解。如今，以攀附国外汉学家为荣的人可不少，张炜对此极为不屑和反感。有一次，某位汉学家在他面前公然贬低中国人和中国文学，他立刻毫不客气地反驳说："什么是中心？灵魂就是我的中心，扩而大之，我的村、县和整个中国就是我的中心。"还有一次，有一家国外出版社以让他出卖一位朋友的代价出版他的一部书，也立刻遭到了他的回绝。

对于张炜在精神和行动上的一些清高之举，我其实不愿说得太多，我可不愿像一些并不真正了解他的人那样，恨不能把他制成一副不食人间烟火的精神标本，高高地悬起来，供人观赏。作为他的好友，我有责任在一些人眼里恢复他的血肉之躯。说到这里想起一件事：有一阵子，他突然胖了起来，当然也不是胖得多么不像样子，至少没有"啤酒肚"什么的，可是他就已经难以容忍自己了。他说："唉，我终于长成了一个自己不喜欢的样子。"听他这样说，我们都没在意，只是不久我们便发现，他竟然又回复了他原来的体重和身形。仔细想，这的确不仅仅是一个简单的相貌问题。

张炜在 20 世纪 80 年代末开始担任山东省作家协会副主席，2002 年又被推举为该会主席，这些年来，他以这等身份，为本省众多作家朋友做了许多有益的事情。他是个重友情的人，又是个十分爱才的人，说起哪个有才分的人，说到这人的个性，他会兴奋地手舞足蹈，如数家珍。在他书房的一处，总有一摞一摞的各地作者尤其是青年作者请他"指教"和推荐的文稿，他要在创作之外拿出很多时间来阅读，但他从无怨言，对每一个人都认真对待，或提意见，或向出版单位推荐，或写序写评。他还要经常参加一些创作会议和作品讨论会，在这种场合，他从来都是要求自己讲真话，讲出一点新意，特别是对青年作者，不敢有丝毫误导。曾有人认为体制性的职务会妨碍他的创作，以为他干了这些，创作就不行了。事实证明，这类事情根本不可能影响他的内心追求，相反，倒是更加创造了他为文学献身为文友们做点事情的条件。也有人认为他特别看重这些职务，其实也错了，还在他担任副主席的年月，我就几次见到过他为了专心创作真心提出辞职的辞呈。

我前面说过，张炜是个内心特别柔软的人，对待朋友尤其如此。不过，在涉及原则的问题上，他也绝不迁就。大概是20世纪90年代初的时候，我曾经为他的一个举动所震惊。那是在一次会议上，一位与他交谊甚厚的师长对山东的文学状况说了一些很不负责任的话，他当时碍于面子，没有多言，但在会后他所表现出的痛心却让身边的朋友都感到了沉重，这之后，他决定以书信形式向那位师长表述自己的态度，并且很快拟就了那封信。我是看过那封信的少数的几个朋友之一，我当时觉得措辞太严厉，但后来的结果证明，我的担心是多余的，那封信不但没有影响他与那位师长的友情，相反还得到了加强。

然而，张炜又确实是一个内心特别柔软的人。当年他父亲遭遇不公正待遇时，他曾目睹过许多人的恶行，其中有一个人背着枪到他家训话，对他父亲极尽呵斥凌辱的情景令他终生难忘。到了20世纪80年代，他回家乡龙口市挂职担任副市长，分管文化和公安工作，这使得当年有愧于他家的一些人感到了压力，上面提到的这个人分外惶惶不安，并找上关系向张炜求情。张炜对此轻轻一笑，让来人转告："有些事情是那个年代造成的；再说我回家乡是来写作和工作的，不是来报私仇的。"一句话就化解了许多人的顾虑。我听说这事时，已经距那时很久了，却还能感到说话人的很深很深的赞佩心情。那一刻，我同样很感慨，但我更多的是想到了张炜在作品里对那个年代的控诉和从原则上对所有不公平非正义的行径的痛恨和不饶。

张炜就是这样一个人：有些人会觉得他高深莫测；另一些人又会觉得他性情散淡；而对于我和朋友们来说，无论他在艺术上有多高的创作成就和创作理想，无论他在生活中多么的不拘和不羁，他始终都是一个可以信得过的男人，一个兄长或小弟。

■刘玉堂

一个比我年轻的兄长式人物

认识张炜30年矣，一个从未改变的感觉和印象是：这人天资聪慧，少年老成，道德文章俱佳，涵养学养皆高，如同老舍先生某篇小说的第一句："张大哥是一切人的大哥。"

为什么会有这样的印象？原因有三。

一、艺术自觉起点高

我这个年龄段的作家，一般都是"文革"中后期开始学着写东西的。那时遇到的问题主要有两个：一是艺术上不自觉，永远在怀疑与踌躇，这样写行不行？像我开始学写东西的时候，还闹不清小说与散文的区别。我于1971年在报纸发表的第一个自以为是文学的东西叫《支家红医》，我当时是按小说写的，发出来的时候却署的是散文。那时候我对文学创作还处在一种蒙昧与懵懂的状态。二是受"三突出"的影响，太贴近政治，紧跟形势，特别像我这种由新闻报道转为文学创作的作者，就更加明显，语言也基本是新闻的语言。有关"三突出"的问题，我后来听一些"文革"中被打倒的老作家们说，他们平反出来之后再写东西的时候，也受了“三突出”的影响，自觉不自觉地就紧跟形势、图解政治或政策。可见“三突出”的影响有多大、多深！

但张炜不是！他上来就按创作的规律写作，不是贴近政治、紧跟形势，而是贴近生活、塑造人物。我看到的他的第一个作品是短篇小说《声音》，不知那是不是他的处女作，总之是让我很震惊，也很受启发，至今仿佛还能听见“大刀唻——小刀唻”那淳朴无瑕的呼喊，让你觉得这才是小说，小说就该这么写。它后来得了全国短篇小说奖，也在意料之中。当我们的创作还处于蒙昧状态的时候，他上来就得奖，你说他的起点高不高？

他的创作始终来自生活、贴近生活，他最初学写时的那些草稿甚至退稿，待他成名或艺术上更加成熟之后，还都有用，至少还是一种素材。我听不止一个朋友说，那时他床底下的草稿及退稿有两麻袋，这从另一个角度也说明，他创作之前的准备及实践比我们做得多、做得足。一般人不会有那么多的草稿或退稿。也因为我们的东西太跟形势，形势一变，时过境迁，即使发表了的东西，也留不住了，出集子的时候也不会再收了，更何况那些退稿呢？

当然他创作上的准备及补充是多方面的，比方他有计划地、系统地博览群书、博采众长。有一个阶段他读拉美，再过几年读先秦，又过几年就读欧洲，你从他那一本本的读书笔记也能看得出来；朋友聚会的时候，他也会如数家珍。加之他的博闻强记，天资聪慧，又多思多情，其感悟出的东西自然也就格外多、格外深。

他艺术上的诸多观点与主张，比方诗意与曲艺的问题，幽默与油滑的问题，含蓄与直白的问题等等，都给了我很大启发：噢，这么写，行！令我在艺术追求上逐步开始自觉。

他对我个人创作上的帮助也很具体，我在《上海文学》发的第一组短篇小说《老三届们的歌》，是他向周介人先生推荐的。待我连续发了几个中篇，得了上海方面的几个奖之后，他专门写了评介文章：《沂蒙灵手》。1993 年在由山东省作家协会和《上海文学》联合举办的我的作品讨论会上，他还作了热情洋溢的长篇发言，我从中都受到了很大启发与鼓励。

二、追求执着有定力

在我的感觉与印象里面，“文革”之后冒出来的那一茬儿作家，至今仍然坚持写作的都很优秀，一直坚持写作且势头不减、并不断突破自己的，就更优秀。张炜便是其中的佼佼者。

这里面的原因可能很多，但我觉得最重要的一条是他在精神及艺术追求上，执着又痴迷，从未动摇和彷徨过。他太爱文学，你觉得他就是为文学而生的。他把作家的位置看得很高，有一个阶段，他甚至认为作家不是职业，而只是个人的精神追求与理想。

认识他的 30 年间，文坛上发生了许多事情。比方 20 世纪 80 年代初的“清除精神污染”，90 年代初的“下海潮”等等，都对文坛形成了不小的冲击。像我这种经历了“文革”，又从事过新闻的人，一遇到点风吹草动，容易一惊一乍，或惊慌失措。面对各种机遇与诱惑，又会产生动摇，不断怀疑与拷问自己。但在张炜那里，却产生不了丝毫影响，完全是安然不动静如山的境界，依然在文学的道路上，游走与沉思，挖掘或攀登。

这样的定力或坚守，当然还是来自他一以贯之的信念，来自他在精神和艺术追求上的执着。他把写作当作人格升华与道德完善的一个过程。

多年前，我们在几次交谈中，他都提到，一个作家，靠天资，靠聪明，可能会取得小成功；聪明加刻苦，可能会取得中等的成功，但最后的较量与最大的成功，还是靠人格。

艺术上的自信即来自这种定力与坚守，艺术上的突破也来自这里。《古船》里面有一大段隋抱朴与隋见素的对话，两章两万多字，基本没什么情节，完全靠独白式的叙说来拉动或推动故事，一般作家不敢这么写，但他敢！当然，这也靠了他语言上的特色与魅力。他的语言发"黏"，有一种黏性，一提溜就是一串，引得你看完这一句，下一句便非看不可。

人格的升华与完善，不仅体现在他巨大的艺术成就上，也体现在他做人与待人、做事与对事的看法与处理上。

我与他的第一次见面是在开往烟台的火车上。当时有一个刚冒头的青年作家陈杰（他后来写了《大染房》），在那趟车的邮政车厢做押运员。他看到我俩，一定让我们到他的邮政车厢去坐坐。三说两说，火车开了，我们原以为邮政车厢与其他车厢是通着的，车开了，也可以进到其他车厢，不想根本就不通，遂又挤在里面继续说话。我正看过陈杰发在《当代小说》上的一个关于押运员生活的小中篇，我提起他的那篇小说，张炜即说：呀，是你写的呀！我也看过，文字不错。我又提到在《萌芽》笔会上认识的一位浙江青年作家谢鲁渤的几个短篇小说，张炜又说：嗯，他的东西少，但好。因为好，又显得少。总之是我提谁，他都知道，并总能作出中肯的评价。多年之后，再次见到谢鲁渤的时候，我将张炜的话学说给他，他即感念不已，说这人可真会奖掖后进，鼓励别人！

写到这里，不免又怀念起 80 年代的文学气候与氛围了。

那时，我们每次来济南参加笔会，在省档案局工作的张炜，只要听说，要么去看我们，要么就请我们去他家吃饭。记得有一次去他家吃水饺，他的孩子还在哺乳期，他爱人即一边抱着孩子，一边在那里包水饺。也是那次，我在他家看到他发在《青年文学》上的《秋天的思索》，吃饭的时候，想起他小说中“老得”的话：“枪是钢枪，上了火漆”，特别后边还有个小括号（他认为是火漆），不禁独自笑了。他问我笑什么，我说到“火漆”的问题，他也笑得嘎嘎的，说还有点幽默感是吧？你的语言也很幽默。

他给我一个很深的印象，作为名人，他在待人接物及处事方面，是值得我学习的。那时我刚从部队转业，时时告诫自己，注意克服部队作风，可还是容易急躁或粗粗拉拉。我后来说热情是一种态度，周到是一种境界，我们往往容易热情，但一般不太会周到，即基于此。

他是名人，但没有一点架子，这当然也是山东文坛上一个好的传统。他比我年龄小，见面即直呼其名，比我年长许多的前辈作家，见了面一般也不称呼职务，管刘知侠叫“知侠同志”，管冯德英就称“老冯”。也是因为他有名，在日常工作及生活的诸多误解与误会中，往往比较容易“躺着中枪”。我看他的态度是妥当的：不以为然，一笑置之。我比较喜欢看他发火时的发言或训斥，那真叫逻辑缜密、才华横溢、妙语连珠！无论你有什么样的职务或背景，都会让你张口结舌，甚或哑口无言！这当然与他的定力与底气、气势或气场、阅历与学养以及平时的词汇积累有关。我曾因此写过一篇小随笔叫《不要和作家吵架》，只是他性格绵软，又比较宽容，他发火的机会甚少。

三、会过文学生活

凡是看过张炜的手稿及500多本各种各样的版本展览的人，一般都会震撼与惊叹：他怎么有那么多东西写？这就牵扯到一个“文学生活”的问题。

多年前，他在一篇文章中提到，工人工作在车间里，农民劳动在田野里，作家写作在书房里，要学会过好文学生活。我理解他所说的文学生活，至少包括三个层面：一是对生活的态度，二是观察和体验生活，三是生活与写作的关系。

一个优秀的作家不可能对我们生活中的诸多大事没有自己的态度与声音。比方自然环境的问题，道德与伦理的问题，商业侵蚀及江湖习气的问题，甚至是地方文化与地方老人的问题等等，在张炜的作品及文章里都有明确的态度与声音。他的立足点很高，眼界甚广，这一方面得益于传统与现代文化的熏陶，另一方面就与他始终沉在生活里面，永远四处游走有关。

“游走”一词，在张炜的作品及生活中出现的频率很高，他有一本书就叫《游走：从少年到青年》。你觉得他似乎永远在游走；青少年时期在胶东大地上游走，在果园或葡萄园里穿行；中年之后便在全国及世界各地游走与讲学。就对大自然的感触与感悟而言，个人游走可能要比集体采风来得更直接、更亲近。多年前的一次有关文学创作的会议上，他讲话的时候问在场的诸位，你们知道玉米拔节是白天还是晚上？在场的没有一个能回答得上来。他说是凌晨！初夏的夜晚，他曾专门跑到玉米地里观察它们如何地拔节。凌晨两三点钟的时候，你就听吧，到处都是“噌儿噌儿”的声响，细微而清晰。你就不能不服，这人的观察与体验，可真是做到家了！

生活中，我常常被问及：作为一个专业作家，你比业余作家专业在哪里？我一般都会说，应该像张炜那样，会过文学生活吧？一个人永远对一件事较劲是可怕的，成功的概率也应该大得多吧？

我刚开始搞专业创作的时候，张炜告诉我，做专业作家要有计划，具体写起来的时候还要节制，一般不要加班加点，不能急惶惶地写完一个东西就没东西可写了；创作是以身体作代价的，生活要有规律，写长篇的时候，还要增加营养。你瞧，他比我们生活得有经验吧？连同他创作及待人处事上的经验，故而我称其为比我年轻的兄长式人物！

■赵德发*

除却蓑衣无可传

——读张炜《小说坊八讲》

如果将作家比拟为一群修行者，张炜便是其中的一位得道高僧。他的得道，从《古船》即可瞧出端倪。那时他才 20 多岁，若无超凡慧根，绝不可能写出这部时间愈久愈显经典品格的长篇小说。“一朝悟罢正法眼，信手拈出皆成章。”从那之后，张炜佳作频频，让读者目不暇接。眼见有 1500 多万字的作品量了，450 万字的《你在高原》又横空出世，更让天下读书人目瞪口呆。我和文友每每议论：张炜到底靠了什么，才能保持如此旺盛的创造力呢？

正惊异间，香港浸会大学将张炜请去，要他去讲创作了。他的讲稿，先在《青年文学》连载，后由三联书店和商务印书馆（香港）有限公司分别出书，让我们虽然不在“小说坊”现场，但也感受了一番张炜传授写作之道时的风采。

古时禅师传道，每每顾虑“一落言筌，便生谬误”，因而对宇宙人生的许多体悟付诸心印，极少用语言表明。从张炜的

---

* 赵德发，中国作家协会全委会委员，山东省作家协会副主席。

序言中看出，他也有过犹豫，“害怕误人”，所以一再强调“无法而法”。但是，讲坛登上去，学生眼巴巴地瞅着他，已经容不得他缄口了。

他一共做了八讲。后面的三讲是“班访”，大约是学生们自由讨论一番，他只做做归纳总结。前五讲是主体部分，题目分别是“语言”“故事”“人物”“主题”“修改”。只看题目，平常得很，然而读进去便会发现，每一章每一节都蕴含了“真经”。虽然他从不拿自己的作品作例证，提到的都是古今中外别的作家的作品，但我们还是读出了他的经验之谈、悟道之语。

譬如说，有一节的题目为“虚构从语言开始”，让许多人不解。张炜讲，好的小说，无论是作者使用的叙述语言还是其中的人物语言，都是独具特点、与众不同的——它们不太像公众的、社会的，而纯粹是独一份的。它们只属于作家自己，而不可能属于任何别的人。他的这种“语言方式”根本就不可能复制。张炜还特别强调，这是一种“心语方式”。至此，我们也就明白了张炜的语言何以独特而精美，往往让读者沉醉其中。

譬如说，他在讲完“修改”这一课与学生讨论时，不经意地谈到，有时在写作中还不能让作品过分流畅，不能像一条直冲而下的水流，要出手阻止它，这儿挡一下，那儿改一下道，让水流变得稍微缓慢一点，这样水流过的地方，才会有更大的滋润力、渗透力。他还讲到了光的作用：就像绘画一样，作品的布局也要讲究明与暗，有的地方需要用强光，有的地方则要写得阴郁，让其暗淡下来，与强光地带交相映衬，相得益彰。

在《小说坊八讲》中，这类的“小说做法”俯拾皆是。

然而，张炜却把一些具体的写作技术称之为“小道”，似乎不足为训。那么，什么是“大道”呢？

从书中可以看出，张炜对世界观特别重视。他认为，一个杰出的作家必然有自己的世界观，有关于人类生存的形而上的思考。所以，他反复强调要多多读书，读托尔斯泰、陀思妥耶夫斯基等人的作品，读《古文观止》，读屈原、李白、杜甫、苏东坡、陶渊明，感受那一颗颗伟大的灵魂。

在五次主课结束之后，张炜讲了两个字：“认真。”他说，这两个字所意味和代表的，可能超越了所有的技巧。

读到这里我们会憬然有悟。唐代船子和尚有一首词称：“问我生涯只是船，子孙各自赌机缘。不由地、不由天，除却蓑衣无可传。”这一领蓑衣，在古代禅师那里是传法衣钵，在作家这里，应该是从文学大师那里继承下来的博大文心和极端认真的写作态度吧？

■王树理*

心比海大

15 年前 5 月的一天上午，艳阳高照，海风习习。胶东平原一片平整开阔又面临大海的广场上，正在举行一个看上去颇为隆重的庆典。我应邀作为这个庆典的剪彩人之一，煞有介事地穿了西装站在主席台上。虽不情愿却又无法推辞的熬煎，让我不安地左顾右盼着那支剪彩队伍里多数不熟悉的面孔，希望从中找到一个可以哪怕是用眼神交流一下的熟人。这人还真的找到了。只可惜，我认识他他不认识我——这不是大名鼎鼎的作家张炜吗？多少次如痴如醉地读他的小说，多少次捧着封面勒口上的作者简介端详他充溢着才气的面庞。这次终于见到真人了！

我是回族人。骨子里有一种拒绝一切偶像崇拜的情结。但是，我们又尊重知识、尊重人才，敬畏冥冥之中无处不在的大能、敬畏至圣、敬畏贤能。这样的信仰让我不至于像时下的追星族那样不顾一切地扑上去向他来一番自我介绍，但仰视高人、拜师求学的心情还是非常迫切的。然而，当剪彩仪式结

---

* 王树理，山东省伊斯兰教协会会长，山东省散文学会会长。

束，我从文件袋里掏出自己的第一本散文集《九河梦寻》，准备请张炜先生指教的时候，却又先自打怵起来：以张炜这么大的名气，能看我这连自己都觉得拿不出手的玩意儿吗？思考再三，我还是怯生生地把那本书给了他。让人想不到的是，张炜并不像我想象得那样让人望而生畏；相反，他的彬彬有礼和待人的热情反倒让我很快化解了先前的疑虑。那天，他对我说了很多鼓励的话，并且说等他看完了我的那本散文集之后再和我交谈，弄得我都有些不好意思起来。但我心里庆幸：感谢缘分，让我结识了一个具有大海般胸怀的人。

果然，几天之后，张炜邀我到万松浦书院。那天正好王延辉也去看他。我们在海边上那片郁郁葱葱的松林里，赏初绿的春草，听鸟儿的鸣啭，看松鼠在林子间灵巧地跳跃，野兔在草丛里觅食，还时不时地面对浩瀚的大海慨叹白驹过隙般的苦短人生，以及人这一生怎样才活得更有意义。张炜没有专门谈对我那本散文的意见，只是在交谈中说了一句，看了那本书，还算得上是个文学圈里的人，不属于用官话、套话、大话、假话、没用的话组装起来的“书”。他鼓励我坚持写下去，并且说：一个具有文学情怀的人，即使让他坏，也坏不到哪里去。因为一个真正热爱文学的人，用心去做文学的人，心里总是装着平民百姓、父老乡亲，总是充满着人性的悲悯，这样的人怎么能容许自己滑出人性的轨道而成为道德失范的丑类呢？

大海一样的胸怀是可以包天孕地的。自从和张炜成为朋友，我愈发地感知了他的那些诸多的与众不同。比如，对一个在炎炎烈日下辛勤耕作的农夫发自内心的礼赞；对一阵从天际突然飘来的鸟鸣或者一片秋风中飘飘洒洒的黄叶的关注；对顶着一头露水在春阳照耀下突然开放的花朵的惊喜；对扇动着翅羽从半空里突然俯冲下来的鹰隼优美姿态的审视……无不包含着他知鱼之乐的独到见解。正是这种对大自然、对生活、对人生的热恋和熟悉，让他的作品总是充满着文学的张力与热力。40 年，1500 多万字的作品，这是多么了不起的惊人数字！这得多么大的一颗心脏才能容得下如此卷帙浩繁的巨著——只有大海，只有一颗大海般的心才能容得下岛礁，容得下浪花，容得下万类生灵竞自由的大自然！然而，熟悉张炜的人都知道，一个把文学看得比生命还重要的人，为了把那颗盛装着巨大悲悯情怀与人间善良的心所看到想到的人间万象行诸于笔端，所付出的种种艰辛，其中包括《你在高原》写作最紧张时刻的流鼻血、患胃病等等，以及远离世俗的那种鲜为人知的孤独——当然，惟其如此，才能让自己那颗大心所思所想发挥到极致！

近几年，人民文学出版社、作家出版社、湖南文艺出版社等多家出版社，先后推出了张炜系列作品，出版者的匠心、装帧印刷的漂亮，都达到了令人叹为观止的境界！我每次接到赠书，都激动得不得了。虽没有全读，但的确是天天都在读。一读，就自然而然地想到大海，眼前就立马矗立起一位最沉静、最纯粹的精神守夜者形象：没有一颗大海般的心脏，榨干了脑髓也出不了这么多优质产品呀！我想，张炜写都写出来了，我们看还不该全部看完吗？因此，我想利用有生之年，静下心来，把他所有的作品读一遍。看着张炜如此浩繁而又厚重的巨著，尤其是看了档案馆珍藏的那些手稿，敬重之心让我读完他的作品的信心更足了。一个人，不可能把世上的书都读完，但是摁住一个经典作家的作品认真地去读，中间穿插着读一些必读书和相互照应的书，还是完全可能的。最近，我近水楼台先得月，较早读到了中华书局出版的《也说李白与杜甫》和《诗刊》上发表的他的长诗《归旅记》。这两部作品让我对这位让人感叹不已的作家增添了更多的钦佩和敬重。他不仅是优秀的小说作家，也是独具慧眼的文学史家，是大气量、大来头的诗人。只不过他多方面的才能有点为小说的高峰遮蔽了。其实，他的包括小说、散文、文论等各种文体在内的作品，无一不体现着高雅的诗性。诗性的构思、诗性的细节、诗性的语言……宛如永无停歇的雪浪花从他大海般的心里不停地喷涌。

“江海之为百谷王者，以其善下之。”古人的这句话，用来观照张炜，或许可以对他的那颗大心所承载的善良与正义理解得更具体，更深刻。先前我在结识他的时候的那种羞怯与不自信，被他的气度与礼貌化解之后，我才真正理解到，张炜对所有身处社会底层的劳动者，尤其是那些靠着自身的力量挣饭吃的人，时时刻刻都寄托着深深的同情与尊敬。对于文学爱好者的那种提携、栽培，更是园丁护花那样精心诚意，就像大海总是包容小溪，接纳浪花。他写作那么忙，不知什么时间为那么多业余作者出书作序、题跋，我的第一部中短篇小说集出版前夕请他指教，他十分认真地阅读了全部作品，独具匠心地写下了《来不及的忧伤——序王树理小说集〈一生清白〉》，并且说了很多鼓励的话。他的这个序言，成了我走上文学创作道路的一个拐点。在他的鼓励下，我近年来一直坚持写作，尽管写得不像样子，但有一颗文学的心支撑着我的生命，就感到攀登的乐趣和意义。前不久，一个和张炜素不相识的作者，把一部 4 卷本、长达 100 多万字的小说初稿送给我，让我送给张炜请他指教。说心里话，对于这么大部头的东西，我真的不好意思代转，生怕耽误了他宝贵的时间。出人预料的是，张炜照样阅读了这部书，并且提出了修改意见。这让我和作者都非常感动。后来，我在阅读湖南文艺出版社出版的《张炜散文随笔年编》时，惊奇地发现，那套长达 18 本的非虚构文集中，多数是他参与作品研讨的发言、对于某些事物的即兴随笔、文学评论、创作理论、散文等不同题材的集纳，其中有相当一部分是记录他与文友来往的散文。张炜啊，就是一个用他的文学生命诠释着“仁者爱人”古训的汉子，大度能包容，慧眼明世事，故而能有那么多好的作品从他那颗大心淙淙涌流。

到了我这样的年纪，性情中少了许多浪漫，多了许多沉淀，少了许多空灵，多了许多板滞。但是，却总是渴望听到大海的涛声，渴望被浪花惊起的一摊鸥鹭在头顶盘旋。读张炜的书，和他相知相交，不就找到了这样的感觉吗？站在大海边上举目远眺吧，纵然是望洋兴叹，也会觉得胸怀宽阔了许多，耳聪目明了许多，心旷神怡了许多。我愿时时听到大海的絮语，看到大海的波澜壮阔。

■徐明祥*

心 仪

《心仪》，张炜著，山东画报出版社 1996 年 10 月出版。张炜签名："明祥正之。张炜九六、十一。"已割爱赠予痴迷张炜著作收藏的新泰书友阿滢，意在成人之美，并在扉页题跋：

> 平阳子阿滢创办泰山书院，为各地书友交流搭建平台，颇得好评，今有新著《寻找精神家园》问世，特以寒斋潜庐珍藏近十年的张炜签名本《心仪》相赠，以示祝贺，亦为秋缘斋集藏张著增添一个品种。一九九三年曾写过一首小诗，名为《寻找精神家园》，与阿滢兄的书同名，亦缘也。
>
> 徐明祥二〇〇六年二月于泉城济南

2011 年 6 月 19 日，阿滢在他的博客刊发《徐明祥寄赠张炜签名著作》：

> 济南徐明祥兄用快递寄来了张炜的两部著作：《散文精选》和《问答录精选》。两书中均有张炜于九六年十月一日的签名。山东友谊出版社出版的"张炜名篇精选"之

---

* 徐明祥，研究员，书话作家。

一，这套丛书有三种版本。《散文精选》和《问答录精选》秋缘斋均已有藏，但签名本还是难得。

明祥兄在《散文精选》扉页用毛笔题道："阿滢兄收藏张炜著作，这是读书人有眼光的象征，张炜是有思想的，钦佩。辛卯夏。"明祥兄在《问答录精选》扉页题曰："张炜是我所了解的山东最有思想的大作家，愿秋缘斋珍藏之，研究之，这对中国当代文坛是很有意义的。二〇一一年六月十四日"

在《散文精选》一书中，我还写有两句话："赠张炜签名本予秋缘斋，适得其所。张炜是博大的，值得研究。"阿滢忘了引录。

两个月后，即 2011 年 8 月，张炜的《你在高原》、刘醒龙的《天行者》、莫言的《蛙》、毕飞宇的《推拿》、刘震云的《一句顶一万句》五部作品获得第八届茅盾文学奖。61 位评委 6 次实名投票，450 万字的长篇小说《你在高原》得票最高，获 58 票。这是张炜在 22 年的时间里创作完成的。全书分 39 卷，归为 10 个单元（《家族》《橡树路》等），每个单元都可以独立成书，而这些单元加起来又是一个更大更完整的故事，是已知中外小说史上篇幅最长的一部纯文学著作。

我得如实说，我没有购买这套书，没有看过。很多年前在 1995 年第 5 期《当代》杂志上读过张炜的长篇小说《家族——你在高原》。我原以为总题为《你在高原》的 450 万字的长篇小说是一套系列书，前些日子到杭州出差时买了一本张炜的《告诉我书的消息》，读了其中的《从春天到冬天——〈你在高原〉访谈辑录》一文，才知道不是系列书。张炜称："它是一本很长的书，不是系列的书。系列的书每一本都是相对独立，不管是故事还是人物。这本结构稍微奇特一些，这是故意的设计。人物、主人公都是一个，整个故事也是一个。人物的高潮、起伏都经过设计。但是每一本又是一个可以独立阅读的书。考虑到现在读书的人都很忙，如果有人不能从头读到底，任意抽出一本都可以读，因为读的顺序不一样，读完了以后可能有自己的组合。这是一个特殊的结构方式。”

张炜获茅盾文学奖，作为读者的我当然高兴。但我想说的是，这首先是茅盾文学奖评选委员会的荣幸，其次才是张炜的迟到的荣幸。

张炜是我心仪的作家，他 30 岁时发表的第一部长篇小说《古船》是我心仪的名著，我认为《古船》早就应该获茅盾文学奖了。这是很多年前的事了。

1996 年 5 月的一个夜晚，我到张炜家拜访，请他在《古船》衬页签名，他写道：“请明祥同志指正。张炜九六、五月”。这个版本是人民文学出版社 1987 年 8 月北京第 1 版，1994 年 10 月北京第 1 次印刷，印数 3 万册。不知道为什么间隔了 7 年才印出来，这其中应该有些故事吧。他家的面积很大，书房是单独的一间，藏书很多，印象中似乎还铺着地毯，这令仅有 70 多平方米住房而只能把小餐厅当成书房“潜庐”，与冰箱、菜橱、微波炉共用的我艳羡不已。我送他一册我主编的《国情知识辞典》，他回赠散文集《纯美的注视》。闲聊中我建议他应该多读一些中国古典文学的书，当然这也缘于我喜欢古典文学，我觉得古典文学会给他的作品增添厚度、力度，印象中他读外国文学作品比较多。现在回想起来，我的建议实属孟浪冒昧，一个文学爱好者怎么能这样劝告成名的作家？他如今已出版了《楚辞笔记》《也说李白与杜甫》等古典文学研究专著，这在当代作家中是少见的。在今年的《也说李白与杜甫》签售暨媒体见面会上，我亲耳听到他说古典文学是他的短板，他的表述那么谦逊，大家就是大家。他曾说他不是学者，我认为他早就是一个真正的学者了。针对评论家称赞他 20 多年写一部长篇《你在高原》的“坚持”，他本人更多强调了责任和快乐，他的这个解释深深吸引了我。当簇拥在他身边的人散去，他走向电梯时，我向他作了自我介绍，他说：“我刚才看见你了。”

张炜不仅是学者，他还是思想家、教育家，本质上他是诗人。还可以说，他是一个劳动者。从事创作 40 年，他已经出版了 1500 多万字的作品。这是何等巨大的劳作啊！我曾经问朋友，不用你创作，只是让你用钢笔抄，你能抄完吗？答曰不能。我想，如果一个字是一棵小草，1500 万棵小草铺展开来会是多么大的一片草原！如果一个字是一棵树，1500 万棵树会组合成多么深远的一片森林！张炜在《古船》的开篇写道：“我们的土地上有过许多伟大的城墙。它们差不多和我们的历史一样古老。高筑墙，广积粮，被认为是上上之策。于是在黝黑的泥土上，在贫瘠的山岭上，就有了那么多崇高连绵的东西。”我由此产生一个联想：48 卷《张炜文集》是我们齐鲁大地上的一道文学城墙，巍然屹立于中国当代文学史！凌云健笔，续写《张炜文集》，这道文学城墙在延长，在生长！

2013 年，我在山东省博物馆第一次见到了古船，还有古代的一只很长的独木舟，很震撼，马上联想到张炜的《古船》。今年 12 月，我在杭州萧山区跨湖桥遗址博物馆见到了世界上最早的独木舟，距今 8000～7000 年，我也联想到《古船》，甚至揣测如果张炜看了会有何感想。

不能免俗，写文章要首尾呼应。现在呼应一下开头所说的《心仪》签名本。这是 1996 年 11 月张炜在济南致远书店签名售书时我买的，此乃张炜在济南第一次签名售书。当时买了数册，陆续送了朋友，最后把写有我名字的这册送给了阿滢。18 年后，时至 2014 年 11 月，张炜在济南泉城路新华书店为《也说李白与杜甫》签名售书，我和阿滢都参加了，每人都买了一大摞。我用毛笔写了“古船难忘”，想送给张炜，想表达《古船》的一个忠实读者对《古船》作者的钦佩，可是现场人太多了，张炜太忙，加上感觉自己的毛笔字水平有限，就没好意思拿出来。

张炜很少搞签名售书，据说在济南这是第二次。此系张炜创作40年系列活动之一，另有《张炜文集》（48卷，作家出版社2014年11月出版，共17840页）首发式、张炜创作40周年研讨会、山东省档案馆张炜版本手稿展、民间收藏张炜手稿及版本展（张期鹏、袁滨藏品）等。我感到很荣幸，两次难得的签名售书都躬逢其盛。还有一件快乐之事值得一说。一个月前，我将以前收藏的《凝望——四十七幅图片的故事》（张炜著）、《期待回答的声音——'93张炜文学周》托作家、藏书家张期鹏先生帮忙找张炜签名。前者张炜在扉页写道：“明祥先生诗心焕发。张炜　二〇一四、十一”。在后者写道：“明祥大雅士指正。张炜　二〇一四、十一”。得到心仪的作家的签名题字自然是很愉快的。尤其令我惊喜的是，我正在整理我的诗集《弄闲斋诗稿》准备出版，张炜竟然就写了“明祥先生诗心焕发”。本来只是两面之缘，并不熟悉，很多年我们没有联系了，他不知道我在干什么，也可能忘了我是谁。他怎么会随手一句“诗心焕发”就说到我心坎上？诗心焕发，这是多么美好的生活状态！

上个月参加《也说李白与杜甫》签售暨媒体见面会，倾听张炜讲话，领略大作家成熟风采，心仪之，感慨系之，写诗以纪之。

芦青河畔美少年，融入野地心致远。
历练思想四十载，李杜诗篇张口传。

一潭清水沉古船，齐鲁大地写寓言。
四十八卷奏强音，诗心似火在高原。

■苗长水*

张炜的经典品质

认识张炜是自20世纪80年代初的短篇小说《声音》始，《声音》中“大刀唻、小刀唻”的呼唤，使刚刚从封闭时代走出的我们，知道了文字作品原来是有声音的。

我比张炜大三岁，那时也是中国文学复兴的潮流中涌动的20来岁的“文青”。虽然我父亲苗得雨当时是山东省文联领导，他老是讲如何发现和培养了张炜，但显然只是尽到了他那一代老作家们特有的热情。张炜的成名，有诸多重要因素。我写小说并成名是在80年代中后期，《声音》发表的时候，我真的不知道小说应该怎样写，也没有读到过后来读到的那么多中外名著。

我的印象中，张炜自《声音》始，后来又有《秋天的思索》《秋天的愤怒》等作品，进入中国当代知名青年小说家的行列。他的“芦青河”系列，使“芦青河”成为像威廉·福克纳的约克纳帕塔法县一样的一张属于张炜的“邮票”。关于“邮票”问题，我觉得中国作家们一直存有争议，作家是不是

---

* 苗长水，济南军区创作室主任，山东省作家协会副主席。

非要有自己的那一片领地，并且像福克纳那样一直写下去？因为作家往往都是追求个性的人，如果被人认定为一种个性，他会不舒服，会千方百计改变，从一种印象中逃掉。但“邮票”又是一种很神秘的东西，它与作家有着一种难以说清的关联，离开它是很难的，有无数实证都在说明这一点。到底是什么原因，似乎全世界都还没有说清楚。

从那个时代到现在，中国文坛有许多名者，因为各种原因，不光离开了那张“邮票”，甚至连文学都离开了。而时至今日，张炜还在用钢笔写作着长篇巨著，他认为最重要的文稿，包括所有的长篇小说，都用钢笔写；次重要的文稿，用圆珠笔写；不重要一些的文稿，用铅字笔写；而他觉得最不重要的文稿，才会用键盘打字而成。

我感到他的主要的叙述，也没有离开“芦青河”。熟悉张炜的人都会熟知他的一些主要叙述，比如他谈写作时说：“我曾作过比喻，说有一些焦干的渠道上有好多洞，洞里藏了好多黄狸鼠。哪个洞里才有黄狸鼠呢？人们用棍子缠上牛筋，在香油里面炸一下，这个味道黄狸鼠受不了，它用牙一下咬住，牛筋很硬，人猛地一拽就把它拉出来了。天赋就好比黄狸鼠待在洞里，平时看不到，但是洞里如果压根就没有黄狸鼠，缠上再多的牛筋炸油也拉不出来……”还有：“我从未把自己当做一个专业写手，而是一位业余作家。小时候，我时常幻想长大后能在葡萄园里工作，白天是个园丁，晚上是个写作者，伴着绿色、露水、星空、鸟鸣，捕捉一种源于生命的冲动。”

我认为这些就是张炜的主要叙述，再大的主题，永远不离开“芦青河”上的那些内容。

张炜从《古船》到《九月寓言》《家族》，我记得他在国内外引起轰动的所有消息，也忘不掉他“一部作品哪怕只有五六个读者就知足了”的经典言论。被誉为“已知中外小说史上最长、最为卷帙浩繁的纯文学著作”——450 万字的《你在高原》，就是张炜用钢笔一字一句写成，他说：“用笔书写的作品诞生过程缓慢，但其中往往包含着作者细致的思考与琢磨，文字也带着作者生命的体温。”

2013 年北京国际书展举办“张炜长篇小说年编、散文年编新书发布会暨版权签约仪式”，掩盖着一整张大桌子张炜新作的红丝绒掀起的那一刻，我从心底发出一声感叹：这么多书，张炜往哪儿放？2014 年“张炜创作 40 年研讨会暨手稿、版本展”系列活动在山东省档案馆举行，我有幸参观了山东省档案馆从所藏 10000 多件张炜手稿、著作版本及其他材料中选出的部分精品和素材，张炜从最初写作的手稿，就装订得工工整整，我在想，他有着很好的生活习惯，他对于文字和文学的一切的珍爱，全世界都很难有人比得上。

虽然同在山东作协工作，张炜参加日常活动选择性很强，电话从来都是很难打通的。他的密友们在我的感觉中都有些神秘，如千里阵云横亘苍穹，也说不准还有一些是从事其他职业，也说不准在什么地方，肯定有许多朋友在拥趸着他，也无疑有许多普通的“张炜粉丝”（我们在研讨会上见识过收藏了所有张炜作品版本的人），帮助完成着许多冗杂工作。

张炜创作 40 年，我和张炜的友谊也差不多 40 年了。张炜确实把写字和创作当成了一种极大的快乐。我熟悉张炜，他不是一个纯感性的人，他是一个理性的人，做人做事情他都一套自己的想法，都有自己所坚持的东西。所以，他既有理性，又持续不断地写字，他一定从中得到了很大的快乐。从 20 世纪 80 年代到现在文坛出现的作家，有哪一个像张炜一样执着于写字，执着于文学创作？可以说是极少的。他把文学创作当成一种非常骄傲、非常崇高的东西来敬重，这是非常少的。所以我感觉张炜在当代中国文坛应已创造了一个流派，或者说他本人就是一种主义——经典主义。

张炜用对经典创作的炽热追求，要在中国文学经典创作中树立一个经典的旗帜，张炜的创作高度确实是很难达到的。我们的先贤们包括老子、孔子，他们都有这样一种态度，张炜肯定会给中国文坛乃至世界文坛留下经典性的东西。

■袁 滨*

探寻张炜理想与诗情的源流

48卷本的《张炜文集》，代表了中国当代文学的风貌，是中国新文学的精神高原。张炜文学创作40年，著作浩瀚，体裁众多，影响广泛，深刻动人，留下了一系列栩栩如生的文学形象。这些作品凝聚着作者巨大的热情和心血，既有思想高度、艺术锋芒，也有经典价值、史诗品格，在人生审美、文化语境、思想传承和精神向度上，张炜与鲁迅是一脉相承的。

探寻张炜理想与诗情的源流，是走进张炜艺术世界的一条途径。以长篇小说《刺猬歌》为例，难免带有文本的局限和视野的偏差，但在局部的认同下，我们也可以领略张炜高扬的文学姿态和委婉的诗情诉说。

《刺猬歌》通过廖麦和美蒂的苦难情爱，描述着近百年的历史风情，具有强烈的现实感和浓烈的沧桑感。这不是一个普通的叙事，它已经超越了传统的语境，作家的笔触深入到哲学和人性的核心结合部，在一个新的领域关照人生和现实，表现出了勇敢的忧患意识和前卫姿态。《刺猬歌》晴耕雨读式理想的破灭以及霸权话语的不可逆转，透视出一个生动的充满了矛盾和

---

* 袁滨，书话作家，藏书家。

尴尬的原生态的民生空间。作家坚守在大地上，在理想主义的光辉下，为一个民族苦难的生存状态，镌刻下了经典的颂诗。

刺猬作为当下生存状态的象征，被赋予了积极的活跃的文学色彩。刺猬是两难境地的代言人，张炜笔下的刺猬体现了理想主义与现代文明冲突的无奈，具有强烈的警示效果。张炜曾说，刺猬“扔了可惜，抱着扎人”，这当然是作品主题的深层寓意，我们可以把此话当作一种艺术阐释，或者一种对主题的阅读把握。

张炜此前曾写过一组随笔《它们》，其中第一篇《刺猬》，还专门附了拍摄的照片，张炜说：“这种动物憨态可掬，不仅对人友善，对周围的一切也都无害而有益。……它们默默无声，待在自己的角落。如果接触多了会发现它们像人一样，是那样地有个性。”这几乎就是在写人了。

和作家的长篇小说比起来，这篇随笔只有几百字，却传神地写出了刺猬的“人性”，如果联系作家的《刺猬歌》，我以为富有独特个性的刺猬是作家诗意化生活的化身，长篇所寄寓的含义太博大了，“刺猬”是大地上很可爱的精灵，文本意义上的动物形象已经脱离了纸质，是作家理想的凝聚和升华。

我曾有过一段乡村生活的体验，对刺猬有着另一层真实的认识。在乡下，刺猬是神秘的，常常被视为财神。我听到过这样的传闻，有人想吃刺猬，把它用泥裹住，放在炭火里烤，以为烤熟了时，却只剩下了一个泥团，里面的刺猬早已不知去向。还有人像烤地瓜一样把刺猬用盖子罩住了烤，结果掀起锅盖时什么都不见了。所以，在乡村，人们遇见刺猬一般不会去伤害它，大都放了它，甚至有人还会拜它，求它来保佑。

张炜在以往的创作中，已经塑造了隋抱朴、隋见素、宁珂、史珂、淳于阳立、肥、李芒、老得众多具有感召力的原创典型，这些特立独行的艺术符号具有各自的典型意义。但我们仔细体味，也会发现他们之间一脉相承的人格精神。张炜的小说具有浓郁的诗意表达，人物群像之间的关联，其实也是一种艺术思想的链接，在《刺猬歌》中，寥麦显然是新鲜的，但他身上是不是贯穿着张炜长期的大地文学的影子？同样，在地域文化理念上，《古船》中的洼狸镇与《刺猬歌》中的鸡窝镇两个地名间也有着抹不掉的痕迹。《古船》的洼狸镇是老隋家的活动舞台，而《刺猬歌》中的鸡窝镇是谁家的天地？“石头、树、街上跑的狗，还有一片片的田地，都姓唐”——这就是廖麦和美蒂的生存背景，简直有点寄人篱下的意味了。撇开人物的发展不说，单是两部书中地名的隐喻——隋、唐，就引人遐思。这当然不是一种巧合，阅读的魅力也许就这样奇诡：洼狸镇可以使人联想到聪明美丽的狐狸，而鸡窝镇的故事里分明又晃动着善良憨厚的刺猬的影子。张炜笔下充满了人性关爱和大地诗情，这如同他笔下的葡萄园和芦青河，不仅给人带来了鲜活的艺术审美，也使人感受了久违的悦读冲动。

《刺猬歌》出版不久，张炜在一次公开谈话中说，用30多万言去反映的东西，用一席话来概括是危险的，简化的说明只能造成对作品的曲解。因此，对原文评论也好，感想也好，都免不了意气用事，也都不可避免地带着个体见解的偏颇和缺失，从而对作家语境造成伤害，这是应当让读者明白的。在这次谈话中，张炜提出了“我们正经历两难的时代”的命题，他说：“我们常常处于两难的境地之中，我们对经济的飞跃、物质生活的大幅度提高，有一点儿庆幸；同时又对人的贪婪、强横、无理和野蛮，对环境的难以修复，感到椎心之痛。我们常常要在两难之中生活、思考和创作，有时不免陷入悖论。”这是对《刺猬歌》最好的诠释和注解，文本内容在这里被归纳成哲学的思考，对理解原文有着画龙点睛的作用。张炜还说：

"无论做什么，还是应该有一点理想。要关怀这个社会，不能丧失最后的一点公益心和正义感，这不是空洞的大言，而是最基本的东西，更是生存所需。"懂得这句话的内涵，也就会明白廖麦和美蒂的作为，张炜作为大地理想主义之子的精神淋漓尽致地体现出来，《刺猬歌》的美学意义得以完整实现。

长篇小说一般都注重故事和结构，如果叙事紧张，情节集中，人物生动，反映或概括再现了一段生活，那么就应该算是成功之作。这当然是就传统的长篇小说而言，现代长篇小说故事本身已不是最重要的元素，以前讲究的故事完整的平衡早已打破，现在看重的除了技巧和人物的塑造外，长篇小说的品格已经成为关注的要素。品格是一种精神，是长篇小说的深层次的内涵。故事千百年来说来说去早已不新鲜，现在拼的实质是内在东西，融会着哲学和历史文化深度的更广泛的生活特质，这才是现代长篇小说的灵魂。从文学史的层面来看，张炜的作品在纵深上，诸如题旨、节奏、风格等技术元素，都呈现出鲜明的锐气和先锋意义。张炜已经巧妙地绕过了长篇小说转型期的困惑地带，游刃有余地解决了现代与传统的症结，他笔下的文字已形成了自己的风格特色：沉稳、干净、饱满、从容，富有韧性；他笔下的人物已经突破了单薄、造作的模式桎梏，张扬着丰润、鲜活的个性化风采。人物和语言的异端，让作品有了生活的厚重和亲和力，同样，张炜小说的诗性特质，也使作品散放着浓厚的浪漫情调，充满了灵性和张力，一般人眼里的晦涩，在这里却焕发着无限光彩。这种大家气象，"不是写出来的，而是他从自己心灵中唤出来的"。《柏慧》使人想起了《忏悔录》，《家族》让人联想到了《约翰·克利斯朵夫》，《古船》则令人记起了《百年孤独》，《九月寓言》甚至唤起了人们对《聊斋志异》的记忆……当然，这样的衡量尺度本身就存在着缺陷，但你无法掩盖张炜的光芒。

从《古船》到《刺猬歌》，有读者慨叹，张炜越来越让人读不懂了。理想主义与现实社会碰撞，高扬的精神旗帜与滚滚红尘是拉开距离的。读不懂张炜，你就能读懂米兰·昆德拉？读懂帕慕克？读懂乔伊斯？读不懂的活生生现实正说明了阅读素质的脆弱和国民素质的幼稚，也印证了读者自身文化修养的缺失。好书排斥低俗的人，纯正的理想受到公然的怀疑和抨击是很正常的，这个年月，理想的纬度必然要遭受世俗的冷漠和冰封。这也印证了张炜的一段话："真正的艺术一般会是曲高和寡的。让人振作的艺术也会是孤独的艺术。《尤利西斯》不好懂，许多杰作都不好懂。武打片、武侠小说好懂。那些纯粹的思想，玄思和冥想的艺术，在这个国度里应该更多，一个有自尊的民族不应该总是满足于吃精神的流食。"

张炜的理想主义有着社会浪漫主义的成分，这表达了他对美好事物的信仰和追求，即使在爱情柏拉图和自然乌托邦的场面中，也映射出了对人类生存环境的关怀，那些苦难的忧思，使人在黑暗中看到了光明。个性、人性、诗性的结合，构成了张炜美学风格的基调。迄今为止，在中国当代作家中，尚无后来者能跨越张炜的高度。

48卷《张炜文集》，既是张炜躬耕文学的缩影，也是中国文学史浓墨重彩的一页，这些作品无一不闪耀着个性的华彩。最后，谨以一首小诗献给心仪的文学大师并以此来结束本文：

独爱枫庐书百卷，琳琅庋藏绽奇妍。
清夜持读人欲醉，寒斋生辉身亦暖。
蘑菇七种连环美，石榴九月并蒂甜。
刺猬眷恋玉米地，夜莺痴情葡萄园。
阿雅秋夜忆蜀葵，柏慧童眸望远山。

古船磅礴铸丰碑，高原气魄绝空前。
激情如花映古今，纯美似玉照流年。
万松浦院思与在，芦青河水绿如蓝。
凌云健笔赛鲁翁，德艺双馨树风范。
史诗品格鉴芳心，黄钟大吕沥肝胆。
四十八卷新文萃，哲思诗心誉文坛。
有缘识荆长相忆，更幸教诲喜连翩。
握手衣袖三年香，雨露滋润乐陶然。

■阿　滢*

收藏张炜

张炜先生在《一辈子的寻找》中说："我觉得我踏上了一条奇怪的道路。这条路没有尽头。当明白了是这样的时候，我回头看着一串脚印，心中怅然。我发现自己一直在寻找和解释同一种东西，同一个问题——永远也寻找不到，永远也解释不清，但偏要把这一切继续下去。"他在这条道路上探索着、寻找着，行进途中不断有新著充实着人们的书房。

自从上小学时父亲送给我一部长篇小说《战地红缨》，除了我借出的几本无法收回的书外，我没有丢弃过一部文学著作。对书的感情就像《远河远山》中的主人公对纸的痴迷一样，蚂蚁似地向家里搬运书籍。这些年来，我热衷于淘书、藏书、读书、编书、写书。因而收藏了一些书籍，数年的积累，渐有规模，2002 年还被评为"山东省十大青年藏书家"。我的书房不敢有"琅嬛"之称，便取名曰"秋缘斋"，并请丰一吟先生题写了斋名。

我的藏书有几个特色：一是地方史料的收藏，包括地方

* 阿滢，书话作家，藏书家。

志、族谱以及新泰各时期出版的史料书籍。二是作家签名本的收藏。我的书房里有几个书架是作家签名本专架。这些签名本的作者有谷林、黄裳、文洁若、袁鹰、姜德明、丰一吟、流沙河等文化耆宿；有贾平凹、陈忠实、韩石山、罗文华、伍立杨等著名作家；有来新夏、陈子善、龚明德、徐雁、马旷源等知名学者；有王国华、柳已青、眉睫等青年才俊……大约有1500册。三是张炜著作版本的收藏。一开始对张炜著作并非刻意寻求，在读了《古船》之后，开始重点购买——他的作品有一种独特的艺术魅力，《秋天的愤怒》《外省书》《九月寓言》使人如痴如醉。不知不觉中张炜著作竟买了几十种，一次在整理藏书时，我发现张炜的作品占了几排书架，便心生收藏张炜之意，开始留意张炜著作。

研究一位作家，如果得到这位作家的签名本更有价值。在济南中山公园的旧书市场，无意中发现了1996年2月作家出版社版《我的田园》的签名本，上有“张炜　九七、四”的字样，可能是作者的签名售书。摊主不知是签名本，遂以极低的价格买了下来。有了这个经验，以后即使遇到复本也翻看一下，果然又买到了一部1997年6月山东友谊出版社版《致不孝之子》的签名本，在扉页上写着：“××兄正之　张炜　九七、七月”。受赠者是位知名人士，不知为何，这部签名本流落旧书摊。

作家都非常看重自己的第一部作品，张炜从1980年开始发表第一篇小说，到1982年下半年共创作了20余万字的作品，他前期的作品大都写到一条河——芦青河，其实是张炜以家乡的一条河流为原型精心杜撰的一个名字。他把芦青河当作了自己的生命之河，以后的作品中大都有芦青河的影子，他把处女集命名为《芦青河告诉我》，1983年10月由山东人民出版社出版发行，后来山东文艺出版社再版时更名为《芦青河纪事》。他曾说："我最看重的，是第一本书所给我的喜悦、所给我的久久不能消散的美丽的余音。就像一只琴，它的独特的音质和式样令我偏爱，尽管它的模样越来越老旧了。"张炜在我所藏的《芦青河告诉我》上题道："阿滢是写作者永恒的鉴定。"

张炜笔下的人物都有着鲜明的个性，《古船》里的隋不召、《蘑菇七种》里的老丁、《外省书》里的鲈鱼、《九月寓言》里的赶鹦……都是让人过目不忘的人物。张炜笔下的玉米地是那样神奇，在玉米地能找到瓜果、找到野猪，甚至还可以找到媳妇，玉米地成了青年人的天堂，让书斋里的读书人也对玉米地生出无限遐想。在《九月寓言》中，他对荒野的描写与玉米地一样充满诱惑："谁见过这样一片荒野？疯长的茅草葛藤绞扭在灌木棵上，风一吹，落地日头一烤，像燃起腾腾地火。满泊野物吱吱叫唤，青生生的浆果气味刺鼻。兔子、草獾、刺猬、鼹鼠……刷刷刷奔来奔去。"

张炜有着深厚的乡土情结，这从他作品的名字就可以看出来：《融入野地》《钻玉米地》《灌木的故事》《原野的精灵》《我的田园》《田野的故事》《如花似玉的原野》……他对田野的描述有很多印象来自童年，他在"关于《九月寓言》答记者问"时说："我出生不久就随家迁出龙口，搬到了海滩林子里，那里离一些村落还比较远，是一个林场和园艺场。由于太寂寞，后来我就穿过林子到一个外地人聚居地去……我在那找到了极大的欢乐。我在那里玩得入迷。直长到十四五岁我才离开林子，把小村藏到了记忆里。"

后来，我收到了张炜挂号寄来的台湾版《蘑菇七种》和《远河远山》的签名本。《蘑菇七种》是中篇小说，也是他中篇作品中最长的一部。后面附有《生长蘑菇的地方》《钻玉米地》《拉拉谷》和《激动》几篇小说。张炜自认为《蘑菇七种》是他最好的作品之一，但这部作品在社会上的影响却不是很大。《远河远山》秋缘斋庋藏4个版本，明天版、南海公司版、时代文艺版和台湾版。小说讲述了一个人与“社会”相依为命的故事，母亲早逝，继父暴戾，少年离家流浪，悲惨的境遇和物质的匮乏都没有阻止他的写作，在流浪途中结识了形形色色的写作者，歪歪、疙娃、大胖、老会计、贤人……一生都在找纸、找题材、找人物的他信奉这样一种信念：一个人最健康的活法莫过于写作。

知道我收藏张炜著作，河南刘学文寄来《楚辞笔记》，江苏姜晓铭寄来《精神的丝缕》，安徽叶嘉新寄来《激情的延续》，清华大学李莉寄来《最美的笑容》，河南的刘学文和安徽的许进几乎同时为我寄来了《守望于风中》，济南徐明祥转赠张炜为他签名的《心仪》，淄博袁滨送我《远河远山》（续写完整版）……一些素不相识的书友在看到我的淘书日记后，也为我代淘张炜著作。大连的别冬生在《秋缘斋书事》后跟帖：“偶尔看到《秋缘斋书事》，深为阿滢兄的文笔所感染，同时亦为兄的淘书精神折服。得知你收集张炜的作品，本人恰好有《丑行或浪漫》，愿赠予阿滢兄。”2012年10月12日晚，《包商时报》主编冯传友兄打来电话，问我是否有张炜的《你跋涉的莽野》《皈依之路》等三本书，我说：“其他两本都有，没有《皈依之路》。你在哪?”他说：“在厦门淘书呢，明天从厦门去温州参加读书年会。”当我到达温州时，冯传友把在厦门为我淘到的张炜诗集《皈依之路》交给我，我请传友兄在书上题跋，以作纪念。传友题道：“二〇一二年十月赴温州参加全国第九届民间读书年会，绕道厦门，拜访曾纪鑫、谢泳二兄，得其陪同逛晓风书店，于书缝中见此书。知阿滢兄收藏作者专著，遂致电问询是否有藏，答曰无，遂购之以赠。得书后二日，十月十四日，冯传友记于温州图书馆。”

张炜作品收藏得越多感到难度越大，他的作品版本众多，仅《古船》一书就有47种版本，《九月寓言》《家族》《外省书》等书都有很多版本。张炜是位崇尚完美的作家，他的作品再版时大都是修订版，长篇小说《远河远山》出版8年之后，他又增补了4万余字的“缀章”部分，出版了“续写完整版”。因此，张炜的著作更具版本价值。张炜的散文随笔集中的文章有交叉重复现象，对此，张炜也持反对态度，主动废弃了一些出版合约，但各出版社根据自己的需要出版的选本各有侧重，个别篇章重复在所难免。张炜作品不但在中国大陆有许多版本，香港、台湾等地也出版了许多张炜作品，美国、法国、日本等国家的外文版本收藏难度更大。

一天晚上，上海巴金文学研究会周立民博士发信息问：“你有日文版《九月寓言》吗？如无，我可以送一本给你。”他说《九月寓言》的日文翻译坂井洋史教授来上海，给他带来两本日文版《九月寓言》。日文版《九月寓言》，精装本，2007年1月日本彩流社株式会社出版，坂井洋史翻译，翻译成日文使该书厚了许多。张炜在序中说：“强烈的地方性、方言的使用，使这本书的翻译成为一件难事。它置换成其他民族的语言时，作者当然要捏一把汗。多年前我访问一桥大学，与渊博而执着的坂井洋史教授有过十多天的相处和交谈，成了一段美好的经历。我充分领受了一个忠实于真实的学者的魅力，为他的悟想力和关于中国民间的知识所折服。那时他的译文已经完成，可是一连许多年下来，他仍在订正修改不倦。这必会是一部难得的、理想的译本。”尽管我无法看懂日文，但这本《九月寓言》也成为秋缘斋一部珍贵的藏品，也是秋缘斋第一部张炜的外文著作，当晚，我撰写了《日文版〈九月寓言〉入藏记》一文，发到博客。浙江女作家子仪在《日文版〈九月寓言〉入藏记》文后跟帖："昨晚阅此文，便给坂井教授发一邮件，刚才打开邮箱，看到教授的回复：'谢谢通知！我已看到了。阿滢先生那么喜欢拙译，我也高兴。'"

有朋友说张炜出版的作品多，而且年轻，不断有新著问世，收藏他的著作难度太大，不如另找个老作家作为收藏研究的对象，但个人的兴趣很难改变。这些年早已沉浸到张炜作品中去了，已适应了他的作品风格和语言叙述形式，况且一次性就能买回的作家全集，根本无法体会到偶尔得到一部张炜旧著带来的那种喜悦之情。

因收藏张炜著作版本，我结交了许多有共同爱好的朋友，为了与各地的张迷交流，我在天涯社区建立了一个张炜研究博客——芦青河纪事。设立了"感悟张炜""张炜序跋""张炜研究""张炜访谈""张炜演讲""作品收藏""文坛动态""张炜近影""张炜书影""张炜散文"等栏目，另外的作品评论栏目分得更细，有《芳心似火》《古船》《柏慧》《九月寓言》《家族》《外省书》《能不忆蜀葵》《丑行与浪漫》《刺猬歌》《我选择，我向往》《你在高原》等十几部书的评论。由于我平时忙于编务，没有时间打理博客，便请河南的一位张迷来帮我管理博客。只要发现了有关张炜的信息、专访、评论等都及时转贴到"芦青河纪事"博客。

这些年来，许多张炜的研究者和一些正在写毕业论文的研究生通过各种渠道找到我，让我提供关于张炜著作版本的资料。2008 年 7 月，我收到一封来自英国剑桥大学一位叫陈思齐的邮件，他在信中说："阿滢先生：您好！在网上搜寻时得知您对张炜作品极感兴趣，而且有不少收藏。我是剑桥大学博士生，一部分的博士论文是关于张炜的作品，我在网上找到《羞涩与温柔》一文，但是找不到出处与页数及出版日期，出版商，不知是否有相关资料，能不吝提供，多谢。敬祝平安。”我回信说，《羞涩与温柔》一文，出自 1993 年 3 月东方出版中心出版的《羞涩与温柔》一书，在第 131 页，该文写于 1978 年 9 月。并告诉他在毕业论文中如果还需要关于张炜的其他资料，尽管来函，只要我知道的一定及时提供。后来，他还多次来信询问关于张炜著作版本及单篇小说在杂志的发表情况。

张炜在一路寻找，寻找着历代作家都在寻找的一种东西。而我在寻找着张炜的足迹。张炜说：“太阳很大，大得不可想象，于是你迎着它走，自觉步步接近，到头来它还是那么远。事物大到了一定程度，世上的尺子就不折自废。但顽强的人永不放弃自己的尺子，他要寻找崭新的刻度，通往上帝。”

■张期鹏*

“苇粉”心语

我是张炜先生的忠实读者；我的夫人是一名大学教师，也是一个张炜及其作品的研究者；女儿是生物学博士，所学虽与文学不搭界，但她从小就爱读张炜作品，直到现在。我想将来还是这个样子。我们一家人都是张炜先生的粉丝，共称“苇粉”。“苇”，是芦苇的苇。

张炜是从芦青河出发的作家，芦青河是他的心灵栖地和精神家园。我没有到过芦青河。在我想象的世界里，这条河的两岸应该长满了成片成片的芦苇，春夏绿意婆娑，秋冬一片洁白，逶迤绵延，壮阔多姿。这是一条充满诗意的河。

这样一条河，如果没有芦苇，那将是不可想象的，至少是缺少了诗意、灵感和震撼人心的力量。正像我们山东文坛、中国文坛，乃至世界文坛，如果没有张炜，恐怕也会是一个遗憾，莫大的遗憾。好在我们已经有了张炜，一切都不成问题了。今天，煌煌48卷《张炜文集》摆在我们面前，就是一条文字的长河、思想的长河、梦的长河。这不禁又使我想起了芦青河，想起了芦青河两岸成片成片的芦苇，绿色的芦苇，洁白

---

* 张期鹏，散文家、藏书家，文化学者。

的芦苇，如诗如歌的芦苇……

“人是会思想的芦苇。”17世纪法国科学家、思想家布莱兹·帕斯卡尔这个对人的定义，让我着迷。芦苇是脆弱的，但思想是坚韧的。人高于宇宙万事万物之处，就在于有思想，在于思想的无比坚韧。这是人的全部尊严。这48卷文集正是张炜先生思想和情感的结晶。他的身躯并不高大，甚至有些柔弱；他的目光也不锋利，甚至有些羞涩。他是那么沉静，沉静得像芦青河的水面一样。他的汹涌的波澜蕴蓄在胸中。他似乎总在沉思，执着地沉思。在他面前我们会感到，他的头脑中风暴在激荡、纠缠、升腾、撞击，但他在风暴中立定了脚跟，从不左右摇摆。他是那么坚韧，像一支“会思想的芦苇”。

今天，我们有幸追随他的脚步，回顾他40年的创作历程，我们看到了他的坚韧，无比的坚韧。称张炜先生为当代中国最具韧性的作家，大概不会有多少异议。这种坚韧，体现在他的各种各样的小说、随笔、散文、诗歌、论著中，体现在他的颇具象征意义的10卷本《你在高原》中，体现在他的1500多万言的宏富博大的创作中，更体现在他几十年的持之以恒的坚守中……

作为一个业余写作者和张炜著作版本收藏者，能与张炜先生相识并且经常相见，亲聆他的教诲，感受他的心灵和神采，是一件可遇而不可求的事。我喜欢听张炜先生谈天，语调平和但意蕴深厚，充满智慧，充满诗意，充满了对自然的关爱和对人类命运的深刻思考。即便什么都不说，他站在那里，也像一座巍峨的高山一样，让人倾倒，让人默默地向他靠拢。这种精神的感召力，是引领一个写作者不断前行的最大动力。

我的眼前，浮动着一条长河，这条长河就是芦青河。河的两岸长满了成片成片的芦苇，春夏绿意婆娑，秋冬一片洁白……

专论

第二辑

■李掖平*

守望大地的行吟诗人

——张炜创作论

自20世纪80年代以来，我一直在读着张炜的作品穿行于时光岁月之中，进而由文字结识了张炜其人，并渐渐读懂了其高标独立、坚忍执着的灵魂。在我看来，张炜是一位以生命的本能和激情去从事写作的真正的作家（因为当下实在有太多的“码字的人”自称作家，所以被逼用“真正”二字来修饰“作家”这一称谓）。他所有的文字都经由心血深深地浸渍过，因而除了具有生命的那种鲜活丰盈、灵动飞扬的艺术情韵之外，更重要的是融会了哲理的深度与思想的力度。换句话说就是，我认为，张炜是一个集激情的歌者、沉思的哲人、土地和生命的忠诚守护者多重身份于一体的优秀作家。

从1985年名噪文坛后，张炜一直处于创作一线，不断有真正的大作、力作推出。但他从来都不是文坛特别关注的焦点或者热点，其所有作品都与媒体报道的什么热点追踪、焦点出

* 李掖平，山东师范大学传媒学院副院长、教授，山东省作家协会副主席，山东省文艺评论家协会顾问，评论家。

击有相当距离。而这，正是我特别敬佩他的地方。我一直固执地以为，真正的作家是永远不必追赶时尚的，甚或应该是被时尚疏离的。因为时尚往往与流行与世俗有关，而写作，当然我是说真正的写作，则是属于心灵的事情。心灵和时尚之间没有必然的联系，因为时尚是某一特定时段中很流行很先锋很时髦的新异风习，其被刷新被取代被丢弃是必然命运。我无意贬低那些一夜可以名爆天下、走红江湖的码字高手，是多么的时尚又多么的短命，我只是想强调真正的写作和真正的阅读一样，是一件必须用心灵去碰撞心灵的细致活儿，它具有永远甚至永恒的教化人性、提升人性的价值指向。也就是说，写作需要一份从容的意态——一份清明豁达、游刃有余的从容意态，需要一种悲悯情怀——一种诚挚中肯、沉厚丰博的悲悯，需要一颗仁慈的心灵——一颗体恤生命、包容异己的仁慈心灵，然后才能真正理解和把握人生和人性的每一个动人细节，才能在短暂与永恒的人类岁月中自由自如地来往穿行。无论是触摸历史的脉络，还是激活当下已经丢失的人性宝贵的元素，都需要细腻的耐心，都需要宁静，都需要博爱的仁思。所以从这个角度上讲，近距离地或者零距离地和媒体宣传炒作的文坛热点契合，对于一个作家来讲，绝不是一件幸运的事情。而保持可贵的距离，不光是作家审美的需要（俗话说“距离才能产生美”），更重要的是它能够让作者对时尚保持一份警醒，以一种冷静的理性反思角度，去观察、考辨、分析、评估现实生活中那些纷纷攘攘的琐事细故和风土人情，然后从丰富而复杂的人性中挑拣出那些最宝贵的，哪怕是最不起眼的真善美的细节，加以描写阐释弘扬；挑拣出那些隐藏在角落里的假恶丑类精神病弱，加以揭示剖析批判。实事求是地讲，作家要做到这一点很难，但张炜却实实在在地做到了这一点。

以笔者30多年的文学阅读经历来看，张炜印象是以“守望大地的行吟诗人”在我心目中逐渐廓定的。也就是说，在我的评判视野和认知体系中，张炜的文学形象是一个“守望大地的行吟诗人”。这一形象包含了如下两大重要质素：

第一，张炜是个诗人，而且是个真正意义上的诗人。这不仅因为他最早就是携着诗作踏上文坛的，曾发表过许多诗作，最近又出版了一部优美明净的抒情诗集《家住万松浦》，更因为他的精神气质是充分诗性的。张炜既有诗人的浪漫多情，又有诗人的桀骜不驯——不仅面对种种赞美不为所动，更能直面种种非议和攻击而坦然自若，我行我素；还有诗人的固执和“古怪”——拒领现代文明之惠，别人争先恐后往城市挤，他却偏爱乡下独居。他在很长一段时间内拒绝使用电脑，坚持一支钢笔一叠白纸地手写，像雕刀在石板上镌刻式地刻下自己思想和精神的丝丝缕缕。他激赞不随俗、不从众、有思想、有操守的鲁迅、福克纳、哈代和托尔斯泰的“古怪”，并将其作为自己的精神追求；更有诗人独树一帜的不识时务不看眉眼高低的狷傲——别看他平时总是淡然平和，连说话都不紧不慢敛声低语，一副谦谦君子貌，可骨子里却清坚决绝、是非截然分明、不肯敷衍了事也无法中庸世故，是典型的“外圆内方”之人。一旦情不可抑或愤不可当时，他会当即拍案而起，气高声扬地争辩申斥，怒发冲冠激昂愤慨一如斗士，根本不管谁是谁，也无暇顾及是否得罪于人，这显然是一种诗人风骨；他不屑当下抛弃理想、信念、操守的俗尚，笑看庸众被现代物质之犬追得气喘吁吁，自己则从容选定路途踽踽前行。他公开宣称自己渴慕崇高与悲壮，要坚持抵抗拒绝投降，愿把生命交付给神圣的文学事业。为此，他近于偏执地固守孤独与清高，固守纯文学高贵高洁的“道统”与“大心”，高扬“道德理想主义”

旗帜，对各种或泯灭良知专做拍马奉迎文章，或无病呻吟将文学降低为文字游戏，或追逐时尚将文学庸俗化堕落化为生理欲望宣泄的“文痞”与“另类”们，愤怒地发起凌厉的攻击，批判的锋芒锐不可当，虽招致不少曲解和谩骂，但更使许多坚守良知的文学中人感到由衷羡慕与敬佩，这显然是一种诗人气质；他根基大地之子的情感立场，把满怀诗意的赞美，奉献给像玉米般朴实茁健、土地样沉厚仁慈的人民；他把用作品点燃人们心头追求真善美的圣火、激活人们诗意栖居的梦想和渴望，作为自我生命最高的目标和最大的欣慰，并为这种韧性的不甘退却的寻觅而深深迷醉，这显然是一种诗人精神。正是这种诗人的气质和精神，使张炜的小说创作里始终荡漾着一种诗性的激情，诗化的思维方式成了其小说的内核与底蕴。张炜认定：“诗是艺术之核，是本质也是目的。一个艺术家无论采取了什么创作方式，他也还是一个诗人。”[①] 他在数列小说标准时，第一条就是“有比较明显的、强烈的诗性。这样的小说更纯粹，直接进入了文学的本质。……小说的故事，人物，语言和思想，一切都服务于一种意境，综合形成着一种氛围。一些深邃难言的东西蕴含其中，只交给读者的领悟力。小说的吸引力、生动性，也都在营造的意境之中存在”。[②] 从这个意义上说，张炜的所有小说都不过是一种诗的别体。

第二，张炜 30 年来的所有创作都烙刻着鲜明的“守望大地”的印记。他原本就生在农村长在农村，与广大农民有着天然而密切的血缘关系，其情感和精神的须根已紧紧扎牢于乡间

---

① 张炜：《诗意》，载张炜《随笔精选》，山东友谊书社 1993 年版，第 98 页。

② 张炜：《小说：区别与判断》，载张炜《我跋涉的莽野》，春风文艺出版社 2001 年版，第 96 页。

泥土，即使后来来到城市，也始终未曾消泯那脉得自地母的骨血，所感所觉所思所悟皆出发于乡野大地，是一位真正意义上的“地之子”。他曾在一次演讲中追述自己的童年经历说：“我这儿要说的是我的更具体的出生地，它就是渤海湾畔的一片莽野。当时这儿地广人稀，没有几个村庄，到处都是丛林。……我一睁眼就是这样的环境：到处是树，野兽，是荒野一片，大海，只很少看到人。……我的大多数时间与外祖母在一起。满头白发的外祖母领着我在林子里，或者我一个人跑开，去林子的某个角落。我就这样长大，长到上学。……那里的蘑菇和小兽都成了多么诱人的朋友，还有空旷的大海，一望无边的水，都成为我心中最好最完美的世界。”① 因此，密切关注农民命运、执着探索农民问题，孜孜追寻农民的生存前景，必然成为其艺术情趣的中心，数十年不曾位移。他的小说不仅从农民的生存方式和生命价值角度，更注重从本民族群类和种族之未来及人类社会文明发展之未来的角度，向社会生活投射多侧面、多向度、螺旋式的历史观照、时代思考和道德探索，从而获得了广博深邃的历史感、深刻精警的悲剧意识和宏阔厚富的文化容量；他的散文始终贯穿着一个“大地主题”，可以称其为大地的副本——不仅真实移行记录了大地的草树、云霓、雪雨、收获、泪水、困厄与无奈，更真切抒发传达了将生命融入野地的心愿；他的文论和时评，逆消费文化潮流而动，公示出对市井喧嚣和物欲膨胀的当下时尚的质疑、反抗，而这种质疑和反抗，无疑也是以大地作为依赖和精神资源的——张炜不止一次地说过，大地是母亲的所在，是生命的来源，大地与自己有母体与儿女的血缘。正是在此意义上我认定，正是这种个性鲜明的“守望大地”的歌吟，

① 张炜：《在日本一桥大学的演讲》，载《语文教学与研究》2013 年第 28 期。

使张炜成就为当代文学史上无法绕过的一座重镇。

张炜身为山东省作家协会主席，按理说极易被琐杂公务缠住，可他一直就较少呆在省城，而是经常长时间蛰居于山东半岛一个近海小平原上的老屋里潜心写作，几十年如一日。只有作协例会和有重要活动时他才返回济南，一旦事情结束又匆匆赶回乡下，唯恐被那些送往迎来吃吃喝喝的琐事杂务缠死了灵性、绕乱了心绪而无法写作。有记者采访时问他如何定位自己的“作协主席”身份，张炜答曰：“我的身份一直是一个文学志愿者，一直在写作，除了一支笔和一张纸，一无所有。我的写作生活从十几岁开始到现在没有质的改变。我从来没有遵照形式和仪式去扮演什么角色。”① 这是张炜的信念和操守，也是他的行为实践。猜度他故作姿态也罢、讥讽他沽名钓誉也罢，他统统不在意更不在乎，只管一本又一本地抛出长篇小说、散文随笔、文艺评论，让作品一次又一次地证明自己。

曾在网上看过一篇文章，激赞张炜是一个“古怪”之人，我深以为然。若以世俗的眼光打量张炜，他的确有些“古怪”。譬如，除上述所说别人争先恐后往城市挤，他却偏爱乡下独处，还在相当长的一段时间内拒绝使用电脑之外，他的见解常常独树一帜。当大多数作家对遭受误读颇感委屈甚至痛苦，于是便解释或辩驳甚而谋求通过法律手段以正视听时，张炜却对被误读采取了一种欣然领受姿态。他说：“误读有时浮上水面，更多的却会化解在沉默中。误解是常态，理解才是奇迹。写作就意味着承受这一切，迎接这一切，越是特殊的灵魂越是要忍受误读：误读应该是创作的某种动力，甚至是欢乐的组成部

① 夏榆：《这是一个“精神沙化”的时期?》，载 2005 年 3 月 17 日《南方周末》。

分。"[①] 请注意"特殊的灵魂"这几个字，这正可作"古怪"之意来理解。他曾说鲁迅是大师，是一个"古怪"的人，福克纳、哈代和托尔斯泰也是"古怪"的人，因为他们都有特殊的灵魂。原来不随俗不从众即"古怪"！原来有思想有操守即"古怪"！原来"古怪"是张炜的精神追求！原来"古怪"能指着张炜品行的不凡气质和其作品所渗透的强烈个性！

但这个"古怪"的张炜却结交下很多朋友，尽管他很少花时间去刻意交往，他的朋友们是清一色的"君子之交淡如水"。常常在一些作品研讨会上听到不止一人说起已经好久未见到张炜，但大家仍会很亲切地念叨他，互相传递交流着新近得到的关于他的消息。在众人都已习惯当面嘻嘻哈哈、实际"玩片汤儿"当家的时下虚浮友情时尚中，这种不当面的记挂和关心可以说是最难得的吧？而这种好人缘，用句俗话说就是"张炜平时为下的"。他扶掖过许多青年作家，他的扶掖不仅表现在向一些权威杂志积极推荐青年作家的作品，更表现在认真阅读他们的作品，认真提出自己的意见，从不敷衍了事。他主持过许多次青年作家作品研讨会，他的发言属于纯粹的"文本细读"——好处说好，孬处说孬，一听就知道他是认真看过这作品的。有时碰到他正在外地不能到会，也必定是要写来书面发言的。记得 20 世纪 90 年代中后期作协创联部举办张继的作品研讨会，张炜当时恰好不在济南，他从外地写来一封长信，既高度评价了张继小说的特长与成就，又辨析了其不足之处，实事求是而又言辞恳切，使与会者们深为叹服。在进入 21 世纪后的一次王方晨作品研讨会上，远在国外的张炜照例又寄来了书面发言，对王方晨创作的评析准确到位。还有青岛诗人王慧娟、章丘小说作者牛余和等人的创作研讨会……这种例证可以说是

① 夏榆：《这是一个"精神沙化"的时期?》，载 2005 年 3 月 17 日《南方周末》。

不胜枚举。他被我们山东师范大学（以下简称“山师大”）聘为名誉教授的十几年来，和许多爱好文学的大学生书信往来，给学生们热情的指导和鼓励，深受学生们喜欢和爱戴，属于大学校园里的当红作家。大家都知道，大学生们对作家可是最挑剔的，对许多文坛名家根本不买账，但 2003 年张炜应邀来与山师大大学生对话和 2009 年书博会山师大分会场（张炜新作解读专场报告会）时，那场面真叫火爆。不断有学生传递纸条向张炜请教问题，甚至有学生站起来发言宣称自己是一名张炜的“铁杆粉丝”，话音未落便引起掌声如潮。这种热烈的气氛在大学校园里已久违多年了。由此可见张炜的大学生缘真是好。

张炜 40 年来执笔不辍，把心灵的激情和热忱、把生命的大爱和大恨都托付给落寞的纸笔，这对当下许多崇尚快乐哲学的年轻人来说简直不可想象。40 年的时光对连绵不绝的人类历史来说，的确微不足道，但对个人来说，实在是一个相当漫长的途程。在享乐主义中表述凯旋行进的今天，写作（非指那些码字游戏）被越来越多的人视为苦役。难免有人用怀疑的眼光打量张炜：世风浇漓，慎独不易，他独自避开市井喧嚣和物质享乐，长居乡下读书写作，这个人到底能坚持多久？他对写作就没有懈怠甚或厌倦吗？对此，张炜回答说：“写作是一种真正的快乐，是劳动和创造、想像的快乐，不写作就会走入落寞。有什么比创造自己的世界更快乐的事情呢？人如果渴望改变世界，那么写作是一种最可靠的途径。人可以在想像中决定一个世界，这时他是真正自由的。人也只有在写作中才最不容易重复自己。做其他事情，常常会重复，这就没有了新意。写作是和庸俗作斗争。这多么具有挑战性。一个人一天到晚想办法不庸俗，这既有意思又很浪漫，在商业社会里当然是很男子汉的事情。支撑我写作的动力太多了。创造的诱惑、探险的乐趣，更有战胜平庸的奢望，还有把其他繁琐和机巧看成小菜一碟的傲骨，这一切都会激励一个写作者。”①

我一直试图按照创作状态或曰姿态来梳理廓定当代作家们的不同类型，比如凭激情写作的，靠才气写作的，用技巧写作的，以生命写作的，等等。虽然说他们“敲锣卖糖，各有所长”，但我以为其中还是以生命写作为高格高境。因为以生命写作意即写作与生命完全契合，或者说生命已与写作联通，就像张爱玲，其生命就是为写作准备的。而且，以生命写作必须将激情、才气、技巧整合为浑然一体，对作家综合素质的要求极高。在我看来，张炜就是一个以生命写作的作家。他的生命因写作而快乐而痛苦，写作使他的生命向大地敞开、向天空敞开，使其生命、大地、天空三位一体。正是这样的以生命写作，成就了张炜在众多作家常常只是各领风骚一两年的当今文坛上，创造出一个年年开花岁岁收果的奇迹——当然我们都知道，这奇迹只是个灿烂的外象，其内蕴充满了难以言说的沉重、悲怆、痛苦。

沿着时光隧道检读张炜数十年的创作，我有一种肃然起敬的感觉。他的清纯的“芦青河”和“一潭清水”，曾为人们洗去垢心的尘埃，重新激活对美好纯洁事物的热情憧憬；他的沉重“思索”和真诚“愤怒”，唤醒了人们已渐麻木的良知与诚信，重新渴求用高尚的道德武装开放的心灵，去有效地抵御唯金钱为重和邪恶堕落的诱惑；他的锈渍斑斑的“古船”，以沉厚丰博的悲剧性内涵，把新时期文学历史批判、人性反思的主题开掘至一个空前的深度，闪现出迷人的光泽与魅力；他的悲

① 《读者参考丛书》编辑部编：《世博的故事》，学林出版社 2003 年版，第 121 页。

怆凝重而又飞扬灵动的“九月寓言”，以真实而又陌生的乡野人生故事，以细腻优美而又自由洒脱的激情叙说，挥洒出一个诗情迸发、意蕴悠长的生命世界，涵容了具有永恒意义的艺术化的哲理意蕴；他的对人性进行冒险追问的《家族》《柏慧》，潜入历史深层寻根索源人性的善与恶，以昭示源源不断的生命力是任何恶势力也无法扼制的必然，表现出悲天悯人的博大情怀；他的悲壮而虔恪的“融入野地”，更是一曲文学殉道者的心灵歌唱与歌哭，读后让人眼也潮湿心也潮湿。当年细读他的两个同时刊发于《当代小说》的短篇《他的琴》和《玉米》后，心灵感受到的那种对善与美永恒之梦重温的欣悦和慰藉，至今记忆犹新。

《他的琴》记取的是一位十五六岁的少年所度过的两个中秋之夜，《玉米》则描述了一伙农民种玉米收玉米的完整的劳动过程。然而，在这平朴简单的生活表象背后，小说却以深厚的人生意蕴，暗示给我们某些超越现实生活的内容——在这些普通人善良朴实勤劳勤恳的平凡生命过程中，含蕴着闪烁出永恒意义的善与美。这种善与美不断催化着人性向更高更完美的境界生成，并坚实地托起人类历史发展那庞大粗糙的骨架，走向光辉的未来。

《他的琴》着重抒写了一个尚未成人的少年“我”在两个中秋之夜的心理感受和内心情愫。这感受这情愫，在略带忧郁的柔韧中，遮掩着深沉与坚定。父亲多年一直在外地工作，妈妈体弱多病，在家中生活贫困清冷的“长期孤寂的日子里”，“我”用一颗稚幼的心灵，负载着许多沉重与痛苦——“我”深深地思念着父亲，盼他早日完成工程回家团聚，渴望一家人聚在一起的快乐与幸福；“我”挚爱着善良勤劳的母亲，希望自己能为她负担一些力所能及的家务；“我”悄悄地喜欢着老校长的女儿卢玲子，她总在中秋节的夜晚来“我”家陪伴妈妈和“我”过节（她和老校长担心我们过节孤单），“我”深为这善良和细致的关怀所感动，但“我”从不愿把一个“谢”字说出口，而只把幸福和感动贮藏在心里……这使“我”敏感善感，多思早熟。但“我”的血脉中却时时激荡着对光明对美好对未来的渴望和追求的热情。“我”永远铭记那个巨人的故事——他绝不向恶魔低头，为摆脱厄运，为早日解救和保护善良的人们而勇敢地进行抗争；“我”永远铭记着那个歌手的故事——为把欢乐优美的歌声送给贫苦的人们，他宁愿牺牲宝贵的生命。正是这些先辈们善和美的优秀品质激策着“我”对生活对历史对未来，都始终怀着一种美的无限可能性的猜测与延伸性的设计，充满信心地追寻着爱的理解和温情，追寻着生命意义的充实和完整。

这种追寻中，既存蓄着浓重的情感投入，又存蓄着坚强的人格力量，它渐渐酿化成一种诱惑，一场永无终点的自我放逐。“我”的灵魂也便在这对形而上的理想的确定性追求中，获得充实和升华。不可忽视作品中那重复出现的红豆的意象（小说两次使用完全相同的语言予以强调），其象征寓意是明显的。它已成为“我”对善与美追求精神的外延，呈现出一种饱满坚韧的生命质感。是的，只要追求精神永远是我们最活跃的生命元素，只要它永远顽强地繁衍着叶芽，那么请相信吧，人生的理想境界终会实现，善与美的人性的太阳会再度升起，照耀着我们走向“生活的终极完满”。于是，这位少年年轻生命的意义便超越了他实际年龄所表现的单纯而拥有了丰富，我们则从这一少年身上悟出了某种人生真谛。

妈妈的形象在小说中是以善和美的化身出现的。她善良而正直，温厚而坚韧。她理解并支持父亲开山劈石为人们造福的事业，独自一人承担起育“我”成人、维持家计的生活重任，她对生命和生活的珍爱，对善和美的向往，对人近于信仰的善意，都闪烁出朴素动人的人道精神，令人肃然起敬。

卢玲子的形象无疑是更为迷人的。这简直就是一个天使般的精灵，总是给“我”和妈妈送来温暖送来安慰，送来欢乐送来美。当她那仙女般美妙的歌声回响在“我”和妈妈的仲秋夜之时，“我”的情感和灵魂都得到了近于神圣的净化。小说对她外形的美和内在的美都给了强调性的刻绘，而这一刻绘又都是通过“我”——一位纯真少年强烈的心理感受来表现完成的，因而显得格外蕴藉深厚，诗意浓郁。

显然，在“我”、妈妈和卢玲子对善与美的憧憬、追求、体现的行为方式中，积淀着的是我们中华民族特有的传统美德。因为可以毫不夸张地说，纯真、善良、坚韧一直就是我们民族最宝贵的精神素质。小说中对巨人和歌手故事的铺叙，绝非可有可无，作者意在借此表现我们民族传统美德的历史承续性——父亲继承了巨人的开山事业，“我”把巨人精神深深种植在心间。那位歌手的琴声也一代一代流传下来，如今在卢玲子手中重新发出美妙动听的乐声。是的，历史发展和文明衍化的生命链条，正是由这样一代又一代人前赴后继的追求衔接而成的。也许就单个人的追求来说，实现目的仅仅是一种可能，或者永远都只是一种可能。但只要人类整体的追求代代相继永不停息，美好的理想便会不断地变成现实，而个体生命的意义便会获得永恒。

初读《玉米》，感到多少有点太过平实太过普通。它所描写的就是一伙庄稼人种玉米、收玉米的劳动过程，既没有曲折复杂的故事情节，也未见深邃精微的人物心理刻画。然而掩卷细思，我悟出了其间隐伏深沉质朴动人的生活热情和生命底蕴。这是一种任何艰难困苦、任何磨难挤压都难以泯灭的生命热情和生命底蕴。有了它，平俗的生命也会闪射出善和美的华彩，有了它，平淡的生活也会酿出醇浓的诗情。

从古至今，我们的农民生活得最劳累最艰苦，但又生活得最充实最洒脱。他们以天空般广阔坦荡的胸怀，以大地样沉厚坚韧的品格，平静地承受各种各样的磨难，而永远保持着蓬勃旺盛的勇气和热情。他们的辛苦劳作，为我们广泛的社会和人生提供了最基本的生活需求。《玉米》的描写无疑是温暖动人的，张炜从老边、老鱼们真实而平凡的劳动生活中，发掘出朴素的善和美，并努力由此抽象上升为人生经验和历史精神的结晶，从中传达出农民性格中潜在的生气贯注的历史推动力。

这些老边、老鱼、二盒和许多没有具体名字的老头老婆婆、姑娘小伙子们，是真正意义上的大地的自然之子。他们善良、真诚、淳朴、勤劳，终日劳作，活得快乐而充实。劳动是幸福的，活着是幸福的，是他们信奉和恪守的生活真理。我们绝不可慨叹他们失落了个人的奋斗和追求，因为他们原本就是把个人的价值融合在群体的劳动创造中的。正是这种创造体现了历史的某种主动精神，逐渐积淀成农民们那生力勃郁的生命情致和对生命存在的乐观认识。这是一种虽朴素却充实的善与美，它的意义和价值属于大美和永恒。

似乎是一种有意为之，两篇小说采用了两种截然不同的笔调。《他的琴》基本上可以归属为诗化小说，通篇笼罩着一层朦胧的诗的意绪美。这种温暖中略带忧郁的意绪，既清醒执着又似水的淡泊宁静，含蓄蕴藉中见出思力的辽远和沉厚。像肖邦的小夜曲，宁静中隐含随着这如歌行板式文字的移行流动，人间的一切喧嚷、心性的一切浮躁都沉寂了，这里只有灵魂与上苍、灵魂与大自然的和谐交流，宁静中隐含着悠远优美的韵致。在这个美好的中秋节的夜晚，人性已升华为美与善的结晶，连流动的空气溢出的都是清新的诗意。作品中的人物已然沉浸在诗的意境中，读者也深深地感受到了诗性的阅读美感。正是这种水一般澄澈自然清雅细腻的语言，成功地营造出了这份诗的情韵和意境。

在《他的琴》中，小说的叙事功能受到明显削弱，故事性和情节也被有意淡化，我们甚至都难以说出作者叙述了什么故事，整篇作品全是主人公“我”在仲秋之夜这一特定情景下的情绪和感受的表现传达。其间虽然穿插着一些历史传说和往事的回叙以及零星的生活片断，但显然是情绪氛围的营造和情感的抒发提起了小说的艺术中轴。与此相联系，表现视角的“内转”也是这一作品的重要诗化特征。由抒情主人公的视角而表现的心灵感受和情绪波动，代替了作者视角的外部描绘，小说中主观情感的直接披露——对情绪心态的渲染，内心省悟的独白，象征性景物的描绘以及意识流动、幻想境界的铺设，占有绝对的比重。即使“外观”如自然景色的描绘（对仲秋夜果园景致的描绘），也都有着主体情感的强烈渗透和深刻契合，或者说也是从主体感受的印象方面描绘的。

与此相关，《他的琴》的语言带有一种鲜明的心理化色彩和主观抒情气息，行文走笔轻清从容而又细致清美，涂抹出了浓郁的诗情画意：

> 一枚被泥土浸润着的红豆饱胀着。它这时缓缓地伸出了叶芽，缓缓地……接下来，我们又到园子里去了。茂长的青草抚摸着我们的脚，活着的一些小动物在树下跳蹿。回身去看，一切都罩在一片朦胧中。多么长远的夜空、原野，多么神秘的天色啊！
>
> 在园里，我依稀听到了从很远很远的地方传来的隆隆

声……①

而《玉米》一篇，则属于典型的叙事小说，生活记录和场面描摹的因素十分明显。故事情节虽然简单，但过程的推移和场面的转换却秩序井然：从麦收后种玉米开始，到玉米长高后浇水、捉黏虫；到秋后收获玉米；再到乡亲们围坐在场院里一边聊天一边快乐地剥玉米，明显受到具有客观真实性的物理时空和因果律的限定。与此相联系，作品的表现视角是完全的“外观式”。无论对老边、老鱼、二盒们行为和关系的描述，还是对他们种玉米、收玉米劳动场景的叙写，都侧重于外部动作和状态，而很少涉及对人物内心世界的发探和剖析。

与《他的琴》典雅而诗化的抒情语言截然不同，《玉米》通篇都是朴素的白描，劳动场面的勾勒和事件的铺叙都来得较为俗白平直，字里行间洋溢着生活的清新和生动，以单纯明朗的格调突现出题旨的鲜明。采用的语言都是颇带泥土味的农民口语，句式单纯简洁，文字俗白自然，描述平朴顺畅，不贵雕饰不事渲染，读来鲜活生动：

> 大场院夜夜灯火通明，老老少少全围上玉米坐了，剥皮儿，将玉米棒编成长长的辫子。多香的玉米味儿，多好的夜晚，天不冷也不热啊！庄稼人苦尽甜来，一年里还不就盼个这样的夜晚？谁剥下玉米皮儿谁留着，那又大又白的玉米皮儿喜煞人！全村里人都来了，连腿脚不利落的老人也来了。可不，老边站在街口上喊一嗓子：“剥玉米了——”，谁还不出来？②

---

① 张炜：《他的琴》，载《当代小说》1989年第11期。

② 张炜：《玉米》，载李晓明主编《张炜小说》，吉林文史出版社2006年版，第104页。

这里，作者用朴素的白描手法和生动的农民口语，描写了一个欢快红火的劳动场面，正好吻合了描写对象（一群普通农民）的性格气质。既传达出了农民们喜获丰收的满足与快乐，又给读者带来了温暖朴实的感染和感动。

自20世纪末以来，张炜又有几部长篇小说和诗集相继亮相文坛，如《外省书》《能不忆蜀葵》《你在高原·西郊》《丑行或浪漫》《怀念与追记》（重新改写），诗集《家住万松浦》等。

长篇小说中，我特别喜欢的是《外省书》和《丑行或浪漫》。《外省书》是一部既有深刻内涵又有艺术创新的优秀长篇小说，在流行着各式各样或私语狂呓，或色情渲染，或世俗玩赏，或欲望裸示的伪小说文本的当今文坛中，在严肃文学、精英意识无人喝彩甚至无人理睬的当下文化境遇里，它给广大读者带来了一种久违的既宁静致远又沉厚丰博又从容大气的审美感受。毫不夸张地说，这部《外省书》为20世纪的中国文坛画上了一个精彩的句号。

《外省书》共分11卷，前10卷分别描写了10个人物的生活经历，最后一卷是众多人物的命运结局。串起这些人物故事的主要线索是一位叫史珂的老人离开省城移居故乡海边，结识了一位叫“鲈鱼”的老人后的现实生活场景。史珂对往昔生活的追忆省思，演绎出与妻子肖紫薇、朋友元吉良的一段令人心碎的痛史；而史珂对现实生活的切身感受，则一头牵系着侄子史东宾与侄媳马莎的故事，一头又连接起与“鲈鱼”的交往和围绕在“鲈鱼”身边的多个人物（“鲈鱼”的妻子胡春旖、女儿师辉、外甥女狒狒）的生活情节；这其间他还曾飞抵美国去慰藉哥哥的“乡愁”，于是又引出了史铭的悲剧性命运遭际。

所以说，是史珂将这些人物线索井然有序而又间或互为穿插交错地汇织在一起，扭合成一个故事文本的有机整体。而且，正是这个人物的存在使小说具有了元小说的探索意味，因为当史珂以写书的方式去探究人的心理世界与社会实况时，他不仅仅是为了寻找小说何以成为小说的理由，更是为了寻找人之何以为人的原因。因此，当史珂在经过无根的漂泊走上寻根之旅时，文中所萦绕的“故乡”情结就自然上升到一种本体论的主导地位，将史珂寻找的能指性定位于人类共同的故乡。从而将史珂寻找故乡的过程，有效提升为人自我救赎的过程——人只有找回自己的故乡，才有可能实现主体/客体，自然/社会的和谐。人只有走在回家的路上，才有可能找回自己。

《外省书》既充分呈示了作家张炜一如既往的人性探索、历史审省、道德反思、哲理叩问的创作思路，又清晰显现出他对以往创作的深化与超越。这首先就体现在他对道德立场的持守与位移，持守主要表现为对史珂处身喧嚣尘上的当下物欲世界中，依然坚守单纯与自然的生活立场、主动选择与孤独为伴的行为的肯定与赞扬，这是作家执着守望理想的表征；位移则表现为张炜一方面通过描写史珂生活与精神的双重困境和其最终因为皈依自然与爱而获解脱的结局，凸现了人性的复杂与道德律令的苍白；另一方面又通过热情肯定“鲈鱼”这个反道德的形象所拥具的众多优点，寻求着超越狭隘的道德尺度于人性深处探源更为重要的生存依据——诸如那远远重要于“性过失”的雄强勇武的原始生命力和性爱的激情与温柔，从而使小说的情感倾向超越了基于道德立场的愤怒与焦灼，以对人性的悲悯与包容，指向宽厚博大和深沉辽远，成功地将峻严的人文关怀使命与澄澈亲和的诗性表达融合为一体。

《外省书》在文本层面的深入探索与成功超越，使其在张炜创作中显示出了里程碑的意义。其叙述方式是以人物的现实生活感受为主，辅之以历史往事的不断闪回插入。史珂、“鲈鱼”、师辉等多位人物形象的富有鲜活个性化的当下生存状态与其对过往历史的不同理解和把握，纵横交错地建构起文本叙述的两个区间，将国内与域外、都市与乡野、中心与边缘等各种生活样态，时而历时性时而共时性地展现出来。现实的生存状态作为人物回望过去、参悟历史的坚实倚靠，摆脱了被动承受的呆滞平板；而历史的追忆与省思作为现实事件生成的驱动力，获得了镜鉴功能与知性能指的增殖，从而最大限度地扩充了文本的普泛意义和认识价值，使小说的叙事操作既标刻出宏大叙事孜孜以求的历史深度，又成为一种真正的有意味的形式美的创造。

《丑行或浪漫》更是一场魔力迸射的艺术暴风雨，一曲疯狂震耳的民间乡土绝唱。它一如既往地接续了张炜大地理想主义的主题，把一种自然的野性生命力张扬得淋漓尽致。它以描写男女性爱关系为主视角，映照人性的真纯和生命的力度。小说的女主人公刘蜜蜡美丽善良、肥大健康，是张炜反复书写的“大地之母”的化身。蜜蜡在照顾重病中的乡村教师雷丁时无意看到了他的身体，这开启了蜜蜡体内奔涌的爱欲激流，因为她的生命深处轰鸣着本能的渴望。为了寻找生长着爱情常青藤的真正诗意的栖息之地，蜜蜡经历了两次惊心动魄的逃亡之旅，她丰腴饱满的肉体在精神的惊惧与绝望中一次次绽放出瑰诡艳丽的爱欲之花。在逃亡的过程中，蜜蜡曾对三许、双子、篾儿、铜娃（他们都出身不好，虽为社会所不容，却品行端正、心地良善）等人以身相许，既给予他们以性爱的肉体快乐，又给予他们以理解和鼓励的心灵慰藉。以现代理性的标尺来衡量，这显然是放浪不羁、有违道德的，然而小说所要赞美的，恰恰就是这种最具原初意义的女性之爱。蜜蜡的慷慨施予，是对情欲最本能、最自然、最深刻的响应，是健康、粗犷、强旺的生命力的表现，体现着一种神圣的性道德感。这种道德，是在大地和自然的孕育中生长的道德，其实质是贯彻自己作为人的生命意志，全面占有自己的生存本质。蜜蜡使人联想到美国戏剧家奥涅尔的剧作《大神勃朗》中的地母娘娘形象。这是一个年轻强壮的女人，像一头兽，充满了生命的热情和爱欲的活力，她说话粗鄙而热诚，却爱所有的人，她只有爱。她崇拜生命，愿尽一切爱欲和力量给生命以呵护和支持，从春到秋，由夏至冬，她都一如既往地在爱，她的生命充满爱的激情和性欲本能，永远带着那光荣燃烧的生命的皇冠。正是这种带有女神之美的女性原则——充满生命的热情和活力，有蓬勃强旺的爱欲和广博的同情与慈悲，代表生生不息、绵绵不绝的自然母性，成为女人区别于男人的本质，也是一切女性生命之美产生的根源。

如果说追求性的满足是生命的本能，那么执着地把握自己的爱情和命运则使蜜蜡真正成为大地之母。对蜜蜡来说，爱是她生活的第一主题和生命的第一事情。蜜蜡深深爱着的雷丁是个又瘦又小的乡村青年教师。他崇尚知识，凭着自己对美和文明的信仰，在“文革”时期的登州农村营造了一方知识绿洲，他还发掘了蜜蜡写作的潜能，使蜜蜡的生存获得了积极有为的意义。为了寻找被迫出走的恩师，蜜蜡从不幸的婚姻中逃离，开始了人生的奔逃，生命也在奔跑中得以升华。出逃被捉回，更激发起她内心深处的巨大力量，当大河马企图欺侮她时，她手刃了大河马，生命力在反抗中获得了彻底释放。最后她与铜娃相逢，用南瓜的芳香重新点燃了铜娃的生命之火，完成了自我形象的塑造和生命价值的实现。通过塑造蜜蜡形象，张炜力图从乡野民间大自然的律动中寻找先民血统中曾经旺盛的、后为文明所窒息的雄壮基因，力图通过野性生命力召唤被文明尘封了的沸腾激荡、热烈奔放的原始力量，重铸民族的阳刚之气。

《丑行或浪漫》中洋溢着张炜与生俱来的浪漫抒情品性：杏红色而又暖洋洋的黄昏，安详流淌的河流，白云与肥羊一同游走，瞌睡虫抬着蜜蜡逃命，沁入心扉的南瓜香……万物的生生不息、生命的自然长存、时空的开阔无边、最美最丑也最动人心魄的爱恨情仇——这便是张炜心目中的野地，它包容着一切。其中南瓜意象贯穿全书，与蓬勃茁壮的生命精神融会贯通，汇聚成汹涌澎湃的生命洪流。小说通篇使用了胶州半岛的登州方言，不仅里面的人物说话用方言，整个作品的叙述也都顺从着方言声韵，渗透着方言的活泼生气。张炜说："书中人物的各种呼叫首先震得我双耳发疼，而后才是突如其来的快乐。这本书在语言的河流里上下翻飞，让它冲洗得崭新崭新，又让它带到很高远的境界。这正是我在长期的写作生涯中梦寐以求的状态。"当我们反复读到诸如"窝儿老""骚达子""懵了瞪""坏了醋""砸了锅""郎当岁""撒丫子""不喜见""主家""上紧""脱巴""搅弄""迂磨""饿痨""泼皮"等语义丰富、野气十足，与大地、山脉、泥土息息相关的字词时，我们所感受到的不仅仅是一些特别的字、词、句带来的新鲜的陌生，更是由这样一种语言浑然一体的自然表达所呈现出的一个整体性的世界的精神。这种话语方式，密切契合了读者最本质的生活感觉，与个体生命躁动的自然状态相得益彰，实现了对理性、秩序、传统和一切惯常思维方法的颠覆，成为一道美味的语言大餐。张炜由此在这样一个充盈着生气与活力的世界里安顿了自己的灵魂，并以之来对抗现实社会中的世俗化、商业化和技术主义崇拜。

当张炜的诗集《家住万松浦》送达我手中时，我一点都没有感到诧异，这不仅因为在我的阅读印象中，张炜一直就是个诗人，而且是个真正意义上的诗人，他出版诗集原本就是意料中事；更因为他的精神气质是充分诗性的，诗始终就与张炜共生同行。

《家住万松浦》是一本质地明净的抒情诗集，收录了张炜自 20 世纪 90 年代中后期至今的诗歌作品百余首。诗思意向多元并呈发散形态，诗人一会儿以朝圣者的虔敬目光，凝视着乡野间的麦田、松林、葡萄园、海涛、沙滩，向故土家园感恩致敬；一会儿以睿智的哲理思悟，叩问探究生命的价值和死亡的意义；一会儿以伤逝惜美的缠绵情怀，讴歌追念纯真浪漫的爱情和淳朴敦厚的乡习民风；一会儿以锋利冷峭的自审精神，解剖拷问内心的懈怠与懦弱……诗人摄像捕物，将这些所感所思所抒酿化成优美的诗情，自由自在地敞开心灵歌哭歌笑，使文字一个个鲜活起来，使意象一组组流转起来，使诗句一行行灵动飞扬起来，给人以明净高洁典雅优美的诗意享受。

张炜 2009 年由作家出版社出版的长篇散文《芳心似火》，再次彰显出他高标独立的激情与哲理相融相成的思想与艺术素质，其思路纵横交织环环相扣，行文落墨间既激荡着历史风云，又燃烧着对人性真善美的向往。骨子里锋芒毕露的那种针砭时弊和与当下人性所缺失密切相关的忧患意识的表达，辅以飞扬灵动而又睿智深刻富于思辨的文字，牢牢吸引着你，让你不忍心中断阅读。《芳心似火》是一位理想主义者寻索历史的精神之旅。张炜一直就是一位高举理想主义大旗、坚守高贵的道德情操的作家。在书中他坚持以理想主义为精神导引，率领读者一起重温齐国浩瀚精深的文化生命历程，寻索历史根脉深处被我们曾经忽略过的点点滴滴的民间智慧与精神。作者的用意就是想借助于齐国文化的飞扬灵动、浪漫活泼，来激活我们今天对于理想的向往和浪漫的想象。虽然现代主义哲学向我们敞开了生存的无望，说希望永远可望而不可即，但正如张炜在这本书里所说，也许理想真的有可能终究不过是或者只能是理想，永远都不可能实现，永远都无法变成真正的现实，然而理想却永远弥足珍贵永远万不可缺。假如生命中没有理想的烛照，没有理想的引导，那就会活得太过暗淡，太过惨伤，也太过窝囊。其实这也是我们每个人都应该充分认识到的。纵然我们不能做一个振臂一呼应者云集的拯世救民英雄，但至少不应该怀疑在这个天空之下，真真确确有大道存在，有正义存在，有真理在熠熠闪光。因此，理想什么时候都应该是我们生命高擎的一盏灯火。当张炜高举理想的烛火引领我们穿越齐国那幽深悠长的历史隧道，出没于江湖与庙堂之间，遍访齐莱之地的风土人情和文化气象，惊心动魄地追寻着过往岁月脚踪之时，我们随着他的梳理逐渐接近，或者说亲近了那些已经在历史行进中消亡了生命的无数可爱的先哲。如那位胸怀大智慧却行迹放浪不拘一格，用特有的嬉笑怒骂方式来辅佐君王治理天下的东方朔，视功名利禄为粪土，一生别无所求，只为实现安邦定国的理想；再如那些在历史上虽然没有记下姓名来，但其事迹却已成为如今人们寻找理想的一种动力的“无名英雄”——那些海边不知名的老头老太，那个由千年神龟幻化而来的黑衣瘦高个的老人，那位永远都只考虑自己下棋布阵的棋形是否漂亮，而从不计较博弈厮杀胜败得失的棋道高手。这些人的名字的确被历史淹没了，但是他们作为中华文化的金边（这是张炜在书中给他们的一个比喻，认为正是许多留下姓名来的先哲和更多没有留下姓名来的先哲们，为伟大的中华文化，也为光辉灿烂的齐文化镶上了一道金边），用璀璨的光芒照彻了中国文化的历史生命。当作者带领我们一次次碰撞着这些先哲的灵魂、阅读着这些过往故事之时，我的心弦被深深拨动了。因为通过和这些古代贤哲的精神接触，我一再地领悟和体会着什么叫信仰以及该如何坚守信仰。信仰也许就是心中某个高贵而坚定的念头，坚守也许就是那个棋道高手不管刮风下雨都怀着信念点亮一盏永远为朋友引路的灯。只要心怀理想，生命就有希望，精神就不会太过猥琐。这是张炜想通过对齐文化古人古事的梳理所告诉我们的一个简单而又深刻的道理。实事求是地说，今天的我们已经很少安心地等待，更少万死不辞的追求，我们甚至已经很难理解张生抱柱而死，神女峰上幻化为石头的那位不知名的农家少妇的坚守情怀。因为我们觉得那样的等待既然无望又有什么意义呢？然而正像西西弗斯推动巨石上山一样，他明明知道永远不可能战胜上帝的旨意，使那块巨石安放在高山之巅，但是他的力量就在每天推动巨石上山的过程中显现出来。只要西西弗斯还在推动巨石不断地向山顶攀登，那么我们就有理由相信也许有那么一天，或者说终会有那么一天，西西弗斯会把那块巨石安放在高山之巅，完成他的使命和职责，也再次向上帝显现自己拥具的不可战胜的巨大力量。这正是理想和坚守的伟力。这也正是张炜这位理想主义者要穿行在历史隧道中一步步走完这次精神之旅的一个目的。

《芳心似火》是一部抵抗俗世平庸和人性堕落的醒世恒言。张炜在反思历史的同时，更多的是要把思考引向我们的现实生存。他在这本书里反复阐述了自己作为知识分子的操守。我在以前解读张炜的文章中曾经把他和鲁迅联系在一起对比论析过。我认为张炜是一位传承了鲁迅最宝贵的精神风骨的文人。

一方面，他像鲁迅一样直面人生一切惨淡，揭开病苦毫不留情，鞭挞丑劣疾恶如仇；另一方面，他也像鲁迅一样在冷眼看世界的同时保持一份清坚决绝，不妥协不从俗，坚守自己的精神阵地。他在《芳心似火》中反复表述或者说反复深情自述对于谭嗣同、瞿秋白等英雄先烈，对孔子、孟子等文化圣贤的羡叹与崇敬。“戊戌六君子”之一的谭嗣同，面对清廷的残酷镇压，本最有条件逃脱却选择了慨然赴死，力图以自己的一腔热血唤醒一个沉睡的民族；瞿秋白面对枪口毫无惧色，微笑着唱完国际歌之后饮弹身亡，以生命诠释了真理的高贵；孔子一生颠沛流离历经艰辛，乘坐一辆木车周游列国长达 14 年之久，只为仁义理念的推行；孟子虽是手无寸铁的一介书生，却能做到耿直坚毅、善养浩然之气，在权力面前不卑不亢，顽强坚持自己的理念……当张炜通过重述这些故事来表达自己对当今的忧患时，我们读到了许多痛心疾首的文字。书生，是张炜用民间口语对中国知识分子给出的一个最高贵的称呼和定位。张炜界定说书生不是指书生意气的人，不，他不仅仅是一介书生，更重要的是在书生身上有一种高标独立的精神信仰，有一种万死不辞坚守信仰的韧性和力度，有一种在大物时代揭去遮蔽、无私无隐、敢说“大言”的胆量与气魄。张炜反复渲染反复强调这一点，希冀给我们提供一面镜子照一下自己的灵魂，照一下我们不敢为理想而死的俗态。我相信张炜通过解读和赞美这种刀架在脖子上都不退缩的殉道的无畏，给我们提供了学习的楷模。只要真理还在，这样的英雄就永远层出不穷，就永远以他们的精神激励我们沿着他们的脚印一步步向前追索。只有这样我们才能有效地抵抗世俗，尽可能地与平庸、堕落拉开距离，在享受物质生活的同时，让我们的灵魂保持冷静，对现实中的假恶丑进行毫不留情的揭露与批判，对自己和他人的精神缺陷进行检点与反思。这也正是科学发展观强调的实事求是，因为现实并不都是风和日丽春光灿烂，而是存在着很多卑鄙凶残阴冷黑暗。在和平盛世敲响忧患的警钟，这是一个知识分子的良知和道德操守，也是这本书告诉我们的一个哲理，一种使命和本分。

《芳心似火》是一份滋润生命而且安抚灵魂的人性启悟。读这本书一定要有大爱之心，要与世俗拉开距离，要安静、从容、清明。因为这是一本浸润着大宁静、大包容、大智慧的书。在这本书里，张炜深情回忆了齐国古代生活中随处可见的那些快乐的细节、那些贤达之士和平民百姓共同从容享受的生活的美味。他细致描绘了一种炕头多屉橱，这橱子的每一个抽屉里，都盛放着许多民间所说的“稀罕物”。或者是主人年轻时爱情的信物，或者是小孩子的奇异玩物，但更多的还是一些可口的小吃食。虽然那不过是些大地上最普通的果实，然而当它被精心采摘、存放过之后，拿出来摆放在客人面前时，却给人带来了心灵的感动。让你感觉到天地之下处处是故乡，时时能够把你的思绪和民间生命的活力联系在一起。我特别喜欢小说家张爱玲的一个最重要原因就是，尽管她对生活始终保持一份警醒和挑剔，但同时对生活她又心怀大爱之心的慈悲，懂得生命需要捡拾那些欢乐的细节。这种独特的气质在张炜身上也显露得十分深厚。也许张炜从来没把自己与张爱玲联系在一起，但我在阅读时却常常自觉不自觉地把他与鲁迅、张爱玲联系在一起。通过这些有趣的比较，我验证了张爱玲的一句名言“因为懂得，所以慈悲”，而这也恰恰是人性的一个共同点——懂得捡拾并珍爱生活快乐细节的人，一定是一个怀有大爱之心的人。而只有怀有大爱之心的人，才知道应该从历史中挑选出那些可贵的细节并将其激活，以为历史存留下其民间文化和民间生活方式的精粹。同时从哲理的角度上讲，我个人也坚持认为，历史的发展方向与价值定位，其实并不在那些大起大落的政治潮流纷争中，它更在人性和生活的细节处真实还原。是许许多多鲜为人知的风土人情、琐事细故、民间趣闻等细节，让我们知道了历史的真相，敞开了从另一种角度解读历史的可能。

从这种目的出发，张炜在这本书里多角度多侧面还原了齐国文化的丰富多彩。他的民间性鲜活到每一种吃食、每一种奇谈怪论、每一件在今天颇觉可笑但当时人们却孜孜以求的行为和过往事件。例如，今天的我们已经不再相信世界上有灵魂或者狐仙，张炜却通过文字向我们还原了在古齐国大地上，狐仙常常是一种鲜活的生命存在的历史现象。她们被人当作最亲密的朋友，有着人世间的爱恨情仇和喜怒哀乐。无论是在善恶选择、区分上，还是在爱自己所爱、恨自己所恨的决绝上，都与人类原本如出一辙。所以那些曾经被称为怪力乱神的东西，在齐国文化中都可以登大雅之堂。这是齐国的开放、齐国的兼容所致，是齐国之所以能够在数百年间称雄齐鲁大地、称霸中原天下的一个重要原因。张炜还细致入微地描述分析了那些古代服装：长长的水袖，穿起来给女子带来的感觉是碎步细摇，弱柳扶风，非常优雅也非常优美。但随着现代生活节奏的加快和人们的匆忙打拼，我们今天的服装已经渐渐模式化，丢失了原来鲜明的色彩，更丢失了原来那么柔软、那么舒适、那么让人穿着合体的棉丝质地。化纤，以高科技的合成技术和粗糙生硬的造型功能，不仅包裹着我们的躯壳，也渐渐让我们的心灵远离了人性的舒适和柔软。读到这些描述时我甚至情不自禁地生发出一个奇思异想，想试着自己缝制或者找人缝制一些能够最充分显现从容气度、穿着舒适柔软、如今已经失传的古代服装，选择一个合适的时间和场所来重新试穿一下。可能它会限制你一步三尺的豪迈气象，但从从容容细细密密地边走边观赏路边的风景，肯定会有另一种感觉和感动。

张炜的清醒与可贵之处是不仅仅描述了齐国的强盛繁茂，更进一步揭示出齐国由盛至衰的原因。齐国的灭亡看起来是一种偶然因素的诱发，但实际上，当每一个偶然的背后都矗立着一种必然的时候，我们就真正懂得了哲学家所说的在这个世界上没有绝对。偶然就是必然，必然也常常首先是以偶然的表象所显现的。齐国的强盛繁荣，一方面得益于它的兼容并包：鼓励开放，鼓励竞争，鼓励百家争鸣；另一方面又带来了因为太过热闹与红火，从君王到重臣再到普通百姓，都缺少在喧嚣的生活中保持安静、保持冷静的自觉，而在不自觉不知不觉中放纵了自己过分燃烧的欲望。在集体的狂欢和失衡的骄纵中，齐国逐渐由盛至衰。张炜希望通过对齐国文化兴盛、躁动、放恣、负累的兴衰历史的理性反思、通过对齐国君臣在极度的放纵中忘记节制、忘记收敛、忘记规约的恣行妄为的剖析考辨来警醒世人，不管身处怎样的盛世繁华，都必须保持心态的安静平和与心境的清明从容，与时尚拉开一定距离，留给心灵一个思考审视的空间。

因此，安静就成为《芳心似火》一书中使用频率最高的语词。这是一个高贵的语词，也是张炜凝望星空、观赏明月所获得的心灵感悟。他在这本书的开头第一节就细密阐释了什么叫芳心，而最后一节又给出结论说——只有镶嵌在蓝宝石夜空中那一轮皎洁的明月才是永远的人类的芳心，看它一眼就能使我们安静下来、从容下来，它是安静的化身和表征。但安静并非冷漠，而是安安静静地读书、体验、思考，体验生命的承担与负累，体验生命的欢乐与痛苦，思考周围世界有哪些地方还可以挑拣和批判？思考自我还有哪些弱点需要避免和修正？同时也分析考辨自己与环境之间的关系是不是存在某种偏差或者不平衡？人与人之间的相处，人与自然万物的协调，最高状态就是各尽其能而又各显其才。我们没有理由因为自己会思考而轻蔑其他不会思考的动物，同样我们也没有理由放纵自己，行使高科技的权利去任意讨伐自然和惩处其他生物。张炜说明月在这一点上做得最为公允。面对人类世界的一切悲欢离合和爱恨情仇，亘古以来，明月就永远是那样温文尔雅地去抚慰人们的心灵，用温情去感动人们坚硬的心。它表面上是冷静的，骨子里却在燃烧。但这种燃烧又是有节制的，在含蓄中孕育着爆发。这正是那种如火岩浆将出未及的最佳状态，也就是鲁迅先生所说的地火在运行。这是最为可贵的一种生命状态，也是"芳心似火"的一种情状。从这个角度讲，月光如水正好是芳心似火的另一种解读或者说另一个模板。它带给我们深刻而柔情的人性启悟。

《芳心似火》是一种哲思智慧和浪漫之情相融相成的诗意挥洒。说它是醒世恒言用来反抗堕落与平庸的挑战书也罢，说它是深刻而温情的人性启悟也好，都必须经由语言才能完整而充分的表达。也就是说，任何一部优秀作品都只能也必须通过语言去敞开它的价值和全部意义。用语言照亮思维、照亮心念、照亮所有上天入地飞落云外的想象与联想，用语言激活和联通读者们全方位的生命体验，这才是一本书的至高境界。从这个角度去读《芳心似火》，我觉得这本书绝不仅仅是散文，更是散文诗，或者干脆说就是诗歌的另一种分行书写。其实张炜本质上就是一个诗人，一个忠实于土地的麦田守望者，一个灵魂流浪的歌者。他的诗歌写得非常华美、非常飘逸，同时又非常沉厚、非常凝重。从风格上讲颇有《离骚》的韵味。因为他对屈原有一种精神上的血缘亲属关系。他曾写过一本解读屈原审美风格的随笔集，解读屈原也玉成了张炜自己的一种美学追求和艺术的人生指南。近年他出版的诗集《家住万松浦》以明亮而又略带忧伤的抒情，让我们重温了什么是真正的道德理想，什么是真正的人生高贵，什么是人性值得珍惜值得珍爱的骄傲与荣光。正是这种天然的诗人气质，使他在《芳心似火》中将深刻的哲思理悟和浪漫的奇思妙想统一协调在一起。其行文的最大特点就是旁征博引汪洋恣肆穷极变化，挥洒着无穷无尽的才能，呈现出一番天女散花五彩缤纷的繁华气象。当我读到某一章节时，以为作者突然由此及彼横面荡开，从一回事转到另一回事，很难即刻返转回原来的中心论点，然而张炜奇妙的用笔一带，就把话题又切回到出发点，紧包主题，直击中心。这就是才情，放得开，又收得拢。我一直认为中国现代散文写得最好的作家其实不是梁实秋和林语堂，而是徐志摩。从文风角度上看，张炜这本书的文字表述就颇具徐志摩那种信马由缰、挥洒自如的风格特点。在极度有限的艺术表现空间里，他能集上下五千年的奇思异想，洞穿人神鬼兽之间的所有奥秘，联通世界一切文化现象和生活信息的核心质素，让各种样态的生命在一个立体的空间内融汇到一起。因而《芳心似火》的文字表达就兼具了两种最为极端的才情和张力。一是笔酣墨饱之时的信笔挥洒。一种普通的民间小吃，张炜竟然用了近千字的篇幅去反反复复渲染，可以说是极尽挥洒。但在另一层面或者说另一个极端，张炜又惜墨如金。当他谈到稷下学宫鼎盛时期，集结了那么多圣贤哲人，创造出那样一种讲坛林立、各路英雄争鸣天下、高见迭出、大言纵横、富国强民的盛世奇迹时，张炜适可而止一笔掠过，读者必须运用自己的联想和想象，在脑中个性化地还原那些人物的语音和相貌，去重新参与和体验当时的盛况。这是智者的行文方式，一方面驰骋野马，另一方面又惜墨如金，从而把文字驾驭到既上九天又下深海而且联通神鬼人兽万物的极致，的确称得上是一本奇书。怪不得有很多网友留言说这本书让他们读得击节叹赏，而且让他们感觉颇有点像当年孔子闻韶乐而三月不知肉味。淄博的一位读者说读完之后感觉自己的心灵在很长一段时间内既坚强无比，又柔软如水。我觉得这就是《芳心似火》给我们带来的最真切的感受。而从语感接受的角度，这种九曲连环和横纵自如、这种乡间俚语和思辨哲理的巧妙融合，读起来的确让人非常过瘾。总而言之，这不是一本匆匆忙忙一翻而过就能了解其妙处的书，而是一部大爱芳心似火燃烧的大书，是一本能让我们的心灵一方面芳心似火、一方面柔软如月或者说如月似水的奇书，是一本融会贯通历史与现实、大道信义与微妙人性、抽象的哲理思辨与具象的生活细节所有奥妙的好书。它需要安静地去读。最好是在夜晚，有皎洁的月光伴随最好。因为这样我们就可以同时获得两枚明月：一枚是物理空间的天上明月，一枚是文字提供给我们的精神明月。

在第八届茅盾文学奖五部获奖作品中，张炜以长达 450 万字的 10 部 39 卷小说《你在高原》位居榜首。作为一部气象恢弘、意蕴深厚、文采斐然的“时代大作”，作者高扬大仁大爱、大悲大悯、大德大美之情，游荡于广袤大地，苦苦追索自我、民族、人类生存的精神高原，其思想艺术价值极为丰富多元，标志着我国当代文学史上小说创作一个崭新的高度和深度。

虽然凭借对《古船》《秋天的愤怒》《九月寓言》《柏慧》等小说的创作，张炜早已声名鹊起，成为了中国新时期文坛的一位重要代表作家，收获过数不胜数的好评与赞誉，但他仍然笔耕不辍，通过不断推出一批又一批新作品，进一步建构充实着自己的文学世界，引领和丰富着人们的阅读视野。正如他在接受张均的采访时所说，“作家不是靠某一部作品创造奇迹的人，作家是靠一生的艰辛来完成自己的人”。而《你在高原》就是他人生中一个重要阶段艰辛劳动的丰硕成果。这部巨作从20世纪80年代末开始动笔，经由长达22年的呕心沥血，精心打造成世纪转型年代里问诊现实与考辨灵魂的博大精深的精神文本和文化文本。

早在这部大书出版之前，《家族》和《我的田园》曾先度面世，但它们仅仅显露出《你在高原》的某些“片段”，并不是完全意义上“独立”的书。张炜在《你在高原·自序》中写道：“虽然每一部皆可独立成书，但它仍然不是一般意义上的系列作品。在这些故事的躯体上，跳动着同一颗心脏，有着同一副神经网络和血脉循环系统。”因此经过贯通整理加工，《你在高原》呈现出鲜明的整体色调，在精神走向上具有紧密的连贯性和系统性。我们通过对《你在高原》的整体梳理、考辨和论析，可以廓清张炜关于现实生存、人性叩问和真理追寻的深层脉动轨迹，深化对这位作家文学理想和审美品格的认识，从而确立这种针对“高原”的言说，所高标独立的存在意义与丰富价值。

第一，《你在高原》是一部深沉的历史反思大书。20世纪90年代，张炜与张承志曾一起被称为“愤怒的二张”，但两人的“愤怒”在各自文本中的表现风格却差别很大，如果说《北方的河》《西北暗杀考》《心灵史》表征着张承志剑拔弩张、阳刚气十足的抒情气质，那么《九月寓言》《柏慧》《我的田园》等作品中优美洁雅、温婉细腻的诗性叙说，则彰显出张炜柔韧沉绵的艺术表现风格。凭借着这种个性鲜明的叙事风格，张炜不断地倾诉和描绘着外部世界的生命图景，表达出对个体生命对知识分子乃至整个人类生存命运的真诚逼视与诗性观照。《你在高原》在延续这种浓郁的人文情怀的同时，更将关于人之生存世界的言说不断向过去和现实时空拓宽辟深，借此传达出作家绵绵不绝而又积重深广的忧患意识。

为了理顺自己的“血脉”之根，探寻芦青河一带灿烂悠久的文化背景，《你在高原》花费了大量笔墨言说着关于“过去”的故事。其实，这部小说在故事叙述和空间转换上虽然显示出较为严谨的叙事连续性，但叙事线索的时而横面荡开和情节进程的刻意中断以及空间场域的突兀转换，引导故事走向自如而轻逸地跃出编年体式老套叙述模式，远离了《三家巷》《六十年的变迁》之类小说的宏大史诗建构套式；同时，小说又在力避严谨的时空序列衔接骨架时，特意设置了一个贯穿始终的第一人称叙事者兼主人公“我”——宁伽，依靠其在大地上的无边游荡所相伴相依的个人反思和生命追忆，勾连起整部小说系统而完整的精神脉相。作为作家主体精神的承载者，宁伽和自己的父辈、祖辈有着千丝万缕的精神联系，现实中焦渴不安的心灵在先驱们亡灵的隐隐召唤之下，不由自主地朝向生命的理想之境——“高原”靠拢、皈依。与此同时，宁伽还不断地将追溯的目光穿越过不同年代的山山水水，追忆还原齐文化背景下东夷人的生存样态，甚至把种族记忆引向更加遥远的过去，揭示莱夷族的先人们由远东一带辗转胶东地区的漫长而曲折的艰难历程。

在关于莱河人先祖的回顾描述中，《你在高原》采用了正史与野史相结合的叙述方式。张炜的家乡是山东龙口，生于此长于斯的他非常看重齐文化的地位和作用，在接受新浪网的采访中，他认为，“有人反复讲儒家文化对于当今的全球一体化强大的互补作用，但是很少有人谈到齐文化对于中国的现代化有什么样的作用，当今全球一体化，在这么一个强大的语境下面它的作用是什么，很少有人说”，“要了解我的作品，就要理解齐文化”。因此曾在这片土地上繁衍生殖的先祖们的历史与传说、东夷一地的齐文化风貌引起他强烈的探究兴趣，成为其小说中的重要叙述板块。在之前的中篇小说《柏慧》中，关于孤竹和纪的沉重古歌不断响彻耳边，徐福东渡的传说被神奇演绎。《你在高原》则进一步放大扩张了关于先祖的奋斗故事与传奇经历，从更为辽阔遥远的文化背景上来寻找自己的血脉之根。在《你在高原》第 3 部《海客谈瀛洲》中，徐福东渡的传奇故事与历史上的嬴政东巡相互杂陈，宁伽、纪及、王如一等人不同的叙述视角使得相似的事件呈现出复调的意味，显得真假难辨；同样，在第 7 部《人的杂志》里，对莱夷人先祖故事的讲述始于发生于贝加尔湖、外兴安岭、勒拿河畔一带的神话传说，而后代们返回老铁山南面的艰辛历程则带有族群史料考证的严谨。齐地文化自由开放、亦仙亦幻的瑰丽魅影伴随着作家汪洋恣肆的无穷想象自由舒展，边地夷族备受屈辱、艰难辗转的血泪历程沉重哀婉，绚烂多姿的稗史传说与厚重朴实的历史真相驳杂重组，凸显出作家如痴如醉的歌者心态和惊警后人的实录精神，具有独特的地域文化风味、回望历史的穿透力和知古鉴今的反思性。

“我不厌其烦地探索的莱夷族长长的、永无尽头的迁徙。鲜血写下的反抗的历史，就是一首永恒的歌。”[①] 抚摸着记载先族们生命历程的古纸残片，宁伽的咏叹里充满了沉重的思索，先祖们捍卫家园、与入侵者永不妥协殊死抗争的漫长生存

① 张炜：《人的杂志》，作家出版社 2010 年版，第 250 页。

史与束缚自由、挤压性灵、窒人呼吸的沉重现实互成“镜像”，呈现在回望者虔诚而充满焦虑的叙述语调中，连通着宁伽对生存世界的深刻认知。在宁伽的“东巡”中，对嬴政东巡和徐福东渡的叙说夹带着历史的血腥气与诡异的神秘色彩。一方面，焚书坑儒、铲除嫪毐、琅琊台屠杀等一系列残暴事件染红了历史的人性幕布，另一方面，海上三仙山的美丽奇景、化为石人的儒生、车队上空盘旋的乌鸦群又为历史的讲述增添鲜活的记忆，这种诗与史相互交织的审美风格暗含着宁伽对逝去的东夷文化的沉重挽悼。齐威王、宣王时期昌盛一时的稷下学派在物质文化茂长荼靡的时风中走向衰败，绚烂瑰丽的东夷文化在秦国强大的铁血征伐下岌岌可危，精英人物徐福的海上出走更是无可奈何的选择，异地而生的文化策略虽然挽救了族人最后的血脉，但远离家园的精神伤痛将永难止息。这种由历史的弱肉强食造成的东夷文化版图迅速萎缩的悲剧事实撕扯着宁伽无法宁静的内心，暗含着张炜关于历史人性的深沉的文化批判与文化坚守倾向。所以，《你在高原》关于宁伽先祖的叙事存在着一种明显而深厚的张力——他们挣扎奔突的悲剧命运与最终寄身的丰饶绚丽的地域文化之间具有巨大的反差，先祖们向往美好却历尽劫难的心路历程，对应着叙事者追求宁静而常常焦虑不安的内心。

在关于宁伽祖辈与父辈的言说中，《你在高原》采取了家族史与革命史相互缠绕的表达方式。外祖父曲予、父亲宁珂都有着显赫的家族背景，是这块土地上的精神贵族，但他们的成长正好赶上汹涌澎湃的革命大潮，个体精神的孕育与集约化的革命行为之间自然就生发出种种复杂的离合关系。小说中曲予、宁珂等人的复杂性在于，他们难以剥离与“家族场”之间的精神联系，甚至来自于良好血统的人性教养还让他们面对偏激的革命行为时，常常做出正确的判断而难以屈从。所以他们一方面无法完全逃离家族血缘的牵引，另一方面又在革命诉求的召唤和动员下踏入另一条人生征途，家族成员与革命分子双重身份的叠加使得他们在生命过程中面临着极为艰难的抉择。在揭示家族与革命的关系上，《你在高原》重点描述的是革命对家族带来的沉重戕害，父辈和祖辈们倾向革命或者投身革命，反而在革命取得重大胜利的时刻与整个家族一起走向了失败甚至毁灭，曲予的命运如此，宁珂的命运则更为凄惨。在肯定革命正义性同时，张炜强调了革命名义所裹挟的个人欲望和恩怨对健康人性的破坏性，以及所显示出的非人性的一面，从对《家族》（《你在高原》第1部）中飞脚与殷弓和《我的田园》（《你在高原》第6部）中首长沙的描写，以及在《海客谈瀛洲》中的霍老、《曙光与暮色》（《你在高原》第8部）中的黄老的革命自述里都可以感受到这一点，隐秘的个人欲望所引带的革命阵营内部的互相伤害与杀戮不仅摧毁了家族的脊梁，而且也撼动着革命工程的合法性与宏伟性，使得革命与人性在纠结间呈现为无穷吊诡的意义。

但对于宁伽而言，革命对家族个体的伤害仍然在自己心中留下了长长的暗影，并带给他挥之不去的无名焦虑。如果说外祖父曲予的死亡让后人更多地感到敬仰与同情的话，而父亲宁珂带给自己的更多的则是恐惧与伤害。在《忆阿雅》（《你在高原》第5部）中，宁伽沉痛地讲述了宁珂所遭受的外部打击与伤害，揭示出一个革命者的生命悲剧。饶有意味的是，这种惨烈的革命创伤带给家族成员——闵葵、曲绩、宁伽的阵痛则更加醒目，回忆与父亲相处的时光，宁伽感到更多的是父亲病态的残暴、冷漠与孤独，以及带给整个家庭的压抑氛围和苦难暗影。曾经高贵和富有一时的家族给了宁伽纯洁的血统证明，但伴随革命迅速颓败的命运恰恰成为后辈生命遭际的苦难“前史”，忍受屈辱病痛而死的父亲，仿佛是宁伽心口上一块无法移开的大石，使他难以获得真正的轻松，而只能在漫漫长夜里饱受精神煎熬。这就与《古船》中隋抱朴的思考具有了同一维度的意义。在这里，《你在高原》依然沿袭了《古船》里关于革命人性批判的反思路径，瞄准的不是关于革命行为的合法性起源和革命目的的向善诉求，而是革命者潜在的个人私欲对美好人性的摧残，这样就从惯常的政治反思视角转向了人性考辨与道德批判。它在革命史与家族史的交互纠葛中，剥离出外部的革命行为导致家族人性天伦变质瓦解的苦难因子，以及成为叙事主人公宁伽沉重的心债而焦虑不已的生存真相。这样，关于家族史的回顾其实源于向善的美好人性的生成与沦落背景，是对现实生命的血缘回溯和根性发掘，彰显出鲜明的道德评判和人性审视的尺度，对应着张炜道德理想主义的人性理念与价值坐标。

第二，《你在高原》是一部犀利惊警的现实观照的大书。张炜不仅是一位历史的反思者，更是一位积极的入世者。他在《艺术是战斗》一文中坦然宣告：“选择了艺术，你差不多也就等于宣布了你是个永不妥协、格外拗气的讨人嫌的人，你不会放过揭露黑暗和抨击丑恶的机会，与强暴和专制斗争到底，只为自由而歌唱。”① 强烈的现实观照意识使得他对扎根生存过的热土饱含深情，并常怀忧患意识，他“愤怒”的面孔与对滋生于现实世界那些越来越多的“恶的元素”的深刻感知息息相关。早在《秋天的愤怒》《秋天的思索》《古船》等作品中，作家就开始搜寻和揭露乡土世界的现实阵痛和人性之恶，真实地

① 张炜：《批判与灵性》，文汇出版社2005年版，第44～45页。

还原出笼罩在那些革命现场上空的一种沉重压抑、寒气逼人的氛围；后来的《九月寓言》曾立足民间立场建构出一个理想化的时间界标模糊的小村世界并揭示其在大火中消亡的命运，为逝去的农业文明形态献上诗意的哀歌；而到了《你在高原》中，作家在面对现实世界时，那种直面黑暗、鞭挞丑恶的战士姿态再度高高扬起，无边的愤激和焦虑在人与自然、人与社会、人与人各种关系层面中彰显出来，显示出一个真正的知识分子高度的社会责任心和宽广的人道主义情怀。

在人与自然的关系层面，作家痛心疾首于人类与自然之间良好的关系链惨遭破坏与毁弃的现实真相。他一方面真诚守护并试图融入“野地”，建构起关于“大地”“原野”“田园”“平原”“高原”等类似范畴的诗意言说，另一方面清醒地认识到工业文明对人类与自然之间的亲近关系的严重阻隔，批判的锋芒直指无序的工商业开发侵占人类美好家园的扩张行为和强盗逻辑。《无边的游荡》（《你在高原》第10部）多处写到，不仅象征文明的城市飘着难闻的工业气体，许多地方在开膛破肚，到处都是尘土和垃圾，“远近的嘈杂像浮满了脏沫的潮水一样围拢过来”；就连曾经富饶平静的平原也因各种集团的占据开采而土地塌陷，海水倒灌，布满坑洼和地裂，人们在污染和干旱的驱赶下，不得不远离家园艰苦谋生；同样，“现在的海滩正像脱落的皮毛一样，正褪出一块块泛着铁锈色的洼地，远看就像一处处溃疡”[①]，沙滩上也残存着从海水里推上来的死鱼、木板、空饮料瓶子、枕头、破毛巾、损坏的电子表、破损的三点泳衣和沾着血污的内裤，“大海再也不是蔚蓝纯洁的象征，鱼类家族已被世纪末的疯狂吞噬”……生存环境的不断恶化拉

① 张炜：《无边的游荡》，作家出版社2009年版，第366页。

大了人与自然界的时空距离，磨损着人们面对自然万物时的敏锐触觉，漠视生灵的破坏者正在吞食由自己的短视行为所造就的恶果。《你在高原》正是不断地还原和凸显这种日益蔓延的现代“征候”，揭示轰轰烈烈的工业化进程背后的负面效应，以及给人类生存所带来的巨大危害。对这种真相的逼视显示出张炜强烈的现实观照意识，那些遭到放逐、无家可归的生灵的哀告呻吟敲击着他的耳膜，在直面生存悲剧的同时，作家责无旁贷地担当起修复人与自然关系的责任。

《忆阿雅》描写了一种叫阿雅的小动物，美丽顽皮又出奇的聪明乖巧，但这种弱小自由的生命常常遭到捕猎者的伤害，以卢叔为代表的捕获者不仅囚禁阿雅以获得玩赏的满足，还靠贩卖和扑杀阿雅赚取金钱。在这个事件的叙述中，张炜通过宁伽的讲述视角把林子里生活的人们分为两类：以卢叔为代表的捕获者和以外祖母、宁伽为代表的放生者。前者从谋私利的角度出发毫不顾忌生灵的生死存活，而后者从同情生命的角度出发与自然万物心有灵犀，两类人之间的对比凸显着作家追求博爱的生命观，宁伽从小对阿雅命运的急切关注以及看到阿雅遭受伤害时的悲伤与愤怒中可以体味作家内心深处的巨大焦虑。早在《九月寓言》等作品中，张炜就不断重复强调人对大地的依附，恳切召唤与万物分离的人们回到野地体验生命的归属感，而在随笔《危机潜入盲角》中他又说：“生命依赖于泥土、繁殖于泥土，就必须作用于泥土，对泥土负责。它可以飞翔到很高很高，但维系着泥土的丝脉不得稍有损伤。”[①] 《你在高原》则真切地描绘了人与自然的和谐被人为破坏的现实状态，不仅家乡的山野、平原和海滩被开发得满目疮痍，不少城镇成

① 张炜：《危机潜入盲角》，载张炜《随笔精选》，第60页。

为废气和垃圾的集散地，而且国外的繁华地带也同样如此，汉堡城里一阵阵呛满鼻孔让人睁不开眼睛的尾气给人们一种世纪末的味道，魁北克高耸巍峨指向虚空的教堂群远离了泥土的气息，鲁尔区的工业污染让死去的高大云杉变得赤红像披了一身血债……当人们对周围的环境大肆毁坏而不加修复时，生命个体的委顿便难以避免，张炜这种关于生存世界的艺术化修辞既写出了人类生存的某种危机，又具有强大的审美震撼力。

在人与现实社会的关系层面，《你在高原》还写出了生命个体被外在社会排斥挤压的生存困境，揭示现在的“文明”社会中种种的文化病症及其对健康人性的残害真相。现实生活中的宁伽身处在一个日益技术化和世俗化的文化氛围中，功利主义的无孔不入和消费思潮的渣滓泛涌使得人与人之间的情感趋向冷漠，变得难以沟通，因此他的个性坚守就显得举步维艰。在城市中，围绕在宁伽周围的人群——庄明、瓷眼、娄萌、斗眼小焕、王如一、蓝老、霍老、黄老、岳贞黎等人的追求总是与金钱、权力、名誉等息息相关，他们个人欲望的膨胀爆发往往是被浮躁多变的时代风潮所左右；而在平原和海边，也同样充斥着金总、苏总、宽脸、李大睿等公司老总以及形形色色的恶棍、流氓和入侵者。这些为富不仁、仗势欺人的不义者不断践踏着善良的弱小者，恶意地破坏着人们的正义事业，制造出一轮又一轮新的悲剧事件。张炜通过对这群人的刻画，紧扣这个时代不可避免的盲目、势利、庸俗、贪婪、龌龊等丑恶的人性特征，真实地凸显了一种世纪末的狂欢与堕落情绪，为这个病态的时代绘态画魂。一方面是恶意的制造苦难，一方面又伴随着惊人的遗忘，在追逐时尚、听命于感官欲望的消费时代，“生活中的血泪痕迹都将被擦掉和覆盖，人们跌跌撞撞走进了记忆的空白区域，被欲望的泡沫糊个满脸满腮。这个区域显现和浮沉的只是遗忘的一部分，是破碎的记忆之屑。遗忘是享乐主义和现世主义方程式上最重要的一个字符，我们都将变成没有昨天的人"[①]，正是对这苦难根源的深沉反思和无根之人灵魂的深锐透析，承载起了《你在高原》直面现实生存的重要内容板块。

在人与人的关系层面，《你在高原》在对种种病劣现状痛加挞伐的同时，更意在弘扬反抗邪恶的高洁正直的人格坚守。经历过地质学院、03研究所、杂志社、葡萄园等地方的复杂生活，宁伽目睹了种种的人事倾轧——横空飞来的诬陷、充满恶意的中伤、无主名散播的流言、蝇营狗苟的攀附、不无得意的算计、绞尽脑汁的落井下石，林林总总数不胜数。尽管这一切让宁伽和朋友们筋疲力尽，但他们却不向这些丑恶行为妥协，而是对之进行彻底的反抗与批判。《海客谈瀛洲》中的纪及拒绝为霍老做事，《曙光与暮色》中的宁伽放弃为黄老做传记，《荒原纪事》（《你在高原》第9部）中的红脸老健和眼睛小白对抗着污染平原环境的恶势力，《无边的游荡》中的岳凯平仇恨好色虚伪的养父……种种去恶扬善的正义行为彰显出作者敢于直面惨淡人生和抵抗现实生活丑恶的可贵品格。其实，在张炜的血脉中一直就隐含着对侵犯、丑恶和苦难的敏感记忆，从而形成了他批判性的情感方式和思维习惯，在之前的作品中这种创作倾向已经被充分展示，而在《你在高原》中更是得到集束式展现，变得更加凝重尖锐。《橡树路》（《你在高原》第2部）所描绘的那个叫"橡树路"的城中之地因不断扭曲、摧残和毁灭美好人性而鬼气弥漫，掩护着为虎作伥者和巧取豪夺者从中渔利，而正直善良、向往自由之人却深受其害；城外

① 张炜：《海客谈瀛洲》，作家出版社2010年版，第306页。

的乡村世界同样充满罪恶，正在变成城市空间的附属物和模仿品，深受城市生活的吸引和控制，于是在“北庄”又出现一个翻版的“橡树路”，成为新的权力王国和压榨中心，富庶的平原地带已开始向新的精神荒原蜕变，这才是真正的时代大悲剧。不断针砭现实的浑浊和混乱，深入探究滋生恶的元素的社会文化温床，不懈追问新时代所催生的欲望表演对美好人性堤岸的侵蚀与冲刷，成为张炜重要的写作动力和姿态，他不惜以“裸露思想”的方式直斥现实丑恶，既表现出内心的激愤与焦灼，也显示出一个作家的良知和责任。正是在这个意义上，我高度认同贺绍俊所说：“张炜的写作是在申辩一个作家的存在意义。”

不管是对过往历史的沉静反思，还是对现实世界的冷峻直面，张炜都在试图清理出一种人性的真实。关于先祖伟绩和家族命运的历史书写从血脉上确立了宁伽现实生存的合法性根基，而宁伽在现实世界屡屡受挫的经历又对应着先人们多灾多难的奋斗史，这无疑扩大了《你在高原》的表现视域，使之呈现为宏大史诗式的建构骨架。但所有视域的苦难书写都暗含着作家向善的理想追求，美好理想与生存现实之间的巨大反差使得张炜的书写充满着沉重的焦虑意识，为了缓释这种焦虑，他必然要拉开与形而下生存真实的心理距离，正面建构关于善与美的精神图景，以诗意的言说照亮生命的启示。

第三，《你在高原》是一部具有多重意义的精神跋涉大书。张炜在《你在高原·自序》中为这部长篇巨著定性说，“这是长长的行走之书”。这里的“行走”不仅仅暗指成书的考察准备情形和行文书写的艰辛过程，而且还寓指主人公生命和精神的成长历程，以及作家漫长的不停息的炽热的精神跋涉之路。张炜在为这部大书命名为“你在高原”时，已经把“你”和

“高原”设置为理想化的存在，它们遥远而富有吸引力，令远离“高原”的“我”向往不已，产生无限的向往之情。主人公宁伽一方面在现实苦难中饱受煎熬，直斥丑恶现象并做斗士姿态，另一方面又试图在现实突围中寻找新路，一步步地转移迁徙，向着生命的理想之境——“高原”——不断靠拢，其“行走”的动力源自作者对人类生存命运真诚逼视与诗性观照的博大精深的人文情怀。

当然，现实中产生的焦虑和苦难并非驱使宁伽不断“行走”的唯一动因，张炜同时还更深入地追索了宁伽血脉深处的“行走基因”。不仅先祖们万里跋涉的艰难行程成为宁伽仰慕的历史，而且曾祖父宁吉离家出走时乘坐的红马驹也成为其生命图腾。它们牵引着宁伽不断地进入社会又不断地向外突围，像一条永不安分的生命之河奔腾在山地与平原上。这种“基因链”的梳理既理清了宁伽生命归属的根系，也为他的现实奔波和理想追寻埋下血脉相承的伏笔。凭依着一颗善良的心，领悟着先人们的命运启示，抵御着现实生存的苦难逼迫，宁伽要突破这层层淤积的生存焦虑，必然以不断朝向理想的前行姿态求取内心的充实与宁静。因此，宁伽的行走就不但意味着一种多变的生命轨迹，而且昭示出极为复杂鲜活的生命图景。

第一重意义上的“行走”形态是奔波，它与人物自身的生命轨迹密切相关。正是由于张炜喜欢行走，为了创作出真善美的艺术世界和甄别人性世界的清爽与污浊而奔走不息，他也让宁伽怀着一颗焦渴的心，在高校、研究所、编辑部、葡萄园、营养学会等地开始人生的奔波。这种现世奔波带有鲜明的受动色彩，与奔波者深感现实困境之苦、被周围世界所放逐息息相关。在《无边的游荡》中，作家这样描述现实：“一种刻毒凶残的心情使我们失去了最后的居所，我们必将落下一个四处流浪的命运……”善良而富于个性的宁伽面临着价值失范的现实世界，汹涌澎湃的欲望之流在各种名目的刺激下肆意流淌，冲刷着现实人们的伦理底线和道德操守，在这世俗化、功利化和物欲化的挟裹中，宁伽只能步步后退，向边缘处寻求生存之道。因此，这种奔波其实是现实困境逼迫下的退守之旅，隐含着作家难以割舍的现实观照情怀。宁伽既走人生的长途，又频频做困兽之举，凸显出个体生存的有机性，他以竭力切入现实却为现实所挤压的生存困境建构起当代知识分子反思性的批判视角，从而在与柏老、瓷眼、马光、黄老等人的分道扬镳中摆脱了体制化结构性共名的光环笼罩。通过对宁伽奔波行为的描绘，我们发现张炜其实并不是强调知识者在消费时代的名目炫耀和姿态炒作，他要激活的是个体观照生存世界的主观能动性。宁伽以不停息的“行走”寻找着诊断和应对现实症候的生命机缘，他像屈原一样上下而求索而不得的艰难举动为多灾多变的现实世界擎起了熊熊燃烧的精神火炬，虽然可能是一场无望的悲剧结局，却依然显得崇高壮美。这也是《你在高原》的重要指向，它在揭示科技文明的进步与道德价值失落的二律背反的发展真相的同时，以不妥协的奔波反抗把现实世界作为个体生命滋生成长的飞地，高扬着当代知识分子的入世情怀和批判意识。

第二重意义的“行走”形态是游荡，它与生命个体向往自由的文化脉动相关联。如果说上面的“奔走”还暗示着生命个体被焦虑所催逼而被动逃奔，体现出一种社会批判或文化反思的立场的话，此处的“游荡”则对应着生命个体与田野自然融为一体时的幸福与自由，更是一种远离城市文明的文化坚守。张炜曾在散文《融入野地》中表达出对城市和原野截然不同的深切感受：“城市是一片被肆意修饰过的野地，我将最终告别它。我想寻找一个原来，一个真实。这纯稚的想念如同一首热烈的歌谣，在那儿引诱我。市声如潮，淹没了一切，我想浮出来看一眼原野、山峦，看一眼丛林、青纱帐。”① 怀揣这种炽热的民间理想主义情怀，《你在高原》进一步拓阔了这种原野漫游的审美视野。走出城市的宁伽，或独身一人或邀约朋友一起来到绿意盎然的平原和山野，甩掉忧愁和烦恼，获得精神的轻松和宽慰，他甚至准备为此花费整个下半生的时间，像个行吟诗人那样走遍大地的山野丛林。这种贴近岩石和土地、捕捉河流和山林、倾听清风和鸟鸣的原野游荡，不仅使宁伽的个体生命获得了自由自在的生活形态，而且同时获得了诗意的灵魂皈依。对宁伽目之所及山野美景的精心描绘和真诚赞叹，显示出张炜对土地根性的执拗追索，他立足反思现代文明的精神基点，以一种“去工业化”的文化策略搜寻着来自于民间乡野的原始气息，通过与大地的衔接获得生命的元气，祛除了由时代流行色所引发的焦虑病症。这种看似保守主义的文化取向其实蕴含着睿智的生存智慧和个性化的精神操守。可以说，正是由于逃出了城市人群钩心斗角的生活圈，宁伽们沿着新的乡野路标以自由游荡的形式找到了本真自我，这种理想化的生命形式复活了温馨的田园记忆，为现实世界开辟出一片人性的净土，彰显出作家自《九月寓言》《外省书》《丑行或浪漫》等作品以来一以贯之的传统乡野文化的坚守倾向。

第三重意义的“行走”是漂泊，它更多地表现出一种“在路上”的精神体验。作为一部宏大的史诗建构，《你在高原》其实要完成的是对一代人心路历程的精细勾画，是以宁伽、林渠、庄周、吕擎等人为代表的 50 年代生人在世纪之交英雄主

---

① 张炜：《融入野地》，作家出版社 1996 年版，第 1 页。

义和理想主义之舟被搁浅在人性荒滩的时代氛围下的精神蜕变和人格突围表演，它所要勾勒的是信仰这棵参天大树在现实的荆棘之地寻求“在场”空间的艰难行进路径，以及崇高的人格道义被消费主义欲望之流所边缘化的不幸境遇。这种关于精神脉络的梳理其实是个体灵魂变动不居的漂泊体验，甚至与肉体的行踪移动并无深刻的关联。宁伽从小就喜欢在大山里流浪，因此报考了地质学院，但还是最终背叛了心爱的地质学，因为他发现第一流的流浪汉不仅是身体的流浪，而且还有心灵的流浪，为专业而奔波的地质学研究显然不能让身体完全接受心灵的支配，无法满足他心灵不停周游的渴望，而足够自由辽阔的精神空间才是他更需要的，所以只有读书、聊天、夜思等行为，才能使他找到心灵的自由自在与饱满充实。面临生存之危境，宁伽不停地转换思路，寻找新的精神高地安放自己焦渴的心灵，多年来总是处于出发前的心理状态，仿佛随时都要掮起行囊开启行程。这种不定于一点的精神位移体现出一代人心灵追寻的踪影，它不仅与广阔复杂的中国现实生活直接对话，而且与深邃丰厚的民族精神紧密相连，体现出张炜具有精神深度的内倾性文本表达特征。在《你在高原》中，张炜把心灵的放逐与迁徙以柔情与控诉相交织的娓娓叙说倾诉出来，显示出行吟的诗人和愤怒的战士的双重主体身份，这种表达倾向在《人的杂志》《鹿眼》（《你在高原》第 4 部）、《荒原纪事》的“缀章”中尤为鲜明。在以自己滚烫的心向遥远的高原的亲切靠拢中，张炜抓住了抒情的内核，把美好的心情撒播在那片五谷为之着色的丰饶原野上，以生活的启示重建心灵的契约，这种“在路上”的精神漂泊体验彰显出点燃生命信仰明灯的努力。

第四，《你在高原》是一部表征理想主义价值的大书。在北京大学的演讲中，张炜反复申明“其实一个作家劳作一生，最后写出的一个最重要的人物就是作家自己——他没有办法在所有著作中将自己掩藏起来”，“他的所有文字都在记录着一个生命的全过程，是这个生命在人世间留下的所有痕迹。在这些字里行间，作家的个人气质、灵魂、形貌和嗜好，都要无遗漏地被镌刻下来”。[①] 从这个角度而言，作品往往是作家的心灵镜像，一个作家的作品生产史往往是作家精神流变的最好展现形式。正值中年的张炜在创作上恰逢一个丰收期，我们现在当然难以预测其进入老年之后的创作风格，但通过对《你在高原》的考察可以总结张炜一个重要的人生阶段的心史，这部作品花去他长达 20 多年的最好光阴，那正是“抚摸与镌刻的二十年，不舍昼夜的二十年”[②]，见证着他由青年进入中年的人生转换，它与青年时期发表的《声音》《古船》等作品相比已经有着一些相当明晰的变化。随着人生阅历的增加和创作量的日渐厚重，张炜在《你在高原》中更多地呈现出自己的中年气象，折射出一个更为稳健和清醒的理想主义者形象。

众所周知，张炜几十年来的创作一直保持着理想主义的探索姿态，试图在人性真实的基础上引导生命的升华，以美好的生活图景召唤着孤独的生命个体融入真善美的世界。如果说《声音》《一潭清水》中理想主义的书写质地还显得较为稚嫩和单纯，更多地带有作家一厢情愿式青春想象的话，那么《秋天的愤怒》和《古船》则开始在人物的理想版图上涂抹一片片或浓或淡的阴霾，使主人公们生命的前行姿态变得厚重艰难。到《九月寓言》，张炜在对以小村为代表的农业文化的挽歌书写中

① 张炜：《我跋涉的莽野——我的文学与故地的关系》，载张清华编《中国当代作家海外演讲》，北京大学出版社 2012 年版，第 34～35 页。

② 张炜：《无边的游荡》，第 2 页。

坚持放飞民间野地的诗意想象，对现实和梦想的理性认识已标示出一个清晰可见的高度，而《你在高原》更是对前阶段理想主义创作倾向的一次系统清理和总结。它脚踩着更为丰厚沉实的人性土壤，伸展出理想主义的新枝脉，使之成长为精神的参天大树。

在书写理想的同时，《你在高原》以大量的笔墨描绘历史和现实，在现实对历史的衍生中索源生存困境的根由，并让生命个体承受着困境带来的无穷痛苦，再从中踩踏出一条充满希望的生路来。其中《家族》《橡树路》《海客谈瀛洲》《荒原纪事》《无边的游荡》，在历史与现实话语的相互纠结中，多角度全方位地透视个体与群体复杂的生存境遇。曲予、宁珂、陶明、宁伽、庄周等人的现实奔波和生命挫折包含着对具体的政治历史文化的质疑、诘问与控诉，其蔓延不绝的精神受难史更清晰地凸显出生命个体坚守信念与理想的高贵；《忆阿雅》《鹿眼》《我的田园》《人的杂志》《曙光与暮色》则力图在欲望飞扬的现实中开辟出一片片人性的绿洲，来守望精神的美好家园。那聪明乖巧精灵般的小动物、温馨的葡萄园、永恒的原野和充满人文意识的杂志，不断提升和完善着宁珂及其朋友对新的生活梦想的向往与追求。由此我们可以确定，对于《你在高原》而言，理想并非遥不可及的“他者”或者一种排他性的终极目的，而是存在于找寻的生命具体过程中，并与诗意的精神体验紧紧相随。宁伽正是不断遭受生活的放逐，却又在美好信念支撑下沿着生命长途感悟着灵魂愉悦的华丽瞬间，流连忘返于丰饶静谧的田园山野，而获得了人生的充实。

更难能可贵的是，张炜并没有将理想乌托邦化搁置为空洞的想象，更没有把理想收编为布道的工具，作为蛊惑人们的虚假名目，而是始终把理想的界碑牢牢植根于那片熟悉而广袤的土地深处。宁伽为彰显一种人生信仰而始终直面困境始终斗志昂扬，在现实中屡战屡败复而屡败屡战，在多重意义的“行走”过程中，努力穿越历史与现实的层层阻隔，并张扬起爱与善的风帆，使之成为批判现实针砭痼疾的强大武器，从而建构起理想主义的坚实内核。因为文学永不放弃的审美理想绝不是指导现实的规划图，更非粉饰现实的缤纷油彩。文学永不放弃的审美理想永远能指着与现实保持距离但又永不脱离现实的批判性向度。《你在高原》所秉承的在很大意义上就是这样一种价值尺度。这正如《海客谈瀛洲》中宁伽所说：“我们在当代和历史的滔滔汇流之中，触摸隐秘，寻找一种血脉和情怀。它的意义就像生存一样清晰。今夜，虚无主义的深刻性丝毫也消解不了火热的激情。因为我们的全部理由就建立在生存本身。”[①] 说到底，真正的理想只有牢牢植根于生存过程之中，呈现为川流不息的动态之美，才有可能彻底逃离单纯的形而上或形而下的怪圈，这正是一个清醒的理想主义者的深沉追求。

回顾20世纪90年代以来的中国文坛，清除“文革”伪神乌托邦后遗症的思维惯性和西方“后学”在中国大地的遍地开花以及自由主义群落的百般刁难，已经使得中国文学精神维度中的理想主义变得落落寡合，不断蔓延的怀疑气质和虚无倾向更是不断蚕食着信仰和理想的精神版图，20世纪80年代蓬勃强旺的理想主义与现代化的共同体想象，已然崩散为实用主义和消费文化的欲望碎片。在这种新的时代背景和语境下，张炜的《你在高原》中却重新捡拾和清理起了理想主义的文化遗产，以道德完善和回归自然的价值诉求反思现实和历史，促使人们在修正和改进现实缺陷的基础上，朝着求真求善的未来之

① 张炜：《海客谈瀛洲》，第429页。

境不断奋进，这种有意识的文学反驳凸显出张炜独特的文学创作姿态。

如果将张炜的理想主义文学追求与张承志、北村等作家进行一下简单的比较，张炜高标独立的文学意义和文化价值显得尤为清晰。在20世纪90年代以来的中国文坛上，张承志、北村等人也秉持着理想主义的创作大旗，不过他们把理想书写引向了宗教精神，虔诚的伊斯兰教徒或基督教徒的身份使他们把神界描绘为与现实相对立的净土，以彼岸的召唤为世俗的生命个体安魂，从而让世俗人生在对苦难和罪恶的忏悔中获得灵魂的救赎。这不失为灵魂净化的一剂良药，但他们对神界与人界的二元划分方式已经在当代中国的“无神”语境中变得非常可疑，在科学理性至上、神性的本体论证明已经确定为伪命题的今天，唯物论的无孔不入使得诸神成为方法论层面的言说工具，张承志、北村等人神性皈依书写的可信度遭受到越来越多的质疑，而张炜的道德理想主义指向则具有更为深广的探讨意义。毋庸讳言，当年在清理道德理想主义的负面影响时，曾有一些学者担忧道德理想主义的标准太过高远，作家如果执意坚守是否会导向道德专制。但实事求是地说，只要道德理想主义者不把自己的道德吁求视为排他性的普适性准则应用于世，就不会出现新的道德专制。更何况《你在高原》中不管是对现实的批判还是对现实的超越，都旨在为人们提供一种完美的生命体验和感受未来的希望，它并没有用道德专制的名义剥夺人们的合理权利和个性自我，也绝不企图将自身的道德理想还原为现实，而是试图给欲望恶性膨胀的现世带来向真向善向美的道德启悟和人性引领。因此，《无边的游荡》中的岳凯平和帆帆所奔赴的“高原”，尽管可能终究不过是一片道德想象的飞地，但其积极有益的召唤意义和引领功能依然不能小觑，它显示出的是作家对现实世界的真诚关注和深切反省。正如许多哲人和学者所说，人生的意义和价值实际上是由若干因素支撑着的一种持续的愉悦体验，而对每一位生命体验者来说，崇高而富有自律精神的道德理想、悲悯博爱宽厚仁慈的人性之善，都必然成为保持这种身心愉悦的情绪状态，从而达到人生的澄明之境的关键因素。《你在高原》正是凭借张炜沉稳而富有激情的中年叙说，来完成这种高尚的道德理想主义寄怀的。

《你在高原》清醒的理想主义指向还表现在对以山野、田园为代表的传统文化形态在现代社会中的边缘命运的真实体认。与许多人疯狂地向城市逃奔去寻找谋生之路的奔波方式不同，宁伽等人却逃避城市和人群，执意去心仪的山野田园体验生命的欢乐，《你在高原》通过多种形式写出了山野田园的自然美景和纯洁人性，唱着亲近土地的生命之歌诗意地美化这块理想主义的净土。它放大了山野、平原和海滩的季节之美和时令之美，写足了栖息于此的动物们的轻灵神韵，采用种种童话和神话传说来铺陈渲染大地的浪漫与神秘，甚至还让人嗅到来自于山野民间的许多女性身上温馨的花草气息……这样的家园怎能不令人心醉、不引人向往？所以宁伽的心中充满甜蜜的回忆："那时我觉得自己与秋天贴在了一块儿，亲昵得掰也掰不开。"[①] 但《你在高原》同时又对这诗意温馨的文明形态的消亡命运有着深深的预感，并揭示出其走向毁灭的必然趋势。如果说《九月寓言》中小村的灭顶之灾来源于一场偶然的大火显得突如其来的话，《你在高原》则以更为充足的笔墨写出了野蛮的工业开发和疯长的占有欲望对山野田园的侵蚀和毁弃，不仅宁伽和朋友们经营的葡萄园和杂志难以为继，岳凯平和帆帆

① 张炜：《我的田园》，作家出版社 2010 年版，第 4 页。

在平原上的农场也无法立足，昔日的美好家园已无法安宁，“平原和山地交织着无所不在的陷阱和绊索，等待着自己的猎物”。[①] 中年之后的张炜以冷静旁观者的态度陈述工业文明不可阻遏的发展趋势和农业文化及其伦理传统面临毁灭的不幸命运，对这种自然生态遭受巨大破坏的残酷现实和人性沦丧真相的刻画与揭示，并以此为现代性及其世俗化过程中的物质主义粗鄙图景做出镜像反思，这种深沉的理想主义反拨正是一位人文知识分子的特殊立场和光荣使命。

我们都相信历史发展是乐观的社会进步越来越快、文明提升越来越好，然而我们又都明白：人类在不断追求生命的终极目标和不断确定自身价值与意义的过程中，需要付出多么沉重而巨大的心灵代价：孤傲、叛逆、流浪、苦难、孑然一身、吉凶难卜……它们散发着浓厚的忧患和苦涩的气息，同时又充满悲怆的诗意。早在两千多年前，屈原就以“路漫漫其修远兮”预见了这种艰难的历史进程，并以“吾将上下而求索”奠基了伟大而悲壮的开始。因为任何一种形而下之巢都不能栖居得下那些翅翼如蓝天般阔大的灵魂，只有求索与探寻才能使伟大的灵魂穷尽生命和创造的无限可能，这是与永恒相遇的唯一方式。当张炜决心继续这种艰辛而圣洁的精神求索时，就注定了他今生今世将长别休息与安逸，将不断承受沉重与苦难、孤独与悲凉、奉献与牺牲。但无论是辉煌的成功还是悲壮的失败，这求索都会给张炜的生命赢得意义的光芒，并给人类的创造与完善带来永恒的启示。我相信。

① 张炜：《无边的游荡》，第 395 页。

■谭好哲*

文学高原上的思想者

——再论张炜的意义

一

20 年前，在参与山东大学和山东师范大学等单位联合举办的“93 张炜文学周”活动期间，我曾以《张炜的意义》为题写过一篇评论文章。这篇文章从三个方面论述了张炜之于中国当代文坛的意义：一是其早期小说创作对生活现象和人生选择的道德评判倾向在文学“鲁军”创作特色形成中所具有的举足轻重的作用；二是其《古船》等长篇创作深邃的历史透视和清醒的社会文化批判意识所彰显的雄厚思想意蕴在新时期文学发展中的代表性价值；三是其《九月寓言》《融入野地》等作品对人的生存的关注和对纯文学的捍卫在民族文学与世界文学接轨上所做出的贡献和具有的意义。[①] 于今而论，过去从文学

* 谭好哲，山东大学文学与新闻传播学院教授，山东省作家协会副主席，山东省文艺评论家协会顾问，评论家。

① 参见拙作：《张炜的意义》，载《理论学刊》1994 年第 5 期。

角度所做的这种概括分析，现在依然不算过时，但又觉得就“意义”阐发而言，似乎尚有不少甚至可以说很大的不足，这个不足就在于思想史审视角度的欠缺。

文学是一个由形象与情感构筑起来的审美世界，也是一个深藏着历史记忆与精神风云的思想世界。纵观中外文学史，优秀的文学从来都不仅仅停留于感性化的审美之维，而是力求由感性审美跃升至理性化的思想之维，以思想的光芒照亮文学的天空，以思想的力量折服读者的心灵。思想性的强弱、高低从来都是衡量文学优秀与否、伟大与否的重要尺度。19世纪丹麦大批评家勃兰兑斯在其文学史巨著《十九世纪文学主潮》中把文学史看作是一种心理学，认为可以通过一个国家的文学来研究这个国家某个时期所共有的思想感情的一般历史。近年来在中国学界有着较大影响的苏联学者尼·别尔嘉耶夫的《俄罗斯思想》，也从思想史书写的角度再次印证了勃兰兑斯的文学史观点，因为在尼氏对19世纪末至20世纪初俄罗斯思想发展的研究中，赫尔岑、别林斯基、果戈理、陀思妥耶夫斯基、托尔斯泰以及亚历山大·勃洛克、安德烈·别雷等象征派诗人占据了那一时期俄罗斯思想舞台的主要位置，成为著者思想史论析的主要对象。勃兰兑斯的观点与尼·别尔嘉耶夫的思想史书写启示我们：文学的研究不能遗忘了思想的维度，而优秀的文学家一样能够跻身一个时代的思想舞台之上。然而，在中国学者的思想史书写中，文学领域往往是被排除在外的。同时，在文学批评特别是文学史的书写中，作家、作品的思想史价值和地位也常被无视以至湮灭无闻。在以往的中国现当代文学史研究中，论者通常只把思想史的审视极其吝啬地聚焦于极少数作家和作品，比如作为作家的鲁迅和巴金的《随想录》之类，而少见有人将思想史的审视作为现当代文学研究的一个贯通性研究视角，从而有意无意间看轻和降低了文学家在中国现当代思想史上的应有地位及其对于中国现当代思想发展和社会进程的精神干预和推进作用。

其实，且不论现代文学，但就中国当代文坛而言，具有思想家气质的作家也并不少见，张炜则可以说是其中最具代表性的人物之一。张炜是在 20 世纪 80 年代初期一举成名的，而且随着时日延伸，创作成就与日增大，反响声名愈益隆盛，而今已没有多少异议地跻身中国当代最重要作家之列。之所以能够如此，与张炜对于社会历史和现实生活进程始终抱持一种思想切入的创作立场有着紧密的关联。在《你在高原》的“自序”里，张炜曾称“茂长的思想”是这部长篇巨著的创生动力之一，“茂长的思想”其实也正是张炜所有创作活动的一个突出特点。张炜数量惊人、内容丰赡的创作不仅以其浸润诗性的语言构筑起一个魅力十足的审美世界，也以其深沉、凝重有时也不无锐利的思想探索与锋芒，展现着他作为一个思想者的存在及其不可替代的价值。这样一种创作立场使其作品蕴蓄一种强劲的精神重力、冲力和动能，使读者在感受到文学之美的同时，也经受到思想的冲击和洗礼，不由自主地陷于理性沉思，在沉思中走向生活和人性的反思与追问、警醒与自觉。因此，探讨张炜的意义，绝不应该欠缺了思想史的审视与考量。

二

张炜极其看重思想对时代和人生所具有的价值。在他的演讲和学术随笔中，思想以及由思想的力量支撑起来的心灵、精神，是常见的词汇，而且绝对是最能够表现其文学观念的关键性词汇。在万松浦书院 2013 年春季讲坛关于李白和杜甫的讲稿中，张炜把中华文明史上孔、孟一类伟大思想家的思想文化遗产比喻为“精神的太阳”，认为在人类的生存中就像不能缺少了现实的太阳一样，也不能缺少了精神的太阳，“它高高悬起，提供给我们生存的全部热能”。[①] 由于社会条件的制约和文化的分层，思想文化的诠释和传承必须依赖那些闲暇的、富裕的精神贵族，而网络时代严重破坏了精英的身份，扫荡和搅乱了文化的层次，致使当代文化以最快的速度滑向平面化、共识化和浅薄化，这不能不说是时代的不幸。为改变这种状况，当代的知识人不应鄙弃思想，不能讳言精神的高度。

张炜还曾从“杞人忧天”这个成语谈到思想家对于人类成长的重要性。在他看来，世界上的希望只能寄托在不自私的人身上，怎么催生和培养一大批不太自私的人，是一个时代里最为重要的事情。思想家具有更强烈的危机感，思维的触角伸向各个方向，而不仅仅是考虑与自己有关的那一点，比较起来，他们是最不自私的一类人。因此，以利己主义的世俗之见嘲笑那些以天下为己任者的迂腐可笑是最危险的。不仅不应该嘲笑忧天的“杞人”，相反，应该尊重他们，“我们的文化中应该有更多的‘杞人’。他的忧虑是神圣的，是人类得以成长的重要动力，是探索的源泉。他在关心一些根本性的问题。”[②] 张炜不仅一反传统的贬义而肯定了“忧天”的必要和“杞人”的可贵，在现实中他也常常自觉地进入到忧天的“杞人”角色。他推重精神的魅力，但生活的潮流却使精神陷于沉寂，将其魅力冲刷得令严肃的知识分子只剩下尴尬、失望和焦虑。为此，张

---

① 《第一讲：李杜望长安·精神的太阳》，载《张炜文集》第 46 卷，作家出版社 2014 年版，第 16 页。

② 《文学是生命的呼吸·更强烈的危机感/对“杞人”的尊敬》，载《张炜文集》第 30 卷，作家出版社 2014 年版，第 82 页。

炜痛切地感叹："好像人们已经对精神失去了期待……精神的高原走向沉寂，正在陷落。"当此之时，文学的命运可想而知，"真正热爱艺术和思想的人走入了一个艰难的岁月……这个时代开始弄不懂思想的价值"。[①] 对于中国当代思想和精神之域所已经发生的非常可怕的变化和混乱，尤其是这种混乱向大学校园、向本应该最具思想和理想情怀的青年一代的蔓延，张炜在许多场合表达了深切忧虑。他指出，现代大学应该是现代思想的发源地，应该关心更本源更重大的命题，关心一个民族的精神状态。但是在一部分大学生身上给人的印象却是缺少理性、缺少独立和深沉的思想，缺少原则，缺少胸襟和情怀。为此他提醒大学校园里纯洁的热血青年，现代人是靠思想站立的，应该与流行性的东西、与时尚和物欲拉开更大一些的距离，关注思想和精神问题。[②]

在张炜看来，时代前行需要思想的动力，人生在世需要思想的支撑，文学也与思想不可分离，真正的作家也都是思想家。他认为，一个人的重要性，表现在他与一个时代的关系上——他必须与所处的时代构成某种关系，而这种关系又具有某种深刻性和不可替代性。特别是一个思想家，应该是这样。作家如果没有这样的特征，也是空有其名。那些真诚而深入地生活着、思索着的作家，敢于面对自己的时代，却不盲目跟随。这样的人就与时代有了特殊的关系，他在某一点上找到了一个对应，这就变得很重要。"所有这样的作家，都是思想家，在

---

① 《精神的魅力》，载《张炜文集》第 29 卷，作家出版社 2014 年版，第 257、259 页。

② 参见《期待回答的声音·纯洁的热血青年 /独立和深沉的思想》，载《张炜文集》第 30 卷，作家出版社 2014 年版，第 116 页。

本质上既是诗人，又是哲学家，这是真正的作家。”[①] 基于这种理念，张炜不仅从思想的角度审视历史上的文化和文学，以此作为评价文化和文学精神高度的重要尺度，而且常常以此来要求和反思自己的创作。他曾谈到自己的《古船》和《九月寓言》“两本书写法不同，把握思想的方式不同”[②]。而在反思自己的第一部中篇小说《秋天的思索》时他则说过：“今天看它有些生涩，思想的穿凿力也不够。”[③] 由此可见，张炜是多么注重自己作品的思想生成和思想表达。

正是出于对思想性的重视，张炜甚至对人们通常深加厌恶的“说教”文学也重新做了自己的阐发。他认为，要害的问题不在于是否说教，而在于说教什么、作什么样的说教。人们所厌恶的非文学年代的说教是一个愚蠢时期的特别现象，它用奇怪的卑劣的管束方式使人们的创造能力严重萎缩，很多细胞是那个时期死亡的，那时候的说教不够格，是最苍白无力的。此外，通常情况下胸无点墨的人也在忙于说教，这不妨视作幽默和荒诞。而真正的说教是和伟大的人、伟大的作家相关的。像伟大的托尔斯泰、陀思妥耶夫斯基的说教就是如此。“他们的激烈真切的声音与整个生命结为一体，掰也掰不开。那是用心血用灵魂结织和灌溉的，是诗中之诗。他们在说什么？他们在说人类亘古而然的东西，在说宗教，在说永恒的人道，在说不灭的上帝，在说自己的善恶观，在说怎样感受星辰的寒光——

① 《怀疑与信赖》，载《张炜文集》第 29 卷，作家出版社 2014 年版，第 309 页。

② 《期待回答的声音·〈九月寓言〉和〈古船〉/少一些叹息》，载《张炜文集》第 30 卷，作家出版社 2014 年版，第 141 页。

③ 《周末对话（上篇）·葡萄园》，载《张炜文集》第 30 卷，作家出版社 2014 年版，第 12 页。

这一切能和我们那几十年的声音等同混淆吗?”[①] 张炜指出,那些没有属于自己的发现、自己独特声音的说教可以教给别人的东西太少,而真正的说教是一种质朴的、大写的人的声音。没有这种声音,就没有辉煌的文学。也恰恰因为这样的朴实无华,毫无顾忌,这样的真诚坦荡和率真,让你感受到的是一个生命全部的复杂性和神秘性,是无限的空间。作家面对一个世界,神情冷峻,短兵相接,需要的是双倍于人的勇气和智慧。他的整个生命化创作过程,总是深深地透出形而上的意味。所以,说教绝不属于技术范畴,不能模仿,“它最终还是由一个人的心灵是否博大来决定的。那是一颗伟人的心灵尽情关切和拥抱世界的结果。”[②] 显然,在我们的时代,这样的说教不是多了而是少了。在评论界,有人曾以张炜关于思想特别是关于说教一类话题而暗讽他有做精神导师的欲望。其实,张炜说得很明白,真正的说教出自伟大的心灵,与宗教、上帝、人道、善恶,与人生的形而上价值和意义相关,是真正的思想性表达。应该说,能够做这样的说教正是一个作家的职责、光荣和伟大所在。这绝不是作家的耻辱,相反,人类应该为有更多这样的精神导师而感到庆幸才是。

三

那么,人类的思想、作品的思想是从哪里来的呢?张炜的回答是来自于思索。思想总是与思索相关,思想是思索的产

---

① 《缺少说教》,载《张炜文集》第27卷,作家出版社2014年版,第248页。

② 《缺少说教》,载《张炜文集》第27卷,作家出版社2014年版,第248~249页。

物。张炜曾经说过："人的主要特征是思索，因为没有思索就没有创造。"① 中国当代的一些作家和学者非常喜欢引用西方哲学家关于"人一思索，上帝就发笑"的自嘲，对此张炜很不以为然。他反驳说，这话听起来聪明极了，"不过人如果不会思索或不去思索呢？如果这样，如果上帝轻薄而又顽皮的话，他会对人怎样？那样大概更不好。那样人类未免更尴尬了。所以思索是必须的，思索是人类的本能——用人间流行的计算方法来推断，思索也是合算的"②。

张炜认为，作为人类的本能，思索并非理论的专利，也是文学的本分，文学的诸多功能之中，一个最重要的任务，就是唤起人类对一些根本问题的关注，以便给予人类以提醒或鼓舞，在人类的生活和历史中，"有一些问题值得一代一代人去共同思考，这特别需要诗人和哲学家一起去完成"③。他又说："文学史上，有些作品是作为现象被记录的，而不是作为成就被记载的。作为一个优秀作品，如果真正表现了自己的见解，有着深刻的、又是令人信服的思索，而不只是表现为一般的热情和冲动，就会难以埋没。"④ 在当代文学史中，张炜被称作是"思索型"的作家，这一概括符合他对文学的理解和其自身创作的特点。

张炜特别强调一个成熟的作家应该拥有自己的哲学，而思索则是一个作家形成自己的哲学的不二法门。那么，什么才是

---

① 《青春的印记》，载《张炜文集》第 29 卷，作家出版社 2014 年版，第 265 页。

② 《忧虑的，不通俗的》，载《张炜文集》第 27 卷，作家出版社 2014 年版，第 230～231 页。

③ 《忧虑的，不通俗的》，载《张炜文集》第 27 卷，作家出版社 2014 年版，第 230 页。

④ 《一部作品》，载《张炜文集》第 27 卷，作家出版社 2014 年版，第 162 页。

一个作家的哲学呢？他认为作家的哲学高度并非指某一篇作品中闪射和投放的哲理思考，不是对一个概念的阐释，而是贯穿于整个作品中的、对生活的深刻探求和不断思悟。作家的哲学有小、大之分："一部作品完全可以用来阐发某一哲学流派的观念和意义，这只是'小的哲学'；而一部作品里里外外渗透着作为一个生命自身对生活独一无二的感觉和把握，才算有了'大的哲学'。"[①] 张炜指出，在我们的创作中经常可以看到那些所谓的"哲学高度"，其实只是攀附在一种"小哲学"上，他们并没有自己的哲学。一个作家要拥有自己的哲学，除了勤奋地读书创作，求助于书本上的"技术"之外，更重要的还是认真地、赤诚地在生活中探寻。他还提到一本传记上写到托尔斯泰曾经评价契诃夫有才华、完美但可惜没有自己的哲学，并说"我尽量去理解伟大的托尔斯泰，觉得契诃夫完美的典范式的短篇小说，起码没有渗透着托尔斯泰那样极其个性化的、永不妥协的思索辩解和寻找"[②]。可见，从文学批评的角度来看，不是任何一个作家甚至是优秀的作家都有自己的哲学。拥有自己的哲学，对作家来说是一个很高的要求。

作为一个文学家，张炜对时代、人生和文学的思索有时是以讲演和学术随笔类文字体现出来，但更主要通常也是更有力量的是隐含于其文学叙事和人物形象之中。在其小说中，经常可以见到思索型的人物形象，如《秋天的思索》中葡萄园里的老得，《古船》中老磨屋里的隋抱朴，《柏慧》里由城市返居故乡葡萄园小茅屋的主人公，以及《外省书》里晚年离开京城返

① 《沉浸到艺术之中・哲学》，载《张炜文集》第 27 卷，作家出版社 2014 年版，第 114 页。

② 《沉浸到艺术之中・哲学》，载《张炜文集》第 27 卷，作家出版社 2014 年版，第 115 页。

居故乡海边孤屋的史珂等。这些人物的存在，致使其作品的生活呈现和人生述说在诗意感性的触摸之外多了一种极具理性的体察，极大地增强了人生人性的精神质地与张力，拓展了作品蕴含的广度、厚度、深度与高度。在《古船》里，长于行动、敢打敢冲的血性汉子隋见素非常不解哥哥为什么在老磨屋里没日没夜地抱着那本薄薄的小书《共产党宣言》读来读去、点点画画，而不采取现实的行动。隋抱朴的回答是："你根本就不知道这是本什么书。父亲活着时一天到晚算账，直到累得吐血；还有后母的死、镇子上流的血。这里面总该有个道理啊，老隋家人不能老是胆战心惊，他得去寻思里面的道理。事情需要寻根问底，要寻根问底，你就没法回避这本书。从根上讲，你得承认几十年来它跟咱的洼狸镇、跟咱老隋家的苦命分也分不开。我一遍又一遍读它，心想我们从哪里走过来？还要走到哪里去？日子每过到了一个关节上，我都不停地读它。"见素不理解哥哥的行为，他从中感受到的只是一阵苦涩的滋味，心想除了抱朴世上再也没有谁会痴迷地从一本书上去验证自己家族的命运了。在评论界也有人不喜欢隋抱朴老坐在那儿，并以此为重要的理由批评《古船》，但是张炜却不以为然，他说，行动的巨人太多了，而《古船》很重要的一个方面就是写了隋抱朴这样一个有别于他人、别人不能取代他的"坐着的巨人"。"他总是坐着，不是因为婴儿瘫，不是因为其他疾病，而是因为沉甸甸的思想。这人头脑特别发达，肢体却没有太多的行动力，甚至不能站起来。这样一个巨人不是很特别吗？他让我从中感受到人生的那份沉重，那份深不见底的苦和痛。"[①] 从

① 《我的忧虑和感奋·〈古船〉中的含章/坐着的巨人》，载《张炜文集》第29卷，作家出版社2014年版，第322页。

《古船》的描写和张炜的自辩中，我们便不难发现寻根问底的思索和“沉甸甸的思想”之于张炜创作的重要性了。

此外，张炜的思索和思想表达在出场方式和精神指向上也与其他作家和理论家不同。就出场方式而言，除少数场合的讲演、对话之外，他多数情况都不是针对某个外国的思想家或中国当代那一种理论派别——诸如激进主义、保守主义、新自由主义、新左派等——的相关理论观点发言，而是以敏感的心灵和敏锐的思维触角直接切入时代进程中的矛盾、问题和人生人性的困境、异变，是面向现实的思想表达。这就使他的思想生成和表达具有强烈的现实性，并且在与世推移的思考、求索中显示出与时俱进的境遇性特点。正如张炜自己所指出的，以思想切入时代生活并与之建构起一种特殊对应关系的作家，有时看起来极少变化，但仔细研究则不然，“他的思想会在一个时期侧重到某一方面，而且还会发生重大的转折性变化”[①]。同时，张炜的思考、求索也不是被现实拖着走的，不是对现实的被动应对，而是有其自觉清醒的精神站位，有一个一以贯之的东西存在，这就是始终不灭的伦理情怀，是清醒自觉的道德意识和道德立场，是风骨凛然的道德激情与道德批判。在谈到作家创造生涯中的自省精神时，他说道：“真正的自省需要非同一般的勇气。那将不仅仅是怀疑自己的力量、智慧、误解、犹豫、软弱之类；不能仅仅是这样。我们要求的首先是回到道德上来——我们一开始也许就要追究自身的道德问题。这不是很痛苦吗？然而一定要先回到道德上来。”[②] “一定要先回到道德

① 《怀疑与信赖》，载《张炜文集》第 29 卷，作家出版社 2014 年版，第 308 页。

② 《缺少自省精神》，载《张炜文集》第 27 卷，作家出版社 2014 年版，第 217 页。

上来”，这就是张炜创作思想的起点、基点和聚焦点，是他彰显自我心灵和精神高度的特殊性之所在。他知道这种追究一定是很痛苦的事情，但却认为这是一个优秀作家不能逃避、必定如此的精神修为。

有评论家曾将王润滋、张炜等为代表的山东作家的创作批评地概括为“道德理想主义”。张炜对此颇不以为然。他反驳说，不道德并且没有理想显然是不好的。从一般的、基本的文学常识来说，越是好的作家，其道德批判力就越强。“文学作品的伦理高度不够，写作者缺乏道德热情，正是一个时期的精神处于渺小无聊的表征之一。所以在这个时代，一个作家要有勇气去强化他的道德感。”① 嘲讽和批评作家作品的道德理想，正显示出我们时代的精神领域比较混乱，文学没有标准。也有人鼓吹文学的“超脱”，认为不“超脱”文学会显得“浅薄”。张炜则认为，“超脱”不是要超脱鲜活的社会生活、摆脱尖锐的社会矛盾、忽视底层的声音，这样文学会走向虚无主义、走向无病呻吟。“真实的情形是，一些作品之所以肤浅，除了其他原因，或许就因为作者缺乏道德义愤。每个人都热衷于自己的那一套，对社会痛痒没有了切肤之感。……作家缺少了作为一个人的道德冲动，缺少了愤怒和不平，更没有喜悦和感激，哪里还会有激动人心的创作。”② 张炜把有没有这种道德义愤和道德冲动，视为一个作家有无责任心的问题。应该说，张炜从文学常识、时代状况、文学本体和创作责任对所谓“道德理想主义”批评的反驳是有道理、立得住的。

---

① 《“大地”及其他·道德意识和道德批判/伦理成分与作品的艺术性》，载《张炜文集》第 37 卷，作家出版社 2014 年版，第 324 页。

② 《沉浸到艺术之中·责任心》，载《张炜文集》第 27 卷，作家出版社 2014 年版，第 112 页。

四

尽管张炜时常谈到道德义愤、道德激情之于优秀作家精神质素构成的重要性，但其创作并非简单地向时代向生活发泄他的道德义愤，其道德意识和道德批判是有着丰厚深刻的精神内容和清明豁朗的价值理想的。概而言之，其道德伦理的精神指向可以大致区分为人道伦理、大地伦理、文化伦理三个方面。三重伦理的有机融合，熔铸成张炜对生活作道德化审美思考与评判的独特艺术追求。

所谓人道伦理，是指张炜创作中那种始终不灭的人道主义思想诉求和价值情怀。他分外珍视人与人之间美好的伦理关系，注重人物形象道德品质的刻画和对人物行为的善恶评价。1982 年，在为《芦青河告诉我》所写的后记中，张炜写道："我厌恶嘈杂、肮脏、黑暗，就抒写宁静、美好、光明；我仇恨龌龊、阴险、卑劣，就赞颂纯洁、善良、崇高。……我常常想：世界上如果全是善良正直的人多好啊！生活在前进，有好多伟大的目的，其中之一，就是不断剔除那些丑恶的灵魂。"[①]可以说，关于人性的这种道德分野和对于人间丑恶东西的道德批判，一直贯穿着张炜的创作。从最初发表的《达达媳妇》《一潭清水》，到稍后的中篇力作《秋天的思索》《秋天的愤怒》，再到轰动一时的《古船》以及其后的诸多长篇之作，无不如此。我们看到，在张炜小说的乡野田园中生活着一些寄托着作者理想和向往的年轻人，如《秋天的思索》里的老得、《秋天的愤怒》里的李芒、《葡萄园》里的明槐、《古船》里的

① 《秋夜四章》，载《张炜文集》第 27 卷，作家出版社 2014 年版，第 3～4 页。

隋抱朴、《你在高原》里的宁伽等，他们光明、美好、坦荡无私，通常又都疾恶如仇，与社会上那些霸道的并且掌握着现实权力的“黑暗的东西们”，诸如王三江、肖万昌、老黑刀、四爷爷赵炳之流，进行着决不妥协的抗争。在人道伦理的书写方面，《柏慧》是一部特别值得加以重视的作品。在这部作品里，作者通过主人公——那个由城市返居葡萄园的人生思考者，把人分为“污浊的”和“纯洁的”两类，以此作为判断好人与坏人的标准，并由此进而思考什么是善与爱，什么是善与爱的死敌。在这位思考者看来，一个人只要是纯洁的，他就有可能胜任任何事情，他起码不会欺侮和出卖，不会背叛自己的母亲。基于对纯洁，对善与爱的人性理想的追求，作者通过主人公之口激烈地反驳了那些公开教导和倡议“原谅”“宽容”之类论调的人们。书中写道：“这个年头被喊得最多的就是‘原谅’和‘宽容’了，这类东西廉价得很。谁胆怯和亏心，谁就首先想到用‘宽容大度’的彩纸把自己先包裹起来，随时随地准备与罪恶的勾当联手。事实上他们已经那样做了。当有一天再不需要遮遮掩掩的时候，他们就会赤裸裸地显露。在一个特别需要苛刻、正义、立场和勇气的时代，有人却一再倡扬‘谅解’和‘宽容’，这就不得不让人分外警惕——他们极有可能是不怀好意的。”“那些流血的时刻，言必称‘宽容’的人又在哪里呢？”所以，“宽容”的论调后原来就是一个陷阱，人一不小心踏入了，就会被吞噬。应该学习那位伟大的老人——鲁迅先生，“一个都不饶恕”，对邪恶的东西绝不“宽容”。不仅如此，《柏慧》的主人公更进而主张在“宽容”之前先学会“仇恨”：“不会仇恨的人怎么会‘宽容’呢？宽容是指宽阔的心胸有巨大的容纳能力，而不是指其他，特别不是指苟且的投机。那些言必称‘宽容’的人还是先学会‘仇恨’吧，仇恨罪恶，仇恨阴谋，仇恨对美的践踏和蹂躏。仇恨有多深爱就有多深，仇恨有多真切爱就有多真切。一个人只有深深地恨着那些罪恶的渊薮，才会牢牢地、不知疲倦地牵挂那些大地上的劳动者。他们已被太阳炙烤着，像茅草一样，数也数不清——记住了他们才算真正的宽容。”也许，只有读懂了《柏慧》，理解了作品主人公对人性善恶的思考，我们才能够弄清为什么存在各种各样的非议和干扰，张炜却能够初衷不改，一直坚守着伦理关怀的写作立场，用他的笔满怀深情地展示人生的欢乐、人生的思索、人生的希望，赞颂生活和人性中的真善美，同时激烈冷峻地描写人生的苦难、人生的困惑、人生的缺憾，鞭挞生活和人性中的假恶丑。这种善恶两分的人性透视和爱恨分明的主体立场，赋予张炜小说的人生叙事以强烈的结构性张力，经常地给予读者混沌以至麻木的心灵以锐利的刺痛与沉重的撞击。

人道伦理之外，是张炜的大地伦理或曰生态伦理。从最初的创作开始，张炜就对人与自然的关系特别敏感，在其早期创作的《钻玉米地》《玉米》《芦青河边》《达达媳妇》《声音》《一潭清水》《海边的雪》等中短篇小说中，自然就常常成为鉴识人生冷暖、人性善恶的一面镜子。至十多年后宣言性的长篇散文《融入野地》和中国当代长篇小说中的另一部高峰之作《九月寓言》，张炜对于人和自然的关系有了更为深入和全面的认识，达到了以环境伦理学为哲学底蕴的当代生态学的思想高度。土地、大地、自然作为人类生存的根基和命脉所在，也作为文学茂长的土壤和母体，越来越带有了形而上意味的本根性和宿命意味的先在性。西方当代环境伦理学对生态有机体的解释有所谓“地母盖亚”的假说，在张炜那里，土地、大地就是人类的母亲，也是文学的母体。文学创作需要深入生活，而生活与土地则是不能分离的。在这个意义上，“深入生活”之说也就是要“扎根土地”。[①] 如果说融入野地是张炜大地伦理所表达的理想，那么保卫土地、爱惜大地、善待自然则是它的伦理立场。作者对历史的展现与评骘，对人性的洞视与揭橥，时时处处渗透着关爱自然、感恩自然、人与自然息息相关、美美与共的生态意识与生态情怀。在作者看来，历史的进步应该以人类和自然更加和谐美好的相处为目标，破坏自然的历史发展不是进步而是造孽、是罪过。因而从其作品里我们看到：那些正面的形象，那些正直、良善的好人，通常都是热爱故乡，眷念故乡的山水，与自然亲近，与大自然中千千万万美丽、可爱的动植物为友的人；反之，那些糟蹋自然、无故乡情愫、与动植物为敌的人，通常也没有正常的人性，往往是历史之恶的施动者。人性之美与自然之美，人道伦理与大地伦理，在张炜这里是交融一体的。有人曾把张炜的生态思想概括为“大地乌托邦”，突出“大地”在张炜生态思想中的关键词地位很有道理，但将其大地伦理称之为“乌托邦”则不确切，因为张炜的大地书写从来都是与真实的历史和生活、与时代的精神状况和真诚的心灵体验紧密相连的。张炜笔下的大地，有生存论意义上的形而上意味，但从不缺乏自然的原生性、人间的烟火气和历史的现实感。

在以往对张炜创作的道德伦理取向的研究中，关于他的人道伦理、大地伦理或生态意识，人们已经有了较多的关注，但似乎还没有涉及其文化伦理问题。所谓“文化伦理”是指文化人及其文化活动对时代、对人民所负有的责任，同时也是指文化人对民族文化的创造和民族文化精神品质向上提升所负有的责任，这两种责任通常是合二为一，不可分离的。如前所述，

① 参见张炜：《土地、传统与读者》，载 2014 年 11 月 28 日《文艺报》。

张炜在其讲演和学术随笔类文章中经常从文化应有的精神高度、从文化人责任意识的有无来谈论和评判当代文化和文学艺术，并对其发展状况焦虑不安。他激烈抨击物质主义、功利主义、犬儒主义的盛行对时代精神恶化的影响，也从不掩饰自己对网络时代的流行文化时尚和通俗流行文艺的低视与警惕，而对其中的恶俗文化和文艺现象对民族文化和文艺的糟践和人民健康精神机体的侵蚀更是深恶痛绝。正因如此，他常常毫无顾忌地对我们当下文化进程中那些表征着道德滑落、思想贫困、心灵萎缩、精神迷乱、价值失序的现象加以指陈和批判。他还为当代大学生的文学阅读生态感到不安，指出很多大学生只是阅读一些不入流的东西，在文学讨论中反复提问的作品竟是非常粗陋低劣的东西，这非常可惜，不是好的兆头，由此令人看到了当今精神文化生活中的一个危险信号。为此，他希望大学生的文学阅读和探讨要“关心真正的思想，重要的事件。有哪些人、发出了哪些重要的声音？有哪些警醒的思路？他们及他们所代表的这一切，意味着什么？对于那些哲学家、思想家、艺术家的名字，大学生们能再熟悉一点就好了。不能津津乐道于色情通俗读物”。[①] 从这有点苦口婆心的劝导中，我们不难体会到张炜作为一个有责任有抱负的文学家面对现实文化状况的焦虑与痛苦，以及面向未来文化发展的理想和期待。而且，在张炜的中篇小说《请挽救艺术家》以及后来诸多长篇小说中的一些文化人形象身上，也都交织着这种焦虑与痛苦、理想和期待。正是基于自己的文化伦理，张炜倔强地以纯文学捍卫者的姿态傲立文坛，与各种宣扬负面人生价值的“恶俗文学”进行

---

① 《文学是生命的呼吸·一个危险的信号/不能津津乐道》，载《张炜文集》第30卷，作家出版社2014年版，第89页。

着势不两立的抗争。这种抗争与现代世界精英文化的精神是相同的。笔者曾就张炜的这样一种文学姿态说过："就问题的实质而言，在今天捍卫纯文学就是在捍卫文学固有的人文价值，具体说就是在捍卫文学的人性塑造功能，捍卫人生向美、向善的理想追求。"① 这里，应该进一步指出的是，正是在这种文学抗争中体现了张炜基于其文化伦理而自觉践行的主体责任。

五

新时期早期，王蒙先生曾针对当代许多作家知识素养较差、文化水准偏低的状况，提出过"作家学者化"的主张。随着高等教育的扩张性发展，中国当代作家的学历和文化水平是普遍提高了，但文学创作的审美质量特别是思想含量却未必都水涨而船高了。由于物质主义、功利主义和消费主义文化观念等等的盛行，严肃、崇高而神圣的思想探索在我们整个社会中还是较为稀缺的，多元化文化语境下原创性思想的贫困和精神价值的迷茫，依然是我们社会的大问题，而文学家在整个思想场域中的声音也相对弱少得多。就此而言，张炜以及与之同类的一些作家如张承志、韩少功等等，张扬思想、精神的价值，强调并践行思想性的创作，是文学重返中国当代思想角力场的标志，也是对"作家学者化"提法的发展和深化。有所学、有文化对作家来说肯定是有助益的，但有文化的学者、学者化的作家未必有思想。对作家来说，有思想性的写作比有文化的写作，显然是一种更高的要求。而张炜认为真正的作家应该是以真诚、博大的心灵与时代构成特殊对应关系的思想家，重视思

① 谭好哲：《张炜的意义》，载《理论学刊》1994 年第 5 期。

索在思想形成中的重要性，强调作家应该有自己的哲学、有自己的道德基点和崇高理想，这对于文学重返思想现场，从而提升中国当代文学的精神品质是有其积极的思想意义的。

进而言之，张炜文学创作思想中以道德伦理为基本内核的精神指向，可以说逼近了我们时代精神生活的真实，也戳到了我们时代精神生活的疼处。尽管我们时代物质生活领域里的贫困日渐减少，在很多地区很多人那里甚至早已进入丰盈和富裕的境地，但在精神生活领域，思想的贫困虽不能说是依然如故却也未见大的改观，道德秩序的崩溃和道德水准的下滑更是人人都能感受到的无情事实。20 世纪 90 年代初期由一少部分知识分子发起的人文精神危机问题的讨论，并没有对整个社会精神品质的恶化甚至是堕落起到遏制作用。鄙弃思想、贬低道德、躲避崇高、消解价值，竟然常常成为我们时代思想“新潮”“先锋”“解放”的标志，成为文化“英雄”们博取大名的利器和招摇自炫的资本。或许这在一定的意义上可以视为时代进步的表征，但从本质上讲这并不代表时代精神的进步，相反，却正体现了时代精神的混乱。从这样一种时代生活和文化语境来看，张炜的精神追思和道德伦理情怀在许多人看来好像迂直保守、不合时宜，但这恰恰体现了张炜特异独立的人文品性，而且也正是这种追思和情怀使其思想探索没有流入不切实际的玄虚和浮泛，也没有成为盲从外来哲学思想的跟风与追逐时髦之举，而始终是具体沉实通接地气的。

说到道德问题，这里有一个问题值得进一步深加辨析和澄清。有人或许会认为，道德往往与世俗人生相关，与高蹈的纯净的思想关系不大。这是一个不小的误解。伦理道德是人猿相揖别的分水岭，也是人类生成和谐有序的人际关系和积极健康的人生规范的重要基础。道德的人伦本性虽然使之不能脱离世俗化的人类生活本身，但与世俗化生活相关的道德问题却历来都是思想研究并且构成思想史的重要内容，殊不知被雅斯贝尔斯称为人类思想发展的“轴心时代”的四位大思想家苏格拉底、佛陀、孔子、耶稣，这些人类思想范式的创立者，其思想无不包含着人类应该过一种什么样的生活的道德学说，由孔子开创的儒家学说更是一种可以用“仁义道德”四字加以概括的思想系统。可以说，在伦理关系、道德意识和道德规范中所体现出来的对于善的追求，既是人类生活中与真和美并重的终极价值追求，也是文艺价值的内在规定之一。无论中外，有社会责任感的作家和批评理论家从来都是把是否符合道德伦理，是否有利于推动人类道德意识和道德关系的提升和发展作为衡量文艺价值、开展文艺批评的重要标准之一。早在中国的先秦时代，《左氏春秋》里就提出了“文物昭德”“乐以安德”的文艺主张。这一时代的孔子和大致同时代的古希腊的柏拉图，都从道德伦理的角度看待和批评文学。迄至近代，大思想家康德关于“美是道德的象征”的理论命题更是广为人知。康德之后，德国古典哲学的另一位重要代表人物费希特在其名作《论学者的使命 人的使命》中也指出，学者也就是广义上的知识分子、文化人，是“人类的教师”“人类的教养员”，他们只有能够以“一种大丈夫的道德学说”向民众的灵魂深处灌输一种防止其精神上麻木不仁的感情，在一切地方一切方面向人们传播“一种大丈夫的思想方式”，才算是担承起了自己的使命。[①] 应该说，张炜关于思想、关于道德问题的思考和观点，与中外思想史上这些伟大的传统是一脉相通的。

---

① 参见［德］费希特：《论学者的使命 人的使命》，梁志学、沈真译，商务印书馆 1984 年版，第 43～46 页。

19世纪中后叶以来，以尼采为代表的一些现代思想家以人性的名义批判道德，把道德主义变成一种名声不佳的东西，20世纪以来的文化理论家也常常把道德问题当作令人尴尬之事来躲避。新时期以来，深受尼采之类现代思想影响的中国当代思想文化界和文学艺术界的一些人也以人性解放的名义和思想的纯洁与超脱的姿态自居，而羞于谈论道德伦理问题。这实质上是一种很大的精神偏颇。其实，即使是在现当代，对道德的关注，对善的追求，依然是许多伟大作家和思想理论家们不变的价值情怀。张炜心仪的伟大作家之一列夫·托尔斯泰认为，基于宗教意识的好与坏、善与恶、高尚与卑下，在现实生活中，实质上是一种基本的、形而上学地构成人类意识之本质的东西，而作为人类的一种交际工具的艺术则负有使人类的情感更趋高尚也就是向善提升的使命。他说："如同知识的进化，更正确的、更有用的知识排挤并替代错误的、无用的知识，通过艺术而实现的情感进化也是用更高尚的、对实现人类福祉更需要的情感代替低俗的、不太高尚的、对实现人类福祉不太需要的情感。这就是艺术的使命。"[①] 托尔斯泰的《复活》《安娜·卡列尼娜》等不朽之作，其震撼人心的艺术效果都是与其蕴含着的力透纸背的道德评判力量密不可分的。在当代西方理论界，英国新左派思想家特里·伊格尔顿则在其《理论之后》一书中指出，在结构主义、马克思主义、后结构主义以及类似的种种主义已经风光不再，而性、身体、大众文化成为研究时髦，一切"宏大叙事"均被解构的后现代文化语境之下，真正严肃的、为反省的人生奠定思想基础的理论研究还是必须面对

---

① ［俄］列夫·托尔斯泰：《艺术论》，张昕畅等译，中国人民大学出版社2005年版，第135页。

诸如真理、德性、道德、革命、死亡、邪恶和非存在等这样一些时代生活的基本问题。他特别强调文化研究在传统上与资本主义的对立性，指出“文化的概念是作为对中产阶级社会的批判而不是作为它的盟友成长起来的。文化讨论的是价值而不是价格，是道德而不是物质，是高尚情操而不是平庸市侩”[①]。对中国当代思想理论界和文学艺术界来说，重新回望体认托尔斯泰这些伟大作家的精神追求，认真倾听伊格尔顿这类严肃思想家的理论思辨，对于把握文学与思想的关系、思想与道德的关系一定是大有裨益的。

如果我们认同上述历史上以及现当代的各位先贤和时贤对道德问题的执着追求和思辨，又有什么理由对张炜这样一位有着自觉道德意识的作家在其影响广泛的创作中的思想性追求视而不见呢？面对功利主义、利己主义盛行而导致的信仰缺失、价值迷乱、道德滑坡，面对在现代化和技术进步名义下对自然的掠夺性开发所引发的一个又一个生态危机和生态灾难，面对由廉价新媒体技术和消费文化所制造的那些铺天盖地的低级、平庸以至恶俗的文化垃圾对伟大文化传统的祛魅、对当代思想文化的污染和对民众精神机体的腐蚀，我们又有什么理由对张炜在审美化道德评判中对于人道伦理、大地伦理、文化伦理的坚守和张扬加以贬低施以嘲讽呢？可以说，正是道德意识和道德评判，赋予张炜的创作以刚健沉实而又与众不同的思想气质，并成为我们社会以文学审美形式呈现出来并可以据以观察并疗救时代病症的文学良知。走近并理解和把握这种良知，是文学研究应有的本分，也是思想史书写不可忽视的一项重要工作。

---

① ［英］特里·伊格尔顿：《理论之后》，商正译、欣展校，商务印书馆 2009 年版，第 25 页。

■贺仲明　刘新锁*

思想的作家与作家的思想

——张炜创作论

我们一直有一个也许偏激的看法：那就是一个优秀的、能够进入经典行列的作家首先必须是一个思想家。只有具备了比一般人更高的审视世界的目光，拥有与普通大众不一样的思想视野，实现了思想的深邃和广博，作家和他的作品才能够对读者的思想构成感染和震撼，从而在时代社会文化中产生大的影响力。而且，这样的作家其作品也才能够跨越时间、地域、语言和文化的限制，进入到更广泛的空间，成为人类优秀思想文化的重要一部分。如果作家的思想肤浅，思考问题的深度与普通人相差无几，即使他叙述的故事再精彩、语言再华丽，也永远达不到一流作家的高度。

要拥有深邃和广博的思想，当然绝非易事，除了作家的主观努力外，它还要受到许多客观因素的制约，比如社会文化是否开放，作家的文化素养、人生阅历，他能够吸收到的文化资

* 贺仲明，山东大学文学院教授、博士生导师。刘新锁，济南大学文学院副教授。

源的深广度，等等。正是在这一前提上，当前中国文学最缺乏的既非生活，亦非技巧，而是思想。[①] 确实，建国后长期的政治禁锢和文化封闭，对许多作家的精神世界构成了严重伤害，并构成了对近年来中国文学的最大制约。许多作家囿于政治或其他界限，不敢放开胆量去独立思考和探索，思想始终主动或被动地限制在雷池之内，当然，也有作家虽有胆识却囿于见识和能力，同样难臻思想的高峰。

当然，这并非否定当代作家们在思想方面所做出的贡献和努力。客观地说，也有不少作家一直在努力超越各种限制，追求达到更高远的思想境界。在我们看来，张炜就是其中突出的一位。他的创作始终坚持对思想的探索，并在时代文学中表现出引人注目的特征和高度，是“文革”后中国文学中以思想特色见长的优秀作家。

一

20 世纪 80 年代初，张炜以《一潭清水》《声音》等作品在文坛渐渐发出了自己的“声音”；继而，他接连发表《秋天的思索》和《秋天的愤怒》等小说，引起了评论界的瞩目。此时，张炜创作注重思想性的特质已经呈现。著名文学评论家雷达敏锐地注意到了这一点，他将《秋天的思索》中的主人公“老得”这一人物形象称为“葡萄园里的‘哈姆雷特’”，并且指出类似于老得这样的“思考者”在文学作品中的出现，表征着当时文学极为耐人寻味的一种新的发展趋势：“你的处身于

---

① 参见贺仲明：《当前中国文学到底缺什么?》，载《南方文坛》2007 年第 4 期。

八十年代的看园人'老得'，何尝没有自己独特的精神矛盾呢？他是个初中毕业生，喜欢思考，常常独自写点小诗寄托心志，他比一般的农民要敏感得多。……为了弄清人们为何惧怕王三江，这样的人为什么在新形势下摇身一变可以继续欺压群众的'原理'所在，他痛苦地思考着，不懈地与自己的软弱斗争着。这就形成了他内心的剧烈冲突。"[①] 的确，老得（《秋天的思索》）、李芒（《秋天的愤怒》）及此后的隋抱朴（《古船》）等人物形象，共同构成了 20 世纪 80 年代中国文学中的一个农民"思想者"人物系列。他们共同的特点是敏感、细腻而又坚韧、执着，苦苦地探寻当代社会中的不公正和罪恶的根源，对现实、历史和人性进行深入的思考。可以说，张炜《古船》之前的作品，与同时期其他描写农村经济、社会变革的作品（如贾平凹《腊月·正月》《鸡窝洼人家》，以及同为胶东作家的矫健《老人仓》和王润滋《鲁班的子孙》等），都基本上围绕 20 世纪 80 年代中国农村社会的"义/利""传统伦理/商业意识"的悖论与冲突主题展开，但在这当中，张炜又有自己的个性。他的作品不注重以情节及人际关系上的冲突展现时代精神的变革，而是将笔触探向人的内心世界，揭示变革可能刺激部分人的人性恶，也引发出与人性善之间的剧烈冲突。张炜着力于描画那些"黑暗"和"罪恶"的反抗者们内心的孤独、郁闷和愤怒，展示他们的决绝、坚忍和突破精神桎梏后内心的舒展与解放。在这些作品中，张炜的叙述冷静、克制，以强大的控制力掌握着写作的情感分寸和尺度，将外在的矛盾冲突内心化，将觉醒和反抗者的愤怒诗化处理。这种"思辨性"质地的写作，

---

① 雷达：《独特性：葡萄园里的"哈姆雷特"——关于农村题材创作的一封信》，载《青年文学》1984 年第 10 期。

比那些情节丰富波折跌宕的外向型写作更为内敛深沉，却也具有更强大的力量——这也是作家思想性初步呈现的力量。

1986 年，张炜发表长篇小说《古船》，引发了巨大反响。作品将思想触角探入民族历史和文化的深处，将现实与历史、社会与灵魂、纪实与虚构相融合，因而具有了很强的史诗性品格。小说中，张炜将“洼狸镇”的当代现实与 50 多年来风云变幻的历史动荡勾连在一起，展示了这个胶东小镇独特的风土人情、纠结缠绕的人际关系及波诡云谲的各种力量博弈；同时，又以“古城墙”“地震”“地下河流”以及具有“历史龙骨”意义的“古船”等意象以实写虚，提出了对民族历史的个人化思考。

较之张炜的早期作品，《古船》的思想视角既有延续又有超越，把对“人”的思考引向更为纵深也更为复杂的境界。隋抱朴这一人物承载着巨大的精神痛苦和历史重负，同时又孕育着强烈而深沉的反抗性力量，以至于有研究者将其比拟于罗丹雕塑中面对地狱之门的思想者。[①] 他超越了老得、李芒等反抗者对“黑暗的东西”的愤怒与痛恨，将民族和历史苦难的渊薮引向对家族和自我历史原罪的反思，十多年来坐在磨坊里自我煎熬般的痛苦思索，试图以自身承受历史中的罪恶与苦难，然后梳理出一个清明的世界。他既拷问着洼狸镇（同时也是一个民族）的黑暗面，也严酷拷问着自身潜伏着的“恶魔性因素”（陈思和语）——隋抱朴反复阅读的三本书《天问》《航海针经》及《共产党宣言》，正象征了人对自然、对社会及对人本身这样几个向度的思索可能达到的极致。在苦苦的思辨之后，隋抱朴的思想渐渐明晰，他最终甩落历史因袭的重负，解除了

① 参见罗强烈：《思想的雕像：论〈古船〉主题结构》，载《文学评论》1988 年第 1 期。

精神的自我桎梏，实现了痛苦的蜕变与新生："要紧的是和镇上人在一起"，他最终选择出任粉丝大厂的总经理，《古船》这部作品也因此闪射出信念的耀眼光辉和悲壮崇高的气势。张炜以悲天悯人的情怀讲述着洼狸镇（也是我们民族）的历史和现实，并对以往曾经发生的苦难与残酷、人性的畸变与痛楚、人间的冤仇与罪孽进行了深刻的思考和质问，同时又以博大的人道精神探寻着化解苦难及罪恶的现实路径——这充分显示出一个思想型作家独有的气质和禀赋。

《古船》之后，张炜又发表了《九月寓言》。文学界对这部作品的关注不算太多，但它的思想高度其实相当突出。这部文体是小说却题名为"寓言"的作品，具有整体、浑融的象征特质，采用的是化实为虚的表现方式。张炜依旧在诉说乡村的苦难，却钝化了《古船》思考、追问苦难的尖锐度和强悍度，转而用民间世界滋生的欢乐予以抒情性地化解。这缘自张炜以文化和哲学的方式来观照形而上意义的乡村与土地，小说中那些"大脚肥肩""肥""龙眼""红小兵"等符号化命名的人物，也成为作家展开思想的工具性存在。张新颖曾说过："《古船》的世界拥挤不堪，浊气深重……《九月寓言》造天地境界，它写的是一个与外界隔绝的小村，小村人的苦难像日子一样久远绵长，而且也不乏残暴与血腥，然而所有这一切因在天地境界之中而显现出更高层次的存在形态，人间的浊气被天地吸纳、消融，人不再局促地于人间而存活于天地之间，地天地之精气与自然之清明，时空顿然开阔无边……"① 的确，《九月寓言》中的时间和空间都被高度抽象和扩展了，乡村的历史呈现出一种稳定而又相似的循环。作家在

① 张新颖：《十年前一个读者的反应》，载张炜《九月寓言·序》，春风文艺出版社 2003 年版。

历史的追思与现实的描述之间自由交叉穿越，将具象与抽象、经验与超验、现实与虚幻相互关联在一起。

比较之前的创作，《九月寓言》显示出张炜思想一个较大的转变——或者说将之前比较模糊的思想更明确而坚决地显示了出来。那就是对现代文明发展的批判态度。通过“小村”最后陷没，村民失去了最后家园的故事，作品清晰地传达出这样的思想：从文明发展来说，现代化是一种不可抗拒的必然，但作品认同的价值选择却是与现代性相对立的乡土文明。作品中的“小村”尽管也会滋生贫穷和罪恶，会上演政治和道德的悲剧、惨剧，但“大地”足以承载、吸纳和化解，将其转化为精神的欢悦与飞扬，它的总体形象是美好的，是代表着善和美的。所以，它的毁灭必然是一种悲剧，是恶对善的战胜。不过，张炜的《九月寓言》没有表现出抗拒现代性发展的力量，他的情绪是无奈，姿态是后撤，最终的选择是“融入野地”。

此后，张炜的这一思想更为明确。他的笔调越来越抒情，通过对主人公的强烈认同和饱蕴情感的倾诉性叙述，表达他对现实世界的批判性超越和对“美”“善”等正面价值的心灵向往，也更明显地表现出对现实的否定和拒绝。长达 450 多万字，写作时间先后跨越 20 多年的鸿篇巨制《你在高原》，正是一部以这样的价值选择为精神支撑的作品：“它以鲜明的价值立场广泛地叙述历史和现实故事，通过人物的现实遭遇和主观感受两种方式，揭示了现实世界（这里的‘现实’是与‘理想’相对应的意思）的种种黑暗和丑陋，表达了以批判和否定为中心的基本态度。”[①] 小说主人公宁伽是一个典型的“沉思

---

① 贺仲明：《浪漫主义的沉思与漫游——论张炜〈你在高原〉》，载《东吴学术》2012 年第 6 期。

的漫游者”，他始终保持着对生命、历史和现实以及对“革命”“知识分子”“爱情”“人性”等现代命题的复杂思考，使《你在高原》成为一部典型的思想之书。

从20世纪80年代直到新世纪，30多年间，张炜的文学之旅始终是一条在思想的莽野上跋涉的精神苦旅。其间有方向的转换和态度的起伏，但却始终是对思想底色不懈的坚持。纵观张炜的创作历史，可以清晰地看到，在时代文学潮流中，他从来都不是一个追赶潮流的作家，而是始终与时代保持一定距离，一直以强烈的独立自我意识，保持对时代冷峻的观察和审视。或者说，他基本上都保持与现实适度的距离和足够的清醒，始终站在现实的边上，审视、感叹和思考，这也使得张炜能够以思想者的气质在中国当代文坛独树一帜，甚至可以说是孤标傲世。这段话是张炜对作家身份的认识，从中清晰地体现出他对思想追求的自觉：“他们（指作家。引者按）只以单薄而强大的生命，与这个沉默的世界对话。写作对他们来说实在是一种灵魂的事情。也正是这样的写作，产生了旷世独有的声音和思想，这些思想和艺术因为永远不可替代，也因为我们的世界曾经被它影响和塑造，所以在今天和未来，我们都要被它所吸引。”① 表现在创作体裁上，是张炜明显偏好长篇小说这种更适合传达精神思辨的文体，而且，他还创作了诸多的思想散文和随笔，更直接而广泛地表达他的丰富思想。可以说，强大的思想力度、浓郁的抒情气质和决绝的批判姿态，为张炜几乎所有作品都刻下了只属于他的独特印迹。

① 张炜：《思想性写作必须有人坚守》，载2010年4月13日《人民日报》。

二

在一次访谈中，张炜说："人最终还是靠思想站立的，思想者的地位在今天仍然至高无上。思想者是最伟大最切实的劳动者。当然，我的全部作品，特别是我的这部书（指《九月寓言》，引者注），首要的任务还是投入思想者的行列，寻找思想者的。"① 其实，不仅仅是《九月寓言》，张炜所有的作品都是以思想性的写作来寻找精神和气质上的认同者。那么，张炜的思想究竟是围绕哪些基本问题展开，又反映出什么样的内涵和特质呢？

首先，张炜表达了他强烈个人色彩、气质极为明显的自然观与生命观。在张炜的思想坐标中，很明显地更倾向于自然的、绿色的、天生的、童真的、根植于大地的事物，而与人工的、营构的、成人化的、有攻击性的、物质化以及技术性的东西保持着距离，甚至表示出一种近乎本能的排斥。早期的小说《黄烟地》《声音》《一潭清水》等，已经显示出了这一思想倾向，张炜以细腻、敏感又满含温情的，抒情诗一样的笔触抒写着生于斯长于斯的"芦青河"畔那古朴、宁静、清新、明丽的自然之美。此后的《护秋之夜》《秋天的思索》和《秋天的愤怒》等作品，尽管和谐柔美的情致渐渐被严峻和崇高的基调冲击，现实及历史的恶和尖锐的矛盾冲突进入他的视野和作品，但当他将目光投向自然时，那浓郁的抒情气质还是源源流淌。《秋天的愤怒》中，在李芒下定决心和他的岳父、霸道凶残的村支书萧万昌决裂的那个夜晚，张炜用了近 5000 字的篇幅描

① 张炜：《关于〈九月寓言〉答记者问》，载《当代作家评论》1993 年第 1 期。

写了当时的自然景象。李芒独自走向夜色笼罩着的秋天原野，眺望着被晚霞燃烧的土地，在童年曾经嬉戏过的芦青河中游泳，穿越纠缠着他童年记忆的丛林，感受大海滩上跃动的生命，仰望妩媚宁静的星空……这一大段描写“像一支如歌的行板，像一段深沉的反二黄唱腔”[①]，灵动多姿而又神采飞扬地写出了大自然的博大、永恒与盎然诗意。此后长期的创作和思考中，张炜始终坚持对大自然和生命的热爱，愿意融入野地，拒绝城市和现代文明。他说：“城市是一片被肆意修饰过的野地，我最终将告别它。我想寻找一个原来，一个真实，这纯稚的想念如同一首热烈的歌谣，在那儿引诱我。市声如潮，淹没了一切，我想浮出来看一眼原野、山峦，看一眼丛林、青纱帐。”[②] 对张炜而言，自然、野地、乡村、丛林、海滩、葡萄园、蘑菇、茁壮而生机勃勃的玉米以及刺猬、狗、獾、草兔、猫头鹰等形形色色的野生小动物，都有着无以复加的重要意义，大自然是他创作、思想甚至生命活力的不尽源泉，是他生活和情感的根系所在。张炜甚至有些固执地以这样的标准来要求所有的作家，他认为，一个作家无论他写的是什么样的题材，都应该在精神上与自然保持着密切的关联，以温暖与爱意感知生命，这样他才可能是一个本质意义上的作家和诗人。张炜说：

> 我觉得作家天生就是一些与大自然保持紧密联系的人，从小到大，一直如此。他们比起其他人来，自由而质朴，敏感得很。这一切我想都是从大自然中汲取和培植而

---

① 宋遂良：《诗化和深化了的愤怒——评〈秋天的愤怒〉》，载《当代》1985年第6期。

② 张炜：《融入野地》，载《上海文学》1993年第1期。

来。所以他能保住一腔柔情和自由的情怀……我发现一个作家一旦割断了与大自然的这种连接，他也就算完了，想什么办法去补救都没有用。当然有的从事创作的人并且是很有名的人不讲究这个，我总觉得他本质上还不是一个诗人。[①]

正因为这样，张炜经常赋予动物以神性的内涵。比如《你在高原》中的小动物“阿雅”：“它本身还是诗，还是人性和灵魂。茫茫人海之中，有的人始终在心中拥有‘阿雅’，而有的人从来就没有。这就是人与人的区别。”[②] 他用发自心底的柔软的爱和怜惜去感受自然和生命，将最美好的品质和象征寄托给自然孕育、滋生的草木和精灵，在物我同一的体验中获得生命的充实与完满——这也是张炜极为向往并且描述过的人生境界：“当他的笔真的以大自然为直接描写对象的时候，作者也就融化在其中、沉浸在其中了。他与大地一起呼吸，脉搏一起跳动。他笔下的一棵树、一株草、甚至一粒沙子，都有了滚烫的生命。”[③] 这既是生命体验的个人总结，也是他自然观和生命观的夫子自道。

支撑张炜思想框架的第二个精神向度，是他的正义观和他内心极为珍视的道德理想。在张炜作品的思想版图中，都或隐或显地存在相互对立的一些价值判断和概念：从早期小说中塑造的王三江、萧万昌等“黑暗的东西”，到《柏慧》《怀念与追记》等小说及大量散文中描写过的那些纠缠在一起的“污浊”，都是因其不道德或非正义激起作家强烈的反感和激烈的批判；

① 张炜：《绿色遥思》，载《张炜散文选集》，百花文艺出版社 2012 年版，第 3 页。

② 蒋楚婷：《张炜：我有一个梦想》，载 2004 年 7 月 2 日《文汇读书周报》。

③ 张炜：《你的树》，载《散文精选》，山东友谊出版社 1993 年版，第 29 页。

与这些相对立的则是他作品中反复写到的那些恪守基本道德准则，坚持善良、纯洁、正义等正面伦理价值的人——对后者，张炜则致以无保留的赞美和崇敬。在张炜看来，道德和正义感乃是一个人尤其是一位作家至为重要的精神品质，伦理高度和道德热情足以作为判断作家勇气与能力的最重要依据。他说："文学作品的伦理高度不够，写作者缺乏道德热情，正是一个时期精神处于渺小无聊的表征之一。所以在这个时代，一个作家要有勇气去强化他的道德感。所有优秀的作家都自觉强化他的道德感，这需要多少勇气。对整个时代的把握，思想者要获得自己的伦理依据，有这种把握能力，那是很难的。任何时代的作家，缺少了这种能力，就不会成为这个时代的重要作家。"[①] 换言之，在张炜心目中，一个作家如果没有强大的道德感，在生活和写作中便很容易为种种喧哗和风潮所左右，对时代的精神无从做出整体判断和把握，因此也难以成为一个真正有分量和质量的"站得住"的作家。张炜曾多次强调作家应该具备一种"定力"，而要获得这种能够在时代风潮多向挟裹下坚守自己内心的强大定力，首要的就是要确立真诚信奉和为之坚守的道德立场，这样才有可能透过、拨开各种令人迷失的精神雾障，对时代精神的脉络和走向做出明晰的判断并发出自己的声音。

张炜的道德理想曾经引起很大反响，也受到一些批评。不过这些批评中存有许多误读。与许多人理解不一样的是，道德理想并不是张炜用来简单评判他人的工具，它更是一种内在精神，一种道德自律。所以，张炜的作品固然充满对丑恶人物和

① 张炜：《"大地"及其他》，载《筑万松浦记》，青岛出版社 2010 年版，第 279 页。

现象的批判，但也有同样多（甚至更多）的自我反省，对自我灵魂进行艰难的鞭挞和洗涤。换句话说，张炜不是一个简单的道德理想主义者，不是高高在上以道德高尚者自居，对他人进行批判和指导性的俯视，而是将道德理想作为一种更高的精神追求，将自己和所有人放在一起进行灵魂的审判。这一点，从张炜较早的《秋天的愤怒》中的李芒，到《古船》中的隋抱朴，再到《你在高原》中的宁伽，都可以清晰地看到。正如此，决定了张炜的思想不是固定的、停滞的，而是不断发展和变化的。近年来，张炜对其道德理想有了更深入的反思。在一次访谈中张炜提到，他 2007 年的新作《刺猬歌》是“为理想主义”杀毒，他说：“在理想主义被简化成标签的年代，这本书恰恰可以看作一部反‘理想主义’的作品。”[①] 他 2007 年的新作《刺猬歌》其实是一部反理想主义的作品，这在小说对主人公廖麦这一人物的处理上表现得非常明显。廖麦坚守自己的道德理想，但在冷酷的现实面前，他却是一个完全的失败者。张炜通过对廖麦这一悲剧人物的灵魂透视，拷问了道德理想主义精神在当代遭遇的巨大困境。此外，长篇巨著《你在高原》以及不少散文作品中，张炜同样也展开了对道德理想的多向度追问与反思——所以，张炜的道德理想精神绝非我们许多人理解的那样简单，在其背后我们可以看到列夫·托尔斯泰深邃的影子，也蕴含有同样深刻而博大的精神力量——当然二者在精神内涵上有很大不一样。托尔斯泰背后蕴含的是俄罗斯东正教文化，张炜思想所闪耀的则是中国传统的文化精神。

张炜思想的第三个重要维度是他的艺术观，这与他的自然

---

① 曹雪萍：《〈古船〉作者捧出“自己最好读”的长篇小说》，载 2007 年 1 月 6 日《新京报》。

观、生命观和道德观有着紧密的内在关联，又构成了他思想上的相互呼应。张炜的文学艺术观念中最核心的两个概念，也是他曾经多次提到的，就是“真诚”和“诗性”。

关于文学艺术的“真诚”，张炜有一个很有意思的说法。他认为文学创作其实仅仅是作家对自己的记录，写作的过程也只是类似于秘书一类的工作而已，因而比较简单也不需要花费太多时间。在他看来，“怎么写”和“写什么”都不是最重要的，最重要的是“用什么写”——那应该用什么写呢？张炜的回答是用“作家自己”。也就是说，一个作家要写出好的作品，首先必须要把“自己”准备好，使自己的内心和思想有值得记录的东西，这一点才真正需要花费时间。要做好这种准备，首要的便是对世界要有真挚的感情：“这不是一般的感情，一般的不够用。本来，作家如果对人间的苦难耿耿于怀，那才是正常的。只要有不幸的呼叫传到耳边——不论它从哪个方向哪个渠道传来，都让我心上揪疼，不能忍受……”① 由此可以看出，写作的真诚与否在道德感极其强烈的张炜这里根本就不会成为问题，他的创作是把“自己”作为写作的工具才得以实现，是从他的情感、血脉和内心深处流淌出来的东西——这样的情况下，作品只能是作家的心血、精力的高度凝聚，他的“人”和“文”因此而成为相互胶着和融会在一起的本质统一。基于此，张炜把作家和艺术家视为另一种意义上的劳动者，把创作视为需要作家精耕细作的淳朴劳动，而技术和巧智都成为了次要的东西：“创作的真实状态是让人绝望的，从艺术的本

---

① 张炜：《做什么，不做什么》，载《文学自由谈》2001年第1期。

质而言，仅仅依靠机智仍然于事无补。”[①] 在他崇仰的伟大作家托尔斯泰身上，张炜甚至得到了这样的启示：

> 仅仅是为了保持这种健康，一个写作者也必须投于平凡琐碎的日常劳动，这是不可偏废的重要工作。而当时另一些写作者所犯的一个致命错误，就是将这种日常的劳作与写作决然分开。偶有一点劳作，也像贵族对待乡下的粗粮一样，带出一份好奇和喜悦。今天，也恰是这种可恶的姿态阻止我们走向深刻，走向更深广和更辉煌的艺术世界。我们只能在一些纤弱和虚假的制作中越滑越远，最后不可救药。[②]

由此看来，张炜提倡摒弃任何外在功利需求的真诚而朴素的创作，提倡建立在对生命和生活真实感受基础上的质朴表达与自然流露，信赖以昼夜不舍的劳作和银匠似的打磨精神留存下来的、有着心灵刻度和精神高度的作品，反对一切虚假的形式和夸张的矫饰，更反对由于利益的引诱、时代风气的蛊惑或其他外在原因而产生的虚伪的作品，他将后者称为“不负责任的倾倒和排泄”制造出的“垃圾”。[③]

张炜艺术观中另一个重要的概念是“诗性”，他也以创作实践着自己的艺术主张。前文已经述及，张炜几乎所有的作品都不以故事和情节取胜，他有意地压缩事件的衔接链条，将矛盾冲突融化到节奏推进缓慢的叙事之中，剧烈地放大与扩张一

---

① 张炜：《时代：阅读与仿制》，载《张炜散文选集》，百花文艺出版社 2012 年版，第 202 页。

② 张炜：《冬天的阅读》，载《张炜散文选集》，百花文艺出版社 2012 年版，第 104 页。

③ 参见张炜：《寂寞营建》，载《张炜散文选集》，百花文艺出版社 2012 年版，第 63 页。

些情感、心灵、精神场景的局部和自然景观的细节。我们在读张炜的作品时常常会因此有这样的感觉：尽管没有扣人心弦的悬念和突转不断吸引注意力，但随着阅读的深入，人物的思想、情感及事件发生、展开的情境渐渐会渗透和浸润到你的内心，此时会不由自主地被带入他用语言文字营造的意境和氛围之中，而凝重的思想内蕴和浓郁的抒情质地也会随之在叙事的间隙自然生长，背后深长的意味更是值得反复体味和思索。无疑，这样的作品便因此具备了张炜提出的小说（以及其他文学形式）应该具有的“诗性”品格。张炜认为，现代意义上的小说以及文学不应立足于讲故事，也不应立足于传达思想，而应该立足于“意境”和“氛围”。他说：“小说的故事、人物、语言和思想，一切都服务于一种意境，综合形成着一种氛围。一些深邃难言的东西蕴涵其中，只交给读者的领悟力。小说的吸引力、生动性，也都在营造的意境之中存在。”在他看来，“这样的小说更纯粹，直接进入了文学的本质。这极有可能是当代所有好小说所必备的、最为重要的品格”。[①] 据此，张炜对现代小说与传统的曲艺故事做出了区分：“好的故事小说都是非常抒情的，是诗性的。没有抒情性的干故事往往都是非文学的写法，如本质上属于曲艺范畴的言情或演义中的故事。文学作品中的故事与曲艺中的故事是有区别的，尽管这种区别很微妙。”[②] 应该说，张炜由自己的创作经验总结形成的着重“诗性”的文学观念，从特定的角度指出了现代小说本质性的艺术特征之一。

---

① 张炜：《小说：区别和判断》，载《山东文学》2000 年第 1 期。

② 张炜：《从“词语的冰”到“二元的皮”——长篇问题小记》，载《当代评论家》2001 年第 1 期。

张炜在胶东半岛的乡下度过了他的童年和少年时期，甚至可以不夸张地说，童年的张炜就是一个“自然之子”。自然的滋养，养成了张炜敏感、内向、安静、质朴的性格和热爱自然与生命的情怀，在弱小和强暴、善良和残酷、正义与邪恶之间，他的选择毫无犹豫和含糊，这构成了张炜始终持守如恒的思想底色。而在后来的生活中，现实的残酷把张炜与自然、与生命之间建立的心灵和谐打破了，特别是在某些历史时段，许多丑恶被冠以“进步”“正义”甚至“崇高”的名目而被合法化，使张炜逐渐认识到生活的真谛：“从那一次我明白了好多，仿佛一瞬间领悟了人世间全部的不平和残暴。”[①] 也使他更加倾向于思考和探究，思想日趋复杂和深刻。不过，他的价值观始终未变。那就是：对善良的维护，对弱者的同情，对强权的反感，对丑恶的憎恶，它们构成了张炜整个思想和情感世界的基调，也构成了他文学世界的基石。

生活的滋养构成了张炜思想源泉的重要部分。此外，张炜也接受了以中国传统文化为主体的思想的滋养。其中包括屈原《楚辞》这样的文学经典。从中，张炜被屈原悲愤郁结的内心情怀所感动，更体会到其作品所达到的令人难以企及的崇高与美，在这种耀眼光泽的照耀下，张炜尝试着将屈子的人生、文学境界融入自己的文学创作；也包括张炜所生活的山东地区那温纯仁厚的鲁文化和朴茂恣肆的齐文化，以及在这片土地上流传的广袤神奇的民间文学的精神感召与浸润；当然，还有自巴尔扎克、雨果、托尔斯泰到陀思妥耶夫斯基、普鲁斯特、米兰·昆德拉等西方文化、文学大师创作思想的重要影响。所

---

① 张炜：《绿色遥思》，载《张炜散文选集》，百花文艺出版社 2012 年版，第 8 页。

以，张炜的思想中，我们能体会到的精神内涵非常复杂而深邃，其中，既可以追溯到中国传统儒家和道家文化思想的渊源，也可以在西方人文主义思想中找到踪影。

三

对于一个作家来说，思想资源的芜杂是自然的事情，甚至可以说，只有吸收了广泛而深邃的思想源泉，作家的思想才会博大、复杂而深刻。当然，评价一个作家的思想，最需要考虑的是它的内涵——需要特别指出，文学的思想评价绝对不在于它是否政治正确，甚至不在于文化正确，是在其是否具有深刻性和创造性。只有真正领先于时代，在同时代中国、乃至世界作家中独领风骚，才能真正成为这一时代中的优秀乃至伟大作家——也就是说，一个作家思想价值的深广度，与他作为作家优秀、杰出或伟大的范围完全一致。

谈论张炜，首先可以将他放在他的时代和国家内部来看待。从这个角度看，张炜文学的思想无疑是具有独特性，是具有时代前沿性的。先来看他早期的乡村改革作品。面对汹涌而至的乡村改革潮流，青年时代的张炜也表示过积极认同；换言之，他那种为农村变革呈现出的新气象而欢欣鼓舞的姿态与描述城市改革的蒋子龙等作家在思想倾向上几乎是完全一致的。但很快，从 1982 年的《一潭清水》开始，他就敏锐地发现了改革中的缺陷和对乡村伦理的伤害，紧接着又发出“秋天”的思索和愤怒。尤其是“秋天”系列作品，比较早地走出了同时代作家在传统伦理道德与商品经济思想之间矛盾纠结的叙述框架，而将思想的笔触探触到了人性善恶的层面，并以文学的形式表达自己对此问题的独到理解。这一点，在同时代作家中明显是颇为前沿的，也初步显示了他以思想见长的创作特色。

此后的《古船》，更是将这种思索引向了历史的纵深之处，以整体化的视野和具有强大思想穿透力的叙述，将中国当代社会发展以及在政治、经济沉浮动荡中表现出来的人性晦明予以宏观展现。尤其是如果我们注意到这部作品出现的时代背景，其思想史和文学史意义将更为显豁。其特点之一是对人性思考的深入。《古船》把中国当代几十年的历史浓缩在洼狸镇这样一个胶东小镇的兴废之中，以人本主义价值体系评判历史、现实和人性，并由此获得了新的个人化理解与发现。特点之二是自我反思的深度和力度。《古船》中隋抱朴的强烈自我反思，所针砭的不只是他自身，也不只是洼狸镇，更是整个中国的近现代历史，甚至是人类历史发展的方向。此后的《九月寓言》，将《古船》的历史思考进一步推向深入，既与现实中国的发展相关联，又引向自然、生命本源的境界，是对现实和历史、物质和文化交织起来的哲学思考。在同时期作品中，这两部作品都具有明确的超前高度。

当然，最核心，也是认识张炜思想高度的关键，还是卷帙浩繁的系列长篇小说《你在高原》。这是张炜花费 20 多年时间创作的精心之作，它的思想内涵既有对张炜早期思想的承续和发展，也是张炜整体思想最集中和最高的表现。而且，张炜近年来的现实行为与《你在高原》的思想完全一致：他所创办的万松浦书院，对于张炜有着“桃花源”和“乌托邦”一般的意义，是其所追寻“高原”的现实再现。这就如他在一次访谈中所说的：“对我来说，今天的万松浦就像一个作品一样被完美着，她越来越像一个虚构。我深知，当我书中的主人公在为一个梦想而痛苦万分的时候，我却一直想使自己生活在梦想里。于是，我明白，全部的《你在高原》最终也许只是重复着这样一句话：我有一个梦想……”[①] 所以，对《你在高原》思想的认识既可看作是对张炜文学思想的全面认识（这一分析将不可避免要联系到他之前的创作），也将基本确立张炜文学思想的高度和价值。

《你在高原》内容繁复，思想自然难以进行简单的概括，但究其核心，可以以“批判”和“退守”来予以界定。也就是说，无论是面对历史的苦难、残暴、血腥，还是现实的喧嚣、冷漠、浮躁，张炜明确的姿态是“否定”和“拒绝”，选择的方向是“离开”和“回归”。他以这种方式保持对污浊和肮脏的批判，对清洁精神的坚守，对于现代中国主流发展主义潮流的怀疑和反思，以及对美和善的追寻。在他的理想世界，是回归的世界：是童年，自然，大地，以及美和善的伦理……从这个意义上来讲，《你在高原》中的张炜近乎于当代文坛的一个“画梦者”，也是中国社会中一个坚定的拒绝者和远行者。

从大的方面说，这一思想在当前中国和世界也许不算非常特别。在中国，以新儒家思想为代表的思潮正对中国现实发展方向持明确的批判态度，在世界范围内，生态主义、存在主义思想更有广泛的影响。包括在文学界，中国现代文学时期，沈从文所表现出的对现代化发展方向的反思，正是他赢得进入文学史崇高殿堂的重要原因之一。即在当前中国文学中，张炜也并非没有同道者，如韩少功，如迟子建，都具有相类似的创作态度。

但是，这绝非说张炜的思想没有自己的独立个性。首先，从着力点来说，张炜的创作一直执着于思想，他的思考也是全方位的，涉及对现实问题的揭示、历史疑难的反思，也涉及政

---

① 蒋楚婷：《张炜：我有一个梦想》，载 2004 年 7 月 2 日《文汇读书周报》。

治（革命）的建构和解构，还涉及伦理的探索和重建，人性反省和批判，以及人类文明问题的回溯和追问，可以说是对中国社会乃至整个人类文明发展方向的全面思索。无论是思想探索的深入和执着，还是思想的宽广度上，在当代中国，这样的作家都可以说是唯一的。

其次，张炜提供的道德批判和建构思想也具有相当的独特性。从精神资源来说，他不是简单地尾随新儒家思想，而是体现了更高也更纯粹的伦理价值立场。在其中，我们可以部分看到王阳明"心学"的影子，也糅杂了浪漫主义文学和生态主义思想的自然观，还可以看到西方人文主义精神的印记。当然，更重要的是，张炜的思想建构充分扎根于民族现实生活，关联着中华民族历史文化和精神伦理世界，与民族中最伟大的先驱、最独特的精神质素进行了深层的关联。可以说，正是在思想的复杂和多元里，张炜达到了他自己的独特和深入。比如，张炜将善、美放在思考中国现实的中心位置，将它们作为最基本的个人品质和社会品质评价标准，就融合了多元思想的因素，也体现了独特的深度价值。

正是这一点，使张炜的思想中既蕴含有向后的因素，却又有向前的内涵——或者说，它既赋予了张炜思想反现代性当中的现代内涵，也赋予了更多的中国独特的思想传统和文化视角——对于文化伦理的重建。对于从文化角度来批判、反思中国社会现实，很多人不以为然。但我以为，对这一思考需要多方面的分析。尽管中国传统思想的部分内容已经失去了适应现代生活的价值，但是，其中相当丰富的内容足以对现代社会予以启迪和针砭，激发我们对现代社会完全以西方文化为主导的发展主义思想的反思。问题的关键是究竟用什么样的思想来批判陈腐，建构新生。如何辨析传统内涵，选择性地吸纳西方文化资源，需要全面客观地爬梳剔抉，需要我们更冷静客观的态度和立场。这当中，文学的思考需要更为复杂和慎重，因为文学思想的价值不简单等同于现实思想，它的价值意义更为深远，也不一定以现实利益为原则。中国传统文化的深邃复杂能够给作家提供深厚的背景，激发其丰富的思想灵感，它貌似向后（或者说部分向后），内在却蕴含着真正向前的因素。

在现实层面，张炜的思想也体现了充分的现实意义，并表现出较深刻的前瞻性。在当下中国这样一个道德破灭、物欲横行、价值失范、底线丧失的社会背景之下，在精神沙化的时代高扬理想主义，在寡廉鲜耻的时代呼唤德性回归，在人情淡漠的时代渴求温暖与善意，在物质至上的时代标榜精神的力量，在弱肉强食的时代自觉与弱者站在一起，这种对基本价值理念的恪守和与时代逆向而行的姿态本身，便是一种勇敢的选择，也是当下极为稀缺的精神资源。而他对现代中国（乃至整个人类社会）发展方向的反思和伦理重建思想，是立足于民族文化和现实之上的建设性批判，也是对当前中国现实的深入探测和独到前瞻——典型如《古船》《九月寓言》中对人性、物欲和乡村文明命运的揭示，在今天的中国社会得到了真实的映照。

■亓凤珍*

试论张炜作品的诗性与人性

张炜自1973年开始文学创作，迄今已逾40年。40多年来，他的作品数量已经达到1500多万字，在海内外出版各种著作500多种版本，一部《张炜文集》就有48卷之巨。他用自己数量众多的小说、散文、诗歌、文论为我们创造了一个“文学高原”，其中不乏像《古船》《九月寓言》《你在高原》那样的“文学高峰”。评论其人其作的文章已有2000多万字，远远超过了其作品本身。这样一个巨大的创作和评论数量，在中国当代作家中是不多见的。

正如一千个读者眼里有一千个哈姆雷特一样，一千个读者眼里也会有一千个不同的张炜，因为创作与接受之间的距离有些时候是不可逾越的。张炜1986年在《古船》讨论会上曾说：“无论作者是伟大或渺小，他的作品传递出去后（无论传递的距离是多么短），有些东西也要损失一半。这是不可避免的。”其实，从另一个方面来看，他所说的“损失”正是一个读者可以额外得到的。这也是一个成功的作品所必备的素质。文学作

* 亓凤珍，山东财经大学文学与新闻传播学院副教授。

品的多义性使其内容丰富、复杂、深沉，文学形象的自我生长性进一步增加了作品的魅力，文学语言的张力又留给读者自由想象、参与创造的空间。共鸣与建构是读者的价值体现，同时也赋予作品更加丰富的内涵。

作为一个评论者，我对张炜作品的认识自然是多层面、多角度的，本文拟谈其中一点，即张炜作品的诗性与人性。我以为这是其作品最为显著的特征之一。

一

张炜的创作一向秉承“诗”与“真”的原则。张炜曾说，一个好的作家首先是一个诗人。他把一切作品都当作诗来写，因为“诗是艺术之核，是本质也是目的。一个艺术家无论采取了什么创作方式，他也还是一个诗人”[①]。无独有偶，当代许多优秀作家都把诗看作文学的最高境界。张承志就认为“文学的最高境界是诗。无论小说、散文、随笔、剧本，只要达到诗的境界就是上品”[②]。

张炜作品的“诗性”特征，首先表现为他的“审美的视角”，表现为一种立意美或精神美。他总是以审美的视觉来写人物、事件、景色，这是作家对现实社会和自然的审美关照。他从不渲染血腥、暴力、色情等场面，这就使他与那些所谓“审丑”的作家划清了界限。“审丑”也是艺术表现的一种视角，是通过审丑来达到审美的目的，实现对美的肯定与捍卫。

---

① 张炜：《诗意》，载张炜《散文随笔精选》，山东友谊书社 1993 年版，第 98 页。

② 张承志：《张承志文学作品选集 · 散文卷》，海南出版社 1995 年版，第 220～221 页。

但细细考察当下的文学作品我们不难发现，许多打着“人性”“本质”“反思”“揭露”旗号的作品，把展示丑、展览丑、欣赏丑作为目的，其中似乎隐藏着创作者的某种“嗜血”的快慰，在种种赤裸裸、血淋淋、惟妙惟肖的展示中获取自我心理的某种满足，迎合某些读者的“重口味”。张炜对这些显然是不屑一顾的，他始终坚持自己的审美追求，不媚俗、不趋时，他的作品总是通过诗意的书写来浸润人的心田。“这样透过一层审美透镜的折光来反映生活是更符合艺术的特征的。”[①] 例如《古船》中，作者也用了大量的文字来表现人性的扭曲、残忍和丑恶，写到了恶人们令人发指的兽性——拷打、鞭尸、割乳、用香烟烧男人的生殖器、把牛的生殖器拴在人的嘴上等等，但这些描写都带给人憎恶的力量而不是欣赏的快慰，这是因为作者以自己的视角来表现丑，把自己的思想、情感灌注到了文字里面，正面引导了读者的感受。

笔者曾专就其作品的“诗性”与张炜有过一次交流，他直言道：“我从一开始创作，就一直坚持两个原则：一是语言文字的优美和讲究。文学是语言的艺术，粗制滥造的语言不是艺术，不可能创造好的文学作品。二是文学不能破坏社会，不能带给社会丑恶的东西。巴尔扎克、托尔斯泰也揭露社会的黑暗丑恶，但你读他们的作品感觉是美的，不会让人觉得丑陋难堪。我在作品里也会写到不好的东西，恶的人、恶的势力、残酷的行为，也写到性，但我始终保持一种克制，写出来的东西不能让人看不下去，不能给这个社会增加负面的东西。”[②] 这

---

① 宋遂良：《谈秋天的思索》，载宋遂良《宋遂良文学评论选》，明天出版社1991年版，第85页。

② 这段话根据笔者与张炜的谈话整理，后文中类似谈话不再一一注明。

番表达透露了作家的文学观、艺术观和审美观。由此我们也就不难理解，为什么有论者说他是“舍弃了诗的表层操作方式而应用诗的理念去创作他的小说，从而赋予了小说一种诗的内核与本真”[①] 了。关于张炜及其作品中体现出的审美视角，以及由此带来的“诗性”特征，论者已经多有论及，本文不再赘述。

张炜作品的“诗性”特征，更突出地表现为“诗意的表达”，这使他的作品呈现出与众不同的风貌，成为中国当代文学一个无法忽视的重要存在。所谓“诗意的表达”，大概可以概括为三个方面，一是指他的作品中流淌着或涌动着的韵律感。故事的跌宕起伏，时空的纵横交错，语言的流畅跳跃，都有着诗一样的节奏和韵律。二是指他的作品中独特的意境。注重意象的设置，讲究意境的空灵蕴藉，使其作品走出了泥实的窠臼，具有了诗的意境，具有了诗性的品质。三是指他的作品的抒情性。注重感情的抒发，相对减弱小说的故事性，也是张炜作品诗意表达的一个显著特征。在张炜的创作过程中，从小说的构思、语言的使用、意象的设置、意境的创设及至感情的抒发，都体现出诗性的特征。“诗意”始终贯穿于他的小说创作的每一个步骤及表达的每一个层面。

张炜的小说在创作之初，就是在一种诗意的引领下构思的。“作者在形成一部小说的过程中，首先是被启动和领受了一种诗意，进而在它的牵引下结构起整部作品，这样的结果就使一部小说具有了诗的品质。”[②] 在创作过程中，这种对诗意的深刻领受和感知难能可贵，也只有一个真正拥有诗心的作家

---

① 胡明贵：《张炜小说意象论》，福建师范大学 2004 年硕士学位论文，第 7 页。

② 张炜：《小说：区别与判断》，载《山东文学》2000 年第 1 期。

才能做到。

张炜作品的语言，阅读起来既平滑顺畅，又起伏跳荡，具有很强的节奏感和爆发力，像海面的波浪，有着诗一样迷人的气韵。他的语言之所以有这样的表达效果，得益于他对语言的讲究。张炜曾一再阐述过他的语言观："纸上的文字也不是看上去那么随意，它们虽然不是唐诗汉赋，可也需要大致的节奏——不必那么严格和明显，但总是有的，是藏在其中的。"[①]"我们强调语言的声韵和节奏，其实也是最基本的要求。……那些同音字，如果要连用就得慎重。还有平仄，这些都会影响阅读。这些虽然不会像格律诗一样严格，但道理是差不多的……要紧的是要有这方面的自觉，而不是无视它的存在，不是将其当成多余的牵挂。这也是中国语文的应有之义。"[②] 他认为小说的语言虽然不必像唐诗汉赋一样严格讲究格律，但也是必须注意到节奏韵律甚至平仄的。

另外，他的语言还讲究"势"和动感，这让人觉得很新鲜。"当代小说语言，每个分句其实都有一个'起势'——这差不多等于'离地'那一刻的姿态。想象中它们起势不同，与水平面构成了不同的角度。……如果每一个分句在起势上都有些角度的变化，那么由它连接起来的语言就加大了动感，起伏跳跃，语言也就活泼起来了。"[③] 让我们来分析下面一段文字，这是《海边的风》中很普通的一段文字，但通过这段文字，我们可以清晰地看到他朴素平实的表象后面蕴含着节奏、平仄、角度起伏的语言之美：

---

① 张炜：《小说坊八讲》，湖南文艺出版社 2013 年版，第 31 页

② 张炜：《小说坊八讲》，第 32 页。

③ 张炜：《小说坊八讲》，第 33 页。

> ①这是个美丽的夏天，②大海的面容以及气味都好得很。③老筋头本来可以随心所欲地驾船出海，④毫不费力地搞来几条好鱼。⑤可他懒得动。海上干净得很，没有一点帆影。好像所有人都忌讳着什么。老筋头光着身子往海里走，跟谁赌气似的，一步一步往海里走。他跟海混得熟透了，怎样做都行，差不多敢在里面睡一觉。他站着游、坐着游，还能顽皮地一头一头往前扎。

这段文字共有16个分句，分句与分句之间衔接呼应，起伏有致。如①分句是上扬起势，是弦上飞出的箭，给人等待的悬念："噢？这个夏天怎么美丽？"②分句是平稳前行后再下滑的角度，给人解释和答案："大海的面容以及气味都好得很"——仿佛尘埃落定。③分句再次上扬——"本来可以"？那随后又怎样变化了呢？④分句仿佛在高处继续行进，"毫不费力"承接"随心所欲"。⑤分句迅疾下降，"但"字落势很足，引出"懒得动"，落地干净利索，如中的之矢。我认为语句的这种起势与角度的变化，体现了作者那种良好的语感、乐感、节奏感，体现了他的语言艺术修养，同时也体现出作者良好的思维品质，这是顺畅和谐的心理节奏的外化。

关于意境。他的每一部小说都注重意境的创造，从"芦青河"时期清纯唯美的意境，到"古船"时期浑厚博大的意境，再到"万松浦"时期具有浓郁思辨色彩的深邃意境，都颇具匠心，他将自然、人物、情感、思想巧妙地糅合在一起，形成了一个个空灵、蕴藉的意境。"小说的故事，人物，语言和思想，一切都服务于一种意境、综合形成着一种氛围。一些深邃难言的东西蕴含其中，只交给读者的领悟力。小说的吸引力、生动性，也都在营造的意境之中存在。”① 意象是意境的重要组成部分，张炜非常擅长设置和使用意象。长篇小说《家族》，使用了很多特征鲜明、充满灵性又非常典型的意象，如奔腾的枣红马、高大的玉兰树、盛开的洋槐花等等。那匹枣红马是一个传奇的象征，是一种精神的指引，是一个自由灵魂的飞腾；曲府那几株婷婷的“玉兰树”，树干高大挺拔，花朵洁白无瑕，它见证过爱与纯洁，也见证过血雨腥风，它是纯洁与忠贞，也是美丽与坚韧；那平原上盛开的成片成片的洋槐花，如火如荼，美丽动人，它是那片平原喷吐出的热情，它是未被践踏的自然之美的象征，也是甜美的回忆、凝固的乡情。这些意象又都与特定的环境、人物、事件结合，形成了一种朦胧含蓄、灵动自如、空灵澄澈的意境。张炜特别看重小说的意象、意境，因为他赋予小说更深刻的内涵、动人的诗性。

关于抒情。张炜非常强调小说作品的抒情性。他认为作家的创作绝不是单纯地讲故事，这是作家与曲艺家的不同，他必须要抒情，必须要有诗性，否则作家就没有什么非得存在的必要了。他说：

> 好的小说故事都是非常抒情的，是诗性的。没有抒情性的干故事都是非文学的写法，如本质上属于曲艺范畴的言情或演义中的故事，文学作品中的故事与曲艺中的故事是有区别的，尽管这种区别很微妙……现在谈小说故事的人多了，这是好的，但很可惜，他们很少分析这两种不同的故事。它们的本质区别或重要区别，其实好的小说家都是最会讲故事的人。而一般的故事，一般的讲法，是没有什么魅力的。讲点大路故事，一般的人都会，因而也就不

① 张炜：《小说：区别与判断》，载《山东文学》2000年第1期。

用作家来讲了。民间说书的人，他们最会讲曲折的故事，但他们的故事有套路，缺乏诗性，所以还不是小说家作家手中的故事。作家的故事不仅曲折有趣，主要是有意象，能抒情。作家写出的故事具有强大的挥发功能，而且意味深长，极为特别，留有巨大的品咂余地。[①]

张炜的小说作品，叙事中往往会嵌入大量的抒情成分，更加凸显了小说的诗性。大段大段的抒情文字，是张炜小说非常独特的一个现象。对此，评论者多有关注，但众说纷纭，莫衷一是。这些抒情文字，究其实质，就是一种散文诗，它的功能类似于中国古典小说中的“有诗为证”，或者阐明作品主旨，或者表达作者思想情感，或者塑造人物形象，或者暗示人物命运，或者推动情节发展。张炜小说中的这种散文诗，都跟作者的思想感情及作品中人物的思想感情息息相关，不借此抒情，将有不吐不快的感觉和遗憾。如：

这里的一切都闪着粉色花朵的颜色。这是个彩色的、无比芬芳的世界。水浪的声音消失在远处，就像丝弦的余音被南风拂去一样。粉绒绒的花朵盛开着，它的气息、它的颜色布满了整个空间。人们在路上徐徐行走，互相微笑着致意，好像所有的人都是朋友。脚下的土壤也是粉丹丹的、透明闪亮的，一尘不染。它培植和滋生的一切都像它的颜色和品格，又质朴又纯洁。这儿唯一的交通工具还是船，各式各样的船。他们可以在无限的空间里任意穿梭，而绝不会碰撞和受阻。这儿鸣奏着一种永恒的音乐，它来自船、花朵、泥土及一切有生命的物体身上。在这种美妙

---

① 张炜：《〈蘑菇七种〉及其他》，载张炜《蘑菇七种》，作家出版社 2009 年版，第 170～171 页。

的声音里，像羽绒一样轻柔的雪花从空中洒落下来，变成花瓣上的露珠。[①]

这是张炜中篇小说《海边的风》中的一段抒情散文诗，唯美浪漫，纯洁动人，感人至深。它是海边看滩老人老筋头想象中的世界，是海中的“世外桃源”，它一方面表现了主人公老筋头淳朴善良的内心世界及他对美好生活的梦想与追求；另一方面与作品中的时代背景形成鲜明的对照，有力地批判了20世纪50年代那个将中国带入贫穷、饥饿、疯狂、绝望境地的荒唐的运动。

我们再来看一下《家族》中的一段散文诗：

我离你这么遥远，就像远视晨星，尚未走近，它就溶解在天际了。我心中有一个花团锦簇的摇篮，我就在它美妙的悠荡中长大了。你准备娇惯我一生。可是你从未想过有一天会先自离去。你教会了我的爱，谁又来教会我的仇恨？

从此我一个人往前走，这无数的高山无边的荒漠，不知被血泪染过了多少遍。绿色的植物、金色的地衣，都依赖了默默的吮吸。它们遮掩着、装扮着，你面对它们常要激动地流下什么。它们安慰了人类，安慰了所有的生灵。它们身上流动的到底是什么？它们日日夜夜吸吮着、吞食着，从地脉深处探出根系寻找。千百年的故事粘稠坚韧，沉淀在地层深处，需要一棵千年古树的长长根须才抓得住，它会让这棵古树枝叶繁茂。

绿色结出各种各样的果实，它用苦涩或甘甜包裹了一

① 张炜：《海边的风》，载张炜《中国好小说》，中国青年出版社2014年版，第62～63页。

> 万年的悲伤。坚果、浆果，你砸开硬硬的果壳，直接咬破果皮，咀嚼吮吸品尝，会感到它包裹起的深层的隐秘。一切原来都难以消失，它会化为异形异物生出，挂上枝头。
>
> 我听到了地壳之下的咕咕之声，我知道流动不息的到底是什么。我已经不会战抖和胆寒了，北风让我肌皮老厚，让我懂得了永远不变的归宿。在一层层如同浪花一样绽放的呐喊、呼救、怒号之中，大地一片沉默。
>
> ……
>
> 从此我懂得了把自己交给什么。这种真实的教导比起那些使人热血沸腾的彻夜长谈来，不知要高明多少倍。我懂得了，记住了，并且永远也不会改变了。[①]

这段抒情足足有三页半长，发自肺腑的强烈情感，抒发得酣畅淋漓，深沉悲凉，奔突激荡，即使不依附于整部小说而独立成章，也是相当出色的一篇优美散文诗。这样的散文诗在《家族》中随处可见，或长或短，既促进了故事情节的进一步开展，又展露出主人公内心的激情与心中的狂想，同时也表现出作者“纵情言说的巨大野心”。当笔者问他为何会在小说中运用这样极具抒情性的散文诗来表达时，张炜坦言：“有一些东西很奇妙，只可意会不可言传，除了诗歌之外的其他文字都难以表达出来。小说中那些难以言说的情感，只能用这样的诗性文字来表达了。”在叙事的宏大语境中，每到情不自已之处，他就敞开心扉纵情吟唱，除了诗，没有什么语言可以更好地抒发他的情愫，在这种文字里蕴含了古典主义纯洁与崇高的激情。每当读着这样的文字，都会使人感受到一种巨大的冲击，它好似亿万年的火山喷发出的炽热岩浆，又好似一个年轻强壮

① 张炜：《家族》，上海文艺出版社1995年版，第143～146页。

的生命胸中滚涌出的激情。

当然，抒情性的文字在增加小说的诗性与品味的同时，也难免会给小说阅读带来一定的障碍。如果说，小说中连贯的故事可以让读者一目十行地畅读，那么故事中的抒情就必须字字句句地仔细品咂，只有耐得住性情的人才甘愿沉入其中尽情享受这种诗情的蔓延和浸润。这在生活节奏越来越快的今天变得有些困难，因为浅阅读、碎片化阅读、快餐化阅读、网络化阅读已经成为无法抵挡的时尚。但这样的阅读对吗？我们存有疑问，张炜也从来没有对此屈从。他一再强调，作家不能迎合读者、取悦读者。这是一个有着大悲悯、大情怀的作家的真性情。

那么，张炜作品的诗性源自何处？首先是来自于大自然的馈赠，来自于他透明的童心。其次得益于他的深厚学养及地域文化的浸润。对于学养及地域文化的影响，此文暂不展开，日后再专文论及。下面拟专谈一谈第一个方面。

称张炜是“自然之子”，一点也不夸张。一个自生命之初就曾孤独跋涉过的人，更容易与自然融为一体，也更容易拥有一种对自然的感悟力。因为特殊的家庭出身与孤独的童年生活，张炜自幼就生活在远离人群的僻静海边树林里，长期与自然界中的动植物为伴，感受着大地的呼吸和脉搏，倾听着草木虫鱼的悲哀与欢乐。他熟悉小动物们的眼神，也仿佛听得懂它们的语言；他能够感受到植物们的情绪，也似乎能理解它们的心事；他听得到芦青河的呜咽，也听得到大海的叹息。他和自然中的一切是朋友。张炜的一篇小说《他们》，是对 100 多种小动物的描写和介绍，不用“它们”而用“他们”做题目，说明作者完全把“他们”当成了自己的朋友、同类，他们是一奶同胞，都是大自然母亲的孩子。作为自然之子的张炜，从神秘的大自然中得到了最原始的启迪和馈赠，得到了让心灵和文字飞翔的灵感。而这恰恰是其诗性创作的源泉。他在《午夜来獾》中讲述过一个故事，在书院围墙圈起一片松林之后，每到午夜就会有一只动物翻墙而来，然后又在黎明前悄然离去。大家百思不得其解，后来明白，是一只獾，它夜夜翻墙是来看它曾经生活过的、现在却被围墙围住的"家园"，真使人黯然神伤。这只獾深深触动了他敏感的神经，让他更加理解故土、理解自然、理解生命，给了他创作的灵感，增加了他诉说的激情和诗情。

大自然馈赠给所有人的礼物原本是相同的，然而只有赤子之心才更容易感受并获取这份宝贵的赐予，因为只有刚从自然的母体上剥离下来不久的赤子，与自然对话的能力才最强盛，途径才最畅通。每一个人都曾经拥有过童心，但对大多数人来说，或者当初就不曾去爱惜它、呵护它，或者在后来的岁月里渐渐丢弃了、被污染了。但张炜不同，他是一个拥有透明童心并竭尽全力去保持它的"赤子"。"童年是人与神的结合部。人要自觉不自觉地在这个结合部上徘徊，寻觅。但总有一些外力使人离开这里，离开了，也就没什么感觉了。失败的作品就是没有感觉的作品。对人性的苦难，对一切的一切的敏感，都出自它。我想，写作也无非是与丧失童年的力量做斗争，这也是人生斗争之一种。"[①] 他在一次与我交谈中甚至这样说过："什么是儿童文学作家？其实每一个作家都应该是一个儿童文学作家，因为作家首先要有一颗童心。"这样一来我们也就不难理解，并非专门从事儿童文学创作的他怎么会创作出那么优秀的儿童文学作品来了。其实，在他的大量小说中，我们随时都能

---

① 张炜：《诗性的源流》，文汇出版社 2006 年版，第 236 页。

感到他的童心，他经常用儿童的视角、儿童的情感、儿童的思维来刻画人物、结构情节。例如1985年发表的《童眸》，作品中两条线索并行，时空交织在一起，一条是主人公沈小荒童年的生活记忆，一条是已经成为一个机关单位团支部书记的沈小荒现实中的故事。他在内心深处怀恋着童年，一直与庸俗的“成熟”或曰“社会化”作斗争，无私地关爱着单纯固执、爱画画的杨阳，审视、抗拒着这个喧嚣的世界，跟杨阳一起艰难地守护着宝贵的童真。故事的结尾，沈小荒饱含深情地对杨阳说：“我准备给你讲讲我的童年，讲讲我的童年生活和童年的朋友……童年的朋友是什么？是田野，是树林和小河，是质朴和忠诚！……我要跟你讲我的童年的故事。我想你会画我们的芦青河，画我们的大海滩……”[①] 再如1995年完成的《家族》，也是张炜的长河小说《你在高原》的第一部。作品的主人公之一曲予，是曲府的少爷，他善良博爱，拥有一颗晶莹的童心：每当看到仆女闵葵垂下的眼睫时，会想到“傍晚时分一层层闭合的蜀葵花瓣”[②]；每当注视着被曲府捡来的孤儿清滆时，眼角会有“晶晶的泪珠”[③]，这里面所表现出的是没被任何世俗污染过的善良纯真的童心。总之，从早期“芦青河时代”一直到近期《你在高原》长河系列，这种童心一直贯穿于张炜创作的始终。是童心赋予他的作品童年的浪漫和纯真、动人的诗情与画意。张炜的童心是敏锐的、独特的，正像宋遂良先生所说：“当他平静下来，便仿佛能听到各种天籁之声，感受到日月精华、山川灵秀之气。”[④] 他怀着感激和敬畏来聆听

① 张炜：《童眸》，北京十月文艺出版社1988年版，第91页。

② 张炜：《家族》，上海文艺出版社1995年版，第9页。

③ 张炜：《家族》，第10页。

④ 宋遂良：《写不完的芦青河》，载《宋遂良文学评论选》，第92页。

和接受这来自大自然的神秘启示，然后在心弦上震颤成动人的诗篇。

二

“人性”是张炜作品极其突出且备受关注的又一特点。

张炜作品的人性，是他那种宽厚的心胸、博大的人文情怀的体现，是对真善美的弘扬、假丑恶的批判。首先说，他的这种弘扬，绝不是贴标签，绝不会类型化，而是充满了个性特点和感性色彩，并且具有强烈的时代感。再者，他的弘扬绝不是肤浅的教条，而是继承了古典主义的精纯与高尚，并达到了一种思想的深度和哲学的高度。40 年来，他的作品始终坚持着一个方向，那就是深入挖掘人性中的坚韧、善良，走进人物的内心世界，以大地般的悲悯，与其中的生命同歌共泣。他曾这样说过：“文学应该更勇敢地去接触生活、人生，面向正活着的这个世界。它一时一刻不能放松对于自身形式的探索的同时，也必须执拗顽强地去思考人的本身、人活动着的意义。”[①] 对于张炜作品的这种“人性”特征，以往的评论者也都注意到了，并把它概括为“道德感”，有很多褒扬也不乏批评，褒者赞美张炜是“社会的良心”[②]、“大地的守夜人”[③]，贬者失望地认为“坚守精神家园的张炜的道德理想在现实社会中的失败是

---

① 张炜：《苦恼》，载《张炜文集》第 5 卷，上海文艺出版社 1997 年版，第 119 页。

② 刘宏伟：《正义原则与“道德狂人”——一张炜长篇小说述评之一》，载《枣庄师专学报》1997 年第 2 期。

③ 张新颖：《大地守夜人——论张炜》，载张炜《致不孝之子》，山东友谊出版社 1997 年版，第 320 页。

不可避免的。张炜所奏响的只能是一曲日渐远去的传统的挽歌，只能是一份文化乡愁的抒发和表达”。[①]

我个人认为，把张炜作品中的“人性”概括为“道德感”过于简单化。道德与人性有时是契合的，有时又是疏离的。因为道德受时代和社会意识形态的影响较大，而人性则是永恒的。我认为张炜作品之所以被评论者（甚至他自己）认为具有“道德感”，是因为他的作品具有很强的时代感，尤其是他早期的作品，这种时代特征更为明显。而当代性往往与道德感结合在一起。但这并不意味着他仅仅是在为当代“道德”立言。如果一定把这种人性称作“道德感”，那它也是更贴近于哲学意义上的“道德法则”。他笔下的文字表现出的是对人性的强烈追求、执着呼唤、深广忧虑。他的作品对人性探索达到了一个作家很难企及的深度和广度。

张炜作品的人性书写，主要表现在以下几个方面：

（一）对真善美的弘扬，对假丑恶的批判

在张炜的小说作品中，随处可见他对美好人性的褒扬，对丑恶现象的鞭挞，这一特点一直贯穿于张炜的创作过程中，在他的早期作品中表现得尤为突出。《海边的雪》中的老渔民金豹，性情暴躁却有一颗金子般的心。他一生饱受苦难，含辛茹苦地盖起了自己的海边小屋，为了拯救暴风雪之夜迷途于茫茫大海上的两个年轻人，竟毫不犹豫地点燃了自己栖身的鱼铺子，连他积蓄了几十年准备盖一座房子的钱也在匆忙中化为灰烬。《童眸》中，善良淳朴的团支部书记沈小荒，对酷爱画画、重病在身的年轻人杨阳给予真诚的友谊和帮助，并用心去感受杨阳内心世界的美好、纯洁；他还因为妻子蓉真工作中偶尔表

① 张炜：《苦恼》，载《张炜文集》第5卷，第119页。

现出的一点官僚作风而不快，“当官不给民做主，不如回家卖红薯”的观念表现了他未泯的良知；沈小荒少年时的两个“伙伴”——看海滩的长乐与“不务正业”的胡头，是村子里有名的“浪荡人”，但他们为了保护从城里被遣返回村的右派子女“女特务”田萌，不顾自身的危险，勇敢地同没安好心的民兵营长斜眼老二斗争；虚伪功利的姜主任，依靠自己的逢迎周旋不断邀功请赏从而晋升有望；消息灵通的办公室机要秘书小关依靠拍马溜须、投机取巧顺利解决组织问题。

早在20世纪八九十年代宋遂良先生就这样评价张炜作品中的人性：

> 随便翻开一篇作品，都可以感受到张炜对他故乡的山川大地、父老乡亲的一片深情。我觉得张炜在气质上有一种强烈的人道主义精神，但他不是一般的悲天悯人，劝善惩恶，而是对劳动者的尊重，对善良的弱者感同身受的关切，血肉相依的亲近。有时他会情不自禁地给他挚爱的人物涂上一层理想化的浪漫主义色彩。对于农民身上陈旧观念、习惯势力的烙痕，他也总是温存地去熨熨，他小心翼翼地擦拭着他们精神上的创伤，甚至不忍心用碘酒去消毒。①

善良或许是人的天性。经历过童年苦难的张炜格外珍惜来自他人的善意、关心与温暖。因为在苦难的战栗和挣扎中，人是多么的无助，哪怕别人一个善意的眼神都是对痛苦的心灵莫大的安慰，如同甘霖，这是在温暖环境中长大的人不太容易体会到的。也正是因为这种珍惜，他会本能地对人性的恶保持一

① 宋遂良：《他描绘的是一个美好而多情的世界》，载《宋遂良文学评论集》，第78页。

种高度的警惕与抗拒。因此，他对善的热切渴望和对恶的深切憎恶，我们也就不难理解了。他说："我自己缺点和弱点很多，却对人性、社会、人与人的关系、自然环境、道德状况，要求很高，甚至还有点苛刻。对黑暗的东西不能容忍。我在许多时候是忧虑和不满的，有时竟然非常愤怒。情绪激烈时，表达上常常是冲动的。同时也深深地热爱着一些事物，对自然，对友谊，对各种美，有一种说不出来的柔情。因为童年的艰辛，我特别不会忘记并且一直感激着来自他人的善意和帮助。"①

（二）对历史过错的批判，对人类行为的反思

如果说，对真善美的弘扬，对假丑恶的批判，体现出张炜作为一个仁者的道德追求和人性基准，那么对历史过错的批判和人类行为的反思，则体现出一个思想者的觉悟和人性高度。

历史是由人创造的，一切历史事件，都是人的欲望的达成、人类行为的结果。每一个历史错误，都包含着人性的荒谬与悲剧，对历史的批判，也必然包含着对人性的反思。从最初的"芦青河时代"，他就开始了反思，如《一潭清水》中反思了生产责任制带来的社会问题；到了"秋天三部曲"，这种反思就更加显著，他带着思索和愤怒质问着秋天的大地；到了《古船》时期，这种反思更加深刻有力；再到《家族》时期，他把这种反思和批判推向了高峰。

创作于 1986 年的《古船》是张炜的代表作之一，充分表现了他的这种反思与批判。《古船》的故事发生在胶东半岛上的一个古镇"洼狸镇"，反映了这个古镇从新中国成立后一直到改革开放几十年的历史变迁、血雨腥风，不但表现出了中国

① 张炜：《太多的不安与喜悦》，载张炜《纵情言说的野心》，湖南文艺出版社 2013 年版，第 327～328 页。

农民的苦难，还表现出了人类的苦难。主人公隋抱朴是个沉默寡言的农民，但他又是一个思想者，他思考着洼狸镇的历史、现在与未来，思考着人与人类，他已经不是一个只局限于一己之利的农民，而是一个走出了个体存在的“大我”。他说：“我不是恨着哪一个人，我是恨着整个苦难、残忍……”[①] 他还说，“人哪，你到底能走多远？就一直走下去吗？让人最害怕的不是天塌地陷、不是山崩，是人本身。”[②] 人类怎么才能走出困境？人类何时才能得到自由？他思考着，恶贯满盈的赵炳及其爪牙赵多多带给了洼狸镇太多的苦难，但如果他们被代替了，苦难和残忍就会结束吗？也许只是苦难的再延续。当一心想着复仇的隋见素想要拉下赵多多，由自己掌控粉丝厂时，隋抱朴极力劝阻，因为他早已认识到，罪恶不仅仅只存在于某几个人身上，隋见素上去了，粉丝厂姓隋了，并不能带给镇子里的人幸福。人类本身既有的贪婪生生不息，孽根不除，苦难难免。而且，苦难一有机会就会抬头、繁衍。张炜借助隋抱朴这一形象，对历史、对苦难、对人性进行了全面反思，并指出了人类获得自由之路：人只有抛弃了自我私欲，回归人性的本质，才能架起洼狸镇这艘古船，扬起时代的风帆，驶向大海，驶向自由的未来。

这篇小说还对胶东地区土改政策的失误、“文革”的暴行等，进行了深刻反思。宋遂良认为：“《古船》还第一次深刻地反思了我们党、我们民族、我们革命的历史上的失误，这是非常勇敢而又正确的。”[③] 他说：“张炜在写作之前曾在省档案馆

---

① 张炜：《古船》，作家出版社 2013 年版，第 199 页。

② 张炜：《古船》，第 195 页。

③ 宋遂良：《一个作家的境界与追求——在“张炜文学周”研讨会上的发言》，载张炜《致不孝之子》，第 339 页。

整理过上千万种的山东省历史档案，他从中看到了每一个历史过程的记载，看到了我们党为纠正这些失误而采取的措施。”①总之，张炜在这篇小说中不遗余力地拨开历史的尘埃，挑开已经愈合的伤疤，让它鲜血淋漓地展现出本来的面目，不苟且，不掩饰，只为了未来。“谁为这血腥的历史买单？谁为这历史的血腥买单？”隋抱朴深深地质问苍天，答案当然只有一个，那就是人类自己，人类如果不自救、不自赎，将永劫不复！其实，一切苦难的历史，一切历史的苦难，都是由人造成的，那么所有的反省和批判，归根结底都是对人、对人性的反思和批判。

长河小说《你在高原》中的《家族》，将这种反思和批判进一步深入到人性和历史的深处，不但对新中国建立后的各种运动进行反思，而且对新中国成立前的那段腥风血雨的历史、对我们伟大的革命也做了多方面的质疑，对这个过程中人性的善恶进行了深入的剖析。

这部小说演绎着两个家族（北部平原上的曲府与南部山区的宁家）四代人的悲剧。从曲府老爷、曲予到曲绮；从宁周义、宁吉到宁珂，最后落脚到第四代人——曲绮和宁珂的儿子宁伽，他们个性不同、经历不同、信仰不同，悲剧的命运却那么相似，一切的根源皆因人性。人们常说，历史总是惊人的相似。历史上的政治团体或政党，不论持有多么冠冕堂皇的理论和主张，都是由人来完成的。同一政治团体的人，可以有共同的政治信念和追求，但人的本性却是复杂的，也很难因团体主张而改变本性。有些时候可以将本性遮掩、隐蔽起来，但无法

① 宋遂良：《一个作家的境界与追求——在“张炜文学周”研讨会上的发言》，载张炜《致不孝之子》，第339页。

改变。新的历史舞台上往往演绎着旧有的悲剧，这真的需要我们警惕和反思。“不同的时代总有那么一些命运相似的人：挑战者与被挑战者，天生的胜利者与天生的失败者，不可侵犯者与固执的质疑者……”[①] 如果人性不改变，即使一个政治团体胜利了又能怎样呢？常常只是意味着社会格局的又一次洗牌，利益的又一次分配，施暴者与被施暴者的又一次角色互换而已。这不由得让人想到中国历史上一次又一次的农民起义。《家族》的结尾处，当曲绮带着母亲闵葵即将离开曲府逃亡荒原时，内心不禁涌起了这样的喟叹：“爸爸，你知道吗？我和妈妈天一亮就要离开，离开就再也不回了。我们家以全部的热情、生命和鲜血投入的这份事业成功了，胜利了；但我们家却失败了。这是真的吗？真的，虽然我不知道为什么……”[②]

他剖析着历史的荒谬与矛盾，人性的复杂与可悲。小说中的殷弓是一个勇敢的革命者，是个坚定的共产党人，在革命斗争中他有勇有谋，带领着我们的队伍经过艰苦卓绝的斗争终于换来了革命的胜利。然而，在革命的过程中，他的阴暗心理、他的忘恩负义、他的专横嫉妒，使他欠缺了光明磊落的胸襟，失去了人性的光辉。曲予救了他的命，并给予他的队伍数不清的帮助，他后来却过河拆桥，漠视他和他的家庭，是一个十足的功利之徒。他利用宁珂，利用阿萍奶奶，利用李胡子，利用一切可用之人，但过后都一脚踢开；革命胜利后，他因为得不到曲绮，因为嫉妒宁珂，而无情地把宁珂打倒，将这个为革命奉献了生命、热情和财力的家庭毁掉，而且到死都不肯说一句公正、真实的话，不给他们翻身的机会，多么的可悲。《家族》中有段描写十分精彩：

---

① 张炜：《家族》，第 521 页。

② 张炜：《家族》，第 533 页。

> 我不明白那个蜷伏在轮椅上的人——一个即将告别人世的、建立了丰功伟绩的人，为什么会在具体的事物上表现出那样的冷酷和无情？真荒谬。这种巨大的矛盾我今生都难以理解。他亲手平息了那么多的残暴，却又不停地制造出新的残暴。他身上已经是功过纠缠、善恶并生。他不勇敢吗？他曾经九死一生，身上疤痕累累；可是他卑小胆怯到不敢面对一个真实……[①]

这是一个多么复杂矛盾而又可悲的人物，他把人性的荒谬演绎到了极致。该作品又说：

> 这片平原，我该憎恨还是挚爱？宁珂好不容易才敢正视这样一个现实：八司令的主要人手都来自平原。也就是说，残暴和丑恶就是这片饱受蹂躏的土地自己滋生出来的。再也没有比这个更加难以让人接受的了，再也没有比这个更为不幸的了。[②]

“八司令”（八个土匪团伙）为非作歹、祸害乡里，对此，宁珂既义愤填膺、痛心疾首又满怀着难言的苦痛，他追问着脚下的大地，应该憎恨还是挚爱？因为正是在同一个母体上，善恶共生。他不是代表正义和良知大义凛然地去审判，而是以一颗悲悯之心去承受、去体味，体味着生养自己的土地，体味着这片土地上的人，承受着人类善恶共生、手足相残的不幸，这是一种大情怀，大悲悯。

在历史的舞台上，在自然的天宇下，人类的过错无处不在，即使是我们都习以为常的现象，张炜都能像个明察秋毫的医生，把它们一一诊断出来：

---

① 张炜：《家族》，第 84 页。

② 张炜：《家族》，第 140 页。

> 哦哦，我们的葡萄园，我们用血汗和泪水浇灌的葡萄园，我们的令人痴迷又令人癫狂的葡萄园，你为什么这么小又这么苍老？多少人在你身边争斗吵闹，折损了你的茎叶，把你整得血迹斑斑。你结出了甘甜的果子，你的果实美丽如处女的眼睛，或者说处女的眼睛美丽如同你的果实——而人们又是怎样对待这些果实呢？他们眼看着它被糟蹋、在架子上慢慢烂掉。每天清晨你都在哭泣，泪水落在沙土上。你在哭自身的命运，还是在哭与你相处的人类？①

人类不仅自我相残，人类还在残害着自然——我们的母亲。

张炜何以有这样的反思力？这自然可以简单地归结为他思想的深刻。但事实上，我们不妨从他的个性修养上去寻找根源。天生的气质和后天的成长环境，使他自幼孤独，并养成了一种内敛、敏感的性格特质。从心理学上分析，这种性格的人极易进行对内的探索和对外的质疑，也就是自我剖析和冷静观察。历史上不乏这样的典型人物，庄子、鲁迅都是这样的典型。这与性格活泼开朗的人十分不同，后者更容易在人际交往中得到快感和成就，独处的寂寞和静静的沉思往往是他们的大敌。张炜所形成的这种对内探索、对外质疑（即自我剖析、冷静观察）的性格习惯，对他的思辨力、判断力的形成起到了极大的作用。这使他在任何事物、任何社会现象、任何潮流面前，都能冷静思索、判断，绝不盲从。面对一个社会现象或潮流，他都会站住，思考这个潮流的问题，只有被说服了，才会跟上，但一般的说服不了他。他这样说过："每一个潮流来了，我都考虑它为什么与这么多人达成妥协。迅速地跟多数人达成

① 张炜：《葡萄园》，载《生长蘑菇的地方——张炜中短篇小说精品选》，作家出版社2012年版，第109～110页。

妥协，无论是一本书、一个国家发展的方向，或者一个思想、一场革命、一个政策，里面肯定有大量的错误、荒谬、欺骗、谎言，只有这些东西才能最容易在最浅层次上跟大众达成妥协。（因此）你一定要站住，不要跟着潮流走，要考虑这个潮流的问题在哪里。这是我从很年轻的时候就给自己定的规矩。"此言不虚。众所周知，他的作品从没有跟过风，也不曾属于任何一个流派。他还说："在潮流面前一定要努力寻找个体，因为个体是最容易被潮流淹没的。"这番话确实能够警醒我们这些不断被淹没在潮流里从而经常失去判断力和思考力的人。正是这种冷静不盲从、任何时候都能独立思考的个性及修养，使张炜能够对人性进行持续深入的探索，对社会不断进行反思和质疑，并从当前的潮流一直上溯到过去的历史。

（三）对生命的敬畏，对自然的守护

张炜作品的人性的书写不仅指向人类社会，还扩展到动物、植物等一切生物乃至整个自然界。从他的早期作品到近期作品，无不体现出他对自然的挚爱，对生命的敬畏，这表现出了张炜作为一个大地守护者的坚定勇敢，也体现出了其人性的宽度。在他笔下，大海滩、芦青河、葡萄园、玉米地、天空原野、远河远山，无不让他魂牵梦绕；那些让人眼花缭乱的花草树木、数不清楚的鸟雀虫兽，他都如数家珍，并赋予他们灵性。自然是他心中至高无上的母亲，他在一篇篇作品中不厌其烦地诉说着对大自然的赞美和迷恋。

我认为，人性不仅仅表现在社会生活中，表现在人与人之间的关系上，还表现在人与自然界的一切有生命的和无生命的存在的关系上，张炜作品的人性恰恰覆盖了这些层面。"我们热爱自然，保护自然，不是因为害怕报复，更不是为了有效地索取，而仅仅因为她是万物之母，她的无可比拟的美、她的神秘动人，还有——我们只是她的一粒微小的分子……”[①] 他在评价杰克·伦敦的两部写狗的小说时说：“所以说，关键不在于作家写了动物还是其他，而在于他对人性理解的深度，对社会牵挂的深度，更在于他的善良，他的博爱。这才是致命的。”[②] 这种人性的深沉和博大已经让我们无以言说，也绝不是受时代局限的道德所能够涵盖的，这是人性的极致，也是对于生命和自然的终极关怀。

是的，人的生命是自然界所有的生命之一种，“它们”与“我们”都是大自然的一分子，都一样卑微，也一样高贵。作为一支“会思想的芦苇”，人，堪称万物之灵，但却不是万物的主宰。这让我想到了现代著名诗人冯至的一首诗《我们站立在高高的山颠》：

> 我们站立在高高的山巅/化身为一望无边的远景，/化成面前的广漠的平原，/化成平原上交错的蹊径。/哪条路，哪道水，没有关联，/哪阵风，哪片云，没有呼应；/我们走过的城市、山川，/都化成了我们的生命。/我们的生长，我们的忧愁/是某某山坡的一棵松树，/是某某城上的一片浓雾；/我们随着风吹，随着水流，/化成平原上交错的蹊径，/化成蹊径上行人的生命。[③]

诗人站在高高的山巅，呼吸着大自然的气息，感受着生命之旷远，及生命与自然交流的过程，遂达到物我相融。这是对生命本真的体验，是对人类生命与万物互相渗透且周而复始的体验。读张炜的作品往往也会产生这样的同感，他表达出的是

---

① 张炜：《午夜来獾》，作家出版社 2011 年版，第 12 页。

② 张炜：《两部写狗的小说》，载《午夜来獾》，第 19 页。

③ 冯至：《十四行集》，华夏出版社 2011 年版，第 80 页。

同样的可以涵盖生命和自然的人性宽度。

在张炜的很多作品中，我们还常常发现一个关于乡村和城市的主题，一个差不多的故事模式，那就是对城市的厌恶与逃离，对乡村的眷恋与回归。从发表于 1985 年的《童眸》，到《古船》《黄沙》《请挽救艺术家》《沙岛纪行》，再到《九月寓言》《我的田园》《远山远河》《外省书》《能不忆蜀葵》，直到《你在高原·西郊》等，张炜小说中这个主题似乎不断在重复，这种“城市”意象与“山水田园”意象的对立持续存在并越来越显著。不少评论者认识到这一点，并归结为这是张炜“对城市文明的拒绝，对乡村文明的呼唤”，其实，这是一个真正的误读。“这里很容易出现一种不加仔细思索的‘误读’，似乎是张炜明显地提供了一个现代工业文明和农业文明对立的模式，在价值取向上表现出田园主义的历史反动。这一许多人都耳熟能详的说法套在张炜身上过于牵强。”[①] 这种误读的根源在于没有看到张炜思想的内核或者说实质——他赞美的不是乡村，是大自然；他摒弃的也不是城市，是人的异化，是文明对自然的悖离。张炜特别重视康德的一句经典名言——我敬畏天上的星空和心中的道德律。这是康德《实践理性批判》中的一句话，也是他墓碑上的碑文。张炜说：“他（康德）所敬畏的天上的星空和心中的道德律是一体的。太奇妙了，他敬畏的东西。心中的道德律是什么？不是指后天的文明、教导的这一部分——哪是对的、哪是错的，不是，而是叫上帝也好、无所不在的力量也好，像打造自然一样打造人的生命的时候注入的。只要是人，无论多么坏、多么好，他都有一种道德律，（它是内心的良知）。很怪，这个良知不是后来给予的，是生命生成

① 张新颖：《大地守夜人——论张炜》，载张炜《致不孝之子》，第 327 页。

的一刻被注入的，就是这个东西是康德敬畏的。再就是大自然。我不是歌颂乡村，我是歌颂康德所敬畏的二分之一部分（此指天上的星空，即大自然。笔者注），严格讲是一个事，他心中的道德律和天上的星空是一个事，然后分两句话说了。很多人……他心里没有一点人文情怀，一点这方面的素养也没有，很容易在评论时走向了简单的二元对立。这只能说明他心里边不丰富，只有说成二元对立，他才有话说。我是最反对二元对立的。（康德的）这两句话，说出了最根本的东西。我回头看我小时候的作品和我现在的作品，特别是看我过去的作品，我马上想到康德的这两句话。我小时候哪懂康德的这两句话？（我）不是在他这两句话的牵引下写的，而是康德的伟大之处在于，他的这两句话可以涵盖、可以抓住一切事物的本质。比如我小时候写的作品，很幼稚，我特别爱读，（可能是上了年纪），我觉得就是我亲近大自然。”通过张炜的这段谈话，我们能够认识到，他认为他的创作自始至终体现出的都是“敬畏的是天上的星空”，尽管他小时候并不懂这个道理。因此，他的目的并不是歌颂乡村，不是对田园主义的歌颂，更不是对历史文明进程的阻挡，一切皆起因于对自然的敬畏与挚爱，他之所以反复描摹乡村、山水田园的质朴、美好，是因为它们最贴近自然，是自然的载体；他之所以每每写到城市的喧嚣、嘈杂、丑陋、虚伪，是因为城市化的进程中，文明悖离了自然。他担忧，这样的文明能走多远。他认为，不管是文学家还是哲学家，他的使命之一就是在历史的潮流中站定，不但要找到自我，还要坚决地捍卫自然。

值得注意的另外一点是，在张炜笔下，乡村、田园，不仅贴近自然，承载自然，从更深层次上说，也是他精神家园的象征和载体，是他的人文主义理想的寄托。“他以理想的人文主义精神的基尺，呼唤‘大地’情怀。在这些作品中，‘芦青河’、‘葡萄园’、‘野地’、‘田园’等，已不是实体的存在，而是一种寄托，一种理想化的‘倾诉之地’，一个离弃了现实的丑恶，并使不安的心灵得到安顿的处所。”①

张炜的作品的人性体现出了他的思想深度和哲理高度。尽管很多人认为，写小说的人，搞文学创作的人，只能成为一个小说家、一个文学家，不可能成为一个哲学家、一个思想家。但他还是让自己的文学创作走向了哲学思想。哲学是什么？哲学就是关于自然和人本质的探索。张炜是换了一种方式、一个角度，来阐释他对自然的思考和敬畏、他对人性的本质与生命意义的追问。从他几十年的创作实践中，我们看到了他对自然的守护，对“至善”的追求，对无上的“道德法则”（道德律）的实践与体验；我们看到了他的思想，看到了德国古典哲学对他的深远影响。康德所敬畏的“天上的星空与心中的道德律”既涵盖了张炜的创作实践，也将继续牵引着他的创作方向，仿佛山那边的曙光，虽然永远无法接近它，但它指引着创作的方向。相信张炜会在这条路上一如既往、义无反顾地走下去，无论路途多么遥远和坎坷。

三

诗性与人性是统一的，是一体两面。诗性与人性在张炜先生的作品中高度融合，这是新时期的其他作家很难达到的。文学作品如果仅仅偏重于诗性，那么往往走上为艺术而艺术的模式；如果仅仅注重人性的弘扬，道德的言说与阐释，那么作品就会成为

① 洪子诚：《中国当代文学史》，北京大学出版社 1999 年版，第 350 页。

政治宣传或道德说教的工具，远离了艺术的本质。在张炜的作品中，诗性与人性结合紧密，相得益彰，相辅相成。从本质上看，诗性本身就是人性美的一种表现；从表达上来看，其人性的书写是借助诗性的表达来完成的，“文学是生命的诗意想象”①。从他们的相互关系上看，人性是诗性的出发点，欠缺了人性的作品就难以有真正的诗性；诗性是人性的最高境界，是生命的终极追求，因为人的最高理想就是“诗意地栖居在大地上”。因此无论如何，他们是统一的，互为表里的，是一体两面。只不过很多创作者并没有意识到，而张炜却抓住了这个真谛。

张炜作品的诗性与人性之所以是统一的，还因为它们都源于一个共同的母体——自然。如果把自然比作他最钟爱的芦清河，那么人性就是芦清河的汤汤流水，诗性就是水上扬起的浪花，它们共生共存。从前文的分析中我们已经看到了他与大自然的密切关系，大自然对他诗性的启迪、人性的涵养。这种影响均出自他对大自然的敬畏之心。

40 多年来，张炜的创作从来没停止过创新，但分明又在坚守，坚守的正是这种一以贯之的诗性与人性，这无疑是他作品的灵魂。从“芦青河”、从“大海边”一直到“高原”，他始终沿着一条诗性之路走来；从纯净的“声音”、从清澈的“童眸”一直到沉重的“家族”，他在走向人性的完整，走向生命的深处。

读张炜作品，我深深感到，文学是哲学，文学是美学，文学是诗学，但归根结底文学就是文学，因为所有的哲学、美学、诗学终究都是人学。也正是从这个意义上说，文学是不死的，只要有人类存在，它就将与人类一起永存。

---

① 张炜：《午夜来獾》，第 32 页。

■王万顺[*]

当代作家的多重文学身份

——以张炜为例

丰富的中外文学经验告诉我们，杰出的作家几乎无一例外都是多面手，他们不仅小说、诗歌、散文、戏剧诸体皆擅，而且有的还热衷于从事批评、编剧、导演、记者、编辑、出版人等职业。至于在文史哲、美学、文化艺术等人文范围内的造诣、修养或综合素质，亦相当深厚富足，有的取得了累累硕果。“杂食”才能“多产”“优生”，这个道理不言自明。相对来说，由于所处的时代背景、社会境遇等特殊原因，新中国及新时期成长起来的几代大陆作家大都营养不良，存在先天的缺陷，比如所受教育水平普遍不高，文学资源贫瘠，精神上带有不可涤除的“遗毒”、无法弥合的创伤，等等。凡是想继续走下去有所作为的作家，不得不依靠后天的勤奋，学习和创作同步，知识上采取恶补的方式得以快速积累和自我提高，而思想、精神、文化上的修葺则主要通过借鉴、自省、追索和批判继承得以自我完善。张炜（1978 年考入烟台师专中文系，毕

* 王万顺，潍坊学院副教授，中央民族大学博士后。

业后分配到山东省档案馆工作，在当代作家中第一学历较高）就是其中较为自觉的一个，也是难能可贵的一个，因而才得以从为数众多的当代作家群中脱颖而出，引人注目。在新时期以来的中国文学史中，张炜一般以小说家或散文家的身份被载入史册，显示了人们对其文学身份的普遍认同。事实上，除了广为人知的小说家和散文家的指称，他至少还是一位诗人、“学者型作家”“准文论家”或“准批评家”，也是一个较为严肃的思想者。

一、作为小说家的张炜

众所公认，张炜首先是一个小说家。尽管早年尝试过诗歌、散文、戏剧、报告文学等体裁写作，但最终立身扬名的还是小说。如果从 1973 年写下第一个短篇小说《木头车》算起，已经风风雨雨走过了 40 多年的文学创作历程。若以 1980 年在《山东文学》上公开发表作品《达达媳妇》作为登上文坛的起点，或者以两年后加入中国作协山东分会作为标志，至今也有 30 多年的时间。据他自述，在出道之前，曾经写下了几百万字的东西，但“这些东西几乎一个字也没能发表。我折过笔、摔过墨水瓶”。1982 年是张炜的“发迹”之年，凭借《声音》获得了国内短篇小说的最高奖项——中国作家协会颁发的“全国优秀短篇小说奖”，与梁晓声、蒋子龙、铁凝等同台领奖，开始拥有全国知名度，文学之路从此通达。张炜对长、中、短篇小说皆得心应手。除了 1986 年发表的长篇小说《古船》，90 年代初以前主要以短篇和中篇为主，代表作品有《声音》《一潭清水》《黑鲨洋》《海边的雪》《冬景》以及《秋天的思索》《秋天的愤怒》《童眸》《葡萄园》《蘑菇七种》等。进入 90 年代，国内“长篇小说热”持续升温，像其他雄心勃勃的作家一样，他把主要精力放在了长篇小说写作上，到今天陆续发表了《我的田园》《怀念与追记》《九月寓言》《柏慧》《家族》《远河远山》《外省书》《西郊》《能不忆蜀葵》《丑行或浪漫》《刺猬歌》《你在高原》系列、《半岛哈里哈气》《少年与海》等长篇大作。据不完全统计，张炜正式发表（选摘作品不重复计入）的作品大约有：短篇130多个，中篇20余篇、长篇19部。

对于张炜小说的创作成就，国内几部重要的文学史做出了高度评价，并且将他作为一个较为特异的作家来对待。但他的独特性使得人们对其文学定位和归属问题处理起来颇为棘手。通过检阅可以发现，他大多时候徘徊在各种思潮和流派之外，虽偶有被拉进论及，但从来没有成为中坚代表人物，几皆被另立名目以“其他作家”来归类。新时期以来，小说方面重要的文学现象或思潮有伤痕文学、反思文学、改革文学、知青小说、寻根文学、意识流小说、先锋文学、新写实、新历史主义、私人写作、新生代，等等，与张炜切近的似乎只有改革文学、寻根文学和新历史主义。他虽自称是“知青”代，但其创作不属于知青文学。早期作品被许多论者列为“农村改革文学”，孔范今、洪子诚等编著的文学史予以采纳。同时，《古船》与《浮躁》（贾平凹著）等也被看作是“改革文学”，但“它们的容量加大了，主题深化了，尤其是在题材的超越上更有所进展”。《古船》作为后发作品，刚刚搭上“改革文学”的末班车。由于人们对于“改革文学”评价不高，以《古船》为代表的一些作品以其历史厚度、丰富内蕴、上乘质量冲决出了这一类型范畴。到了“寻根”时期，李庆西、季红真、南帆等多论及张炜，为的是弥补以地域划分的缺憾，称之为齐鲁或山东“寻根派”作家代表。其实，此时期张炜的“寻根”意识并不太强，只有《黑鲨洋》《海边的雪》《海边的风》等几篇，且带有较为明显的模仿海明威的痕迹。有人还把《一潭清水》划为“寻根文学”，显然它更应属于“改革文学”（农村）范畴。也有人把张炜列入“新历史主义小说”，以《古船》《家族》为代表，严格来说，也是一种误读。恰恰相反，“新历史主义小说”是相对于新时期以前“革命历史小说”以及像《古船》这样注重“史诗性”、对历史有着宏阔表现的小说而言。对于张炜的定位和评价，常见的是将其划入地域作家群（如王润滋、矫健）、乡土写作（如陈忠实）、民间表达（如李锐、韩少功）、人文精神立场（如张承志、史铁生）、纯文学（如王安忆）等范围，与其他作家相提并论。文学史研究对张炜定位的尴尬恰恰表明了作家的独异性，他不是一个可以随便归类的小说家，他的小说创作应该得到更多重视和研究。

二、作为散文家的张炜

在张炜的文学版图中，另一个庞大的组成部分是散文。如果从字数来看，他的小说创作量最大，达七八百万字之巨；而从篇目来看，写得最多的是散文、随笔、文论等篇什，包括访谈文字在内，不下五六百篇，累计字数在两百万字以上。除了“长篇小说热”，20 世纪 90 年代的另一大文学景观是“散文热”。其中最为引人注意的是文化散文或学者散文的兴盛，余秋雨、汪曾祺、张中行、张承志、史铁生、周涛等是当时备受追捧的散文家。张炜或可纳入其中，但他的散文更多的是发挥“文化批判”功能，刻意而为的历史容量及文学审美性稍弱。其散文家身份为人们所知，主要来自于《融入野地》一文的影响。《融入野地》不仅仅是一篇散文，在 20 世纪 90 年代初的

“人文精神大讨论”中，被人们当作宣言来看待，是“一代知识分子精神的写照”，因而具有了特别的意义，其影响以至于遮蔽了也被认为是配合高蹈的人文精神立场写成的长篇小说《我的田园》和《柏慧》。自此，人们对张炜散文的判断基本以精神姿态、思想含量和诗性表达来予以认同，基本确立了散文写作的文风基调。张炜的散文始终持有城乡对比的眼光，迷恋于农村自然地理和生活方式，对现代化进程带有深深的怀疑甚至是抵抗，同时弥漫着悲天悯人的人道主义情怀，以及对人性和人本身及与世界关系的形而上思考，与他的小说创作在思想上形成鲜明的互文同构关系。张炜执着于多文体写作，后期的散文创作更能体现他的文化关怀或文化情结，比如2009年出版的文集《芳心似火：兼论齐国的恣与累》，就是在钩沉消失的“齐国文明”时所作的对中国历史文化的反思，意在试图通过重绘齐莱故国的文化地图，为民族文化和时代精神寻找新的栖息源地和传承关系，重新塑锻传统文化精神。另外，随着所谓的“生态文学”研究的兴起，张炜的散文被视为一个典型个案，作品包含那些抵抗现代化、表达大地立场、自然书写以及一些怀旧性文字，体现了他既“保守”又“激进”的姿态。

20世纪90年代的“散文热”同时引起了对散文这种文体的探讨，针对涌现出来的形形色色的散文现象，争论也很多。张炜的观点是其中较受重视的一种，但是以批判态度为主。在他看来，写一手好的散文是一个作家必备的才能，是一个具有良好文化素养的人的基本能力，他不主张刻意为文，反对“作文”式的散文写法，反对“匠心谋划”，反对流行的“报刊散文”，对所谓的“艺术散文”也表示不满。他推崇中国古代散文传统，强调散文的使用性、实用性，认为它是目的性很强的一种综合性文体，“可以是言论、书信、日记、回忆，也可以是一个人在特定时刻里的自吟自语”。基于这样的理念，张炜的散文具有质朴率真的特点，不注重形式技巧，内容上务求言之有物，具有现实针对性，大都充满极强的表达欲望和特别的写作意图。张炜的批评和忧虑并非没有道理，后来散文的衰落证明了他的清醒。

三、作为诗人的张炜

笔者曾发表过两篇总题为《作为小说互文性的存在或其他》的文章，以张炜为个案尝试探讨“小说家的诗”，以期引起人们对“小说家诗歌创作现象”的注意。为文的出发点和旨归是对于作家的文学身份要有一个全面的认识，而不能抓其一点不及其余，一叶障目，不见泰山，影响对作家总体的判断以及对个别细部的理解。对张炜来说，我们熟知的是一个小说家或者是散文家，可能并不太了解作为诗人的张炜。张炜多次声言，他首先是一个诗人，作家必须拥有一颗诗心。文学的本质是诗。而且，张炜小说的一个重要特点就是诗化品格。遗憾的是，我们对于他的诗歌创作知之甚少，发掘和认识不够。

张炜从事文学创作之初，涉足的第一种文体就是诗。据自述，在70年代中期他曾经发表过一首诗，收在一个集子中，惜乎已经遗失；他还多次提到《诗刊》复刊（1976年）时的一次投稿经历，当时该杂志拟采用他的一首组诗，但因为“形势发展很快”而未能发表，备受打击。[①] 大学期间，张炜参与主编了校园油印刊物《贝壳》，刊载了短篇小说《春生妈妈》，

① 参见《午夜来獾：张炜2010海外演讲录》，作家出版社2011年版，第180页。

同时还有一首与他人合作的诗歌，使用的是笔名。跟其他作家一样，眼见诗歌之路难通，转而把主要精力投在了小说创作上，但他一直没有放弃诗歌。成名之后，发表的机会自然增多，他在《诗刊》《作家》《上海文学》等刊物发表作品，一些重要诗作发表于 1996 年、1997 年。目前，他已经正式出版了 3 本诗集：《皈依之路》（东方出版中心，1997 年），《家住万松浦》（时代文艺出版社，2005 年），《夜宿湾园》（上海文艺出版社，2008 年）。通过民间渠道自印过一本诗集——《张炜的诗》（水云社，2008 年）。我们能够看到的张炜的诗歌数量不是太多，大约一百首，但以动辄数百行、上千行的长诗及组诗为主，也最具特色，最能反映他的创作水平和艺术个性，比如《皈依之路》《午夜半岛》《折笔之哀》《马眼少女》《东去的居所》《无花果的花》《家住万松浦》《半岛札记》《饥饿散记》《松林》《1999 年的春天》等。这些长诗和组诗以作者生于斯长于斯的故地——胶东半岛为地理背景，叙述内容多以作者的童年经历、家族历史以及望乡情感为线索，融进了悠久、浑厚、庞杂得令人惊异的地方历史和以海滨文明为特点的东夷文化，充溢着丰沛新奇的故事、传说、神话等民间文学元素，抒发的是对高天厚土大海森林万物生灵的无限热爱之情，思绪万千，感情炽热，用诗的形式和节奏一次次完成了对这片土地的朝觐和祭献。

作为所谓“跨文体写作”的一个代表人物，张炜在诗歌界有一定知名度，跟国内的诗人和诗评家多有接触和交流。一些诗作被译介到国外，他也曾经在国内外一些诗歌聚会中朗诵作品。他曾有过成为一个诗人的念想，但觉得诗歌的难度太大，对自己的作品也并不满意。张炜没有“玩”诗歌的心态，而是真正地喜爱诗、写诗，有志于在发展繁荣当代诗歌事业方面做出力所能及的努力。比如，完全是出于一个诗人才能有的想法，2006 年在由他主持的“万松浦书院”内成立了国内第一家非营利性的“诗歌图书馆”，馆藏以现当代诗歌为主，包括国内外、中国古代的诗歌作品集和相关的学术论著，也收藏手稿、影像和录音等资料，还不定期举办诗歌活动，邀请国内外知名诗人前来做客，进行诗歌交流。

四、学者型作家

20 世纪 80 年代初，针对作家队伍普遍存在的知识欠缺、作品格调不高、缺少大作家等问题，王蒙率先发出了“作家学者化”的呼吁，引起了极大反响，得到了作家们的广泛呼应。“作家学者化”曾经是中国现代文学的一个传统，而且也是世界文学范围内的共有现象。它的提出具有特定的历史背景和现实原因。新中国成立甚至是延安文艺时期以来，由于长期受到主导性的毛泽东文艺思想和频繁的政治文化运动的影响，对包括“十七年”作家在内及新时期登上文坛的作家来说，普遍存在着文化水平低下、现代文学传统断裂、知识背景贫乏等缺陷，作家作品的状况可想而知。“作家学者化”首先让作家对自己的文学素质有了一个清醒的认识，直接推动了作家学习的热潮；反映在作品上，则是深度、广度和高度有所超越，表现出较明显的感性思维和理性思维相交织的特点；同时催生了另一个意想不到的反方向运动——“学者作家化”，上面提及的“学者散文”即是受此促动的结果。

包括张炜在内的许多作家对“作家学者化”表示赞同。“我认为没有一个真正的作家不是学者型的。所有非学者型的作家都不太可靠，不够格。”“不是学者型的就不是作家，但是学者不一定就是作家。”张炜认为，学者化是“作家”作为一个指标所包含的必备条件，是题中应有之意，否则就成不了优秀的作家，只能被淘汰出局。正是恐惧于此，他才发奋学习和研修，古代文学、地质学、植物学、外语、自然地理、美术、地方文化……都是他关心的内容。于是，在他的文学创作中出现了许多泛文学及非文学专业的内容就毫不奇怪了。比如，长篇《我的田园》又题为“一个地质工作者的手记”。在《你在高原》系列十部书中，主人公宁伽就是一个大学专业为地质学、从事过科研工作的人。张炜用地质学家的眼光打量大地，推敲山河，充满专业术语和学者视角的描述；他笔下的人物以知识分子为主，大都具有学者身份；作品中突出的奔走流浪主题也与此息息相关。如同米兰·昆德拉推崇赫尔曼·布洛赫，张炜欣赏南非作家库切，原因都在于后者小说中呈现的结构上的“复调”特征，作者往往将以往视为毫不相干的非小说元素（如散文、诗歌、学术论文等）与其他部分以等同的地位并置或杂糅其中。在《你在高原》一书中，张炜就做了许多尝试，收到了非同一般的效果，这是当代学者型作家走得较远的实例。

今天，关于“作家学者化”的讨论仍然不断，其极端后果是作家转身成为学者，代表人物如王蒙、刘心武、梁晓声等，他们关于中国古代文学、文化、社会学的研究成果至少在大众市场上受到了一定欢迎。与王蒙、刘心武等人一样，张炜在文化研究方面也有参与和收获，主要体现在徐福研究、齐文化研究以及古代文学研究等方面，结成了一批“类”学术成果。作为中国民间文化的一个重要组成部分，目前“徐福研究”已经成为国内的一个学术文化新亮点。80年代末，张炜在龙口挂职锻炼期间，担任了山东省徐福文化研究会副会长，后又任中国国际徐福文化交流协会副会长，多次参加关于徐福文化的国际交流活动，到日韩考察，撰写相关文章。1996 年推出了由张炜主编的《徐福文化集成》，汇集了徐福研究的阶段性成果，其中一册收录了他以徐福作为主要人物及相关思考的六篇文学作品。目前，张炜正在主持大型文化工程《徐福词典》的编撰工作，已经在万松浦书院启动。齐文化方面，出版了《芳心似火：兼论齐国的恣与累》，对齐鲁文化乃至中国传统文化进行了反思性的审视。对屈原《楚辞》的翻译和阐释，也已经被列为《楚辞》研究的成果之一。最近，他又推出了《也说李白与杜甫》，采用了讲谈形式。但是他对于李白和杜甫的研究考察是全面性的，与学界有着许多对话，更重要的是对于当代文化的关照。由于缺少专业的学术训练，欠缺严谨的考证考据，这些文字未必以学术文章形式出现，但大多以学术基底为依据，是随感、假设、生发、敷衍而成的心得和随笔，长处是好读。其实张炜也无心去做一个专业学者，他的目的是传播传统文化，反思当下，同时也是出于写作上的需要。在他的文学创作中，清晰可见徐福文化、齐文化以及以《楚辞》为代表的屈楚文化对他的至深影响。他的后期创作越来越走向文化叙事、走向传统、走向古典主义，与他浓郁的学者气质是分不开的。

五、准文论家、准批评家

法国批评家蒂博代曾经提出了三种批评：自发的批评、职业的批评和大师的批评，分别指向述而不作的读者批评、类似“猪舌检疫员”的专家批评以及作家批评。如果把三种批评的优点综合起来就是最理想的批评。相对来说，蒂博代更欣赏“大师的批评”，认为那种寻美的和同情的批评方式更有悟性，更能理解作家作品。不过他所指的第三种批评的操作者是“大师”，是作家中的佼佼者。其实也不见得如此。朱光潜认为：“随着人类文化的进展，文艺日益成为自觉的活动，最好的文艺批评家往往是文艺创作者本人。”如前所述，张炜的散文不拘形式，皆出于现实需要，内容更多的是表达他对于文学的看法，是一些文论性、批评性文字。从他的创作轨迹来看，文论出现于1982年张炜声名鹊起的时候，此时他的文论基本上属于被迫的发言回应。1984年之后，他开始有意识地写一些文论文章，并在报刊上得到发表。在20世纪80年代末、90年代之后，张炜的短篇小说创作基本停止，开始了更长的表达，写作罅隙也更多，因而散文、随笔、杂文就多了起来，加上发言、访谈、书评等文字，每年出版的非小说集超过了小说。这种文体的便利之处在于，不仅可以快速地表达自己的文学观点，而且还可以夹杂对人生和社会的批评，这是张炜青睐这种文体的主要原因。在文学阅读过程中，他写下了许多对外国作家作品的点评文章，比如《心仪——域外作家：肖像与简评》一书，皆是短小精悍的批评文字。在视觉艺术方面，比如结集的《凝望——47幅图片的故事》《远逝的风景——读域外画家》等，对经典画家画作、精美图片进行“看图作文”式的品评。像国内作家纷纷发表自己的创作经验谈一样（目前已成风气，比如王蒙、余华、残雪、阎连科、陈忠实、莫言等），张炜也愿意与他人分享自己的写作经验以及对文学的看法。尽管没有像王安忆、马原、格非等人一样以教授身份进入大学正式授课，但他也会不失时机地给别人讲述或传授自己的“小说作法”（鲁迅语）。《小说坊八讲：香港浸会大学授课录》就是这样的产物。说张炜是一个文论家、批评家大概是没有错的。一定意义上说，张炜的准文论家、批评家的身份体现了作家对文学本体的理论自觉，也是上面所说“作家学者化”的一种表现。

T. S. 艾略特是一个典型的诗人兼批评家的例子，他有意推动作家评论化和评论家作者化。他批评马修·阿诺德“忽视了创作本身所包含的批评的首位重要性”，认为“一个作家在创作他的作品时他的劳动的绝大部分或许是批评性质的劳动”，“既是创造性的，也是批评性的”，“一个有修养的和熟练的作家运用在他自己作品上的批评是最有活力的、最高一类的批评”，有些作家之所以高于其他作家，就在于“他们的批评才能更为高超”。虽说文论和批评、文论家和批评家不是一样的概念，但他们面对的研究对象、任务和目标、使用的方法有时有着诸多重叠、共通之处。张炜在进行文学创作和批评活动的时候，是有一定的理论思想作为指导的。他在美学、诗学等问题上有着自己的独到见解。但因为他首先是一个作家，虽然有意为之，出于各种原因，目前尚没有系统的、逻辑严密的理论阐述，其思想只是散存于他的创作和散文、随笔、文论、访谈等文字中，没有形成专著，也没有学术性较强的文章。语言表达上也必然使用较少概念化、模式化的感悟性语言，并不是严格意义上的学术论文。同时，他有自己的逻辑层次，观点明晰，但对于重要的理论问题缺乏充分的学理性论述，一些术语未经界定，对一些概念并不深究，而且往往自出机杼，与专事批评的批评家不一路。这些不足也给他带来很大的自由度，可以不必以批评家自居，而招致吹毛求疵的批评——其内容观点就足以引起争议了。张炜与批评界有着一定的对话互动关系，比如文论文章《精神的背景》发表之后，以陈思和、王晓明为代表的“海派”学者组织讨论[1]，引起较大反响。世纪初发生的关于“纯文学”的讨论，张炜也给出了自己的理解。[2] 这并不是说他的文论思想就没有体系性，张炜文论的核心是“诗”，统一在“纯文学”观念之下，而且在传统现实主义文论与现代主义诗学的碰撞融会中最终走向了中国古典传统文论。

六、结　语

张炜还是一个严肃的思想者。他对于人类命运的思考，对于当代文化的批判，有些上升到了哲学的高度。他对鲁迅极为推崇，被视为鲁迅精神的当代继承者，写下了大量的阅读鲁迅的杂感文章，以及类似《野草》的独语文字，比如《独语》《夜思》《荒漠之爱——夜读鲁迅》《爱：永恒的渴望》等。它们反映了张炜当时的思想状况，作为一个思想者内心世界的展示，内容以对人类、文学、社会的思考等重大命题为主。这类文字针对某个问题虽然相对集中，但仍然不成其系统。或许，作为一个作家，他最有价值的思想应该蕴藏在作品当中。

环顾当前的作家队伍，我们发现，作家具有多重文学身份实在是一个十分普遍的现象。不仅小说家写诗，比如王蒙、贾平凹、阿来、孙甘露、余华等，诗人也写小说，比如韩东，有的人分不清他是诗人还是小说家。而像莫言、刘恒、王安忆等人，还热衷于创作和改编话剧。刘震云做影视编剧早已获得巨大成功。搞话剧的写小说和诗歌也不乏其人，比如高行健。他

---

① 参见《文学创作与当下精神背景——关于张炜〈精神的背景〉的讨论》，载《当代作家评论》2005年第2期。

② 参见张炜：《纯文学的当代遭遇》，载《长江文艺》2005年第10期。

们不仅一人两栖，而且多栖，在小说、散文、诗歌、戏剧、文论等方面悠游，取得了相当不俗的成绩。张炜在其中应该是最多才多艺、最复杂的一个，我们不能用简单的研究方法或视域来审视他。

总而言之，作家具有复杂的文学身份，它们是一体的，并不是分裂的。仍以张炜为例，在他看来，不论是小说、散文还是文学批评，它们必然是诗的。诗的本质仍然是诗。散文是作家必须具备的一种基本能力。一个优秀的作家一定是一个学者。一个作家应当注重文学创作的自我感悟，加强文学理论的修养，不仅无害，而且有益。这些缺一不可，否则就不足以成为一个大作家、杰出的作家。对张炜来说，只会操弄一种文体是不可思议的。这几个方面是环环相扣、互为表里、浑然一体的。对于张炜身上的复杂性不应该指责，而且还应该稍嫌其不够。我们对作家的综合能力、对社会的观察力、思想，应有更高的要求。从学术角度来说，如果对他的认识仅仅停留在小说家层面，盲角和偏见必然会影响到对其小说艺术的解读、文学品质的判断。随着像张炜这样的文学身份多样的作家文学之路的延伸致远、研究的不断深入拓展，他们的诗学观念、社会见解、人文思想等，将会受到人们的日益重视并得到认真的研究探讨。

■张丽军*

《古船》：乡土中国百年的精神隐喻与历史罪恶救赎的"天问"

试想中国当代文学 60 年，有哪一部是能够让人一次次读起来激动不已，能够依然辐射当下的乃至是未来几十年、几百年的中国，能够依然满含着未解的精神隐秘、无尽的况味和多样文化魅力的长篇小说？张炜写于 20 世纪 80 年代的《古船》就是这样一部历久弥新的，饱含着古老中国文化密码、百年乡土中国的精神境遇、现代中国人多舛的苦难命运，充满着灵魂深处的现代性呐喊和生命"天问"的"大书"。对于这部"大书"，我一遍遍阅读，一遍遍困惑，一遍遍迷茫，更为"大书"中那股深渊般跃动的生命激情和指向人性、历史深处的灵魂追问所震撼。在阅读了众多《古船》研究资料之后，在一次次的困惑和迷茫之后，我决定必须写点什么，虽然思考得很累、很艰辛。但我不能放弃，这是无法逃避的命运，正如这部"大书"中的隋抱朴最终一定要走向粉丝大厂一样。作为一位文学研究者，我虽然在 20 多年前就读过这部"大书"，中间也曾不

* 张丽军，山东师范大学文学院教授。

断翻阅过，有过很多想法，但都没有勇气真正面对它。我不仅像隋抱朴那样需要累积勇气，而且面对书中所呈现的丰富和深邃的思想，我担心自己不能完成，怕辱没了“使命”，如隋抱朴一样“延宕”着。从 2013 年我就准备写，直至现在，一年过去了，我必须开始了。我要写下在新世纪 10 年之后重读《古船》的所感、所思乃至所惑，为后来的研究者呈现出近 30 年来《古船》研究的思想踪迹和作为“历史中间物”的时代精神状况。

近 30 年《古船》研究的历史细节

《古船》甫一发表，就引起了研究者的极大关注。宋遂良、汪政、陈村、陈涌、陈宝云、何启治、吴俊、鲁枢元、王晓明、陈思和、郜元宝、张新颖等人陆续展开了热烈讨论。作为 20 世纪 80 年代最为活跃的当代文学批评家，宋遂良较早对《古船》的价值和意义进行了独特的阐释。在《真实的人生，完整的人性——〈古船〉人物漫议》中，宋遂良从人物形象的内在独特性分析入手，揭示出《古船》的独特精神结构和叙述特征。“《古船》总共写了近五十个人物，其中有浓墨重彩、着意刻画，因而具有典型意义的，如隋抱朴、四爷爷赵炳等；也有轻描淡写、余光所被却依然给人深刻印象的，如史迪新老怪、‘麻脸’、女公务员等。尽管这些人物形象的艺术成就高下不一，但却都是一个个有血有肉有个性的真人、活人。作者在艺术上对他们一视同仁，并不以为赵多多是农民‘本质上’就一定好；也不认为隋迎之是资本家‘本质上’就必然坏。他既描写了还乡团对革命人民进行的惨绝人寰的兽性大屠杀，也记载了农民在复仇心理怂恿下所做的种种残忍的报复行为。他把政治上的进步性和道德上的完美性作了清楚的区别，摆脱了那种‘什么藤结什么瓜’的单一化绝对化的模式，把抽象的阶级的人‘还原’为历史的具体的人，把人本身当作一种生命现象来探索，真正进入了‘人学’的境界，因而在人物塑造上取得了具有突破意义的成就。”[①] 正是在“人学”境界下的“人性”审美意识，张炜摆脱了僵化的审美模式束缚，创作出了一个个鲜活的、独特的、立体化的人物形象。陈宝云同样看重张炜在《古船》中的人物形象，认为“它的出发点与归宿，也不再是道德，而是有着七情六欲的人！从道德的文学到人的文学，这是文学对伦理的一种超越，是文学向自身的回归。”[②] 对于赵炳这个人物形象，宋遂良认为他是“依靠封建政治、封建文化滋补起来的一个幽灵，是新中国横生的一头怪胎。……站在一个更高的层次上来看，赵炳这类人物也是民族痼疾上长出的一个痈疽，历史长河中翻起的一股浊浪，是无法避免的。我们的任务就是震动古城墙赖以植根的土地，及早地把地下河开凿出来。这就是我们今天所从事的改革。”[③] 这是难能可贵的。宋遂良把《古船》中的人物形象塑造和当时“风正一帆悬”的改革联系起来，从而具有了深刻的现实意识和深邃的历史感。同时，宋遂良的这篇及时、简短而又极为深刻的文章，为张炜的《古船》做了最早的辩护，有力回击了当时一些思维僵化人士对《古船》的非议。当然，在今天看来，这一分析也是可以进

① 宋遂良：《真实的人生，完整的人性——〈古船〉人物漫议》，载《当代作家评论》1987 年第 2 期。

② 陈宝云：《张炜对自己的超越——评〈古船〉》，载《当代作家评论》1987 年第 2 期。

③ 宋遂良：《真实的人生，完整的人性——〈古船〉人物漫议》，载《当代作家评论》1987 年第 2 期。

一步推进和深入的。

同一时期，评论家汪政和晓华的研究文章《〈古船〉的历史意识》，则指向了《古船》另外一个极为重要的精神维度，即小说浓郁的“历史意识”。古船“主人公的思考对象已不仅仅是与自己的眼前出路休戚相关的人事和变故，而是更为久远而广阔的人生。是我们当今的现实和祖辈们苦难的过去。显然，即使只从作品所构思的时间跨度着眼，也可以强烈地感受到作家较前期创作有了相当自觉的历史意识。”[①] 在汪政和晓华看来，张炜的这种“历史意识”，是对历史苦难的反思和忏悔，是自己和历史群体乃至整个族类之于罪恶关系的思考。隋抱朴“面对的是历史，在历史的既成面前，他认识自己的位置，他正视这一切”，这显然是一种康德所规定的“道德自律”。因此，隋抱朴“把对历史的发问转移到对人类本性的探根究底上”，这一思考多少是无奈的妥协。自然，我们不应该脱离时代来思考问题，毕竟那是 20 世纪 80 年代，汪政等的思考依然受到时代思考的羁绊，无法“探根究底”。但是，汪政指出了《古船》之于当代和未来的价值，即张炜在《古船》中所透露出来的“忧虑”——“山东的其他作家都不同程度地带有这种忧患，那就是在改革释放了个体的创造热情的同时怎样克服这热情所带来的盲目进而产生的社会不协调，而把这热情尽可能地引导到以共产主义道德为基础的社会主义经济建设的道路上。”[②] 汪政从张炜《古船》中所感知到的“忧虑”，绝不是杞人忧天，而是有着深刻的历史洞察力的忧思：这个民族灵魂深处的思想狂热、躁动的精神基因并未祛除，现代性的制度

① 汪政、晓华：《〈古船〉的历史意识》，载《读书》1987 年第 6 期。

② 汪政、晓华：《〈古船〉的历史意识》，载《读书》1987 年第 6 期。

并没有真正确立起来，隋抱朴所忧虑的苦难与罪恶就有可能再次爆发。罗强烈则把思考的注意力转向对《古船》小说结构的探寻，认为："我们就不能不注意到《古船》把洼狸镇当成整个中国大地的缩影的艺术构思。《古船》不仅从时空上将过去、现在、未来聚合，浓缩了中国城乡的五十年变故，而且充满了作为叙述者的宽容与疑问、理解与不满、自由与宿命、单纯与矛盾、深刻与无力……这样一种'内在张力'。'家族结构'只是《古船》的'外结构'，'原罪结构'是它的'内结构'，而'历史结构'则是它的'整体结构'；而且，这三者的结构关系又表现为互相依存和互相说明，成为不可分割的一体。"[①] 这为《古船》研究提供了新的维度。

不同于以上的单一维度，鲁枢元的《从深渊到峰巅——关于〈古船〉的评论》从"生命冲突""文化断层"和"艺术境界"对《古船》进行整体性分析，指出《古船》创作过程"是一个由物理世界向心理世界，由客观世界向主观世界，由现实世界向幻想世界，由生活的世相向艺术的境界转换生发的过程"。因此，作品"既扎根于社会实际生活的土壤里，又必然有幻象的浮现，有张力的充盈，有气韵的流动"，"倏忽自如地穿越社会文化历史的地层，由人生的深渊一跃而登上人生的峰巅"。[②] 从而，鲁枢元给予了《古船》高度评价。

随着时间的推移，《古船》的巨大影响力和开创性价值在日后的文学史中得到了进一步呈现，而且愈来愈清晰。王晓明在一次讨论会上的发言，很好阐明了《古船》与新时期文学历

---

① 罗强烈：《思想的雕像：论〈古船〉的主题结构》，载《文学评论》1988年第1期。

② 参见鲁枢元：《从深渊到峰巅——关于〈古船〉的评论》，载《当代作家评论》1988年第2期。

史小说创作的内在关系。“记得1987年，我第一次读张炜的长篇小说《古船》，心里很诧异，他怎么会用这样的眼光写这一百年的历史？1990年，又从《钟山》上读到刘震云的长篇小说《故乡天下黄花》，将近20万字，几乎是一气读完，当时的感觉是那样痛快，仿佛一肚子闷气都吐出来了。痛快之余，也就记起了《古船》，似乎刘震云是和张炜走的同一条路，而步子比他更轻快。到去年夏天，路过一处书摊，居然在一片艳俗的封面中，瞧见一位满脸苦相的老汉，拿起来一看，是陈忠实的长篇小说《白鹿原》，就买回家，也是很快看完了，而且更迅速地记起了《古船》。倘说在50年代以来的小说创作上，《故乡天下黄花》和《白鹿原》触目地标示出一条新的道路，我对这两部作品读得越仔细就越清楚地感觉到，这条道路的起点，正设在《古船》当中。”① 王晓明把《古船》放在新时期历史小说发展史的角度，较为清晰地展现了《古船》在审美理念和思维方式的开创性价值。“它是第一部这样的小说：不再以一个或几个人物为主角，而是将一群人同时推到读者眼前；不再是单单凸出主人公的命运，而是匀开笔墨去写一群人的历史；不再走直接描写‘重大’的历史事件，而只专心讲述乡村一角的故事，可这一角中的人事那样复杂，它到头来还是会被人看作整个社会的缩影；它也不再仅仅截取某个短促的时间片断，而是从近代一直讲到当代，差不多整个一百年的历史。可以这么说，它的重心不再是人物，而是历史，20世纪中国的历史，也不再是图解某种权威的历史结论，而是表达作者个人的历史见解。这就是我所说的新道路，它或隐或显地贯穿在

---

① 王晓明等：《〈古船〉的道路——漫谈〈古船〉、〈故乡天下黄花〉和〈白鹿原〉》，载《当代作家评论》1994年第2期。

《古船》以后的许多小说中，而《故乡天下黄花》和《白鹿原》，则构成了它的两块最醒目的路标。”[①] 这正是《古船》之于当代中国历史小说，之于中国思想史的重要价值。

无独有偶，陈思和在跟张新颖和王光东的对话中，同样是在文学史的维度下思考张炜创作的独特价值：“当代文学史上，张炜无疑是一个有着独特个性的作家，他的作品从未有意识地归属到一些流行的创作流派中去。他始终带着鲜明的个人特点探索着属于自己的文学天地，从《古船》到《九月寓言》，他的创作道路的独特性是越来越明显了。”[②] 只可惜，对话篇幅太短，无法进一步阐释这一思想。袁忠岳、王彬彬、宋炳辉、周海波、张清华、南帆、李洁非、曹书文等也分别从不同角度对张炜的《古船》等作品进行了细致、独特的分析，构成了一个以《古船》为核心的张炜作品研究史。

洼狸镇：百年乡土中国剧变的精神缩影

面对《古船》众多的研究资料，我们不禁疑问，为什么时间过去近 30 年，《古船》的研究非但没有削弱和减少，而且在不同时期被人们一再提到并阐释出新的意蕴？为什么在 21 世纪的今天，依然激荡心灵？这其中一个重要的原因就是《古船》以洼狸镇这个地域文化空间承载了百年来乡土中国急剧变迁的社会历史，呈现了乡土中国百年文化的激烈震荡、内在裂变，是乡土中国农民百年情感战栗和心灵探寻的历史。可以

① 王晓明等：《〈古船〉的道路——漫谈〈古船〉、〈故乡天下黄花〉和〈白鹿原〉》，载《当代作家评论》1994 年第 2 期。

② 陈思和、张新颖、王光东：《张炜：民间的天地带来了什么》，载《文艺争鸣》1999 年第 6 期。

说，洼狸镇是乡土中国百年历史巨变的精神缩影，从这里我们翻阅出了一部苦难流离、泣血战栗、鞭笞灵魂的心灵史。

1．古老传统文化的洼狸镇。“我们的土地上有过许多古老的城墙。它们差不多和我们的历史一样古老。……于是在黝黑的泥土下，在贫瘠的山岭上，就有了那么多崇高连绵的东西。每座城下都流过血，滋润出一簇簇青草。”[①] 小说一开篇就从古老的城墙文化谈起，叙述山东半岛被一分为二的齐长城，继之由齐长城引出源于古阳山、流经洼狸镇的芦青河，以及洼狸镇所在的古莱子国城墙。小说叙述者一开始就如同一个俯视千古的文化巨人一样，说古论今、谈吐不凡、气势恢宏，可谓先声夺人。《古船》是在乡土中国悠久文化历史的时空维度下展开叙述的，为整部小说奠定了一个雄浑宏大、宽广深厚的历史文化背景和崇高壮美、沧桑悲凉的审美基调。残破的铁色砖墙城垛、又浅又窄的河道、步步消退的芦青河、废弃的码头以及老河道边古堡似的陈旧老磨屋，在昭示着曾经恢弘发达的古国文化和河道经济的同时，也向读者无言传递着文化式微、经济萧条的现实状况。曾属于古莱子国的洼狸镇发生了一次次的自然的或人为的运动，经历了一场场自然灾难、社会动荡和文化浩劫。作者详细描写了曾经的两次大的自然运动。第一次是巨雷打中并烧坏老庙，烧焦古柏，“古柏像是有血脉有生命的东西，在火焰里尖声大叫”，“他们以前从来没有见过这样一场大火”。紧接着，十天之后，芦青河就变得浅窄了，大船搁浅了，码头废弃了。一个船桅林立、水路商贸发达的时代结束了。面对古庙所表征的旧时代传统文化的结束，人们聚拢到老一辈的李家老和尚那里，听他讲古：从齐魏争夺中原，洼狸人助孙膑

---

① 张炜：《古船》，人民文学出版社 1987 年版，第 1 页。

一臂之力，秦始皇到洼狸修船固锚访仙山，颜回、冉有到芦青河猎鱼，听墨子讲经能制作飞剑、磨制铜镜观九州的洼狸能人，到洼狸历代有名的僧、道名人。一部民间野史的洼狸镇文化史就通过李和尚之口演绎下来，教化四方，引起无限感慨的同时抚慰了寂寞、委屈和愤怒的洼狸镇人。第二次是洼狸镇的地震，古老城墙塌下了一个城垛。洼狸镇人在事后看来，地震是预兆的：无数条花花绿绿的蛇向芦青河岸上爬去等诸多动物的异常反应。由此带来的是，在洼狸镇人的心中有着比动物异常反应还“更深一层的忧虑和惊诧”：那就是来自人群所构成的社会“异动”、地质勘探队铁钻刺破大地的旋转，以及洼狸镇古老文化传统无可避免的破坏、现代性文化不可遏制的到来。

2. 阶级革命斗争下的苦难洼狸镇。洼狸镇自然地理空间的变化，是其人文精神空间和社会历史空间剧变的前兆。每一次大的自然地理变动之后，与之相伴的是潜滋暗长的文化裂变和社会变革。那个在古庙烧毁、芦青河变浅之后，古老文化传统的洼狸镇即将迎来一场前所未有的革命风暴。“隋迎之的头发花了，常常叹气。粉丝工业特别赖水，河水浅下去，就不得不停下几个磨屋。最让他忧虑的还有世事的变迁，一颗心像被什么日夜绞拧着。”而这让洼狸镇最大的农民企业家“日夜绞拧着”就是日渐兴起的以阶级斗争为理论内核的现代革命文化。汹涌的激烈的阶级革命弥漫了洼狸镇。洼狸镇成了阶级斗争的革命天地，隋抱朴的父亲隋迎之就被这场阶级革命从精神上被打倒击中了，死在还债的路上；母亲茴子以最激烈的服毒焚烧的自杀方式抗拒“革命”对其资产的剥夺和身体的觊觎。

《古船》以洼狸镇开明士绅隋迎之儿子隋抱朴的视角，展现了他所见到的阶级、革命、宗族、爱欲、情仇所交织在一起的残酷复杂的血腥现实，呈现了以往革命历史单一维度所遮蔽的历史的复杂性和多样性。鲁迅所批判的阿 Q 式的、封建轮回的、旧革命农民专制主义，重在洼狸镇上演，赵多多等洼狸镇新革命势力所寻求的依然是“子女玉帛”，而不是革命的正义和公平。在以“人民”的名义杀死“面脸”等地主之外，“四爷爷”、赵多多等人对茴子、含章、闹闹等女性留下了永远难以泯灭的身心摧残和精神恐怖。毫无疑问，《古船》的这种叙事手法，已经具备了 20 世纪 90 年代“新历史主义”的叙述特征。这无疑是很具有开创性的，即是汪政、王晓明等人所言的“新历史道路”。在新世纪的今天看来，《古船》绝不是仅仅用“新历史主义”即可以言明的。张炜在《古船》中所呈现出来的历史反思意识已经远远逾越了“新历史主义”的范畴，避免了历史简单化的“翻烧饼”方式，没有简单地肯定一方或否定另一方，而是立体、全面呈现出了乡土中国现代革命阶级斗争史复杂多样的精神面貌。血雨腥风的洼狸镇苦难史，不仅有来自阿 Q 式的“农民革命专制主义”，而且也来自它的对立面。反革命的“还乡团”以一种极端复仇者面目重新出现在洼狸镇。回来的“还乡团”眼睛全是红的。他们把革命者栾大胡子五马分尸，从碎肉里分离出肝来，炒菜下酒；把妇救会主任轮奸，孩子劈成两半等等惊人暴行不一而足。毫无疑问，这又激起了另一场更加疯狂的、丧失理性的杀戮。“整个洼狸镇像一锅沸水，热气弥漫着古老的镇城墙……到了炎热的夏天，人们渐渐明白了那连阴连雨是上天的哭泣。”①

3. 大跃进血红数码的洼狸镇。《古船》突破了以往的阶级论审美藩篱，以秉笔直书的实录精神和反思历史的思想维度，

---

① 张炜：《古船》，第 239 页。

重新书写现代革命历史，体现了鲁迅、巴金所一再倡导的讲真话的精神。这种讲真话的精神同样体现在小说对“大跃进”和“文革”的苦难描写中。以往文学作品对“大跃进”和“文革”的反思和批评是很不足的。特别是对“大跃进”的文学批评是极为不够的。山东作家刘玉堂的《秋天的错误》就是一篇少见的、极好的反思“大跃进”的小说作品。张炜的《古船》对“大跃进”的历史反思，是以一种心理现实主义的浪漫笔法来写的。“这也是个用数码表达一切的年代，报上一刻不停地公布着一个个巨数，洼狸镇人的心身全被密密麻麻的数码所占据。”省里要求：“地瓜每亩必须种六千三百四十多株；玉米每亩必须种四千五百至八千六百三十棵；豆子必须播下四万八千九百七十多粒。数码印成了红的颜色，印在了省报上。开始人们不明白为什么数码还要印成红的？后来才知道那可是一个了不起的先兆。那是血的颜色，它预言了围绕这些数码会出人命。”[①] 一个扶了一辈子耧的老头子按照数码播种，发现麦苗成团，密如牛毛，而私下把半麻袋麦种倒进水井，受到严厉批判而投水井自杀。红色的数码巨数，被洼狸镇农民联想到“出人命”的“血的颜色”，不仅仅是一种心理现实主义的浪漫联想，更是历经“大跃进”、大饥荒岁月的洼狸镇人痛苦的生命体验和血的代价换来的惨重教训。

这是一个沉浸在“共产主义天堂”的“众神疯狂”的荒唐年代。赵炳宣布高顶街玉米亩产两万一千斤。一个村庄的砖窑停止烧砖改为炼钢，一窑出钢三十九吨。一位老婆婆一夜做诗五十多首，一个村庄只有三人识字，这三人记录下全村的所有诗作，装了满满一麻袋。“时代发展到今天，人们才相继恍然

① 张炜：《古船》，第 112 页。

大悟，知道大诗人李白也不过尔尔。”[1] 从大食堂，瓜菜代，“切糕”到大饥荒饿死人，洼狸镇经历了最为艰难、最为荒唐的岁月。最宝贵的是，张炜同样以一种“实录”的精神把这些荒唐的红色巨数记载下来，同时又以文学化的浪漫手法呈现这场可悲可笑可怜可恨的、血写的时代悲剧。

4. 新时期改革重生的洼狸镇。一场大地震不仅摇撼了大地，震塌了古城墙的一个城垛，而且也震荡了人们在饥饿、苦难、贫困中麻木已久的心灵。洼狸镇苏醒了，人们的心灵从忐忑不安中渐渐解放了。“那时候，一个谣传像蝙蝠一样在镇城墙上飞动。全镇人都慌慌地议论着刚听来的各种消息：又要重新分配土地了；工厂，还有那些粉丝作坊，都要转交到个人手中经营。老天，时光真的像老磨一样又转回去了？”[2] 当洼狸镇真的宣布分地、转包工厂的时候，“全镇没有一点声息，就像很久以前巨雷劈了老庙时的气氛一样。……人们只在心里呼叫着：‘洼狸镇哪，你这个背时倒运的镇哪，你还能走到哪里去啊？……’”[3] 新时期已经无可阻挡地到来了，古老乡土中国大地上的洼狸镇也在忧虑、惊讶、徘徊中开始了新的改革篇章。赵多多主动承包粉丝作坊，把它改名为“洼狸粉丝大厂”，实行“踢球式”现代管理办法，掺假营私，使之成为“老赵家的”私有企业。对此，找隋见素一遍遍算账，与赵多多展开承包竞争，最终失败。最后，赵多多死于横祸，隋抱朴走入粉丝大厂，主动承担起振兴洼狸镇粉丝品牌的使命，并且在跟弟弟见素的论争中，坚持主张粉丝大厂，既不姓赵，也不姓隋，它

① 张炜：《古船》，第 117 页。

② 张炜：《古船》，第 8 页。

③ 张炜：《古船》，第 8 页。

是整个洼狸镇人的共有财产。至此，洼狸镇的粉丝大厂走上了一条寻求集体致富的现代新道路。

作为新时期到来的另一个显著现象就是探矿队的到来。乡土中国大地及其伦理、经济、习俗、文化是自我封闭的，但是在百年的现代化历史进程中，却一再受到外部力量的侵袭和改造。从外来的帝国主义经济盘剥、直接的侵略掠夺，到现代阶级革命在乡土中国农村发动的一次次革命运动已经极大地改变了乡土中国的伦理社会生态结构。新时期以来，对乡土中国冲击最大的即是现代化浪潮，高速路的修建、矿业的探测与开放、乡镇企业的建立等等，从大地深处、经济深层和心理情感等方面整体改变了乡土中国的人文、地理和社会生态结构。《古船》中的探矿队，不仅刺破了乡土中国的大地，而且以现代技术手段改变了洼狸镇的社会面貌。从粉丝大厂磨屋的第一台机器的使用到整个粉丝大厂的机器现代化，都是在探矿队的技术支持下完成的。而且探矿队的李技术员和“胡言乱语”对人造卫星、星球大战、航天飞机的介绍，把最新科技文化引进了洼狸镇李知常、隋抱朴等人的心中。芦青河突然变浅的原因也被探矿队找到了，一条在地下汹涌流淌的芦青河被发现了。

毫无疑问，洼狸镇已经完全从古老文化传统、现代革命文化和“大跃进”的苦难中走出来了，在心理文化结构和现代政治经济体系等方面进入了不可逆转的现代化进程之中。当然，张炜没有一味地赞美隋抱朴、探矿队以及这个不可逆转的现代性，而以探矿队遗留的、到最后也没有找到的铅筒为精神隐喻，展现了现代性的遥不可知的、“不可预知的危险”的另一面。这正是《古船》超越于时代的重要因素之一。

洼狸镇最大精神隐秘：乡土伦理文化下的个体存在

宗法、家族是乡土中国伦理文化中的核心概念。一些研究者如鲁枢元、郭玉华、李波、曹书文等人从家族文化的角度来阐释《古船》的主题意蕴和人物形象塑造，是很有意义的探索。但是，仅仅局限于从家族文化来思考《古船》，显然是不够的。我认为应该从乡土中国文化系统来整体性理解书中的人物形象，即把其纳入洼狸镇伦理文化系统进行“乡土中国”式的阐释，而不是从“现代性”理论、家族文学史出发的切割式剖析，才有可能真正理解这些独特的“这一个”人物形象。

鲁枢元较早就注意到，20 世纪 80 年代初的洼狸镇已经开始谈论“星球大战”，但其根系却仍然深深地扎在“宗族”与“血统”的土壤里。洼狸镇一代代生息繁衍了这么多人口，生活拥挤，“但人口再多再乱，只要从家族、从谱系上去看，就会清楚得多。血缘关系的纽带会把一些人执拗地联结在一起。他们的父亲、爷爷、老爷爷、太爷爷，再到儿子、孙子、曾孙子……图解起来象一串串葡萄”①。即使是新时期，在地震灾难发生时，隋不召发现，“差不多都是同一族人凑在一块儿，哪里人密集，哪里就会是一个家族。隋、赵、李分成了三大堆儿，老老少少都挤在一块儿。也没有人召集他们，这完全是地皮的力量。”② 从几千年的聚族而居到大地震聚族而集，这说

① 鲁枢元：《从深渊到峰巅——关于〈古船〉的评论》，载《当代作家评论》1988 年第 2 期。

② 张炜：《古船》，第 10 页。

明千百年的洼狸镇所代表的乡土中国农村里，农民心灵情感血脉中贯通的依然是乡土中国的宗法家族伦理文化。洼狸镇每一个农民情感心理和行为逻辑的背后是深深的家族定位和情感归属。这就是洼狸镇及其每一个农民心灵世界深处最大的精神隐秘。不从这一意义来阐释洼狸镇，就无法读懂洼狸镇，无法读懂洼狸镇人种种荒谬与悖论行为背后的内在逻辑。

对洼狸镇三个家族来说，赵家无疑是后起之秀。而赵家人物又以赵炳和赵多多最为突出。赵炳是《古船》所塑造的以往乡土中国文学史所没有的一个具有多元精神维度的人物形象，既不同于以往的高大全式的革命干部，又不同于坏事做绝、村人痛恨式乡村恶霸，而是一个传统封建文化、乡村民间文化和现代革命文化相交织融合的文化“怪胎”，是一个家族辈分最高的、深得乡土中国权术文化五味的、在一次次斗争运动中树立起绝对威权的、被洼狸镇农民奉为“神圣不可侵犯”的乡村枭雄。从某种意义上说，简单的评价或定义赵炳的好与坏、是与非，都难以触及这个独特人物形象“乡土中国式”灵魂，无法对其形象所蕴含的精神世界的丰富性、复杂性、悖论性做出有效的解读。这也正是赵炳形象独特的“这一个”魅力之所在。

“在《古船》的众多人物中，我对‘四爷爷’此人很感兴趣。此人是恶的，但在恶之中尚有对含章的畸形的爱。这爱虽然有权势为后盾，但又决非单纯的占有和蹂躏。这个坚实的高不可攀的人物也有着虚弱与孤独，在寻找一厢情愿的依托，在心地平和地走向归宿。”① 赵炳的确是一个极为复杂的存在。从阶级成分来说，赵炳是一个标准的贫农无产者，因为世交吴

① 陈村：《我读〈古船〉》，载《小说评论》1987 年第 4 期。

家的资助得以到学堂学习，在风起云涌的阶级革命中从书房先生转变为洼狸镇高顶街无产阶级革命的领导者。从个体禀性来说，赵炳天资聪慧，不仅能够在学堂里学有所成，而且能够随机应变，在土改时期一跃成为革命领导者，在“文革”时期不打自倒，倒而威严丝毫不减。从乡村民间文化来看，赵炳按辈分是“四爷爷”，在高顶街赵家辈分最高，在宗法文化体系中天然地居于最高位置行列。在洼狸镇，农民内心里从小受到的教导就是这种宗法伦理文化，人与人之间按照宗族辈分来互相称呼，而不是按名字或官场中的职务来称呼。乡村的领导可以换，但是，在乡土伦理文化体系中，宗族辈分却是一生都要遵循的、永远无可改变的血缘关系和伦理秩序。这正是四爷爷赵炳在洼狸镇享有无比巨大影响力的最重要、最隐秘的因素。赵炳在现代性的阶级革命语境中得心应手、呼风唤雨，但遵循的依然是乡土中国伦理文化：敬畏生命、遵守“规矩”、奉行中庸之道等等。在对黑五类分子和异见人士的态度上，赵炳在极尽折磨之下，依然葆有对生命的敬畏，依然认为天地之间存在着不可“太过”的“规矩”。在对隋抱朴等人的问题上，赵炳不同意赵多多的统统消灭想法；在对待李其生揭露“大跃进”欺骗的事情上，赵炳在惩罚之后把一息尚存的李其生救回来。在大饥荒的岁月里，赵炳冒着生命危险亲自出马“劫粮”；在“文革”毁坏古城墙的紧急时刻里，赵炳做出打断闹事者的腿的果断建议……这无不显现出赵炳那种民间草莽英雄和高顶街拯救者的精神气质。随着时间的推移，赵炳渐渐退出洼狸镇政治舞台，开始醉心于读书交友、饮茶养花、按摩养生，安心乡土的士绅化生活，但是丝毫没有损害他在乡民心中的威权，反而更加脱俗和富有情趣格调了，快 60 岁了还“无比健壮，虎气生生”。当然，从赵炳读书、谈话、做事来看，他的情趣格调依然是一般士绅化的俗气，没有实现真正的脱俗和高雅，依然有着一种狭邪之恶。因而，他在守“规矩”的同时，也破了“规矩”。对自己与含章的畸形性关系，赵炳内心也做好了结束畸恋与接受惩罚的准备。“站在一个更高的层次上来看，赵炳这类人物也是民族病疾上长出的一个痈疽，历史长河中翻起的一股浊浪，是无法避免的。”[①] 从这个意义上说，赵炳形象的悖论、复杂和多样化，都可以在乡土中国伦理文化血脉中找到其生命的精神基因。

赵多多形象没有逾越以往的文学史叙事，但是也有很多新意。赵多多的贪婪、凶狠和淫荡是毫不掩饰的，时代风云之变同样给予了这样的人施展邪恶的机会。我们不禁发出疑问：赵多多就是恶人吗？他有没有功劳？他如何对待自己的“恶”？这都是绕不开的话题。“人之初，性本善；性相近，习相远。”赵多多一开始并不是恶人，是与赵炳一样的贫苦农民，而且有着更为贫苦的生活。小说写赵多多吃过田鼠、蜥蜴、刺猬、癞蛤蟆、蚯蚓、壁虎，这一方面点名其身上的“怪味”，另一方面也说明了赵的极度贫困。这并不直接与人格的优劣挂钩。即使几十年后的 70 年代人，我也吃过青蛙肉、麻雀蛋、蝎子、蚂蚱等野物，这在乡间不足为奇。恰恰相反的是，赵多多在土改中是与赵炳一样冲在前面的，做的是民兵头儿的，干的是打人、杀人活。这是“阶级革命”的需要。在改革开放初期，赵多多也一度担当了改革先行者的重任，支持企业的工业化改造，同时也存在着贪污行为。问题在于，赵多多没有摆脱阿 Q 式的“子女玉帛”欲望，甚至有着比阿 Q 更多的凶残和贪婪。

① 宋遂良：《真实的人生，完整的人性——〈古船〉人物漫议》，载《当代作家评论》1987 年第 2 期。

他对自己的恶不仅不反省，而且遗憾于没把老隋家的人全部干掉，以至于赵炳都看不下去，认为其做的“太过”，没有好结果。果不出所料，赵多多最后死于非命。我们看到，即使这样的凶残无比的狠角色，但在一些重大事情的处理上，依然听命于四爷爷赵炳。这正是洼狸镇所遵循的内在伦理文化秩序。赵多多死了，一个新的“赵多多”正在成长之中：背枪看泊的二槐，“风格就活像赵多多”。这才是洼狸镇所代表的乡土中国可怕之处，恶不仅没有得到清除，反而继续在生长繁衍。

与老赵家族截然不同的是老李家。赵家可以说是一个政治家族，而老李家是一个技术家族，在洼狸镇一直是怪怪的存在。“多少年来，这个家族简直成了邪僻古怪的代名词，让人不好理解，功过难评。远的不讲，近几十年里老李家就出过老和尚李玄通、给资本家开机器的李其生，如今又有个李知常。”[①] 这就是洼狸镇的精神隐秘，人物个体的命运与家族的基因密切相关，有着深层的内在联系。《古船》对李其生跌宕起伏的人生命运、各种奇思妙想的技术革新以及天资中的灵气、狂气和扭曲变异的心灵的描写，生动逼真，令人唏嘘不已。老李家与洼狸镇传统文化、现代革命文化以及新时期开始的技术革新，都有着密不可分的关系，是洼狸镇社会伦理文化结构承担重要使命的宗族群体。

在《古船》整部小说结构中，老隋家才是张炜所倾心描写的重点所在。老隋家是洼狸镇数百年来传统文化和近代工业文明的代表者，创立了远销海内外各地的白龙牌粉丝，是在洼狸镇名副其实的贵族大户。隋迎之是老隋家最后一个贵族。作为具有深厚传统文化思想和现代文化视界的他已经意识到一个新

① 张炜：《古船》，第110页。

时代的到来和家族不可避免的衰败，因而选择为家族过去的“罪恶”进行“赎罪”的行为，即把隋家的绝大部分家产无偿捐献给国家，但依然没有被饶恕。弟弟隋不召则是洼狸镇中的一个另类，长期离家去闯荡海洋，多年后带着干瘦的身躯、一部《海道针经》和种种奇闻回到了洼狸镇。与哥哥隋迎之沉重的精神负担不同的是，隋不召过着一种简朴、富有情趣与自我个性化的生活，以一颗童真、善良、阔大的心灵容纳一切，安然于世，并最终赢得了洼狸镇众人的心。懂“原理”的隋不召临死时念念不忘叮嘱隋抱朴寻找遗失的铅筒，呈现了另一种可贵的生命担当和深厚文化情怀。下一代的隋抱朴及其兄妹三人，以各自的方式维系着老隋家命运的安危，发出了百年来乡土中国历史深处的灵魂呐喊和生命的“天问”。正如坠落地下的芦青河一样，坠入洼狸镇社会地狱中的隋家人依然闪耀着高贵的思想之光、不竭的探索创造精神和无可遏制的爱欲冲动。“老隋家的人啊——”，隋抱朴一次又一次喊出这样的话语，这是老隋家人的宿命。

洼狸镇家族中的各色人物，既个个不同，又无可避免地打上了深深的家族烙印，流淌着乡土伦理文化的血脉。这就是洼狸镇的最大精神隐秘。

隋抱朴：追问乡土中国救赎道路的人

在汪政、晓华、王晓明、陈涌等学者看来，历史叙述是《古船》重要的内容。王晓明甚至提出来20世纪历史就是《古船》小说的叙述主角。《古船》里的洼狸镇历史固然是一部乡土中国百年动荡历史的精神缩影，里面有着极为可贵的新历史主义的叙述特征和秉笔直书的“实录”精神。这些固然是极为可贵的。但在我的阅读感受和生命体验中，《古船》中的主人公隋抱朴形象深深打动了我的心灵。隋抱朴就是《古船》叙述中心的焦点，是凝聚了张炜所有心力和精气神的灵魂之所在。可以说，隋抱朴是张炜用力最大、思考最深、开掘最深的人物形象。隋抱朴所具有的精神特质、思想深度和生命气息，是百年中国文学史所极为少见的凝聚着肉体和精神之痛的、闪烁着灵魂光芒的乡土中国思想者形象。“初读《古船》，脑子里留下这样一个印象，这个印象又清晰又模糊：两座并列的雕塑——罗丹的《思想者》和‘思想者’隋抱朴。”[①] 纵览全书，我始终感觉到一颗凝聚着无限苦难和忧伤的心灵，以一双硕大的眼睛注视着历史、文化和思想的深处，发出灵魂般的沉重呼吸与叹息。作为读者，不时被这双深邃的眼睛所发出的巨大光芒和思想疑问而深深灼伤。

“老河道边上还有一处处陈旧的建筑，散散地矗立在那儿，活像一些破败的古堡。在阴郁的天空下，河水缓缓流去，‘古堡’沉默着。一眼望去，这些‘古堡’在河岸一溜儿排开，愈来愈小，最远处的几乎要看不见了。可是河风渐渐会送来一种声音：呜隆、呜隆……越来越响，越清晰，原来就是从那些‘古堡’里发出来的。它们原来有声音，有生命。”[②] 《古船》第一章在有限而珍贵的笔墨里，多次提到“古堡”似的磨屋。洼狸镇的“古堡”，不仅有声音和生命，而且“凝聚了洼狸镇的全部精气、全部晦气，活活联结着镇子的荣辱兴衰”。[③] “古堡”老磨屋发出的呜呜声，讲述的不仅是洼狸镇的历史，更是

---

① 基亮：《关于〈古船〉叙事形式的分析》，载《小说评论》1988 年第 5 期。

② 张炜：《古船》，第 2 页。

③ 张炜：《古船》，第 9 页。

老隋家的历史。而老隋家的历史就与洼狸镇的历史休戚与共，隋抱朴就是连接"古堡"和粉丝作坊历史与现实的纽带。这不仅是因为老隋家的人从小就生活在粉丝作坊的氤氲空气里，熟悉粉丝的气味、温度和火候，而且从小在父亲隋迎之教育下的隋抱朴心中深深打下了传统文化的烙印。父亲写给他的"毋意毋必毋固毋我"，在隋抱朴的精神世界中确立了仁义的儒家文化结构。作为资本家的儿子与深受传统文化濡染的隋抱朴在土改后的一系列运动中，如残败的古堡遭受众多的覆灭性打击，被弃之于革命阵营之外。

在隋家失去粉丝作坊之后，隋抱朴就走进了"古堡"般的老磨屋，一待就是很多年。老磨屋缓缓转动，耐心磨着时光。远处，那段高耸的城墙与岸边的老磨屋久久对视，沉默无言。几千年的古城墙、出土古船的老河道、残败的古堡与木头人似的隋抱朴，看上去较好地吻合在一起。但是，事实上，恰好相反，"木头人"般生活在历史和现实"古堡"里的隋抱朴思想极为活跃，不仅深夜阅读《天问》《海道针经》和《共产党宣言》，而且一遍遍地"算账"，算一笔老隋家亏欠洼狸镇人的"大账"。隋抱朴延续父亲隋迎之的"欠账"，认为父亲尽管把所有的产业交出去了，但依然没有还清旧账。让读者无比震惊的是，隋抱朴不仅要去为老隋家的"旧业"赎罪还账，而且要为洼狸镇人所制造的新的苦难与罪恶"还账"。从幼年时期到成年，隋抱朴经历了从现代到当代的最苦难、最血腥、最荒谬的岁月。从父亲的咯血而死到后母茴子服毒自焚的决绝而死，从土改、反右到"文革"的一次次大批判运动，倾巢之下的隋抱朴早已经成为"惊弓之鸟"和"罪孽深重"的罪人。比这更为可怕的，是一次次的集体式的血腥屠杀行为，都烙印般打在7岁的隋抱朴的心灵深处，大山般沉重。"我常常想起那股味儿，有时走在路上，不知怎么就闻到了那股味儿。这当然是错觉，……那个人烧死了”；那42个活埋的人呼喊的声音让隋抱朴“一辈子都在心里，会压得你喘不过气来”。[①] 作者没有过多的情感判断，而是尽可能去呈现和复原历史的原生态真相，从而具有了更丰富和多景观的“复线历史”功能。真如英国诗人约翰·邓恩所言，每一个人都不是一座孤岛，每一个人的逝去都是一种损失。请不要问丧钟为谁而鸣。丧钟，为你而鸣；丧钟，为我而鸣。无论如何，每一个死去的人都是洼狸镇的损失，都是洼狸镇人的伤悲。在古老的乡土中国伦理文化系统里，人命大于天，除非有不共戴天之仇，不可伤害人命，不可伤天害理。但是，这一伦理文化系统，在诉苦机制下的阶级斗争文化里崩溃了，肃杀的气息处处弥漫，窒息了人的理性。

谁来为历史埋单？谁来回味与反思历史？面对曾经发生的、耳闻目睹的苦难，“可从现在人们的脸上看不出来。老庙旧址上泥土的颜色也看不出来。人哪！人哪！有的这么容易忘事儿。”是啊，“洼狸镇曾经血流成河，就这么白流了吗？就这么往镇史上一划了结了吗？不能，不能轻易忘记，得寻思到底是为什么。大人小孩、男男女女都要寻思，辈分高的和辈分低的都要寻思”[②]。隋抱朴作为一个接受传统文化教育的乡土中国民间的思想者，在经历种种苦难之后，拥有的不是恨，而是一种乡土中国知识分子式的博大的爱。“我是老隋家有罪的一个人!”[③] 隋抱朴不仅继承父亲的理念，把自己视为一个要为隋家家族“赎罪”的“罪人”，而且还要把洼狸镇这个乡土中

---

① 张炜：《古船》，第222～223页。

② 张炜：《古船》，第223页。

③ 张炜：《古船》，第82页。

国近现代百年来的历次苦难承担起来，寻求终止洼狸镇的救赎之路。以暴制暴、恶恶循环，绝不是终止罪恶的方式。隋抱朴在思考救赎的道路中，苦苦探索。

如同研磨时光的老磨屋，在“古堡”里枯坐的隋抱朴没有像见素一样怨恨赵炳、赵多多，没有寻求一条复仇式的重新崛起道路。因为无论是赵炳、赵多多的恶，还是还乡团的恶，都有一个很重要的文化土壤和特定的时代政治气候，都有着背后部分民众的支持与推波助澜。正是基于此，隋抱朴“不是恨着哪一个人，我是恨着整个的苦难、残忍……我日夜为这些不安，为这些忧愁，想不出头绪，又偏偏拗着性子去想。我恨有些人去为自己拼抢，因为他们抢走的只能是大家的东西。……一个人千万不能把过生活当成是自己一个人的事情，那样为了自己就会去拼命，洼狸镇又会流血。老隋家的人都是受过大苦的人，他们再也不敢为了自己活着。……我永远不会抛开镇上人，……我只会一块和他们想过生活的办法”①。苦苦思索的隋抱朴有了与大家一起过生活的朴素想法，这与《共产党宣言》的内在理念是不谋而合的。从阅读《天问》到深夜苦读《共产党宣言》，再到对父亲、叔父、赵炳、见素等不同的人生道路的反思，隋抱朴渐渐寻找出一种区别于以往复仇式、循环式的新救赎之路。隋抱朴终于从“古堡”中走出来了，不再是哈姆雷特式的犹豫，不再是俄罗斯“多余人”的空想，而是担当起了重新振兴洼狸镇粉丝企业、实现集体富裕道路的使命。这无疑是一种基于乡土中国伦理文化和儒家仁义文化的中国式“大爱”，闪烁着《天问》的求索光芒和《共产党宣言》的精神智慧。

---

① 张炜：《古船》，第 228～229 页。

"人类血战前行的历史，正如煤的形成，当时用大量的木材，结果却只是一小块。"[①] 鲁迅的话语真是惊人的预言。但是，我们也不禁要问，从"古堡"中走出来的隋抱朴真的找到了一条乡土中国的救赎道路吗？结合 20 世纪 90 年代以来的新时期中国 30 多年的发展史，我对此依然充满忧虑。当代"底层"等左翼话语的重新激活，无疑是一个颇耐人寻味的文学和思想话题。集个体的"善"和群体的解放为一体的隋抱朴的追求，是一种不可否认和忽视的"大善"，在新世纪的今天有着极为重要启示意义。当然，仅仅要求个体的一己之"善"来纾解社会的矛盾，是不公正的，也是不现实的。社会的矛盾需要个体的"善"的建构，但更需要社会制度对人的基础保障和全面解放。在乡土中国的文化语境中，连接社会与个人之间的制度建设，与来自个体心灵的善的追寻同等重要而迫切，而制度建设尤为严峻与艰辛。[②] 或许没有一种探索是终极的，隋抱朴

---

① 鲁迅：《鲁迅全集》第 3 卷，人民文学出版社 1981 年版，第 277 页。

② 倪伟在肯定张炜早期小说的道德批评及其重建价值的基础上谈道："'现代人'通常被简单等同于一个拥有现代的（西方的）知识视野、具有强烈的个体意识、把自我价值的实现作为人生首要目标的自主主体，而在个性解放的旗帜下，个体欲望也被认为是人性的基本部分而获得了正面的肯定。这样的'现代人'是以欲望为内驱力的利益主体。把现代化落实为首先是人的现代化，实际上是有意无意地忽略了连结个体与国家的社会制度和社会组织的变革和重建，其结果必然是'觉醒'后的个体成为逐利型的原子式个人。在这一套现代化话语的规划图景中，农村的现代化被等同于城市化、工业化，'现代农民'则被想象成与乡土社会的传统价值体系决裂、自觉接受现代城市文明及其价值体系的叛逆主体。这种农村现代化模式实际上是向城市文明的全面投降，当乡土社会的传统价值根基遭到摧毁、赖以团结社会成员的中间组织被破坏之后，农村社会所迎来的决不是'现代化'的美好允诺，而是社会解体后的凋敝和破败。"因此，倪伟主张："要解决农村社会的'道德'危机，显然得从根本上完善制度的建设，建立起公正的制度平台，使每一个农民的正当、合法的权益得到切实的保障。"（倪伟：《农村社会变革的隐痛——论张炜早期小说》，载《文学评论》2005 年第 3 期）

的价值就在于他是反思者、批判者，是新时期改革的建设者，是承担起所有历史罪恶的“罪人”与“救赎者”。在这个意义上，隋抱朴已经接近于地藏王菩萨、佛陀或耶稣，闪耀着神性的光芒。

结　语

近 30 年过去了，今天重读《古船》让我再次感慨万千，深感《古船》提出的问题之重大，之超前和深刻，一点也没有过时，《古船》依然有着很多可以阐释的空间和进一步追索的问题。我从乡土中国伦理文化视角来审视《古船》，来重新阐释洼狸镇这个空间的内在历史的丰富性及其复杂博大的精神密码特质，而且从乡土伦理文化角度来思考隋抱朴、赵炳、赵多多、张王氏等人物形象的内在情感逻辑和精神隐秘，看到了隋抱朴形象所具有的以往当代文学史所匮乏的“神性”精神气质。更可贵的是，隋抱朴这种“神性”是基于几千年乡土中国文化传统和百年来乡土中国社会转型、文化变迁的精神背景下的独特而深邃的生命体验与思想认知。从文化的博大、思想的深邃、情感的震撼来说，《古船》无疑获得了巨大的成功，较好传达了张炜对乡土中国文化传统和百年乡土中国历史的新思考、新批判。但是，如果我们与另外一个文学经典《红楼梦》相比较的话，我依然觉得存在着一些不足与遗憾，同样是家族小说，《红楼梦》中的家族是真正作为一个完整的家族整体来书写和呈现的，具有家族文化及其谱系的内在完整性、丰富性和饱满度，而《古船》中的家族书写是以点带线的，存在着谱系不够完整，家族内部文化的差异性、多样性及其内部复杂运行机制呈现不够的问题。当然，这是基于对文学大家的尊敬前提下的更高要求。

正如苛刻的批评家王彬彬所言："数年前，读张炜的第一部长篇小说《古船》，我有了一次读文学作品时并不常有的体验。这部作品给我以强烈的震撼。那时，我私下以为，《古船》不但是近数十年中国长篇小说中最优秀的几部之一，而且也是七十多年新文学史上的长篇佳作。昨天，我重读完《古船》，时隔近六年之后重读，虽不再像初读时那样激动不已，但仍然对我有着很大的吸引力。重读之后，我觉得我当初对它的估价并不算过高。我仍然坚持我的估价。现在把它写在这里。我相信，时间将会证明我的估价出入并不大。"[①] 这也是我在今天的阅读感受和价值判断。《古船》没有叙说出任洼狸镇粉丝公司总经理隋抱朴的新成绩，而是向我们呈现连接"古堡"和海洋的芦青河又出现了，一条通往海洋的新的通道即将新生了。虽然幽暗、在地下，但是"最重要的是自己不阻拦自己。这比什么都重要。我们满身都是看不见的锁链，紧紧地缚着。不过，我再不会服输，我会一路挣脱着往前走。哪怕我的胳膊被这些锁链捆折了，两手淌血，我还是要挣脱"[②]。

在这种新思想视野下，我们看到了"那条波光粼粼的宽阔河道上，阳光正照亮了一片桅林"，"古船"重新焕发生命，驶向大海。[③]

---

① 王彬彬：《悲悯与慨叹——重读〈古船〉与初读〈九月寓言〉》，载《当代作家评论》1993 年第 1 期。

② 张炜：《古船》，第 366 页。

③ 张炜：《古船》，第 368 页。

■张艳梅*

野歌抑或祭歌

——张炜《刺猬歌》解读

张炜长篇小说《刺猬歌》以主人公廖麦、美蒂数十年情感纠葛为主线，以滨海荒原莽林百年历史为背景，讲述了一段光怪陆离的传奇故事。其中既蕴涵浓烈的寓言色彩，又惊现尖锐的现实冲突。传奇式的爱恋欢悦与人性化的野地生灵水乳交融，绘成一幅具有强大生命张力、野性充盈漫漶的多彩画卷。小说有三条主线：一是廖麦与来自荒原莽林的“刺猬女”美蒂40余年的恩怨纠缠的故事。二是廖麦与小镇新兴企业家唐童之间绵延两代的家族仇杀及亡命天涯的故事。三是以魔幻手法写发生在登州海角的人与动物以及荒原、树林、海岛之间的魔幻故事。白烨看到张炜的《刺猬歌》时说：这部长篇是通过一对夫妻40多年的聚散离合和爱恨情仇，以爱情、亲情观测民情、社情，以家庭、家事透视乡民、乡土；注重细节描写也注重意象营造，强烈的现实性与浓郁的浪漫性水乳交融，构成了作品艺术上的显著特色，使这部新作再次强化“张炜精神苦旅”的浓重印记。

* 山东理工大文学院院长，教授。

一、一场恩怨情仇的故事

贯穿《刺猬歌》始终的是登州海角小镇青年廖麦与来自荒原莽林的“刺猬女”美蒂之间长达40年的旷世痴爱与痛彻身心的背叛，与之同时展开的是廖麦与唐童之间的两代世仇。作家通过廖麦、美蒂、唐童三者纠缠几十年的恩怨情仇，不但展示了人性中最复杂、最隐秘的内核，更重要的是，站在历史与现实的分野上，站在人性与野性的临界处，深刻揭示了现代商业社会的实利价值观与传统伦理价值观日益尖锐的冲突，人性的坚守与背叛，生命的挣扎与枯萎，家园的寻找与失落，以及对人类整体生存境遇的无尽忧思。

廖麦和美蒂的恩怨纠缠

《刺猬歌》开篇是男女主人公之间的一场夫妻打斗，紧接着是一个特殊的性爱场面。由此拉开廖麦和美蒂几十年情爱纠葛的序幕，展现了山东半岛海边丛林小镇棘窝镇百年来的生存景观和命运遭际。小说讲述了地主霍老爷时代人兽交融的丛林秘史，联结起建国后唐驼掌政时代的故事，最终笔墨止于对唐童主宰的当今商业社会的批判。贯穿始终的是廖麦对自己的生活和爱情固执的坚守和想象。小说结尾，一直向往“晴耕雨读”生活的廖麦，终于在写满贪婪欲望的商业资本的逼迫下，遭受到妻女背叛和田园沦丧的巨大打击，只能孤独地唱响理想主义颓败的挽歌。廖麦一直把读书和耕作看得非常重，内心珍视本民族的文化传统，可悲的是廖麦后来发现自己实践的是典型的西方农场主的生活模式。美蒂带着与生俱来的原罪、欲望和弱点，从荒原海滩走进了一个喧哗浮躁的世界。

她拥有单纯执着而又充满野性的火热的爱情，在布满荆棘的险途上勇敢前行，终于与自己所爱的人真情相对长相厮守。然而，正是廖麦所珍惜所感叹的这个时代最为稀有之物——他和美蒂之间的这种无边无际的爱情，在时代的欲望洪流冲击下，渐渐地消磨殆尽。作家让人物的世界从内部打开，他或她隐秘的欲望、情感、焦虑、痛苦，他们所承受的苦难以及灵肉之间的殊死搏杀，历历呈现在我们面前。

廖麦和唐童的旧恨新仇

廖麦是一个受过高等教育而又富有浪漫幻想的人物。逃亡归来后的他企图和美蒂建构湖塘农庄式的宁静生活，曾幻想建立一种新的劳动组合方式和分配关系，但这样的幻想在强大的物质技术面前显得苍白无力。因与唐家两代血仇，他反对与天童集团有任何业务往来，极力抵抗天童集团对其湖塘和土地的收买和侵犯。他对这个疯狂的物质世界有一种强烈的本能的对抗，而美蒂并不认同他的想法。她认为在这个弱肉强食的商业社会，与天童公司的合作没有什么不好，换一块地还能重整旗鼓，与之对抗则无疑是自取毁灭。她深爱廖麦，才有了几十年的坚守。廖麦逃亡的岁月，她独自坚强面对生活，历尽艰辛。她在煎熬中逐渐认识到逃避是暂时的，直面和承受是现实的选择。因此她支持女儿廖蓓蓓在天童公司做事，并最终同意把地高价卖给天童集团。廖麦和她郑重地谈过几次，都不欢而散。廖家和童家发生血仇的时候，廖蓓蓓还没出生，她也就没有家族血仇的经历和烙印，即使从父母口中得知，也没有想象中那么可怕。因此她尽心尽力地在天童集团工作，无法理解父亲对其公司的深仇大恨，自然无法与廖麦的想法合拍，以至于认唐童作“干爸”，被廖麦说成是“认贼作父”。廖麦在妻女“变节”后无奈逃亡。在物欲引起的自然与文化的双重崩溃中，廖麦是犹疑和苦闷的。他对唐童的仇恨不仅是过往的尖利记忆，更是眼前的撕心裂肺。在这个不断被金钱毁灭的时代，站在廖麦对面的敌人绝不仅仅是唐童一个人，而是无限广阔无限深远无限堕落的整个世界。

二、一段隐身丛林的秘史

廖麦曾是一个理想主义者，他渴望的生活就是晴耕雨读，闲暇时间写一部“丛林秘史”，以书写祖辈与土地的关系。然而在现代化的大背景下，各种压力和诱惑困扰着廖麦，他始终在经历现实磨难和心灵挣扎。张炜在《刺猬歌》里似乎找到了一种更好的表达方式：既有沉郁冷峻和爱恨纠葛的沉重现实，又有理想主义和浪漫主义的美好情怀；既有情节的悬念迭起与人物命运的激烈冲突，也有浓郁的寓言性与诡秘魔幻的意境。

齐文化的轻灵诡异

张炜认为：齐文化实际上是极其边缘、极其陌生、独立存在的文化。概括起来就是放浪的、“胡言乱语”的、无拘无束的文化，是虚无缥缈、亦真亦幻、寻找探索开放的文化。胶东半岛濒临东海，中国古代曾称此地居民为“东夷”，伴有海外仙山等奇异传说。虽然被以儒家为正统的中原文化排斥在传统文化主流之外，但诸如野史、传奇和志怪这些叙事传统相当发达。《刺猬歌》的创作，与古典小说美学遥相呼应。这是一个融会了散文笔法、诗的韵味、戏剧冲突、文化寓言、神话传奇等多重文本特征的文学实验；同样，我们也看到了作家从“齐文化”中继承的中国神怪传奇的叙事效果。此外，在想象力的发掘，以及对民间野性美的追寻方面，小说表现出特有的审美冲击力。从喜爱所有雌性活物的霍老爷，到投入丛林的美男子大痴士良子，为海边雌性动物接生的性欲旺盛的姗婆，从小穿着蓑衣长着绒毛的刺猬女美蒂，还有姗婆的七个土狼儿子，海猪的孩子毛哈，狐狸精化身的女领班，在田野上奔袭的告状人兔子……我们读到了一个生机盎然的“精神野地”和博大纷繁的民间世界。《刺猬歌》为我们带来了轻灵诡异的齐文化精魂，震撼了庸俗油滑的当下文坛。

超时空的魔幻笔法

张炜自己说，隐喻色彩在《刺猬歌》中其实已得到最大限度的控制，人在天、地、人、鬼、神，非常混沌的世界里自由游走，到了忘我境界。《刺猬歌》既是一部奇妙迷人的刺猬传奇，又是一部气魄恢宏的当代生活百科全书。作家围绕廖麦和美蒂，设置了多层次的悬念，以此支撑整个叙事框架。与冷峻、写实的现代部分相比，《刺猬歌》的另一部分同样精彩纷呈。作家彻底融入民间，以神秘丰饶的大地为母体，以魔幻笔法挖掘发生在登州海角的人、动物、荒原、树林、海岛之间的传奇故事：这些故事来自不同的时空，有着不同的色彩和气息，甚至带着各自的魔幻精灵扑面而来。如七个神秘的窄脸人、霍老爷与林中动物的野恋、打旱魃、地下金矿的奇遇、唐童造船入海求仙、追杀畸形人毛哈、住在鹰穴里的怪人等等。在审美品格上，《刺猬歌》散发着遮掩不住的野性美。这种野性美来自于人与动物的互动，来源于生命自身的迷狂，来自于作家最本真、最原生态的生命意识。在创作手法上，作者游走于写实与魔幻之间，民间立场、现实感和传奇故事三者和谐相融，以魔幻带给现实冷峻反讽，以民间姿态表达知识分子的坚守与承担。

三、一个超越文化的寓言

《刺猬歌》是一部富有寓言和传奇色彩的“丛林秘史”，承袭张炜以往小说浓郁的抒情风格和浪漫主义色调，主旨仍在建构“农业文明”的乌托邦神话，仍在叙写执著的理想坚守、强大的民间生命力和人性的张扬，结局仍是无奈的逃亡。虽然随着现代“工业文明”大举入侵，“农业文明”的崩溃是必然的结局，但张炜在这部小说中仍致力于回归大地，坚守“田园”理想，虽不能至，心向往之。张炜的精神指向主要有以下两个：

发展与退守

《刺猬歌》延续了张炜对于记忆中的那片天地的深情描绘和怀念，埋藏着真诚的赞颂和自由的欢乐。在张炜的理念中，土地是万物之源，是思想和精神之源。《刺猬歌》写到了土地上、丛林中野物出没，与人灵性相通，浑然一体的和谐；也写到流浪归来的廖麦和美蒂共建农场的欢乐。最重要的，张炜写到了对欲望和喧嚣的外部世界的质疑。张炜对正在发展的商业帝国是心怀恐惧的。在这一点上，他对“工业文明”和“城市文明”的疏离情绪，具有某种卡夫卡式的执着和忧郁。卡夫卡洞察到人类“异化”的生存状态，不再把文学创作看作单纯的审美，而是视为表达自我的手段。对现代“工业文明”负面影响的文化批判，也是张炜作品一贯的主题。商业时代的极端物欲化从未像今天这样迅速广泛地侵蚀当代社会，占据并控制人的心灵空间，不可逆转地改变了人的精神价值观和社会生活方式。它既有外在的无坚不摧的强大力量，又有从内部磨灭人的意志品质，断送人的精神信仰的可怕力量。从廖麦对个人农场的徒劳坚守和对俭朴生活的求而不得，美蒂对爱的背叛以及对奢华生活的追求，唐童对财富的疯狂攫取和对农场的志在必得，都可以感受到这一力量的无处不在和无往不胜。

直面与承担

《九月寓言》写“乡村世界”与“工区”的对立与冲突，以及“工区”盲目地开矿，导致乡村世界的最后消失，隐喻了工业文明的罪孽。《我的田园》中的宁伽充当了世俗反抗者的角色，远离嘈杂的城市而坚守田园。《外省书》中史珂希望到远离“现代文明”的地方寻找宁静自然的生活，而其周围则是现代工业文明的浮躁、盲目、势力、庸俗、贪婪。《刺猬歌》无疑重复了这一主题，仍然是书写“农业文明、渔业文明”对现代“工业文明”的抵抗。以唐童为首的利益群体，他们肆意开发三叉岛，任意砍伐山林，随意侵占棘窝镇周围大量土地，都显示了现代“工业文明”推进带来的严重后果，这也是主人公廖麦归来之后内心痛苦的主要原因。作家为此开出的药方仍是漂泊和逃离。《我的田园》的主人公从城市逃到葡萄园，《外省书》的“外省”也许就是回到海边的小屋。《刺猬歌》中廖麦面对 42 台铲车和推土机大规模地推进，面对现代工业文明的暴力入侵，无力承担和抗衡，终于还是出走与逃亡。正如作家所说：“我永远地属于原来，而后来的世界是我无法进入的。就是说，对于这个热闹的社会而言，我可能永远保持了外来人的感觉。”作家已经为我们直面了发展的恶果，那么，谁又能为我们承担？

四、一种回归存在的哲学

流浪意识是张炜小说的一个普遍主题。主人公因为各种因素被现实疏离，然后外出流浪，寻找存在的家园。流浪之地往往是野地、葡萄园、海边的小屋、废弃的村落这些被中心遗忘的偏远地带。走向边缘，选择流浪，一方面体现了存在主义提出的共同命题——自我选择的自由；另一方面，这种选择又同时意味着逃避与孤独。作者通过廖麦的出走和回归，反思存在的荒诞与无奈，通过廖麦在内外的尖锐冲突中展现出了生命自身的张力，同时也表现了他在矛盾中保持存在平衡的艰难。张炜立足于“大地意识”和生命家园，主张“回归自然”，提倡尊重各种生命的自由存在，维持浑然一体和谐相处。诗意的栖居，可以看成是对张炜生命理想最深刻最完整的理解。

人与自然

《刺猬歌》中昭示出独特的人与自然的关系：自然是人存在的前提；人与自然的精灵——野物媾和生下子嗣，由此人性才变得复杂和丰富：狐狸式的狡猾和机敏、刺猬式的倔强和温柔、土狼式的残忍和嗜血……人性和自然性是一致的，并非“文明”与“野蛮”的对立。《刺猬歌》的话语体系已经完全演变为“野地话语”。虽然读者可以细心捕捉到小说中每个故事、每个场景的时代背景，然而这些已不再重要。无论是吃青草、睡雌物的霍老爷时代，还是怙恶不悛的唐氏父子时代与无辜受难的廖氏父子与霍氏母女时代，决定每一代人命运的，不是历史事件，而是每一代人与自然、与“野物”的关系。由此我们说：《刺猬歌》讲述的是生命内在的历史。张炜采用的这一超历史的“野地话语”叙事方式，其基础是中国传统中“天人合一”的自然哲学，是以更超越的视角、更包容的姿态、更恢弘的美学胸襟，对历史和现实做出的深沉追问。“他觉得一股不可抵御的力量将整个生命推拥向前——那儿才是真正的深渊，深不可测。他闭上了双眼。”人类距离与自然和谐相处的理想、距离完美的生存、完美人性的乌托邦是多么的遥远，张炜大睁双眼，目睹人类一步步走向发展的深渊，椎心刺肺，因而大声疾呼。

人与自我

现代性诉求和现代性反思的共存，构成著名的现代性悖论。古老民族在企求政治、经济和文化的现代性转化过程中，遭遇了无数毫不自知的滑铁卢。对于一个野地的行吟者，张炜的写作根植于生命存在，正如他自己所说：“对于我们而言，山脉和土地是万年不曾更移的背景；我们正被一种永恒所衬托。”[①]《刺猬歌》时代的张炜和他的人物依旧在不停地行走，不断地寻找。他们看似漫无目的，却又一次次坚决地拒绝对生命的异化。人如何面对自我，如何面对自我的过往和未知？瞬间与永恒，静止与变迁，爱与背叛，流浪与皈依，刹那间融为温暖的一体。是从现代性的前沿突破和超越，还是在传统的精神家园守望与沉醉，张炜的伦理叙事带有明显的道德情感意味，是在善与恶，清洁与污浊，正义与不义的决战中，书写自由生命的野歌。《刺猬歌》中有一种故事之外的深意：每个人只能独自去面对生命中的绝望与希望，默默体味人世的沧桑与

① 陈洁：《让我慢下来 越慢越好——访思想者张炜》，载 1999 年 12 月 29 日《中华读书报》。

温暖。张炜守护着情与爱的精神家园，永远在路上。

总之，张炜所表现出的直面现实的勇气，坚定的民间立场，彻底的怀疑精神，对人性隐秘、社会矛盾和人类命运走向的忧虑、关注和批判，足以使他成为我们这个时代最优秀的作家。《刺猬歌》讲述的故事蕴含着深重的苦难，带有浓重的悲剧色彩，不过，苦难不再作为一个人或者一个民族的宿命被反复诠释，而是被包容在透明的野地话语中。这种话语方式由此带上了某种狂欢性质，人与兽、灵与肉融为一体，在自然的怀抱中，在无边的野地与海洋上，超越了人间苦难与绝望，将生命的原始力量张扬到了极致，以此唤起人们对于天地大我和神秘宇宙的敬畏。但是，也许正如小说结尾走向野地的廖麦所体验到的孤独寂寥一样，张炜这一诗意的野歌尽管那么新鲜奇异，反复品味，却又更像是一曲无比苍凉的祭歌。

■刘玉栋[*]

向美向善的艺术

——读张炜的短篇小说

对于张炜的文学创作，人们评论最多的，还是他的长篇小说和散文。当然，在长篇小说和散文创作上，张炜取得了令人瞩目的成就，从《古船》《九月寓言》到《你在高原》，从《融入野地》到《芳心似火》，犹如一串串钻石珠宝，闪烁着璀璨的光芒。

可是今天，我想谈一谈张炜的短篇小说。一是张炜创作了大量的短篇小说，那同样是一片广袤无垠丰富绚丽的世界，他的发轫与成名均始于短篇小说，《声音》和《一潭清水》两次获得全国优秀短篇小说奖，张炜曾说过："我写作数量最多的是长篇小说，其次是散文。但我最用心的，曾是短篇和诗。"可见短篇小说在他心中的分量。二是我自己不仅喜欢张炜先生的长篇小说，而且还对他的短篇小说喜爱有加。可能是刚开始读书写作的时候，就读张炜的短篇小说；也可能是自小从农村长大，面对那一篇篇空灵清丽、意境深远、乡土气息浓郁的短

---

* 刘玉栋，山东省文学院院长助理。

篇小说，心中倍感亲切，所以印象深刻，且深受影响。

一直还清晰地记着当年读张炜短篇小说时的感受。那是一种怎样的心情呢？是一种莫名其妙的激动，是一种难以诉说的感动，是一种包裹着神秘的灵动，那无边无际的原野，那跳跃着篝火的暗夜，那些美妙的歌声，那些欢快的劳动场景，那些在田间野地里穿梭的少男少女，那乌云下涌动着黑色波浪的大海，那神秘的没有尽头的森林，那无数的淹没在绿色大地里的野物……在芦青河的入海口，在这片生机勃勃的世界里，万物有灵。

多年过去了，还是念念不能忘却。今日再读，除去以上的种种感受之外，多了对一位作家精神思考和艺术追求的理解，那无边的诗意和澎湃的激情后面，是一颗向美向善的心。围绕着一位优秀作家作品的中心主题的讨论，即便是探讨得再充分再详细，分析得再深刻再让人满意，也不能发掘尽其作品的意味。因此，我还是结合着张炜的短篇小说，列出几个令我着迷的词语，谈一点自己的认识和理解吧。

自　然

如果熟悉张炜的短篇小说，就会发现，他早期的短篇小说就已经形成一个相对完整的世界。这个以绿色为背景的世界仅用“野地”和“原野”等词语是不能涵盖的，这片天地应该称之为自然。我们可以作一幅油画，油画的上方是蓝色的大海，下方是绵延的南山；芦青河绕过南山，穿过宽阔的平原，蜿蜒入海；在河的两岸，是树林、灌木、玉米地、烟草地、瓜田和果园，当然还有一片一片的村舍，蘑菇和野果星星点点，可爱的野物或隐或现，少男少女在树林中歌唱，老人在瓜田里或海铺前踯躅徘徊……在这里，日夜交替，四季轮换，人们种植、丰收、捕鱼、织网、割烟叶，生生不息。

在这里，张炜是“自然之王”，他用纯净的眸子凝视着这片天地。他对自然背景的鲜活生动的描写给读者留下深刻印象，也是其作品最突出的特色之一（在长篇小说《九月寓言》中，他把这一特点发挥到极致）。在斑斓绚丽的背景下，在这片繁茂的大地上，那无边的诗意、浓郁的气息、芬芳的心灵、美妙的青春……都充满着不竭的力量，倾注了作家真挚的感情。

在张炜较早时期的短篇小说中，自然是淳朴、干净的，这里什么都有，是取之不尽的，生活在这里的人们单纯又快乐。在《钻玉米地》中，人们不仅可以从玉米地里找到西瓜、小猫、小猪，还能找到媳妇；更重要的是，老人还能从里面找回青春。“你要什么？你只管跟它说，不用不好意思。”在《夜莺》中，那种集体劳动的快乐场景对于年轻人来说，可能显得有些陌生，但对于我这个在农村长大的人，这样的场面还历历在目，真切而生动。那是一种怎样的夜晚？“月色，灯光，人声，机鸣……夏夜里，那只鸟儿又开始尽情地欢唱了。”包括《声音》《看野枣》《天蓝色的木屐》等小说，它们的底色都是明快亮丽的，在人们的心中，生活和未来都是美好的。

随着社会的变化，自然也在发生变化，此时，张炜在小说中，开始表现出深深的忧虑和思索。《梦中苦辩》《至不孝之子》中，这种忧思已露端倪。《梦中苦辩》中的“我”为了阻止对狗的屠杀，费尽口舌，说服了捕杀队的小伙子放下了猎枪，结果发现，这只是一场梦，可爱的小狗还是被杀掉了，“刀痕在脖子上，刀子插得很深、很准”。到了《三想》和《问母亲》中，自然有了苍凉悲怆之色，作家手中的笔开始颤抖，他开始愤怒了，发出呐喊之声。一波又一波的质问，如同交响乐一般激越昂扬。《问母亲》中，那个风沙拍打窗户之夜，母亲向宁子讲述完这里往昔那美好的风景后，宁子问道："这么多的林子到底是怎么给弄光了的呢?"最后，泪水嵌满年轻的宁子的眼眶，禁不住说出："妈妈，我恨……"在《三想》中，追问就更为直接：面对狼群的灭绝，"用什么办法才能回避这个可怕的结局呢"；面对树木的毁灭，"为什么绿色的生命偏偏是短促的"；最后，通过老白果树喊出了作家的声音："人类的绝症已经不能依靠人类自身去根除，他要达到目的，就必须走进大自然中，平心静气，伸出他友谊的双手，与大自然里无数的手臂连接起来。"不得不说，张炜对自然和人心的忧思是多么超前呀。你可以说这是知识分子的责任和担当，但这绝对是一个对自然爱到极致的人，才能在那么早，就发出如此的声音。

青 春

张炜的多个短篇小说，写的都是少男少女间的故事，展示了他们的内心和情感世界。他们怀着美好的心灵和对未来的憧憬，如同一个个跳跃在野地里的精灵，让这个世界生机勃勃、春意盎然。胖手、小能、小疤、金壮、大榕、皮妞、瓜魔、曹莽、二兰子、大贞子、小狗丽……光看这些生动鲜活的名字，你就知道这个世界多么富有生命力。

青春代表着美好、激情和理想。在世界文学史上，留下了不少经典作品。张炜短篇小说世界里的青春，是以自然为背景的，这些半大不小的孩子们在野地里蹿腾跳跃，更接近一种生命力的自由释放，他们淳朴、真诚、聪明、天真、快乐、勇敢、倔强，里外都渗透出一种健康的美。他们之间的故事是那么美妙，在朴素的乡野之气中贯穿着内在的风韵，尤其是处理他们之间的情感世界时，真切含蓄而动人，几乎每一篇小说都是一件精美的艺术品，让读者心里涌动着美好的情愫。比如《声音》中的二兰子和小罗锅之间感情，二兰子漂亮，小罗锅有才但自卑，他们在树林里割草，相处快乐；当小罗锅考进工厂，来跟二兰子告别，鼓足勇气，费力地把“一条鲜艳的纱巾从裤兜里一点点扯出来时，二兰子飞快地蹦到了一边”，“俺不能要……”二兰子拒绝了。可是，二兰子看着小罗锅远去的背影，“一下子坐在了地上”，“两眼不知不觉涌上了一汪儿泪水”，这种感情又微妙又真实，又含蓄又感人，就像那树林里传来的“大刀唻——小刀唻——”“大姑娘来——小姑娘来——”的“声音”一样，绵绵悠长，韵味无穷。像《看野枣》中的大贞子和三来，《天蓝色的木屐》中的小能和大榕，《夜莺》中的胖手和金壮，《红麻》中的皮妞和达光……这些姑娘小伙子之间的情感，若即若离，惟妙惟肖，清纯干净，生动感人，都有异曲同工之妙，他们身上展示出的是一种生活之美、心灵之美和艺术之美。

张炜笔下的这些姑娘们，个个都是那么善良，且性格突出，比如《天蓝色的木屐》中的小能和《红麻》中的皮妞，就是典型。她们泼辣、直率，敢于伸张正义，富有同情心。我觉得，在张炜的小说中，这更贴近于一种美学，并非道德展示。小伙子们也不赖，他们身强力壮，坚韧倔强，都是劳动能手，并且勇于面对苦难，即便是跌倒在地，也能坚强地爬起来。像《黑鲨洋》中的曹莽、《天蓝色的木屐》中的大榕和《红麻》中的达光，都是这样的小伙子。还有一个人物，让人记忆深刻，他就是《山楂林》中的莫凡，他曾经是这里的“下乡知青”，三年前考上了大学，这一年暑假，来古凿爷爷的山楂林里度假。古凿爷爷的孙女阿对 16 岁，刚上四年级，特别聪明，但不愿意学习。莫凡在跟阿对的交往中，用自己的知识和见识，引导着、感染着阿对，使阿对明白了生活的意义，点燃了她学习的热情和对美好未来的憧憬。“我在想，我今后要使劲儿学！我现在都十六岁了，我一年学别人两年的课，能行吗?”“行！你知道你有多聪明！你一定会追上去的……”多么真诚而美好的青春啊。这让我想到了契科夫的短篇小说《大学生》，只有 3000 字，是契科夫自己最满意的作品。写 22 岁的神学院大学生伊凡假期打猎归来，天色渐晚，又冷又饿，来到母女两个村妇燃起的篝火旁取暖，向这两个村妇讲耶稣受难，把村妇感动哭了的故事。大学生离开母女俩后，灵魂里忽然掀起快乐，他以能感化别人的心灵而快乐。年轻的他，内心产生了一种青春的健康的力量，他觉得生活，“显得美妙、神奇，充满高尚的意义”。这种突然涌起的快乐转化成对未来人生的期待。这两篇小说的意义是多么接近，都给人以美好，给人一种巨大的力量。这种美和善让青春、让生命变得完美起来。

还有令人难忘的《美妙雨夜》，那个安静得出奇的闷热的夜晚，无法入睡的少男少女在田野里相遇了，尘土的灼热、大麦秸垛热烘烘的香气、雨滴击打在土地上散发出的奇怪的味道、黑魆魆的白杨树，朦朦胧胧的夜色，朦朦胧胧的情感，对远方对未来对外面的世界朦朦胧胧的渴望，在这里，青春蕴含着一股神秘的力量，有一股说不清楚但感受浓郁的气息弥漫其中，真是一篇美妙的文章。

老　人

在张炜的短篇小说世界里，老人的形象出现得最多，也最为丰富多彩，有的精灵古怪（《黑鲨洋》中的老葛），有的苍凉沉郁（《我的老椿树》中的老人），有的活泼好玩（《夜莺》中的二老盘和《铺老》中的几个老人），有的从容淡定（《烟叶》中跛子老四），有忠诚（《逝去的人和岁月》中的护林老人），有背叛（《怀念黑潭中的黑鱼》中那对年老的夫妇），也有小心眼（《一潭清水》中的老六哥）……可以说斑斓缤纷。尤其是对老年女人的刻画，我觉得特别出彩，非常独到，鲜明的形象让人记忆深刻，比如《玉米》中的老鱼和《钻玉米地》中的七姑，还没有其他作家这样描写过老年妇女，又是这样准确生动。在农村长大的人都知道，哪个村里都会有几个这样的女人，能说会道，打打闹闹，有些泼辣，有些霸道，但村里的男女老少都喜欢她。这些小说中的老人形象，富有浓浓的人情味，特别接地气。想一想，张炜在创作这些短篇小说时，也不过 20 多岁，他对人和生活的观察力和洞察力已是那样的深邃准确，你不得不由衷地佩服。

张炜的短篇小说中的这些老人，同样被爱和诗意包裹着。他们身上不仅具有善良、勤劳、智慧这些传统的美德，并且同样具有福克纳所说的“爱、荣誉、同情、自豪、怜悯之心和牺牲精神”这些“内心深处的亘古至今的真情实感”。《海边的雪》中，金豹就是一位极为善良、勇敢和坚强的看铺老人，他身上体现出来的牺牲精神有一种悲剧式的美。一个风雪之夜，抢夺过他财物的小蜂兄弟由于贪婪而在海上遇险，在生命面前，这位老人先是一把火燃着自己住的海铺子，为海里的小蜂兄弟指明方向、燃起希望。紧接着又投身大海，把小蜂兄弟救上岸来，而他攒下的为自己建一间房子的所有积蓄却在大火中化为灰烬。“他多想告诉老伙计这桩隐藏了多半辈子的秘密，告诉他亲手烧掉的这座‘小屋’……可是他终于忍住了。昏暗中，他一个人无声地哭。”而在别人面前，他却说：“这有什么，我们不过是到时候划了一根火柴。”就是这么一位普通的老人，浑身散发着人性的光辉。再看《冬景》中的这位老人。冬天快到了，这位孤苦伶仃的老人整天在海边不停地捡拾碎煤和木块，并且把它们晾干封存，这位老人接连几天不停地钓鱼，并且把鱼腌制、风干。老人默默地做着这一切，脑海中不断地闪现着他的四个儿子和老婆的身影：他的大儿子死在南山的水利工程中，二儿子死在海上的捕鱼作业中，三儿子死于战争前线，老婆也在多年前死去了，如今只剩下一个小儿子。小儿子结婚后买了船，一年到头忙得不回家。冬天终于来了，“他知道那是风暴劫走了大海，用它制造冰雪和严寒……他跑回来，一口气跑回小院。小儿子和媳妇站在小院里……”老人说：“哪里也不要去了。冬天开头了。”老人用碎煤和木块点燃了火墙，“从屋角提出一捆鱼，挑出两条油性足的扔进锅里。水滚动着，浓浓的鲜味满屋都是”。小儿子和媳妇坐在热热的火炕上，喝着鲜鲜的鱼汤，天黑了，老人走出来，“老人的眼睛一动不动地看着雪地……老人像守门人似的，蹲在了小院门口……”这个老人太让人感动了。忍耐、智慧、自豪，这是一位特别懂得爱的老人，他让爱在苦难中运行。

还有那篇《至不孝之子》中的老人，70 多岁了，为年轻的儿子的不义之举焦虑不安，以沉痛的心情告诫儿子，谈到了社会、家庭、传统、信仰、忠诚、背叛，动人心魄，留给人们深深的思索。这份博大的父爱不禁让我想到美国作家玛丽琳·

鲁宾逊获普利策奖的小说《基列家书》中的老牧师埃姆斯，他们所展示的正是人性中最为光彩的那一部分。

张炜的短篇小说还有很多丰富的内容。从一开始，张炜在短篇小说创作上，就呈现出罕见的才华、激情和诗意。他以饱满的热情，创造了一个属于他个人的独特世界。他的短篇小说富有浪漫情怀，更贴近诗歌，是向美向善的艺术创作。随着时间的推移，对他的短篇小说的研究，将会越来越丰富。

■马　兵*

盘屈孤贞更出群

——读张炜的三篇散文

张炜曾经给一家刊物的读者推荐过以赛亚·伯林的《俄国思想家》，认为此书最打动人心的部分是记述别林斯基的章节。在这本书中，伯林曾这样评价别林斯基："最后阶段的别林斯基是人文主义者，是神学与形而上学的敌人、激进民主派，更由其信念极端强力强烈，而将纯属文学的争辩变成社会与政治运动的开端。屠格涅夫由他说起两类作家：一种作家，他可能有精彩焕发的想像力与创造力，但始终停留在他所属社会的集体经验的边缘上；另一种作家是生活在他的社会核心里，而与这个共同体的情绪和心灵状态产生'有机'关系。别林斯基知道——而只有真正的社会批评家知道——一本书、一个见解、一位作者、一派运动、一整个社会的道德何在。俄国社会的核心问题不是政治问题，而是社会与道德问题。"① 毫无疑问，张炜本人也正是一个别林斯基式的与我们时代社会共同体的情

* 马兵，山东大学文学与新闻传播学院副教授。

① ［英］以赛亚·伯林：《俄国思想家》，彭怀栋译，译林出版社 2011 年版，第 206 页。

绪与精神状态保持着有机的共振，同时又毫不掩饰地以庄肃的道德义愤呵护自然和正义伦理的思想者，这种姿态在他的散文创作中体现得尤其显明。

从 1970 年代迄今的 40 年来，散文在张炜的创作版图中一直占据重要地位，这种重要性不止是因为他留下《你的树》《融入野地》《绿色遥思》《从高原到天堂》《精神的魅力》《守望的意义》等脍炙人口的佳篇，更在于他可以凭恃散文文体的自由，切直深沉又坦荡洒脱地进入受限于小说和诗歌文体美学的严饬而不得或不便深入的领地。为此，他一方面充分实践散文文体的弹性，比如他有为数不少的散文并非是“规范”的散文，而是整理自各种演讲、发言、采访、座谈和讨论，他个人很珍视这类文字，从早年的散文自选集到近来出版的《在半岛上游走》《芳心似火》《谈简朴生活》和《午夜来獾》等选本，这类文字都不在少数。它们体制任意，一改他美文写作的“自语”姿态，保留口语的习惯和对谈的亲切，有鲜活的现场感，与前述罗列的那些名篇相比虽称不上精心撰构，却也因此别具一番见情见性的感召力。另一方面，他又注重思想力对散文文体的统摄，给散文自由的形式筑起精神的堤坝，他容许散文对芜杂和粗粝的承载，但绝不许它成为博尔赫斯所谓的那种“葡萄干布丁”，东西很多却吃不出干货来——在他最即兴而就的文字里，精神含蕴的浓度也并不逊色于那些流传广泛的名作，也同样具备“建设人的思想”的骨力。因此，在张炜那里，散文既是其小说最好的声援和阐释，也是比小说更直接更朴素地肉搏时代的利刃。

在答《中华散文》的采访时，张炜自谦地谈到自己散文“有三篇稍好”，分别是写于 1992 年的《融入野地》，写于 2002 年的《筑万松浦记》和 2004 年的《穿行于夜色的松林》：

《融入野地》好在"心情遥远、真挚"，《筑万松浦记》胜在"讲了真故事，朴素"，而末一篇则因"以少胜多，心情遥远"。在我看来，张炜从众多篇什中拣选这三篇文章，或许还因为它们正好复现了他"作为一个大地之子"冥思、求索、践行又复归冥思的情感与人格一同掘进且初心不改的旅程。

今天重读写于20多年前的《融入野地》，依旧让人有元气淋漓，沛然莫之能御的激荡感。这篇文章既带有人文主义大讨论的时代印迹，又在某种程度上因预警了时代而超越于时代，比如在今天蔚为大观的生态写作浪潮中，论者很容易在做历史梳理时在张炜这里找到"野地"的源头，从而赋予其生态美学的理解。不过，与其说1990年代前期的张炜是一个自觉的生态主义者（更早期的他比如写作《你的树》的1980年代中期，他反而更像），不如说他更多继承了荷尔德林、雨果、叔本华、海德格尔等前贤的遗产，接续了从浪漫主义到现代人文主义的诗学传统，这种传统尊重人性的健全，也视宇宙万物为秉有灵性的存在，谋求彼此的会通与契合。而在现代的工具理性那里，自然不但被彻底地"祛魅"，还被抽绎为独立于人的"客观世界"。祛魅的"一个深刻而主要的特征是否认'远距离作用'。韦伯在形容祛魅时用的Entzauberung一词，字面上的含义是'驱除魔力'。机械论观点的中心内容是，否认自然事物有任何吸引其他事物的隐匿（神秘）的力量（这种否认使得磁力和万有引力变得难以解释）。就这样，自然失去了所有使人类精神可以感受到亲情的任何特性和可遵循的任何规范。人类生命变得异化和自主了"。[①] 自然被"客观化"则意味着其与

① ［美］大卫·格里芬：《科学的返魅》，马季方译，载江怡主编《理性与启蒙》，东方出版社2004年版，第606页。

主体性的价值和意义再不相干，也无法再闪耀诗意的光辉，而完全沦为人类智力去照亮和把握的被动的对象。为此，《融入野地》提出了“寻找一个去处”“落定”的问题，这也是张炜散文甚至张炜文学世界终极的命题。文中的“我”是一个大地心音的倾听者和记录者，一路奔逃开城市，由故地而野地进而成长为野地上的一棵树，在与自然的彼此关情中克服了生命本然的孤独。“野地”和“树”是被“我”这个不合众嚣的知识分子的灵魂所照亮和赋意的，也即文中所谓的由“知”至“灵”。由此，野地无限向大地敞开，慢慢恢复它幽深玄远的灵性，这让张炜的书写一下子“腾跃”起来，在更澄阔的境界里彰显其不但是故地之子，更是自然之子的身份。

《筑万松浦记》写于《融入野地》的十年之后，这篇文章开篇即说“我一直想找一个很好的地方”，隐然对应后者结尾处的“我将无法停止寻求”。十年求索，张炜终于找到了一方行走的栖地，也是喧嚷市声中的飞地。对比“野地”，这篇散文确实写得素朴。岁月对情感的沉淀自然是原因之一，况且筑造书院的过程即践行心愿的过程，是接近理想的修行，心境当然也完全不一样。还有一点，张炜在《从国际艺术村谈起》中提到，建好的书院大门左书“和蔼”，右书“安静”，是“因为做任何有意义的事情，有一个条件是必须具备的，那就是先要去躁火。作为一个人，一个部门，只有去了躁火才能滋生实力”①。因此，兀立大地上的孤愤被“平静温煦”所取代，炽热如焚的青年情怀也淬炼为中年的沉着和洗练。不过，这并不是说，张炜就此减弱了批判的锋芒——姿态的和静可能正因内心的笃定，对于物质主义的僭妄，他依然不遗余力的独战。在

① 万松浦书院编：《边缘的声音》，山东画报出版社2005年版，第113页。

大约同期关于万松浦的文字中，为他谈论最多的是书院持守情怀的“固本”意义和如何在怡人惬意的书院环境中维系简朴的生活信念。我在阅读这些文字时，总是不自觉地想到在偏僻的瓦尔登湖畔筑屋独居的梭罗，那个依凭着一种朴素的极简主义的态度自觉，谦卑地与禽兽为邻，与那些执迷尘世浮华的人类的“静静的绝望的生活”划清界限的梭罗。在境界上，张炜又是高于梭罗的，就像书院高于木屋，渡人高于自渡，汇聚知性的力量如当年稷下学宫一样百家争鸣也高于一个人幽闭的乌托邦。张炜希望的是“由最初的平静温煦入门，待登堂入室，再感受一种热烈和浪漫”，可见，其内在的清坚之气与野地还是一脉相承。

《穿行于夜色的松林》是一篇短文，在质地上更接近散文诗。在作家的冥想中，“乌云是松林的魂魄”，而雨是“为地上转世的生命洒下乳汁”，这样华美的比喻不但寄托遥深，更是对万物诗性的洞见和把握。对照《融入野地》，那个在大地莽野里行走的抒情主体化身为“在夜色里行走”的乌云，并在凌晨悄然降落，变成一片茂密的松林。这里，乌云代替肉身向树的转化，精警诡奇又察心谙道，分明昭示出大地与苍穹混沌难分的联系，而抒情主体、乌云和树的三位一体则呈现出作家阔大的生命体悟、充满敬畏之心的神性意识和阿尔贝特·史怀泽所倡导的那种与“宇宙的精神关系”，正所谓“天地与立，神化攸同”。值得深思的是，乌云的神游并不逍遥，反而时有跋涉的艰难，尤其当乌云俯视到“千疮百孔的平原”，那上苍的静默里隐含的哀恸让这篇有着很强的形式强度的小文弥散出绵远苍凉的况味。也因此，《穿行于夜色的松林》成为张炜同期万松浦书院“思与在”系列中非常特别的一篇。

《筑万松浦记》结尾写道：“万松浦书院立起易，千百年后仍立则大不易。”因为在历史上，“在绝望中慢慢坍塌冷落拆毁”的书院太多了，就像那茂密的松林也会变得千疮百孔。这样说来，筑成一座书院也就是筑起一片精神的丛林。在世风的侵扰和岁月的摧折下，这片丛林是否会兀自矗立于大地，是否会永葆苍郁和遒劲，是否会芳醇满溢？这时，我们也许会听到一个眉头紧皱的跋涉者坚定的心音：“我在默默夜色里找准了声义及它们的切口，等于是按住万物突突的脉搏。”

■张洪浩*

人应该怎么过生活

——读张炜新作《芳心似火》

在当代以思想而著称的优秀作家群体中，比较而言，张承志更关注世界问题，韩少功更关注中国问题，而张炜和史铁生更关注心灵问题。心灵问题关乎人类的生存和生活方式，因而决非小问题，因为比海洋、大地和天空更广阔的是心灵。《芳心似火》是张炜长期研究齐文化的结果，但更重要的也许是，它还是一部结合历史和现实谈论心灵问题的专著。这便是作家写作这样一部书的重要立足点；但同时也可以说，它是从谈论心灵问题的角度切入，探讨中国乃至全人类生存和发展的大问题的一部书。

全书分为 8 章，由 61 篇短文组成，可以看作是以扑克牌的方式结构的书。单看书名，或者随便翻翻，读者可能会认为书的主旨是讨论情感问题。事实上不仅仅如此，书在开篇的一两节写到了爱心，但读下去会发现，作家真正要探讨的远远不止于此。书以一种散点透视的方式谈论问题，而且较多地涉及

* 张洪浩，烟台市文学创作研究室专业作家。

齐国的历史和文化，可谓思维独特，视域广阔。文字信息量大，思想深邃，一本十几万的书，让人读出了厚重之感。

作家的谈古论今是从容的，笔致是舒缓的。论述上采用了一种诗意的笔调，以诠释“芳心”开篇，又以再度诠释和向往“芳心”收束。在书的一前一后，作家曾如此解释什么是芳心：

“所谓芳心，就是从爱意刚刚萌发的一刻，直到两相吸引剧烈燃烧之前，这中间的一个时段。”

“就是把炽热加以收敛克制、保持了一种适度和温文、还没有开始放肆燃烧的心。”

不仅如此，还把“芳心”的外延作了扩展：

“无论是人还是其他，万事万物都有一颗芳心。人需要赢得大自然的芳心，地球的芳心，上帝的芳心。”

张炜认为“人生如长恋”，芳心似火，燃烧才能迸发出灿烂的光芒。然而燃烧要有度，如果一味放纵，任其燃烧，则很快就会消耗殆尽以致毁灭，所以“智者使用减法生活”。在这方面，个人和国家是一样的，一个智慧的民族，同样应当中庸平和，善加调理。作家首先回顾了古代智者从容有度的生存方式，阐述了人和动植物乃至整个大自然的密切联系和深厚情感。那些和谐、质朴和美好的一再逝去，令作家追思，同时启动了追问：古代的好东西是怎样灭绝和消失的？所谓进步又是什么？是什么促使人类走上了一条自我毁灭的不归路？

作为大地的守夜人，张炜关怀的从来不仅仅是人类。人类为了掠夺财富而无所顾忌地灭绝其他族类、毁坏大地的疯狂行为，在他是痛恨已久。书中有一节叫作“对不起它们”，列举了人类肆意侵犯动植物和大自然的许多罪行，发出了深长的叹息。“只有人对不起狗，没有狗对不起人。”对动物的疼怜与悲悯，表现出一种与天地万物共生共荣的理念与情怀，启发我们思考这样一个大问题：什么是人类社会真正的进步和发展？如果伴随胜利的总是“棋形不好”，如果前进的代价是灭绝其他生灵，是摧毁伦理道德，是破坏后人的生存环境和条件，那么这样的快速发展何如安步当车？书中还谈到了“羞涩”的缺失。这一话题，作家20多年前就在文章中谈论过，此次谈得更为深入。羞涩，作为一种特别能体现人性的表情，如今几乎完全消失了；而且，绝大多数人会认为羞涩是一种需要克服的缺点。作家认为，“异性之间的矜持与恪守”影响的是社会政治以及精神生活，正是在这一意义上，伦理标准的急速变化是可怕的征兆，如果没有一个有效的遏制，将意味着道德的整体滑坡和生存规则的全部沦丧。这是一个常怀“保守”之心的思想者的发现，是一颗敏感的诗心对人心变化的测度和担忧。很多人其实也都感受到了，只不过在麻木中丧失了警惕。然而显而易见的是，羞涩少了，无耻也就多了；羞涩不再，这世界也就没有了伦理，没有了安宁。相比“古墨”“古宣”和“千年膏”的消失，羞涩的消亡将更值得人类遗憾，或许还意味着人性的变质和某种危机甚至灾难的降临。

作家不无叹惋地谈论了一些行将失传的东西，比如中医，认为“中医是根植大地的心学”，同时又分析了如今中医难觅的原因，因为随着时间的发展，人与大自然的那种最直接最朴素的关系变化了，逻辑思维已经伤害到了中医的思维。这是人类的宿命，令人遗憾。还探讨了“书生”的概念，陈述了孔子、孟子这样的书生对历史的贡献，并坚信真正的忠信、勇敢恰恰来自所谓“书生”，而不是那些破坏文明百无禁忌的野蛮人。“人类创造了文明，从而生活在这种亲手创造的成果里，这就是一种规范和安全的生存。理想的生存其实应该首先让每个人都成为书生，而后再说其他吧。”这些独属于作者自己的思想，是总结历史时的深层发现，同时又凝结着太多的现实忧虑和关怀，一声叹息，意味深长。

诞生于齐国故地的作家，怀着深沉的情感看待这块土地上发生的一切。他打捞历史记忆，审视历史陈迹，目光深远，思绪沉重。对于齐国历史的研究和思考，不是一般意义上的寻根，而是一种现实思绪的历史观照。“恣”与“累”，是作家对已经灭亡了两千多年的古国的独到认知和表述。作家发现，商鞅也罢，被荀子称之为“小人之杰”的管仲也罢，其改革都是失败的，可见发展之事急不得，“恣”的后面紧跟的就是“累”。由此，作家批评了这些改革者的“力功不立义”，并且指出，“以卑劣的手段获取的胜利往往是难以持久的”。“我们现代人努力追求的许多个目标，都可以惊讶地从齐国发现，我们所极力寻找的市场的方向，也早在齐国的第一个繁荣期就达到了。不仅是经济，更有文化、体育，这一系列与国势匹配的所谓软实力，都走在了当时各国的前头。而后来最终统一中国的却不是齐国……”这是为什么？“齐国的恣与累”引发作家思考了它曾经的残忍与气派，探究了“最早的凯恩斯”管仲的改革之道。与此同时，他又回顾了孔子的道路，反思了批孔及其一系列问题，从政治、经济说到文化，从历史说到今天。其中对稷下学宫之兴亡的反思，对“五四”的反思，对“解构”和“解放”问题的反思，道出了前人所未道出的一些道理，可谓凝重而深刻。

20 多年前，作者在其长篇力作《古船》中，借主人公之口发出了沉重的叹息和质询：“一辈子又一辈子的苦难，也许就是因为没有一块过生活——可这样的生活还是没有过好。这才是我最难过的地方……我寻思的就是这些。这里面牵涉到了做人的根本——怎么过生活？”“我常常想，人哪，你到底能走多么远？……”今天我们读《芳心似火》，会发现，作家为之不懈思索的，仍然是人类应该怎样“过生活”这一并不轻松的话题。总结历史，作家发现，在这个世界上，最容易积累的是财富，最不容易中断积累的是科技，最难以积累的是美好的思想和情感以及管理这个世界的方法。所以，人类没有理由为了快速积累财富而毁坏更重要的东西，而肆无忌惮不守伦理。想想看，现代人盲目追逐物质，难保不会重蹈齐国的覆辙。重要的也许不是迅速变大变强，而是找到恰当合理的管理方法，是调整国家和个人的心态，让人类和世界拥有一颗芳心。

宏阔的历史视野和丰富的文史知识，使本书的写作颇具学者风范，但书是由美文组成的，活泼好读，富于弹性，没有经院学术的呆板枯燥。作品的语言平和而儒雅，从容而冷静，似乎大异于《柏慧》等早期作品。我们可以设想，多年的淬火之后，作家变得通达和宽容了。愤怒、焦灼和绝望，似乎业已消失，一本谈论“芳心”的书中，有的只是安静和干净、从容和笃定。但这本书最重要的部分不在前十几页，而在后十几页。越往后读越能发现，那一切其实仍在，只不过变得更为内敛了；不扬波澜的平和叙说之下，涌动着深沉的思想潜流。“都知道这样做将没有明天，却一时没有更好的办法。这样做，说白了就等于和对手一起跳崖，厮打着扭扯着，一起往崖畔上走去。”匆忙度日而懒于思考的我们，也许一时难以理解作家的忧虑，但这些振聋发聩之语，还是让我们不由得为之悚然，停下来思索一番。

往返古今，心潮难平；参悟大道，感慨良多。几千年风云激荡的历史以及留下的经验和教训，令作家耿耿难眠，所以文章写成了系列，一写就是一本。张炜的理想主义的追求，是建立在对现实的深切忧患之上的，他关怀的永远是大事物。在这部书中，我们看到的是作家一以贯之的求索。这仅仅是一本散文么？不，它是一个不倦的思想者回望几千年历史后的自语，是一个当代作家思考当下所有现实问题后的苦辩。可是在一次访谈中，作家如是说：这是一本关于养生的书。这显然是谦逊、幽默和隐喻。那么，我们也只简单地说这是一本好书吧。一本讲道理的朴素的小书，一本人人都应阅读的“养生”之书，同样是不可忽视的。我们读《芳心似火》，无论从哪个角度来读，都会获得思想的启迪，接受心灵泉水的洗礼，而这，也许就足够了。在当下浊气逼人的书海中，这以悠远深邃的悟想、精当优美的语言写成的书，必然是卓尔不群的一本。我们可以感悟到：贯穿全书的大主题，是对美好世界和美好心灵的追求，而充溢全书的气韵是心灵的芬芳。这是一个哲人加诗人的悟想，严肃的历史理性之上，始终可见一颗勃勃跳动的诗心。这些出自智者之芳心的文字，这些“温文”的文字，字字都如阳光下的珍珠，洁净而优雅，值得珍视和珍藏。

选择一种良好的生活方式，并且坚持走下去，是智慧的表现；坚持日常劳作，知足而且长乐，避免剧烈燃烧，保持一颗芳心，是现代人过生活必需的准则。“这里面牵涉到了做人的根本。”作家的谆谆告诫有可能是匆忙的人们听不进去的，但却是真正有道理的；许多观点似乎是不那么合时宜的，但恰恰又是非常适时的。相信将这样一册有禅意和诗心的书置于案头枕畔，时时翻阅品咂，对于润泽和滋养心灵会是有益的。这毫无疑问。

■李　亦*

高蹈的纵情言说

——读张炜的《万松浦记》

"万松浦"是个书院的名字。它隐于山东龙口港滦河入海口一侧的几万亩松林里。港滦河从山地奔腾而来，在这里就要扑进大海的怀抱，迎接港滦河的是蓊郁无际的松林和数不尽的林中动物。书院是藏书和讲学的地方，书院是收藏和传播思想的地方。我们不必附会也能体味"万松浦"的寓意。三十几年前，张炜从这里起步，现在他又用《万松浦记》命名 20 卷散文集，其意令人深思。

评说《万松浦记》总有管窥蠡测的感觉。幸好是随想。打开《万松浦记》的任何一卷，那些膨胀的意绪，那些丝丝入扣的推演，那些真诚和质朴，那些慧智和深邃，那些豪迈和烂漫……就会扑面而来、撞击心扉，不由得不让人浮想。这是好作品的重要特征。好作品还有一个更重要的特征，就是激发读者拿起笔来，写下你的激越和浮想。

* 李亦，山东省文联文艺创作研究室文学部主任，作家。

大散文必有大境界

散文是指诗歌之外的所有文学形式。习惯上对散文的理解却不完全是这样：一些报刊散文栏目下的文章有意无意地都把这一文体缩小成盆景式的书写，无论内涵还是外延被砍削得不成样子，失去了散文的应有景色。一个小故事，一些小情绪，一点小感触，总之是以小见小，大，哪去了？因为篇幅的短小而制约其内核？肯定不是，我们古代散文都很短，王羲之的《兰亭集序》才四百多字，其意境之大，是不可言说的。唐宋八大家的散文都要背诵，长了怎么背得过？

《万松浦记》也没有太长的文章，最长的也就几千字，但《万松浦记》是大散文。它的大，不是因为总量重，全集1600多篇，随便抽出一篇来读，也有迫人的凝重和燃情。关注对象是决定散文大小的前提，只为一点儿女情长和柴米油盐（当然这些也是散文的绝好题材，关键是怎么写），和操心精神道德走向、操心民族人类前途、操心自然物种和谐的结果不可能一样：前者的小情调很难孕育出大散文，而后者的大境界写出的散文再小也是大散文。《万松浦记》是操心大事情的散文，即使抒情的篇章也有大的情怀。这是一个作家的精神底色。

《万松浦记》的绝大多数篇什都在用心写一种东西，这种东西很难用一个词说清，我想“价值”有点接近它。价值这个词包含正确与错误，低贱和高贵，道德和伦理等等，总之是个很大的词。一个大词几句话没法说清，几篇文章也不见得奏效，只好用400多万字阐释这个词，这些文字正好是张炜30多年里虚构作品之外的全部存留，也就是说，他30多年里都在思考这个问题，可见这个问题之大之艰，由此呈现出的境界自然不会小。

由作品的视野，我们也能看出《万松浦记》的大。社会现实，商品主义、技术主义、文学历史、人文精神、饮食起居、见闻游记……话题几乎无所不包。大，还在于作者的气度。《融入野地》《古镇随想》《半岛札记》等相对狭义的篇章，同样让人觉得激情澎湃，久不释怀。而那些气度不够的作者，即使面对一个非常严肃的重大话题，也会有意无意地露出精神的忸怩和拘谨。文字质朴可以避免小气，大凡经典作品文字都葆有平易朴实的特点，越质朴的文字越能说明大道理，《万松浦记》可为明证。

宠物是词语

开始养宠物大都出于偶然，可有可无，养着玩儿。一旦上手，就知道宠物是怎么回事了，简单地说离不开了，有感情了，这感情十有八九会变成爱。宠物渗透了生活或生命。养宠物最终演变成了精神活动。

张炜最早写诗，诗对词语的仰仗不必多言。把词语看成张炜的宠物可能不尽贴切完美，但词语在他创作过程中确实像他养的宠物，那么乖巧可人，让人牵肠挂肚。他爱词语，词语更爱他。词语有时百般娇媚灵动如水，有时又似石像铁沉重如山。词语知道他的心思，体贴他的苦衷。词语无限忠诚于他，从无半点疏离和背叛。词语引领他走向未知，词语是他虚构的开始，也是细节的萌雏。词语时常凌空高蹈也时常纵情言说。词语不自觉地感动别人也感动张炜。

既然是宠物，极有可能闪化成仙，这是作品自明的事实，身边有了即将成仙或已经成仙的词语宠物，张炜将被引向何方呢？

新时期以来的作家，词语的运用千人千面，张炜注重词语尤有特点。特点一，简练不是目的，是手段。所有张炜作品，简练是最直观的印象，这是中国文学的传统，大部分中国作家都深谙此道。但张炜知道中国文学传统的简练有着历史渊源，随着西学的东渐，这一传统正有消解之势。东西文学传统比较，根本的差异不是简繁，而是表达的艺术方式，只一个“简”字难以说透中国文学的奥妙，因此，这就需要另一个字——“练”的配合。特点二，“练”出了独彩。“练”需要很深的功夫，有天赋的人练上几年就能见效，而一般人练一辈子也许没有太大长进。从某种意义上说，散文的奥妙基本在词语上，而词语的奥妙则在“练”上。什么样的词语才叫“练”?不好说，但可以说什么样的词语不叫“练”：新闻媒体、报纸上用的词语不是“练”，流行语、时髦语不是“练”，别人总在重复使用的词语不是“练”，廉价使用形容词的不是“练”，不注意使用动词和名词的不是“练”……张炜的“练”已经独成一家，而且可称得上上品。《万松浦记》中多处强调语言在文学中的根本地位，张炜说文学不是表演，可以借助其他形式，文学只有语言，好的作品，雅文学的标志只有一个，就是语言过硬。这个硬，我理解就是“练”。特点三，巧妙使用方言。方言使用有一定范围，离开了这个范围，就失去了应有的表现力。方言有显而易见的优势，是普通话无论如何都无法取代的。方言进入文学作品是必然的，但不是简单地进入，而要经过“练”，必须让读者明白其所指。这就要花大力气“练”，张炜叫“翻译”，我称这个过程叫“练”。“练”成夹生饭不行，必须是一道美食，才易于吸收。特点四，吸收和改造古语，这是个很有野心的活儿，中国古汉语曾经的辉煌是有目共睹的，所有汉语写作者对她都是谨敬有加，从中汲取了无尽的营养，改造是不敢想的，但古汉语确实需要融入现代汉语、融入今天的语言环境才能更有表现力。《楚辞笔记》是学习研究《楚辞》的札记，其附加值是对古语的承接和改造。类似的还有《芳心似火》。这是一个写作者的勇气和精神，有了这样的勇气和精神，通向经典的大门自然就打开了。

“思想”上瘾

“思”和“想”本来是一回事，但合在一起就是某种“主义”之类的东西了，是一些成型的理念，这里我用它“思考”“思虑”的意思。一个认真的写作者都是严肃的思考者，往大里说就是思想者。写作者的思想可能不够理性，也不具备哲学思考的体系，但写作者的思想是人类思想库中最不可或缺的一部分，少了这部分，思想就干巴巴地没有光彩和温度，就会走向教条和僵化。写作者的思想是人类思想的翅膀，她可以带领人类朝着美好理想飞翔。

《万松浦记》是作者虚构作品之外的全部作品，也可以认为是作者“思想”的结果（作品里包括对自己虚构文字的解读）。这结果可以说包罗万象，一部分是谈文学及写作的，写作又有小说、散文、诗，这一部分可以叫文学“思想”，其他的那些“思想”非常庞杂，大多是关于社会道德方面的。张炜建造的文字大厦十分壮观，各种文体粗算下来有 1500 多万字，平均每年要有 30 多万字的写作，折合到月或天里，那也是一个比较大的数字。这些文字的产生，无一不伴随着他的“思想”，写作只是“思想”的外在形式，只是把“思想”的结果用文字落实到纸上。那么，作者显然是在不停地“思想”。《巴黎圣母院》中艾斯米拉达对甘果瓦曾发出过这样的感叹：“真累人啊，为了个流星你写了六百页。”对张炜来说，为了这个“思想”，他写了何止十个“六百页”？这是个累人的活儿，但张炜觉得幸福，没有这样累人的活儿，也许他才觉得生活累人，至少幸福的指数会大大降低。

写小说是“思想”，写散文更是“思想”，小说有一定的外壳，有些套路，就像京剧一样必须有板有眼，荒腔走板的戏没法听，一点套路没有的小说也没法看。但散文则不同，有了套路散文就死了，有了套路散文就没法“思想”了。散文要的就是真实和本质，就像“很局部的细节，词语”（《诉说往事》语）阐述的道理一样，《万松浦记》是词语扩大了的“思想”，面对他全部的“思想”结果，我只能说作者是“思想”上瘾了。

这是一切经典作家的“通病”。

《万松浦记》词典

过去读书，读到精彩的句子总要抄下来。在我看来，《万松浦记》的许多语句无法评说，堪称绝伦，我只好用老法把它们挑出来，以备日后阅读和检验。

> 人与文学的距离和关系好比人与太阳——每天被照耀却不太在意，每季每年都在远离或接近许多光年，却同样被忽略过去——因为太阳实在太大了。太阳也是有寿命的，但我们不必常常谈论它的死亡。因为太阳比起人来，其寿命还是长得无边。
>
> ——《被忽略的阳光》
>
> 一位海外朋友说，有一次一个政客在拉选票时，不停地谈今后要怎样为当地搞来更多的钱。当地的一位老太太听着听着插话说，我们不再需要这么多钱了，我们的钱已

经足够花了，我们现在最需要的，是要我们的孩子还能够继续到海边捡贝壳。

——《不被物质所累》

作家和社会生活的关系是相当紧张的，任何一个稍微像样的作家，都是挑剔的、批判的、不满足的、忧思满怀的。他是这样一种人，不然的话，他就不会极度地追求完美，源于个人生命中的感动也就大打折扣了。

——《作家的忧思满怀／良知和朴素》

文学的语言严格来讲是方言，方言是真正意义上的语言——实际上作者是经过了翻译才落到纸上的……没有纯粹的普通话写作，他一定是带着街道、城市、乡村等区域语言的。比如北京话——普通话作为基础的一种语言——老北京人说话就很拽，他一定有方言。

——《比过去宽容和复杂许多》

纯文学作品，一个分句的特殊调度和使用就可以构成一个兴奋点。语言包含了广义的情节、思想和人物。

——《从技术层面谈雅文学》

"在月亮上行走过的人，给他个县长还干吗?"……领略过很高的人生境界之后，跟最卓越的灵魂对过话，拥有过那种绚烂的、巅峰时刻的极度体验，物质主义的诱惑也就不算什么了。

——《阴郁的空间》

词语被写作者所迷恋，是完全可以理解的。语言艺术家从迷恋词语开始，去悉心揣摩和研究，知道它们的性质，就像熟悉人与人的不同性格一样。写作从某种意义上讲，就是固定词语的工作——这是个复杂到有点神秘的工作。

——《诗和词语》

小说作为一种虚构的文学形式，虚构性是渗透在所有方面的，而且可以说，它首先是从语言开始的。如果我们认真解剖一部好的小说就会发现：这其中无论是作者使用的叙述语言还是其中的人物语言，都是独具特点和与众不同的——它们不太像公众的、社会的、而纯粹是独一份的。……他的这种“语言方式”根本就不可能复制。

——《虚构从语言开始》

写作是我生命的记录，最后我会觉得，它与我的生命等值……在非常遥远的地方，高空，或他乡，似乎有另一个我在专心等待，等待倾听我时急时缓的诉说。我的全部文字有时仿佛就是为了读给他的。

正因为是如此地爱惜自己，我才非常谨慎地一笔一笔刻记下去。

——《读本、新作及其他》

有个捡金人贪心而死的故事：遍地黄金总让他不舍，最后被压倒了。我在《万松浦记》中捡金，自然不会怕被压倒，压倒了与金子的距离更近，只是篇幅限制，让我遗憾，只好暂时停下来。

■孙书文*

孤独是人生的光焰

——张炜《也说李白与杜甫》中的“孤独”意识

张炜的《也说李白与杜甫》不是对几十年前郭沫若《李白与杜甫》的致敬之作，作者更为着意的是借李杜来发自己对诗、对诗人、对时代的感怀。这本讲演录具有发散型的特征，有着许多有意思的维度，“孤独”便是其中一个重要的话题。张炜从一个与李白有关联，但在历史上远算不上重要的人物——“独孤明”——开讲，意旨很明确，就是“借其表面字意”：“一个人既要‘孤独’（独孤），还要‘明’。‘孤独’是一个基础条件，一旦失去了它，‘明’也就失去了。”“孤独”是说一个人生活在“个人的、有所隔离的封闭空间里”，“明”则是指“有一些完全不同的、极其偏僻和深入的发现……是清晰和洞彻”。[①] 孤独方可“明”，《也说李白与杜甫》是张炜的一本孤独之书。

---

* 孙书文，山东师范大学文学院教授。

① 张炜：《也说李白与杜甫》，中华书局 2014 年版，第 11 页。

一

孤独的人都几乎都会“天然地”与大自然发生密切的联系。张炜注意到一个现象：大诗人都与自然有亲近感，他们用各种方式深入到自然之中，常常有雅士花上大半年甚至几年的时间浪迹于山水之间。公元738年，李白移家东鲁时，与山东名士孔巢父等在徂徕山竹溪隐居，世人称他们为“竹溪六逸”。流连于自然之中，“几乎每一个古典诗人都是描写大自然的圣手，他们简直就是大自然的发声器官。古人的诗以及画作之中，都给人以强烈的大自然的冲击力”。[①] 歌德的《流浪者之夜歌》也是这种风味：“群山之巅/一片静谧︱所有的树顶/你听不见/一声叹息/林中鸟儿无语/只等着，很快的/你也休息。”当今时代，“那种人与自然的奇特关系被伤害了，所以产生不了具有大感悟、大把握力的生命个体的表达”。[②]

西谚讲，当上帝关闭一扇门，必然开启另外一扇门。此谚意指上天给人机遇都是相同的。若不拘泥于本意，从人的主动性来讲：只有关闭这一扇门，才能打开另外一扇门；人与自然相通的门要打开，人与喧闹世界的那扇门是要关一关的。行走、壮游，置身于旷野之中，与天地为一的气氛的浸染，对诗人是重要的。宗白华盛赞张孝祥的《念奴娇·洞庭青草》。词中写道：“玉界琼田三万顷，著我片舟一叶。素月分晖，明河共影，表里俱澄澈。”宗白华赞扬诗作“意境高超莹洁而具有壮阔幽深

① 张炜：《也说李白与杜甫》，第217页。

② 张炜：《也说李白与杜甫》，第210页。

的宇宙意识”[①]。化身于自然之中，与天地造化一体，进入此种孤独方能有“尽挹西江，独斟北斗，万象为宾客”的境界。

二

能孤独才会有大作品。

张炜反复提及《月下独酌》这一典型的孤独的文本。它最能体现李白的生命特质，是最具李白风神的作品。“花间一壶酒，独酌无相亲……”此诗“体现诗人这种深不可测、悠思缥缈、神性摇荡”[②]。明月，“我”，影，构成一个看似为三、实则为一的孤独场景。诗里面有巨大的恐惧、惆怅和寂寞，有大沉醉、大忘我、大寂寞、大牵挂。在张炜看来，此诗与陈子昂的《登幽州台歌》都有深深的悲凉，但此首又远远超过了后者。陈诗中所透露出来的是“惆怅和无奈感，而李白却给人以可怕的伤怀与绝望。它们是不同的，力量和效果大为不同”[③]。当代哲人冯友兰在其名作《新原人》自序中曾谈及人生的四重境界，即自然境界、功利境界、道德境界、天地境界。以此论诗，陈子昂的诗尚停留在功利、道德境界，而李白的诗已“飘逸”至天地境界。

孤独的诗人才能写出大作品，因为孤独的人才可以“走神”，才可以达到诗境的高境界。张炜关于“走神”的论述很有意味：“冥想和无可事事，白日梦，游离肉体的局限，走入沉思神游的悠然状态。这时可以听凭世界和事物自己运行，正是最富于创造的时刻。这种‘走神’与社会功用观念相对立，

---

① 宗白华：《美学散步》，上海人民出版社 1981 年版，第 73 页。

② 张炜：《也说李白与杜甫》，第 92 页。

③ 张炜：《也说李白与杜甫》，第 94 页。

比工作和工作中的停顿都要高级，进入了更高的秩序，成为一种超越平凡世界的独立存在的力量，它不是消极的，而是生命中的礼物——一件于无意间降临的厚礼。”[①]“走神”其实即是在说文学想象。每一位有雄心的作家，都不会不对想象发表见解。作家们赋予想象以崇高的地位，用几乎像对待“爱人”一般的矛盾的态度来对待想象，有些甚至会对之“胡言乱语”。著名者如刘勰所说：“文之思也，其神远矣。故寂然凝虑，思接千载，悄焉动容，视通万里。”莎士比亚曾言：“诗人转动着眼睛，眼睛里带着精妙的疯狂，从天上看到地下，地下看到天上。”张炜的作品充满了想象，其创作始终“保持着饱满的诗情和充沛的叙事力量，为理想主义者绘制气象万千的精神图谱”（茅盾文学奖评语）。想象是一个玄题，甚至有人会认为，这是个“伪”题目。但奇特的是，作家、理论家们又都在讲这样一个“伪”题目。它与典型不同，与意象、意境不同，以人为喻，它更像是一个“怪人”，是张炜所指认的如李白一样的、更易让人喜欢的“怪人”。张炜在一次接受采访时，曾着重谈到想象力。在他看来起码有两种不同的想象力。一种是较大幅度的“情节动作”，编织离奇的大故事，比如《西游记》《变形记》《聊斋志异》。这种想象固然需要，也是作者的勇气、生命力和胆魄的表现；但似乎还有另一种更难一点的，却又长久不被人注意和认识的想象力。文学想象力的重心不是剧烈、离奇的故事。正像社会生活中的千奇百怪直接记录下来毕竟不是小说一样，仅仅是幻想出一些怪异的故事也还不算文学。文学的想象力和大胆编造幻想仍然有所不同，更内在更复杂一些，比如说它可以是通过个性化的语言去完成和抵达的一个复杂的过

① 张炜：《也说李白与杜甫》，第 91 页。

程。张炜对两种想象力的区分，很有借鉴意义。作家重构了一个世界，这个世界的力量来源于作家的想象力。这种想象力，在作家的语言、叙述、作品的形象中都“流溢”出来。

文学想象是一个值得深入研究的问题。莫言也就这一问题提出了许多独特的看法。比如，他在一次演讲中提到，蒲松龄的作品极富有想象力，但同时又说这种想象力与现代的想象力是不同的。莫言小说的“魔幻性”固然体现了其卓绝的想象力，同时，他的作品对现实强大的重构，也并非就不是想象力。想象是一种深度。雨果在谈到莎士比亚时曾提及，想象是作者的自我深化，是伟大的潜水者。进入数字时代，我们进入了一个空前绚丽的“想象世界”，人的感官被空前打开。这一生存景观对文学想象也产生了巨大的冲击，“魔幻文学”“玄幻小说”“穿越小说”扑面而来。但细观这些作品，又会发现，这些作品所建构的想象世界背后，有着一个极其“功利”和“现实”的世界。因为功利和现实，这个世界的精神内蕴还相当贫乏。

三

孤独是作文的一种境界，更是做人的一种境界。孤独关系到诗作的诗意，文学是“生命放电”现象，于是孤独又关系到生命的质量。张炜认为，“衡量一个人是否足够优秀，还有一个标准可以使用，就是看他能否寂寞自己。寂寞是可怕的，一说到人的不快，常常说他‘很寂寞’。其实正因为寂寞，才会有特别的思想在孕育和发现”[①]。张炜在此书的《绪论》中提

① 张炜：《也说李白与杜甫》，第182页。

到三种讲学的方式，即“设坛讲学”“对话明辨”“例行授课”，方法各异，品级也有不同。第一等级是“设坛讲学”。他认为能有资格设坛讲学的，老子是一个，连孔子、苏格拉底都不行。设坛讲学的资格是什么？“这个人需在某些专门知识方面有很高的造诣，有极好的个人修养；这个人往往是、最好是某一学科某一时代沉淀下来的人物，他沉浸在过去的世界里，跟自己所处的当下形成了一定的间离关系。”这其中重要者是与时代的“间离”。“大致要处在世俗生活的孤岛上。他拥有个人的空间和闲暇，在那儿反思一些问题，咀嚼一些问题，觉悟一些问题，他跟当代所流行的各种知识常有隔离。而且最重要的，这一切绝不可能是一种生活姿态，而是一个人所固有的生命品质。也就是这样的一个人，他送给别人的才会是比较独特的、陌生的、真正个人的东西。”简洁地说，这个人应是一个孤独者。

张炜对“孤独”有深深的感怀，他在本书用到的许多词语都围绕着“孤独”二字，如独处，如徘徊，如隔离，甚至如闲暇，其实都是讲孤独。只有孤独者，那些不合时宜者，才能成为文化的传递者。“这种人才有可能是‘孤陋寡闻’者，才能更多地待在自己的地方，那将是另一个精神之域，是我们大多数人早已告别了的世界。他秉持的是过去一个指纹、一套内容、一些观点，并且不停地咀嚼，反思和玩味。只有他才能将过去传递到今天，使文化饱满和完整地延续下去。”这是孤独者的责任。

张炜对当下时代表示了不满，因为这个时代不易于孤独的产生。网络数字传播特别发达的时代，并不是一个文化传承的好时代，而恰恰是文化流逝和快速崩溃的时代，文化迅速走入了庸俗化和泡沫化，作家、学者都失去了闲暇，也就没有了孤独的可能。时代不可选择，但自我的态度可以选择："可以跟上去，也可以背过身去。"[①] 背过身去，也便成了孤独者。

四

张炜对李杜也有些许遗憾，这遗憾也与李杜两人孤独得还不够有关。比如，就文化意义上的"块头"而言，他们二人似乎比之于屈原要逊色些，他们的诗作大多还是基于个人情怀、家国情感的感喟，但屈原却有了煌煌的上天入地、宇宙洪荒的《天问》。这或许与他们所处的时代风尚相关，或许与个人的遭际，与世间原本根深蒂固的偶然性有关。但或许也可以说，在张炜看来，汲汲于"干谒"的李杜未能进入屈原所拥有的"孤独"，于是也便没有了如屈原般电光石火的诗作。张炜曾谈到俄国大作曲家柴可夫斯基的一段故事：一位贵夫人太爱他的艺术，一定要让他过上一种衣食无忧的生活，条件是两人不能见面。这是成就"孤独"的极佳的契约。或可玄想，张炜或许也期许李杜能遇过这样一位"结着"艺术"愁怨"的贵夫人，能让两人更彻底地沉入到深沉孤独之中，不必遭遇那令后人频频质疑、叹惋的"致君尧舜上"，于是他们会有更加光芒万丈长的诗篇。但从另一方面说，或许有了不甘于孤独，才能有更令人沉迷的孤独。孤独更像是一个容器，是需要把人生放在里面来搅拌、来发生化学作用的。

张炜所说的"孤独"，实在是人生的一种美丽的光焰，它让许多有创造力的人沉迷怀想。学者王岳川十年前一篇文章中的一段话可与之互证："每当子夜时分，喧嚣的都市终于静下

---

① 张炜：《也说李白与杜甫》，第266页。

来，我在燕园静谧的书房中一灯独荧，好像自有宇宙以来只有一个我，好像自有我以来才有这个宇宙一般。心静极了，每每著文作书时，有听滴滴雨见婆娑叶之境，有感绵绵无期秋雨之界，有疾风骤雨之期，有爽快明洁之时，有生命在点滴中飘逝之感念，有狂涌澎湃之思绪，有和弦在鸣奏之雅致，有'谁共我，醉明月'的豪情，有时耳际会感受到晨曦，有时心中会响起笛鸣！当夜阑无声，唯有众星应和一线光明时，杳缈浩宇，唯在心念之间！唯在字的运笔之触！"

张炜关于"孤独"的种种玄想若隔离出来看似乎有些"假"。但这种"假"又是人生之至"真"的存在。这种假与真的辩证法，或者可用庄子"创造"的一个词来讲——"吊诡"：孤独是人生业余，正如文学是人生的业余一样。孤独与文学最业余的，也是最正常的，是"心灵之业"，是"生命现象"，是能够留下生命印痕的业余存在物。有了孤独，人生也便成了一篇好诗章。

当张炜对某件事物发出期许时，总会说："那该是多么好。"这类似口头禅的一句话也反映出张炜理想主义的底色。把他的这句话套用一下：世间能存在孤独者，能多些孤独者，"那该是多么好"！

■杨守森*

执着于道说神圣

——张炜文学观浅识

在张炜的散文、随笔、创作谈、访谈及讲演中，常见他在发表这样的看法：真正的小说家“是一个土地崇拜者”，“小说家只是土地上长出的众多器官之一”[①]；“伟大作品应该有神性”[②]；“爱文学就是仁慈”[③]；“文学帮助人们寻找信仰”，“文学通向信仰”[④]；“写作可以不考虑读者”，要“为那个遥远的高处的我而写作”[⑤]；等等。这类主张与见解，听起来有点即兴，有点随意，甚或有点儿奇谈怪论、玄秘莫测的感觉，但联系其创作历程与作品，细品其相关论述，就会意识到，其中隐含着张炜关于文学功能、作品境界以及作家应有怎样的追求等很严肃、很深刻，而又不无孤独与痛苦的独特思考；也会进一步清楚，中国当代文坛上的张炜，何以是张炜。

---

* 杨守森，山东师范大学文学院教授。

① 《张炜文集》第 31 卷，作家出版社 2014 年版，第 245 页。

② 《张炜文集》第 42 卷，第 233 页。

③ 《张炜文集》第 40 卷，第 283 页。

④ 《张炜文集》第 29 卷，第 133 页。

⑤ 《张炜文集》第 44 卷，第 68～69 页。

一

张炜所说的崇拜土地，就是崇拜自然。他所说的小说家是土地的器官，强调的即是文学与自然之间的本原性关联。在中国当代作家中，张炜可谓最富于关爱自然的情怀者、最敏感于生态危机者。早在 1984 年，当中国文学界在继“伤痕文学”之后，又汹涌起仍是注重于政治功利的“反思文学”“改革文学”浪潮时；当理论界还在争论“现实主义与现代主义”之是非，以及“社会主义的文艺性质与方向”之类问题时，刚刚走上文坛的张炜，就以超逸的文学视野，痛切地感到了随着中国社会转型，已经有所显露的人们对于自然、对于土地变化的麻木，认为这是我们艺术衰落、让人失望的一个重要原因。这年 4 月份，他在威海文学讲习所的一次发言中，就发出了如下的呼吁：“作为一个热爱艺术的人，无论具有怎样的倾向和色彩，他的趣味又如何，都应该深深地热爱自然，感受自然，敏悟而多情——如果是这样的话，他才可能是一个为艺术而献身的人。”“无论如何，你应该是一个大自然的歌者。”①

由西方罗马诗人维吉尔的《农事诗》《牧歌集》，到中国远较西方更为发达的山水诗、田园诗可知，在中外文学史上，崇拜土地、歌颂自然之类的情怀并不少见，但张炜的主张，自与前人不同，即既非仅是迷恋于纯净质朴的自然之美，也不是如陶渊明那样，主要是出之于鄙弃权贵，自示清高之心态。他的着眼点是：如何通过敬畏自然的文学情怀，抵御在经济加速发展的中国社会转型过程中，由于商业主义扩张而导致的生态危

① 《张炜文集》第 27 卷，第 18 页。

机，以及相伴而生的人性的贪婪与精神的堕落。他痛切地指出："我们的大地母亲遭到了漠视和敌视，我们自身就变成了冷血的儿女。"[①] 他深为不安的是："商业扩张主义会在一切领域培养出一大批粗野的人，并最终让这些人统治我们的生活，那里的人类将最后告别'知书达礼'的文明社会。"[②] 可怕的是，对此危机，人们不仅缺乏警觉，且都在积极投身其中。

正是面对这样的现实，张炜主张，当今文学的重要使命之一，就是要抵御商业主义人扩张和物质主义的泛滥。他在1992年发表的《融入野地》一文，即近乎是自己旗帜鲜明，而又不无悲壮意味的抗争宣言。一开篇，他就这样表达了对以城市为标志的商业扩张主义与物质主义的抵抗意欲："城市是一片被肆意修饰过的野地，我最终将告别它。我想寻找一个原来，一个真实。"他这样抨击了物欲的罪恶："多少人歌颂物欲，说它创造了世界。是的，它创造了一个邪恶的世界；它也毁灭了一个世界，那是一个宁静的世界。"作为一介文人，他也深切地感到了为抵抗"肆意修饰"而寻找"一个原来，一个真实"的无奈与痛苦：面对"野地"的不断沦丧，面对淹没一切的物欲主义浪潮，"寻找一个去处成了大问题，安慰自己这颗成年人的心也成了大问题。"但张炜之所以是张炜，又正在于：他清醒地意识到，一位作家的价值，原本就不在于找到什么，而这"寻找"本身就是意义，就能彰显人类"灵性"的不屈，就有阻遏精神堕落之价值，故而尽管"野地到底是什么？它在何方？野地是否也包括了我浑然苍茫的感觉世界？"尚令人困惑，但他还是决绝地表示："我无法停止寻求"，"哪怕是

① 《张炜文集》第45卷，第67页。

② 《张炜文集》第36卷，第286页。

仅仅获取一个接近的权力”。

就其主导倾向来看，张炜 40 年来的创作历程，就是这样一个抵抗“肆意修饰”，寻找“一个原来，一个真实”的过程；其作品独特而又重要的精神含量，亦正在于这执着地抵抗与寻找意识。

他早期创作的一批中短篇小说，就是缘此而在当时的文坛上别具风姿，而具有了独特的艺术生命力。他在短篇小说《钻玉米地》中所描写的那片令全村男女老少着迷，里边藏了许多宝物，有村里小伙居然从中找到了媳妇的玉米地；在《怀念黑潭中的黑鱼》中描述的那个渴望与人类和平相处的鱼族世界；在《美妙雨夜》中描写的那个少男少女迷恋而不舍的雨夜；在中篇小说《童眸》中描写的那片阳光一道一道交织的草地，到处是古怪的、笑吟吟的树木和花草，鸟儿纷飞、蝈蝈欢叫的神秘海滩……无一不浸透着作者敬畏自然、钟情土地的目光。这些写于 20 多年前，甚至是 30 多年前的小说中所呈现出来的一些近乎童话，又不无神圣意味的纯净世界，会愈令已对生态破坏之苦有了更多感触的当今读者所神往。

问世于 1992 年的长篇小说《九月寓言》，当是更为集中地体现了张炜抵抗与寻找意识的一部力作。在这部小说中，作者透过一个工业矿区与一个村落之间的矛盾冲突，寓言化地表现了现代物质文明对自然生态的无情挤压与败坏。在那个由流浪者聚居而成，在一片到处疯长着茅草葛藤，青生生的浆果气味刺鼻，兔子、草獾、刺猬、鼹鼠等野物奔来奔去的生机勃勃的野地上建成的海滨小村里，人们的生活虽然清贫，且亦时见人性的愚昧与丑陋，乖戾与蛮横，但却不乏令人迷醉的快乐与安逸：在一天的劳累之后，年轻的男男女女们，会夜夜跑上街头，窜到野地里打架，钻进庄稼深处唱歌；秋野上，会时常升起一股股蓝蓝的炊烟；狗和孩子们会欢叫着迎接于暮色中收工归来的家人；人们会自得于秋天的土地带来的地瓜、花生、玉米之类能够果腹的食物，而没有太多的焦虑与算计。即如生老病死，也都顺其自然。不幸的是，矿区的入侵，为小村带来了厄运：不仅开矿的隆隆炮声打破了小村的平静，村里的年轻人亦为外在诱惑而出走，致使村子里失去了原有的欢声与笑语。更为可怕的是，地下的煤矿开采，掏空了小村的根基，终于导致了这个世外桃源般的乡村世界的轰然陷落，人们不得不再次流浪，去寻找新的家园。这样一部小说，绝非可以表面化地理解为一曲农业文明的挽歌，更非有批评者所认为的体现了张炜“反现代性”的文化保守主义立场。而其深层意蕴正在于：对人与自然和谐相处之呼唤，对人与大地应有亲情之留恋，对片面追求物质的现代文明之批判，对人类生存根基与精神家园之寻找。在 2010 年出版的《荒原纪事》中，张炜进一步延续并强化了这样的抵抗与寻找意绪。与《九月寓言》不同的是，在《荒原纪事》中，“土地”不再甘于无奈的沉沦，而是奋起抗争了，再也无法忍受工业污水和废气之害的村民，与矿区和周围的集团之间展开了一场你死我活的暴力抗争。但在追逐经济效益的强盛时代浪潮中，村民的失败又自是注定了的，斗争的组织者遭到了无情的报复。作品正是通过“土地”抗争失败的惨剧，更为惊心动魄地展示了现代工业文明野蛮与残酷的一面，以及人性为物欲征服之后的可怕。

二

张炜所说的伟大作品的神性，亦是从崇拜土地、崇拜自然，抵御物欲泛滥与人性堕落角度而言的。何谓“神性”，他的解释是："神性就是宇宙性"，"神性是一直存在于日常生活之中、大自然背后甚至茫茫宇宙里那种'具有灵魂'的超验的力量"①。张炜认为，正是这种超验力量，形成了茫茫自然界的诡谲与神秘。许多相关现象，人类至今尚无力认识与理解，但并不等于不存在。可悲的是，在现代科技文明条件下，自以为是的人类，丧失了对于这样一种"神性"的敬畏，导致"我们缺乏一个心里有神的群体"，因而也就"很难约束人的恶，生活没有底线"②。人类之所以肆无忌惮地毁灭荒野，破坏自然，以及我们的文学之所以呈现出大面积的溃败状态，盖缘于此。在张炜看来，"恢复这样一种天然的、神秘的感触力和悟想力，心里怀上一个敬畏，这在今天是最为迫切的事情、最为巨大的需要"③。一位作家，要创作出伟大的作品，当然更要着力于走近"神性"、体悟"神性"。即要远离街市，远离世俗，"摆脱现实生活中某个集团、某种世俗力量所制造出来的各种概念的辖制"，"不为狭隘的趣味和功利所吸引和扭曲"。只有如此，才能使自己的心灵与无边的大地交融和连接，使自己的整个游思接受"天上星光的牵引"④，"进而与万物的呼吸、大自然的脉搏，与宇宙之心发生共振与同构"⑤。正是在此意义上，张炜明确表示："有神论者和无神论者比较起来，我更相信有神论者，他作为一个人更可亲近和信赖，创造力也更强。"⑥ 正是基于这样的理性自觉，在数十年来的创作历程

① 《张炜文集》第 43 卷，第 25 页。
② 《张炜文集》第 44 卷，第 256 页。
③ 《张炜文集》第 44 卷，第 258 页。
④ 《张炜文集》第 44 卷，第 259 页。
⑤ 《张炜文集》第 43 卷，第 26 页。
⑥ 《张炜文集》第 44 卷，第 258 页。

中，张炜一直以特立独行的身影，活跃在中国文坛上。

他像一位自幼就向往的地质队员那样，一直在尽力逃避城市，常常一个人行走于荒地山野，以感悟宇宙万物的灵光，以获取生命本源的信息。他曾多次孤身潜居山中荒屋，面对浩渺星空构思自己的作品；他不避"迷信"之嫌，写黄鼬附体，写路遇"黑煞"，写鬼魂出没，写奇人异事，使自己的小说中弥漫着浓重的神秘色彩。他曾明确宣称：许多为科学主义者武断判定为"迷信"的现象实际上是真实可信的，并告诉读者，他在《九月寓言》中写到的金友路遇"黑煞"，便是真实发生过的，他的一个朋友的父亲，就遇上过"黑煞"，只是"没有马上死去，所以留下了恐怖的描述"[①]。他还多次讲过他亲眼目睹的一位小学同学的婶子为狐狸附身的经历，以及自己与同学们打死一条蛇之后，蛇群从四面八方汇聚到路上似在示威的可怕场景。[②] 他正是由此视角，对蒲松龄《聊斋志异》作出了不同于文学史家们的别一番评价，认为蒲松龄的写作目的，绝非如后来的研究者们所说的"刺贪刺虐"之类，其贡献主要在于以高妙的艺术技巧，记录、转述了民间传说，"实际上没什么，故事就是故事，狐狸变人就是狐狸变人"，"至于记录者借一个现成的故事议论开去，或将自己的心情暂且寄托一下，这也是可以理解的。问题是后来人诠释它们的时候，功利心太重，主题先行的老毛病又犯了"。[③]

以正统的科学眼光来看，张炜的这类看法自是大有问题的，是极易被判定为"反科学"的唯心主义的。而实际上，张

① 《张炜文集》第30卷，第221页。

② 参见《张炜文集》第44卷，第153页。

③ 《张炜文集》第39卷，第37～38页。

炜的见解，是与具有世界前沿性的当代科学思潮相通的，亦当更合于实事求是的科学准则。我们知道，20世纪以来，随着传统理性的不断遭到质疑，在世界范围内，尚难用理性解释的神秘现象，已被许多学者确认为大自然的本原面貌之一，也已越来越受到了文化界及科学界的重视，“即便是某些物理学家和科普工作者也认为，在灵学和量子物理学之间存在着某种神秘的联系”①。美国建构性后现代主义思想家大卫·格里芬曾以“科学的返魅”指称这一新的科学趋势，认为“在20世纪，当现代性的祛魅趋势遍及世界多数角落时，一般反向运动开始在哲学、历史学、科学心理学以及各学科中抬头。这一运动在本世纪后半叶获取了巨大的势头，它割裂了科学与祛魅之间的联系，为科学的返魅开辟了道路”②。在大卫·格里芬等后现代主义思想家看来，这样一种“科学的返魅”是值得充分肯定的，应予高度重视的。传统的以“祛魅”为主旨的科学观，已经造成了科学与人文两种文化的分裂，导致了“人类中心主义”“工具理性主义”之类的泛滥，已经为人类带来了世界大战、核武器、物种灭绝、全球变暖、土地大规模沙化之类的灾难，而科学的返魅，才是重构人类理性秩序的重要途径。

作为一名作家，张炜关于大自然的神性以及关于文学作品的神性之思，其意旨与价值当然并不在于科学反思本身，而是在于力图以一种敬畏自然的“神性”意绪，抵御商业主义的扩张、物欲主义的泛滥与人性的堕落以及缘此而形成的一种能够抵达世界文学高度的超越世俗、超越功利、超越时代与民族的

① ［美］大卫·格里芬编：《后现代科学》，马季芳译，中央编译出版社1995年版，第162页。

② ［美］大卫·格里芬编：《后现代科学》，第10页。

宇宙情怀与人类视野。

张炜所说的“文学帮助人们寻找信仰。文学通向信仰”，自然亦是就他所注重的抵抗贪婪与物欲之类圣洁追求而言的，意指真正有价值的文学，应强化如同神圣信仰般的追求精神家园的意蕴，以影响人类能够把握更有意义的人生方向。而这样的文学才是更为“仁慈”的，正是在此意义上，“爱文学就是仁慈，就是把生命里面最柔软的那个部分拿出来，就是追求完美。这样对于世界、对于创造，都会加倍有力。哪一个地方热爱文学，哪一个地方的人生活得就有尊严；哪一个地方的人践踏文学和艺术，哪里的生活环境就会冷酷，就会不近情理、没有光彩、没有想象力。一个人不会用诗意的眼光去打量世界，当然也不会为这个世界去创造诗意”①。张炜还曾进一步强调，无论何时何地，大自然永远都是生命的基础，因此，对自然的爱，就是对生命的爱，就是更高意义的善，而这爱，这善，也正乃一切文学价值的根基。

又正是据此，张炜对目前盛行的“生态文学”“环保文学”之类名目提出了质疑，认为这些看起来似乎是在关心自然生态的文学旗号，实际上是有问题的，仍是未及信仰层次的功利性主张。其相关的文学追求中，虽亦包含着忧虑，但这忧虑，尚非出于对自然应有的敬畏、责任与爱，而不过是因为恐惧，因为不能向大自然持续索取所致。在他看来，人对大自然的欲望、依赖和敬畏，应是浑然天成的，是生命固有之本色，所有的文学写作，也都应建立在这样一种与生命凝为一体的自然生态背景之上，“文学离开了万千生命簇拥的自然和大地是不可思议的”。“它在许多时候是拒绝分析的。在文学中，这种生命

---

① 《张炜文集》第 39 卷，第 283 页。

情愫与本能无法量化、无法抽出。”[①] 因此，力图从文学肌体上抽离出什么“生态文学”“环保文学”之类，是没什么实际意义的，是不利于文学进步与价创造的。张炜这类相关的独到见解，对当今的文学发展与文学研究，亦是有重要启示意义的。

三

张炜自然清楚，在一个物欲泛滥、消费主义甚嚣尘上的时代格局与社会环境中，他所主张的抵抗与寻找，是不易得到已为时势所裹挟的大多数读者所认同的。但他亦更为清楚，一位真正有成就的作家，就“必定是一个‘自我中心论者’”[②]。如果一味奉迎时世，过分考虑读者，有时就只能作出妥协，那就必会导致自我的沦落了。这就是为什么张炜宣称“写作可以不考虑读者”，即“既不为‘大众’，也不为‘小众’写作；我要为‘另一个我’去写”[③]，要“为那个遥远的高处的我而写作”的理由。在他看来，不论为大众、“小众”，还是评论家写作，总要考虑怎样得到他们的认可，要跟他们达成妥协，这样一来，真正的自己就没有了。而只有时时想到，是在为那个站在高处的“遥远的我”而写作，才能超越一切的功利束缚，才能获得真正个人性的创作自由，才能进入最佳创作状态。

正是由此立场出发，张炜进而对“无愧对于时代”“人民作家”“读者是上帝”之类曾长期被视为天经地义的一些传统

① 《张炜文集》第 42 卷，第 88 页。

② 《张炜文集》第 31 卷，第 245 页。

③ 《张炜文集》第 41 卷，第 211 页。

文学观念提出了质疑。在张炜看来，强调要“创作出无愧于伟大时代的作品”，听起来理直气壮，似乎无可非议，但“文学常常大于时代，时代囊括不了所有的一切，时代能够囊括小小的一颗心吗?”故而对于一位真正有追求的作家而言，更为重要的是，还要有超越时代的思维能力和创造能力，要写出“宇宙感”，要写出“神性”，要“为了永恒的真理而写作，为永恒的理想而写作”。[①] 对于“把受到多数读者、特别是民间读者喜欢的，即‘人民群众喜闻乐见’的通俗作家叫成“人民作家’”之类看法，张炜亦明确指出，这是不严密的，甚至是不能成立的。“真正的人民作家是代表人民、牺牲自己的。人民作家与那些一心要娱乐人民的作家是有本质区别的。如果仅仅是让自己变得‘喜闻乐见’，那就太廉价了”。[②] 与之相关，张炜特别强调，“写作者最好的状态就是忘掉读者”[③]。否则，如果“读者成了上帝，作者心中的神又在哪里”[④]? 如果为了取悦读者，而泯灭心中的神性，作品的卑微与媚俗也就难免了。

张炜或许未曾料到的是，他的这些原本极具思想开拓意义与时代前沿意义的见解与追求，居然也遭到了一些高端人士的误解。1991 年 7 月，《当代》杂志主编秦兆阳先生曾这样签署了关于《九月寓言》的终审意见：“不能发表，发表出去很荒唐。”[⑤] 小说问世之后，亦遭到了来自专业批评界的非议，被认为体现了道德理想主义、道德乌托邦，是站在落后的农业文化立场上的文化保守主义等等。值得敬重的是，对于自己的选

① 《张炜文集》第 42 卷，第 231 页。

② 《张炜文集》第 29 卷，第 133 页。

③ 《张炜文集》第 43 卷，第 52 页。

④ 《张炜文集》第 43 卷，第 53 页。

⑤ 何启治：《道是无晴却有晴》，载《延安文学》2012 年第 5 期。

择，张炜有着清醒的自信，内心明白："选择了艺术，你差不多也就等于宣布了你是个永不妥协、格外拗气的讨人嫌的人。你不会放过揭露黑暗和抨击丑恶的机会，与强暴和专制斗争到底，只为自由而歌唱。"① 多年来，也就依然故我，一直在执着地坚守着，顽强地抵抗着，不懈地寻找着。

如果仅就物质文明与科技文明的发展而言，张炜的抵抗与寻找，确乎易于给人落后性与保守性的感觉，但作家不是政治家、经济学家、科学家、企业家，以超时代、超民族，乃至超人类的视野，崇尚完美，守护仁慈，向往圣洁，才是其独立价值之所在。2010 年，在香港浸会大学的一次演讲中，张炜表达过这样一个看法："我们的人类社会是一个极其残缺的、不完善的、相当低级的文明。"② "我一直认为人不可能是这个世界上最聪明的动物，更不可能是品质上最高贵的动物，也不可能是在许多方面显得最可爱的动物。有些动物的智慧不被我们人类所理解，却并不表明它不存在。"③ 透过此类判断，我们可进一步体悟到，张炜所主张的"抵抗"，针对的显然不只是"肆意修饰""土地"的现代工业文明之类，其"寻找"亦非仅是缘于中国当代社会转型而带来的迷茫，而是基于对"残缺、不完善、低级的"的整体性的人类文明的忧思。这无疑是一种更为博大的文学视野，又正是这样的视野，决定了张炜作品内在意蕴的厚重及精神高度。

按德国现代哲学家海德格尔的见解，进入 20 世纪以来，由于越来越强盛的技术已将人类从地球上脱离开来而且连根拔

① 《张炜文集》第 27 卷，第 237 页。
② 《张炜文集》第 42 卷，第 15 页。
③ 《张炜文集》第 37 卷，第 198 页。

起，致使我们所在的地球已经进入了更为深重的世界黑夜时代，已经不再是人今天生活于其上的地球了。面对危局，海德格尔宣称："只还有一个上帝能救渡我们。留给我们的唯一可能是，在思想与诗歌中为上帝之出现准备或者为在没落中上帝之不出现作准备。"[①] 并期望诗人能"吟唱着去摸索远逝诸神之踪迹"，"在世界黑夜的时代里道说神圣"。[②] 我在《世界黑夜与文学之光》一文中，曾借用海德格尔的用语表达过这样的意思："如果连诗人、作家都丧失了对神圣的追求，那么，人类坠入的将只能是无边的真正的黑夜了。诗人、作家，自然也有选择沉入暗冥，漠视贫困，乃至堕落的权利，但在历史上，在人类的心目中，永远铭记与感念的，毕竟是那些不甘沉沦的'道说神圣'者。"由张炜的文艺观、创作历程及作品可以看出，在我们这个时代的中国文坛上，张炜正是这样一位值得敬重的执着于"道说神圣"者。

① 孙周兴选编：《海德格尔选集》（下），上海三联书店 1996 年版，第 1306 页。

② 孙周兴选编：《海德格尔选集》（上），上海三联书店 1996 年版，第 276 页。

附录

■张洪浩　张艳梅

张炜研究资料索引

一、报刊评论及研究专著

丁泺：《向生活的深层开掘——〈古井〉艺术特色简析》，载《泉城》1982 年第 7 期。

庄雅莉：《描绘得更加鲜明些，对比得更加突出些——谈〈古井〉中云奶奶的形象塑造》，载《泉城》1982 年第 10 期。

赵鹤翔：《〈声音〉艺术特色试探》，载《山东文学》1982 年第 11 期。

先锋：《他也是作者中的“这一个”——张炜作品讨论会纪要》，载《山东作家通讯》1983 年第 1 期。

宋遂良：《他描绘的是一个美好而多情的世界——张炜短篇小说创作初探》，载 1983 年 7 月 20 日《大众日报》。

王志强：《关于张炜作品的思考》，载《柳泉》1984 年第 3 期。

宋遂良：《山东的两个——记矫健和张炜》，载《文艺报》1984 年第 5 期。

雷达：《独特性：葡萄园里的哈姆莱特——关于农村题材的一封通信》，载《青年文学》1984 年第 10 期。

于清才：《向芦青河唱出少年的歌——评张炜〈芦青河告诉我〉》，载《山东师大学报》（哲学社会科学版）1985 年第 2 期。

任孚先：《张炜论》，载《文学评论家》1985 年第 2 期。

杨华伟：《“芦青河老人”走来了——浅论张炜小说近作的老人形象》，载《广西民族学院学报》（哲学社会科学版）1985 年第 3 期。

赵鹤翔：《可笑与可悲的和谐美》，载《文学评论家》1985 年第 4 期。

于广礼：《探索中的新突破》，载《山东文学》1985 年第 4 期。

吕家乡、宋遂良：《关于〈秋天的思索〉的对话》，载《山东文学》1985 年第 4 期。

王万森：《〈海边的雪〉景物描写》，载《山东文学》1985 年第 4 期。

李成军：《诗情・哲理・启迪——读张炜的短篇小说〈海边的雪〉》，载 1985 年 5 月 3 日《大众日报》。

一评：《愤怒后的思索——读张炜〈秋天的愤怒〉》，载《小说评论》1985 年第 6 期。

宋遂良：《诗化和深化的愤怒：评〈秋天的愤怒〉》，载《当代》1985 年 6 期。

陈宝云：《淘尽黄沙始见金——评〈黄沙〉》，载《柳泉》1985 年第 6 期。

陈宝云：《深化与拓宽——〈黄沙〉引起的联想》，载《柳泉》1985 年第 6 期。

宋遂良：《可贵的独创性》，载《萌芽》1985 年第 7 期。

杨政：《张炜的美学追求》，载《山东文学》1985 年第 8 期。

于清才：《悠悠芦青汇沧海——论张炜创作风格的转变》，载 1985 年 7 月 10 日《青年评论家》。

潘凯雄：《从思索走向行动——关于张炜新作〈秋天的愤怒〉的联想》，载 1985 年 10 月 26 日《文艺报》。

于清才：《农村幽默的长歌——读张炜的〈你好！本林同志〉》，载 1985 年 10 月 17 日《文学报》。

王万森：《诗意画面上的深沉思考——从〈海边的雪〉谈张炜的创作》，载《当代小说》1985 年第 11 期。

于清才：《谈谈张炜的寂寞——由张炜致李杭育的信想起》，载 1985 年 11 月 10 日《青年评论家》。

王建国：《一部直面现实的作品——谈〈秋天的愤怒〉》，载 1985 年 11 月 27 日《中国青年报》。

墨铸：《在人与大海的回音壁上——评〈黑鲨洋〉〈海边的雪〉》，载《东岳论丛》1986 年第 1 期。

清才：《灵魂的挣扎与醒悟——评〈秋天的思索〉中的老得形象》，载《柳泉》1986 年第 1 期。

牛运清：《作家的勇敢与胆识——评〈秋天的愤怒〉》，载《当代小说》1986 年第 2 期。

杨山：《葡萄园之歌》，载《中学生文学》1986 年第 2 期。

夏放：《让改革的风吹得更强劲些》，载《柳泉》1986 年第 2 期。

牛运清：《历史的承接与艺术》，载《柳泉》1986 年第 2 期。

王风胜：《一块新的界碑》，载《柳泉》1986 年第 2 期。

清才：《披沙沥金面对世风与人心》，载《柳泉》1986 年第 2 期。

李先锋：《读张炜的〈黄沙〉〈童眸〉》，载《柳泉》1986 年第 2 期。

马啸：《渴望理解的世界》，载《柳泉》1986 年第 2 期。

杨桂欣：《肖万昌：一个扎扎实实的土皇帝的形象——读张炜的〈秋天的愤怒〉》，载《文学自由谈》1986 年第 2 期。

雷达：《人的觉醒与反封建主题的推衍》，载《当代文艺思潮》1986 年第 2 期。

牛玉秋：《展现精神觉醒的进程——读〈秋天的思索〉和〈秋天的愤怒〉》，载《小说评论》1986 年第 2 期。

李成军：《在开拓中发展——简论张炜的小说创作》，载《当代文坛》1986 年第 3 期。

宋遂良：《让白马在绿色的原野上奔驰》，载《明天》1986 年第 3 期。

牟志祥：《葡萄园，葡萄园，葡萄园——评〈葡萄园〉》，载《明天》1986 年第 3 期。

王兆军：《致张炜》，载《小说选刊》1986年第4期。

李成军：《芦青河的新歌——致张炜》，载《海鸥》1986年第5期。

任孚先：《艰难的心路历程——评张炜的〈秋天的愤怒〉》，载1986年5月11日《文论报》。

于青：《超越与沉落——谈张炜小说的艺术悟性》，载《山东师大学报》（社会科学版）1986年第5期。

房福贤：《阴阳之道：张炜与矫健创作个性比较》，载《山东师大学报》（社会科学版）1986年第5期。

宋遂良：《关于一个男人心灵的长歌——谈〈秋天的愤怒〉和张炜的创作》，载1986年6月26日《文学报》。

宋遂良：《关注善良人精神的觉醒》，载1986年8月25日《人民日报》。

《〈古船〉讨论会纪要》，载《山东文艺界》1986年第3期。

田中禾：《心灵的弧线》，载1986年11月2日《郑州晚报》。

绿雪：《〈古船〉问世，反响强烈》，载1986年12月6日《文艺报》。

程德培：《带血的种子——评〈古船〉》，载1986年12月6日《文学报》。

林为进：《〈古船〉简论》，载1986年12月11日《文论报》。

吴亮：《博大胸襟的杰出虚构》，载1986年12月13日《文汇读书周报》。

陈宝云：《苦难：〈古船〉结构之核》，载1987年1月3日《文艺报》。

王必胜：《〈古船〉的韵味》，载1987年1月3日《文艺报》。

鲁枢元：《读〈古船〉（之一）——文学和历史》，载1987年1月4日《文艺百家报》。

李昕：《人性恶的挖掘与历史合力的显现——评〈古船〉》，载1987年1月11日《中国文化报》。

洪水：《一个不尽令人满意的形象——评〈古船〉》，载1987年1月11日《中国文化报》。

尘凡：《北京讨论〈古船〉得失》，载1987年1月22日《文学报》。

冯立三：《成熟的愤怒，壮丽的决裂——读〈秋天的愤怒〉》，载《文学自由谈》1987年第1期。

李星：《人的歌吟——谈〈秋天的愤怒〉剧本改编》，载《西部电影》1987年第1期。

《〈古船〉讨论会纪要》，载《山东文学》1987年第1期。

胡玮时：《张炜新著〈古船〉文坛反应强烈》，载《上海文学》1987年第2期。

陈宝云：《张炜对自己的超越》，载《当代作家评论》1987年第2期。

程德培：《〈古船〉沉浮》，载《文学评论家》1987年第2期，《作品与争鸣》1987年第11期。

冯立三：《历史和人的全面凸现——评张炜的长篇〈古船〉》，载《文学评论家》1987年第2期，《作品与争鸣》1987年第11期。

陈宝云：《从希望之歌到忧患之歌——张炜创作发展的一个脉络》，载《文学评论家》1987年第2期。

李忠杰：《理性·孤独·激情——〈古船〉印象初步》，载《学习月刊》1987年第2期。

姜静南：《一艘满载苦难驶向未来的生命之舟——我眼中的〈古船〉》，载《文学评论家》1987年第2期。

何启治：《壮阔、激越、凝重的历史长歌——略论〈古船〉的史诗色彩》，载《文学自由谈》1987年第2期。

吴俊：《原罪的忏悔，人性的迷狂——〈古船〉人物论》，载《当代作家评论》1987年第2期。

宋遂良：《真实的人生，完整的人性——〈古船〉人物漫议》，载《当代作家评论》1987年第2期。

陈宝云：《道德的感情化与感情的道德化——张炜创作一题》，载《小说评论》1987年第3期。

丁尔刚：《在当代小说拐弯处的思考（三）评〈古船〉》，载《东岳论丛》1987年第3期。

丁彭：《深邃的反思，奇异的光彩——〈古船〉思想艺术试论》，载1987年3月21日《文论报》，《评论选刊》1987年第6期。

公刘：《和联邦德国朋友谈〈古船〉》，载1987年4月8日《谈艺录》。

夜萍、晓舟：《近年山东青年作家小说创作巡礼》，载《当代作家评论》1987 年第 2 期。

海岑：《褒贬之间——读〈新星〉〈古船〉若干评论文章的一点感想》，载 1987 年 4 月 16 日《文学报》，《作品与争鸣》1987 年第 11 期。

《〈古船〉讨论会纪要》，载《当代》1987 年第 2 期。

陈宝云：《说长道短——谈张炜对两个环境的处理》，载《山东师大学报》（社会科学版）1987 年第 3 期。

周海波：《矫健的豪气与张炜的才气》，载《山东文学》1997 年第 3 期。

吴晓红：《层面・胶合・框架——〈古船〉结构谈》，载《苏州教育学院学刊》1987 年第 3 期。

陈村：《我读〈古船〉》，载《小说评论》1987 年第 4 期。

黎辉：《历史的道路与乌托邦的幻想——评〈古船〉的社会改造观》，载 1987 年 6 月 1 日《文论报》，《作品与争鸣》1987 年第 11 期。

汪政、晓华：《〈古船〉的历史意识》，载《读书》1987 年第 6 期。

赵松：《张炜早期作品风格简论》，载《文学评论家》1987 年第 6 期。

黎辉、曹增渝：《历史的道路与人性的冥想——评〈古船〉对苦难的思索》，载《小说评论》1987 年第 5 期。

李星：《执着于现实的非现实主义之作：评张炜的〈古船〉》，载《文艺争鸣》1987 年第 5 期。

蔡世连：《古老土地上的痛苦选择——论张炜〈古船〉的文化意蕴》，载《当代文艺思潮》1987 年第 4 期。

雷达：《民族心史上的一块厚重碑石——论〈古船〉》，载《当代》1987 年第 5 期。

董方：《〈古船〉印象》，载《作品与争鸣》1987 年第 10 期。

陈笑：《〈古船〉札记》，载《作品与争鸣》1987 年第 10 期。

史言：《底气不足的愤怒——也谈〈秋天的愤怒〉》，载《文学自由谈》1987 年第 4 期。

丁彭：《写好深层的“内部裂变”——简论隋抱朴和改革文学》，载《当代小说》1987 年第 11 期。

冯立三：《历史和人的全面凸现——评张炜的长篇〈古船〉》，载《作品与争鸣》1987 年第 11 期。

黎辉：《历史的道路与乌托邦的幻想——评〈古船〉的社会改造观》，载《作品与争鸣》1987 年第 11 期。

何启治：《深沉厚重、悲壮动人的〈古船〉》，载《书林》1987 年第 11 期。

杨斌华：《生活的思索、惶惑与超度——评张炜〈海边的风〉》，载《钟山》1987 年第 6 期。

子思：《海与船的魅力——读张炜新作〈海边的风〉》，载《钟山》1987 年第 6 期。

陈涌：《我所看到的〈古船〉》，载《当代》1988 年第 1 期。

冯立三：《沉重的回顾和欣悦的展望——再论〈古船〉》，载《当代》1988 年第 1 期。

罗强烈：《思想的雕像：论〈古船〉的主题结构》，载《文学评论》1988 年第 1 期。

王彬彬：《俯瞰和参与：〈古船〉和〈浮躁〉比较观》，载《当代作家评论》1988 年第 1 期。

吴方：《“历史理解”的悲剧性主题——〈古船〉管窥》，载《当代作家评论》1988 年第 1 期。

耿立、军磊：《从〈古船〉看张炜的审美超越》，载《菏泽师专学报》（社会科学报）1988 年第 1 期。

陈进军：《张炜小说〈古船〉的文化意识》，载《长沙水电师院学报》1988 年第 1 期。

佘明、林之：《隋抱朴情结：原罪的忏悔——〈古船〉人物论之一》，载《怀化师专社会科学学报》1988 年第 1 期。

丁彭：《论隋抱朴——兼与黎辉曹增瑜同志商榷》，载《小说评论》1988 年第 1 期。

刘思谦:《〈古船〉主人公心理分析》,载《文学自由谈》1988年第1期。

丁临一:《艰难历程中觉醒的人生》,载1988年1月19日《人民日报》。

叶芳:《张炜论:柔情和正义》,载《文学角》1988年第2期。

鲁枢元:《从深渊到峰巅——关于〈古船〉的评论》,载《当代作家评论》1988年第2期。

陈思和:《关于长篇小说结构模式的通信》,载《当代作家评论》1988年第3期。

余明:《〈古船〉与〈百年孤独〉比较论》,载《怀化师专社会科学学报》1988年第3期。

徐循华:《两个怪老汉与一个航海的梦——论〈古船〉与〈海边的风〉的一种象征意蕴》,载《文学评论家》1988年第4期。

汪晖:《〈古船〉的两种历史观》,载《当代》1988年第4期。

黎辉、曹增渝:《隋抱朴的人道主义与〈古船〉的整体意蕴——续谈〈古船〉的缺憾兼答丁彭同志的"商榷"》,载《小说评论》1988年第4期。

李先锋:《同一种情感倾向所产生的巧合——试析几部小说关于农村青年进城的艺术处理》,载《小说评论》1988年第4期。

崔宜明、梅向东:《〈古船〉的文化意蕴和审美价值》,载《安庆师院学报》(社会科学版)1988年第4期。

杜萍:《齐鲁青未了——试论山东新文学作家的创作》,载《青岛教育学院学报》1988年第4期。

王彬彬:《当代小说中的创伤报复型人物——兼谈"改革者"形象塑造》,载《文艺评论》1988年第4期。

张志忠:《论现阶段的长篇小说》,载《晋阳学刊》1988年第5期。

基亮:《关于〈古船〉叙事形式的分析》,载《小说评论》1988年第5期。

布白:《〈古船〉争鸣扬波》,载《作品与争鸣》1988年第6期。

曹增渝、秋野:《众说纷纭的〈古船〉》,载《作品与争鸣》1988年第6期。

张晓岩：《〈古船〉与现实主义》，载《山东社会科学》1988 年第 6 期。

王建：《冰山的启示：〈古船〉象征艺术初探》，载《山东师大研究生论辑》1988 年第 6 期。

红耘：《画鬼容易画人难——有感于某种文学现象》，载《瞭望周刊》1988 年第 42 期。

董宇峰：《生存：从美境到现实——张炜与沈从文文化心态比较论》，载董宇峰《寻找灵魂》，湖南文艺出版社 1989 年版。

刘再复：《〈古船〉之谜和我的思考》，载《当代》1989 年第 2 期。

胡河清：《论阿城、马原、张炜道家文化智慧的沿革》，载《文学评论》1989 年第 2 期。

陈传鲁、王地：《洼狸镇的意象世界——〈古船〉的部件象征》，载《菏泽师专学报》（社会科学版）1989 年第 2 期。

王彬彬：《“残酷”的意义——关于最近几年的一种小说现象》，载《文艺争鸣》1989 年第 2 期。

刘再复：《只求技术化会导致民族道德水准下降》，载《当代》1989 年第 2 期。

王爱松：《抱朴论——兼谈〈古船〉的历史观》，载《娄底师专学报》1989 年第 3 期。

欧秀林：《近年来关于文学与道德问题的探讨》，载《文艺理论与批评》1989 年第 3 期。

龚曙光：《最后的弥撒——读张炜近作》，载 1989 年 3 月 22 日《作家报》。

徐列：《〈古船〉：时空结构与文化氛围的交织》，载《黄淮学刊》（社会科学版）1989 年第 3 期。

卧冰：《作家的思索》，载 1989 年 6 月 29 日《齐鲁晚报》。

张达：《对农民文化的审视和剖析——我看〈古船〉》，载《文学评论家》1989 年第 4 期。

曹增渝、梅蕙兰：《人生之旅与人生之梦：路遥与张炜的创作比较》，载《当代作家评论》1989 年第 5 期，《河南大学学报》1989 年第 5 期。

赵祖汉：《因果报应的背后——〈古船〉与〈浮躁〉漫议》，载《文学自由谈》1989 年第 5 期。

周源：《张炜两篇小说的叙事分析》，载《山东文学》1989 年第 7 期。

李掖平：《永恒的追求》，载《当代小说》1989 年第 11 期。

鲁枢元：《鲁枢元与张炜谈山东作家——关于〈三想〉等小说的通信》，载 1989 年 11 月 7 日《作家报》。

柏卜：《叙述者同小说人物对话》，载《语文建设》1990 年第 3 期。

徐列：《认识〈古船〉的两个基本视点》，载《许昌学院学报》1990 年第 4 期。

杨皓：《在同一艘船上——〈古船〉的神话意蕴探析》，载《烟台社会科学》1990 年第 4 期。

杨政：《齐鲁文化对当代山东作家的人格影响》，载《东岳论丛》1990 年第 5 期。

陈美兰：《当他们迈向长篇小说领域的时候——从几位年轻小说家的第一部长篇谈起》，载《小说评论》1990 年第 6 期。

郜元宝：《命定视角与反讽基调》，载《当代作家评论》1990 年第 6 期。

刘一玲：《张炜小说语言概述》，载《徐州师范学院学报》1991 年第 1 期。

邱勋：《张炜的河》，载《山东文学》1991 年第 3 期。

鲁村：《令人惊叹的琴声——读张炜新作有感》，载 1991 年 5 月 5 日《齐鲁晚报》，《理论与创作》1996 年第 4 期。

陈思和：《致张炜谈〈古船〉》，载《笔走龙蛇》，台湾业强出版社 1991 年版，山东友谊出版社 1997 年版。

靳原：《价值的迷津——读张承志、路遥、张炜的小说》，载《文学评论》1992 年第 2 期。

郭建磊：《病态与崇高——高觉新、祁瑞宣、隋抱朴悲剧人格纵论》，载《齐鲁学刊》1992 年第 3 期。

王辉：《简论新时期山东作家笔下的女性形象》，载《聊城师范学院学报》（哲学社会科学版）1992 年第 4 期。

宣文：《读〈九月寓言〉》，载 1992 年 6 月 9 日《大众报》。

晓东：《〈九月寓言〉的意蕴》，载 1992 年 6 月 27 日《作家报》。

宗元：《深邃的意蕴，浓郁的诗情——读张炜的短篇小说〈声音〉》，载《名作欣赏》1992 年第 6 期。

陈思和：《还原民间：关于〈九月寓言〉的叙事与意蕴》，载《文学评论家》1992 年第 6 期。

南帆：《历史与神话：评张炜长篇小说〈九月寓言〉》，载《文学评论家》1992 年第 6 期。

王光东：《生命・自然——张炜近年中短篇小说论》，载《山东文学》1992 年第 7 期。

方克强：《生活的陌生化与寓言化》，载 1992 年 7 月 22 日《文汇报》。

邹平：《乱花迷眼，得失俱在》，载 1992 年 7 月 22 日《文汇报》。

蒋丽萍：《这寓言是我们的？——读张炜长篇小说〈九月寓言〉》，载 1992 年 7 月 23 日《新民晚报》。

左中一：《读张炜长篇新作〈九月寓言〉有感》，载 1992 年 7 月 25 日《光明日报》。

《文坛争相话“寓言”》，载 1992 年 8 月 4 日《齐鲁晚报》。

杨修：《奇光异彩，美不胜收——读〈九月寓言〉》，载 1992 年 8 月 6 日《大众日报》。

王光东、王延辉：《〈九月寓言〉对话录》（上、中、下），载 1992 年 8 月 10 日、12 日、13 日《齐鲁晚报》。

李新宇、冯卫东：《对人类生存的思考——〈九月寓言〉讨论概要》，载 1992 年 8 月 14 日《山东青年报》。

南帆：《神话代码的意义》，载 1992 年 8 月 19 日《文汇报》。

赵丁：《现代小说的魅力——兼谈〈九月寓言〉的得与失》，载 1992

年9月20日《文汇报》。

田中阳：《涅槃中的“阿Q”——对现当代文学中农民形象衍变一个侧面的审视》，载《求索》1992年第10期。

林为进：《秋风吹不尽，总是田野情——读〈九月寓言〉》，载1992年10月17日《文论报》。

王光东：《叙述·生存·激情——读张炜〈九月寓言〉》，载1992年10月31日《作家报》。

鲁枢元：《九月里的寓言——致张炜》，载1992年10月31日《作家报》。

谭好哲：《生命本真态的激情叙说》，载1992年10月31日《作家报》。

文敏：《商品潮中的文人惑》，载1992年11月20日《钱江晚报》。

程麻：《〈九月寓言〉解读》，载《当代作家评论》1993年第1期。

王彬彬：《悲悯与慨叹：重读〈古船〉与初读〈九月寓言〉》，载《当代作家评论》1993年第1期。

王光东：《还原与激情——读张炜的〈九月寓言〉》，载《当代作家评论》1993年第1期。

亦云：《喧哗声中的沉思——读张炜〈融入野地〉》，载《小说评论》1993年第2期。

临风：《文学与人的秘史——读张炜的〈九月寓言〉》，载《胶东文学》1993年第2期。

自牧：《〈散文与随笔〉编后记》，载张炜：《散文与随笔》，山东文艺出版社1993年版。

刘火：《向往崇高与宁静的宣言：读张炜近作〈融入野地〉》，载1993年3月6日《文论报》。

郝永勃：《唤起共鸣：读张炜随笔集〈周末对话〉》，载1993年3月16日《山东青年报》。

陈百吉：《一代作家的宣言——张炜近作〈九月寓言〉引起反响》，载1993年4月25日《齐鲁晚报》。

王彬彬：《“请记住，世上还有我的文学”——有感于张承志、张炜对文学的执着》，载《文学世界》1993年第4期。

袁中岳：《一种视觉的转换——从〈古船〉到〈九月寓言〉》，载《烟台师范学院学报》（哲学社会科学版）1993 年第 4 期。

姜岱东：《厚重深沉的历史责任感——在张炜创作研讨会上的发言》，载《烟台师范学院学报》（哲学社会科学版）1993 年第 4 期。

李伟：《从传统人向现代人的蜕变——谈张炜中篇小说〈秋天的思索〉和〈秋天的愤怒〉》，载《烟台师范学院学报》（哲学社会科学版）1993 年第 4 期。

王东海：《芦青河底的人生积淀——浅谈张炜早期创作中的意识律动》，载《烟台师范学院学报》（哲学社会科学版）1993 年第 4 期。

郜元宝：《张炜论》，载《文艺争鸣》1993 年第 4 期。

张业松：《张炜论：硬汉及其遭遇》，载《文艺争鸣》1993 年第 4 期。

独木：《苦难命运的诗性隐喻——读〈九月寓言〉兼论张炜小说的艺术转向》，载《小说评论》1993 年第 4 期。

王安忆：《我们在做什么》，载《文学自由谈》1993 年第 6 期。

郜元宝：《保护大地——〈九月寓言〉的本原哲学》，载《当代作家评论》1993 年第 6 期。

张新颖：《乡村生活回忆录——张炜长篇〈九月寓言〉》，载 1993 年 9 月 7 日《大公报》（海外版）。

曾人：《守住最后的家园》，载 1993 年 11 月 6 日《三联报》。

《上海评论家座谈〈九月寓言〉》，载《新创作》1994 年第 1 期。

张新颖：《大地守夜人：张炜论》，载《上海文学》1994 年第 2 期。

李洁非：《长篇小说热的艺术评析》，载《当代作家评论》1994 年第 2 期。

王晓明、李念、罗冈：《〈古船〉的道路——漫谈〈古船〉〈故乡天下黄花〉和〈白鹿原〉》，载《当代作家评论》1994 年第 2 期。

丁少伦：《寻找家园——关于〈融入野地〉的哲学思考》，载《山东师大学报》（社会科学版）1994 年第 2 期。

张清华：《野地神话与家园之梦——论张炜近作的农业文化策略》，

载《山东师大学报》（社会科学版）1994 第 2 期，《小说评论》1994 年第 3 期。

王培远、陈传鲁：《〈九月寓言〉象征论》，载《菏泽师专学报》1994 年第 3 期。

应其：《寻根文学的神话品格》，载《文学评论》1994 年第 4 期。

符景浩：《如含甘饴的享受——谈张炜新著》，载《山东青年》1994 年第 3 期。

陈思和、李振声、张新颖、郜元宝：《张炜：民间的天地给当代小说带来了什么？——关于世纪末小说的多种可能性对话之二》，载《作家》1994 年第 4 期。

余秋雨、李子云、陈思和：《谈〈九月寓言〉》，载 1994 年 5 月 29 日《文汇报》。

李亦：《丰收女神的赐与——评长篇小说〈九月寓言〉》，载 1994 年 6 月？日《语文报》。

陈思和：《从评奖看上海地区的文学创作》，载《社会科学》1994 年第 6 期。

郜元宝：《“意识形态”与“大地”的二元转化——略说张炜的〈古船〉和〈九月寓言〉》，载《社会科学》1994 年第 7 期。

徐中玉：《读近年小说九篇札记》，载《当代作家评论》1994 年第 7 期。

繁星：《著名学者评〈九月寓言〉》，载 1994 年 7 月 1 日《现代女报》。

张新颖：《生生不息——张炜与〈九月寓言〉》，载 1994 年 7 月 16 日《大众日报》。

逄金一：《张炜谈〈九月寓言〉的解读》，载 1994 年 8 月 5 日《济南日报》。

王延辉：《面对张炜的默想》，载 1994 年 8 月 24 日《中华读书报》。

尚持：《“阅读”对创作的损害》，载 1994 年 9 月 12 日《新民晚报》。

周介人：《争鸣不争吵，共处求共荣》，载 1994 年 9 月 18 日《文汇报》。

宫明亮：《久违了，诗人愤怒的声音》，载 1994 年 9 月 18 日《文汇报》。

易木：《心灵中的张炜》，载 1994 年 10 月 29 日《新闻出版报》。

王杰：《中国文学距“诺贝尔”有多远》，载 1994 年 11 月 9 日《青岛日报》。

郝永勃：《我所认识的张炜》，载 1994 年 12 月 20 日《淄博晚报》。

郝永勃：《单向对话——阅读张炜》，载《山东文学》1994 年第 9 期。

张新颖：《不绝长流——再说张炜言及张承志》，载张新颖《栖居与游牧之地》，学林出版社 1994 年版。

胡河清：《中国全息现实主义的诞生》，载胡河清《灵地的缅想》，学林出版社 1994 年版。

尹昌龙：《“归来的”张炜》，载 1995 年 2 月 8 日《中华读书报》。

王辉：《张炜文学创作观论》，载《聊城师范学院学报》（哲学社会科学版）1995 年第 1 期。

夏一鸣：《秋天的文学和文学的秋天》，载《当代文坛》1995 年第 1 期。

董平：《社会思潮与文化现状述评》，载《东方》1995 年第 1 期。

韩日新：《在人生旅途艰难挣扎的轨迹——评〈九月寓言〉中的农村女性系列》，载《烟台师范学院学报》（哲学社会科学版）1995 年第 1 期。

陈思和：《关于九十年代小说的一些想法》，载《海南师院学报》1995 年第 2 期。

罗淑玲：《浅谈〈古船〉的结尾》，载《江西教育学院学报》（社会科学）1995 年第 2 期。

耿传明：《张炜与俄苏文学》，载《外国文学研究》1995 年第 3 期。

张颐武：《新神学：对于今天的恐惧》，载《文学自由谈》1995 年第 3 期。

王红梅：《论张炜创作中的乡土“情结”及诗性回归》，载《松辽学刊》（社会科学版）1995 年第 3 期。

耿传明：《天地境界与忧患精神——论张炜小说近作的主题演进》，载《临沂师专学报》1995 年第 4 期。

彭礼贤：《论〈古船〉的思想和人物》，载《井冈山师范学院学报》1995 年第 4 期。

吴秀明、陈一辉、苏宏斌、郑淑梅：《文学现代化与道德现代化——转型期文学四人谈》，载《杭州大学学报》1995 年第 4 期。

陈思和、徐中玉、李子云、钱谷融、邱明正、潘旭澜、余秋雨、蒋孔阳、徐俊西、王晓明：《还原民间，生气贯注》，载《小说界》1995 年第 4 期。

冯尚：《山野精神——诗意的限度》，载《汕头大学学报》1995 年第 4 期。

程青：《转型期，是否出长篇的时代?》，载 1995 年 4 月 9 日《瞭望》。

尹昌龙：《世纪之交的乡村知识分子》，载萧夏林主编《忧愤的归途》，华艺出版社 1995 年版。

刘金东：《奔跑、追赶与逃避》，载萧夏林主编《忧愤的归途》，华艺出版社 1995 年版。

李建军：《坚定地守望最后的家园——评张炜的〈柏慧〉》，载《小说评论》1995 年第 5 期，《陕西教育学院学报》1996 年第 12 卷第 2 期。

陈思和：《“声音”背后的故事——读〈家族〉》，载《当代作家评论》1995 年第 5 期。

宋炳辉：《面对苦难的现身说法——论张炜的三部长篇小说》，载《当代作家评论》1995 年第 5 期。

谢有顺：《大地乌托邦的守望者：从〈柏慧〉看张炜的艺术理想》，载《当代作家评论》1995 年第 5 期。

赵洪明：《自然 · 生命 · 艺术——论张炜的自然哲学》，载《小说评论》1995 年第 5 期。

肖云儒：《被拷问的中国人文精神》，载 1995 年 1 月 15 日《中国文化报》，《社科信息文荟》1995 年第 5 期。

王银芝：《我为这个时代拥有你而庆幸——就〈柏慧〉致张炜》，载

1995 年 5 月 12 日《济南日报》。

临风、马灵：《质朴而又浪漫的艺术品格》，载 1995 年 5 月 19 日《文学报》。

陈力厚：《散文之精美，杂文之犀利——张炜长篇新作〈柏慧〉评介》，载 1995 年 5 月 25 日《齐鲁晚报》。

秋泯：《心灵的倾诉——读〈柏慧〉》，载 1995 年 5 月 26 日《烟台日报》。

张颐武：《恐惧与逃避——关于〈柏慧〉“反现代性”辨析》，载 1995 年 5 月 27 日《作家报》。

郜元宝：《张炜的愤激、退却与困境》，载 1995 年 5 月 28 日《作家报》。

于培明：《〈收获〉，我心中的玫瑰》，载 1995 年 5 月 28 日《中国青年报》。

王春林：《精神自白书》，载 1995 年 5 月 31 日《中华读书报》。

李亦：《〈柏慧〉，母亲般的田园》，载 1995 年 6 月 9 日《三联报》。

李文儒：《〈柏慧〉咏叹调》，载 1995 年 6 月 21 日《光明日报》。

戴纪尧：《〈柏慧〉：对张炜的挑战》，载 1995 年 6 月 28 日《中华读书报》。

蔡世连、李新宇：《面对人类生存的悖论——读张炜长篇新著〈柏慧〉》，载 1995 年 6 月 30 日《山东青年报》。

孙绍振：《〈柏慧〉：不成立的写作》，载《小说评论》1995 年第 6 期。

陈吉猛：《喧嚣时代的温情与愤怒——长篇小说〈柏慧〉随谈》，载《当代文坛》1995 年第 6 期。

立春：《走进如花似玉的风景》，载《青年文学》1995 年第 6 期。

吴义勤：《绝望中诞生——论新潮长篇小说的崛起》，载《文艺评论》1995 年第 6 期。

王安忆、王雪瑛：《形象与思想——关于近期长篇小说创作的对话》，载 1995 年 7 月 2 日《文汇报》。

王彬彬：《〈柏慧〉：张炜与现实的一次短兵相接》，载 1995 年 7 月 5 日《中华读书报》。

李洁非：《读〈柏慧〉感言》，载 1995 年 7 月 8 日《作家报》。

蔡桂林：《对部元宝〈评《柏慧》〉的赞成与补充》，载 1995 年 7 月 8 日《作家报》。

马相武：《“人文精神”话语场中的三极独白——关于张颐武郜元宝对〈柏慧〉的批评》，载 1995 年 7 月 8 日《作家报》。

陈晓明：《假想的抵抗》，载 1995 年 7 月 10 日《中国青年报》。

李晓林：《最后的守望者》，载 1995 年 7 月 12 日《中华读书报》。

贺嗣承：《良知催逼下的声音——关于长篇小说〈柏慧〉及其引起的争论》，载 1995 年 7 月 16 日《文汇报》。

朽木：《古船搁浅，骏马入库》，载 1995 年 7 月 19 日《中华读书报》。

彭礼贤：《论〈古船〉的思想和人物》，载《井冈山师范学院学报》1995 年第 8 期。

刘金东：《〈柏慧〉：知识者的“抉心自食”》，载 1995 年 8 月 2 日《中华读书报》。

张颐武：《“共识”的破裂与选择的挑战》，载 1995 年 8 月 21 日《北京青年报》。

张颐武：《再说文化冒险主义——矫情与迷乱》，载 1995 年 9 月 1 日《文论报》。

董宏猷：《愤怒的倾诉》，载 1995 年 9 月 5 日《武汉晚报》。

祝晓风：《九五文坛第一事》，载 1995 年 9 月 15 日《文论报》。

昌切：《论争热的静思——源起篇》，载 1995 年 10 月 7 日《湖北日报》。

昌切：《论争热的静思——尺度篇》，载 1995 年 10 月 14 日《湖北日报》。

昌切：《论争热的静思——层次篇》，载 1995 年 11 月 11 日《湖北日报》。

昌切：《论争热的静思——前景篇》，载 1995 年 11 月 18 日《湖北日报》。

耿法：《“宽容”与“敌意”》，载 1995 年 10 月 12 日《社会科学报》。

周海波、王光东：《张炜：艰苦的文学追求》，载 1995 年 10 月 19 日《大众日报》。

祁述裕：《时间和历史的重新解释——近些年中国文学中时间和历史观的变异》，载《文艺争鸣》1995 第 11 期。

昌切、樊星、刘继明、袁毅：《张炜是一面旗帜》，载 1995 年 11 月

7 日《武汉晚报》。

戴平：《二张二王掀起人文精神争论，张炜指野蛮文化是改革隐患》，载 1995 年 11 月 9 日《明报》。

李洁非：《圣者之诗——对〈家族〉的体味》，载《当代》1995 年第 5 期。

昌切、刘继明：《〈柏慧〉与当下精神境况》，载《山花》1995 年第 11 期。

单木：《一部传奇式的家族史——介绍张炜长篇新作〈家族〉》，载《书海知音》1995 年第 11 期。

徐冰：《九十年代文学热点扫描》，载《渤海学刊》1995 年第 11 期。

临风：《读张炜长篇新作〈家族〉》，载 1995 年 11 月 17 日《烟台日报》。

张英：《世纪末之争：知识分子与人文精神大讨论》，载《今日名流》1995 年第 12 期。

辛斤：《从家族兴衰折射社会变迁——张炜和他的新作〈家族〉》，载 1995 年 12 月 5 日《文汇报》。

李洁非：《复调·对话·交响——张炜在〈家族〉中的艺术探索》，载 1995 年 12 月 6 日《齐鲁晚报》。

书仓：《新作过眼录——〈家族〉》，载 1995 年 12 月 8 日《齐鲁晚报》。

张新颖：《外行看热闹，内行看门道——95 文坛新景观》，载 1995 年 12 月 21 日《文汇报》。

辛：《九五文坛“热点”》，载 1995 年 12 月 27 日《齐鲁晚报》。

文浩若：《我喜欢的文学作品》，载 1995 年 12 月 29 日《济南日报》。

朱德法：《简论张炜小说的美学品位》，载张炜《期待回答的声音》，明天出版社 1995 年版。

高旭东：《在融于野地的前后》，载张炜《期待回答的声音》，明天出版社 1995 年版。

谭好哲：《张炜的意义》，载张炜《期待回答的声音》，明天出版社 1995 年版。

张学军：《地狱门前的思想者》，载张炜《期待回答的声音》，明天出版社 1995 年版。

赵洪明：《自然 · 生命 · 艺术》，载张炜《期待回答的声音》，明天出版社 1995 年版。

刘蕾：《从纯稚到厚重》，载张炜《期待回答的声音》，明天出版社 1995 年版。

任孚先：《坚守 · 探索 · 前进》，载张炜《期待回答的声音》，明天出版社 1995 年版。

郑岗：《〈家族〉在沪引起强烈反响》，载 1996 年 1 月 12 日《烟台日报》。

张颐武：《告别 1995：走向成熟的智慧》，载 1996 年 1 月 15 日《文论报》。

刘汉鼎：《诗人与诗——读张炜〈家族〉随想》，载 1996 年 1 月 18 日《中国青年报》。

熊元义：《焦点透视："政治标准唯一"重现文坛》，载 1996 年 1 月 19 日《文艺报》。

李士东：《向往崇高》，载 1996 年 1 月 20 日《淄博日报》。

郜元宝：《张炜：民粹主义者的困境》，载 1996 年 1 月 23 日《武汉晚报》。

吴义勤：《拷问灵魂之作——评张炜的长篇新作〈柏慧〉》，载《小说评论》1996 年第 1 期。

吴炫：《张炜小说的价值取向》，载《文学评论》1996 年第 1 期。

张颐武：《〈家族〉：疲惫而狂躁的挣扎》，载《文学自由谈》1996 年第 1 期。

刘春：《理性的悖谬——关于 1995 年文化论争随感》，载《现代传播》1996 年第 1 期。

潘凯雄：《实力派作家竞献长篇创作新因子——读 1995 年的部分长篇小记》，载《当代作家评论》1996 年第 1 期。

林为进：《显示出成熟的自信与亮丽——1995 年的长篇小记》，载《当代作家评论》1996 年第 1 期。

陈占敏：《〈家族〉的浪漫》，载 1996 年 2 月 1 日《大众日报》。

柯文：《〈家族〉中的倾诉》，载1996年2月1日《文汇报》。

何镇邦：《认真做人与认真做文——读张炜的〈精神的魅力〉》，载1996年2月4日《齐鲁晚报》。

朱向前：《多音齐鸣与多元并存——95文坛热点回眸》，载1996年2月4日《中国青年报》。

许纪霖：《九五文化批评回顾》，载1996年2月7日《文汇报》。

谭湘：《爱的诺言——读张炜的长篇小说〈家族〉》，载1996年2月14日《中华读书报》。

陈倩：《〈柏慧〉的境界》，载1996年2月19日《淄博日报》。

徐德明：《〈柏慧〉：当代知识分子的处境与选择》，载《当代文坛》1996年第2期。

李建军、陈忠玲：《坚定的守望与忧愤的宣叙——〈柏慧〉论》，载《陕西教育学院学报》1996年第2期。

颜敏：《苦难历程与精神定位——〈家族〉和〈柏慧〉对知识分子命运的思索》，载《当代文坛》1996年第2期。

许红霖：《既令人兴奋，又充满遗憾——近期文化批评回顾》，载《东方》1996年第2期。

洪治纲：《逼视与守望——从张炜、格非、余华的三部长篇近作看先锋小说的审美动向》，载《当代作家评论》1996年第2期。

郜元宝：《两个俗物，一对雅人——王朔贾平凹张承志张炜合论》，载《上海文化》1996年第2期。

雷达：《论当今小说的精神走向》，载《中华文学选刊》1996年第2期。

樊星：《北方文化的复兴——当代文学的地缘文化研究》，载《当代作家评论》1996年第2期。

杨春时：《新保守主义与新理性主义——九十年代人文思潮批判》，载《海南师范学报》1996年第2期。

刘明馨：《呼唤信仰的壮丽篇章——谈张炜〈家族〉的思想底蕴》，载《河北师范大学学报》（社会科学版）1996年第2期。

徐德明：《〈柏慧〉：当代知识分子的处境与选择》，载《当代文坛》1996年第2期。

瘦马、王彬彬：《与王彬彬散论文坛内外》，载《青年文艺家》1996年第2期。

张清华：《历史话语的崩溃和坠回地面的舞蹈——对当前小说现象的探源与思索》，载《小说评论》1996年第3期。

周海波、王光东：《守望者的精神礼仪——张炜创作论》，载《当代作家评论》1996年第3期。

曾巩：《二十世纪中华民族文学艺术大师系列回顾展之二·张炜：跨世纪的作家》，载《美国文摘》1996年第3期。

萧夏林：《95年风起云涌下的长篇小说》，载1996年3月1日《文论报》。

蓬桦：《阅读张炜》，载1996年3月20日《青岛晚报》。

雷达：《坚守理想——“当今小说的精神走向”之二》，载1996年3月14日《大众日报》。

宗元、姚明霞：《传统文化的雕像——论白嘉轩与隋抱朴》，载《济宁师专学报》1996年第4期。

田中阳：《论齐鲁小说的“好汉”精神》，载《中国文学研究》1996年第4期。

雷达：《关怀当代人的灵魂——读近期创作中的哲理思考》，载1996年4月2日《中华工商时报》。

金文：《双星文学大奖评选进展顺利》，载1996年5月3日《齐鲁晚报》。

邓帅萍：《理解张炜》，载1996年5月15日《中华读书报》。

郜元宝：《我看九五长篇》，载1996年5月15日《作家报》。

晓岗：《读张炜六卷本自选集》，载1996年5月29日《齐鲁晚报》。

郜元宝：《豪语微吟各识帜——漫议1995年的几部长篇小说》，载《当代作家评论》1996年第3期。

王一川：《王蒙、张炜们的文体革命》，载《文学自由谈》1996年第3期。

张清华：《历史的坚冷岩壁和它燃烧着激情的回声——读张炜的〈家族〉》，载《理论与创作》1996 年第 4 期。

陈虹：《精神的陷阱》，载《佛山文艺》1996 年第 4 期。

葛福庆：《寻找民族的精魂——读张炜的〈柏慧〉〈家族〉》，载《淄博师专学报》1996 年第 4 期。

樊星：《当代文学与地域文化》，载《文学评论》1996 年第 4 期。

陈思和：《关于长篇小说的历史意义》，载《当代作家评论》1996 年第 4 期。

王敏：《浓泼重洒，凄婉悲怆——读〈家族〉》，载《理论学刊》1996 年第 4 期。

殷实：《危机写作：〈家族〉作为长篇小说写作失败的病例》，载《小说评论》1996 年第 4 期。

刘广涛：《张炜小说创作境界论》，载《山东师范大学学报》1996 年第 4 期。

李运抟：《十年小说精神形态论》，载《天津文学》1996 年第 4 期。

卢敦基：《当代小说家短评（七则）》，载《浙江社会科学》1996 年第 6 期。

高玉琨：《喜忧参半话“长篇”》，载《前线》1996 年第 6 期。

梅疾愚：《狂躁的批评》，载 1996 年 6 月 12 日《中华读书报》。

郑岗：《长卷短简写田园——读“张炜自选集”（六卷本）》，载 1996 年 6 月 28 日《烟台日报》。

刘继明：《涉过理性和激情的河流——读张炜的〈散文与随笔〉》，载《文学世界》1996 年第 7 期。

洪浩：《圣者之思——读张炜〈葡萄园畅谈录〉》，载 1996 年 8 月 5 日《威海日报》。

周晓明、昌切、王又平、邓晓芝：《一种值得注意的思想文化倾向：新保守主义》，载《华中师范大学学报》1996 年第 5 期。

毛崇杰：《理性的批判与批判的理性》，载《文学评论》1996 年第 5 期。

段钢、蔡翔、杨斌华：《批评的道德与道德的批评——关于王蒙、张承志现象论争的对话》，载《上海文学》1996 年第 5 期。

熊元义、袁亮：《社会进步与道德批判——兼及张承志、张炜等作家的抉择》，载《临沂师专学报》1996 年第 5 期。

孙郁：《当代文学与鲁迅传统》，载《当代作家评论》1996 年第 5 期。

叶岗：《古典主义情怀与后新时期小说》，载《文艺评论》1996 年第 5 期。

方李珍：《秋天 · 黑夜 · 流浪：回望童年返归大地——张炜小说的时间经验》，载《小说评论》1996 年第 5 期。

雷达：《近期短篇小说评述》，载《中华文学选刊》1996 年第 6 期。

卢敦基：《当代小说家短评（七则）》，载《浙江社会科学》1996 年第 6 期。

彭云：《家族小说：历史的挽歌与寓言》，载《艺术广角》1996 年第 6 期。

王学谦：《生命与理性之间——关于人文精神讨论之我见》，载《吉林师范学院学报》1996 年第 7 期。

刘烨园：《阅读张炜的基础——我所认识的张炜》，载《理论与创作》1996 年第 7 期。

王彬彬：《一个沉重的话题——关于民粹主义的读书笔记》，载《上海文学》1996 年第 9 期。

吕鸿钧：《独行——致一位作家》，载 1996 年 9 月 19 日《淄博日报》。

汪家明：《读张炜新作〈心仪〉》，载 1996 年 11 月 6 日《中华读书报》。

丁帆：《乡土文学：多元化之下的危机》，载《山西文学》1996 年第 11 期。

何启治：《从〈古船〉到〈白鹿原〉》，载《漓江》1997 年第 1 期。

余亚梅：《对自然的歌唱与冥想——论张炜散文》，载《当代文坛》1997 年第 1 期。

余亚梅：《私人档案 · 三言两语——当前小说创作点评》，载《当代文坛》1997 年第 1 期。

王彪：《面向灵魂的说话声》，载《文艺争鸣》1997 年第 1 期。

宋建英：《光荣与梦想》，载《青年文学》1997 年第 1 期。

周游：《生命与灵魂的拷问——论张炜、张承志、史铁生创作中的精神追求》，载《蒲峪学刊》（哲学社会科学版）1997 年第 1 期，《艺术广角》1997 年第 2 期。

王春林、贾捷：《神圣家族——从〈家族〉看张炜的道德乌托邦理想》，载《山西大学学报》（哲学社会科学版）1997 年第 1 期。

张文华：《生命采蜜》，载 1997 年 1 月 1 日《中华读书报》。

虞静：《孤独之寻——读张炜的〈心仪〉》，载 1997 年 1 月 15 日《山东图书报》。

刘明：《大河的景象，战士的品格——张炜个性二题》，载《聊城大学学报》（哲学社会科学版）1997 年第 2 期。

伍世昭：《九十年代乡土小说文化价值取向论》，载《惠州大学学报》1997 年第 2 期。

王培远：《走向精神和人格的高原——张炜〈家族〉、〈柏慧〉读解》，载《菏泽师专学报》1997 年第 1 期。

刘宏伟：《正义原则与道德“狂人”——张炜长篇小说评述之一》，载《枣庄师专学报》1997 年第 2 期。

冯尚：《生命与道德的抗衡——张炜长篇小说批评》，载《汕头大学学报》1997 年第 2 期。

虞静：《生命之根，文学之根在哪里？——读〈张炜名篇精选〉》，载《中国图书评论》1997 年第 3 期。

李振声：《无时态背后的时间疑惧——〈九月寓言〉一解》，载《读书》1997 年第 3 期。

刘起林：《论当前长篇小说题材的历史化倾向》，载《长沙电力学院社会科学学报》1997 年第 3 期。

刘平、刘小华：《人的存在与乌托邦——读张炜〈融入野地〉》，载《淮阴师专学报》1997 年第 4 期。

刘明：《从〈古船〉到〈家族〉——张炜的现实主义探索及其意义》，载《沈阳师范学院学报》（社会科学版）1997 年第 4 期。

李云霞：《黑夜大地的行吟诗人：张炜创作追思》，载《延边大学学报》（哲学社会科学版）1997 年第 4 期。

贾振勇、魏建：《形而上悲怆与文化操守——从张炜小说看小说作为一种精神形式的价值》，载《理论与创作》1997 年第 4 期。

王安忆：《〈九月寓言〉的世界》，载《小说界》1997 年第 4 期。

隋熠：《张炜，耐得寂寞苦读书》，载 1997 年 4 月 7 日《济南时报》。

张莹：《与作家对话》，载 1997 年 4 月 7 日《齐鲁晚报》。

何镇邦：《书荐：精神的魅力》，载 1997 年 4 月 19 日《淄博日报》。

沈嘉达：《道德的或非道德的——对经济行为的价值判断》，载《当代文坛》1997 年第 5 期。

晨义：《真正的作家》，载 1997 年 5 月 15 日《大众日报》。

江铁：《解读另一种信息——读张炜的〈心仪〉》，载 1997 年 5 月 23 日《中国图书商报》。

刘烨园：《操劳的谱系》，载 1997 年 5 月 28 日《济南时报》，1997 年 6 月 15 日《山东图书报》。

陶纯：《田园守望者》，载 1997 年 6 月 23 日《济南时报》。

梅子：《守住自己的命运——写给张炜》，载《书缘》1997 年第 7 期。

孙文华：《心中的向往》，载 1997 年 8 月 1 日《烟台晚报》。

张宇：《走向经典的作家——张炜》，载《莽原》1997 年第 5 期。

摩罗：《灵魂搏斗的抛物线——张炜小说的编年史研究》，载《当代作家评论》1997 年第 5 期。

小宁：《走进文字中的张炜》，载 1997 年 10 月 7 日《中国文化报》。

李亦：《读〈远河远山〉》，载 1997 年 10 月 13 日《齐鲁晚报》。

青子：《青山绿水，白草红叶黄河》，载 1997 年 10 月 15 日《中华读书报》。

洪浩：《精神的圣战者——“我看当代作家”之一》，载《威海文艺》1997 年第 6 期。

伍世昭：《文化价值取向的三个面相——中国九十年代乡土小说一瞥》，载《理论与创作》1997 年 11 期。

孔朝蓬：《文学的悬浮状态——商品经济下的文学现状扫描》，载《吉林艺术学院学报》1997 年 S1 期。

摩罗：《张炜：需要第四次腾跳》，载《当代作家评论》1998 年第 1 期。

《张炜与道德理想主义》，载《当代作家评论》1998 年第 1 期。

何启治、柳建伟：《五十年光荣与梦想——关于编辑、出版者与长篇小说创作关系的对话》，载《当代作家评论》1998 年第 1 期。

靳明立：《情感把握的失控与叙事文体的偏移——张炜“家族系列长篇小说”批评》，载《济宁师专学报》1998 年第 1 期。

王德领：《迷恋与拒抗下的孤独的守望——张炜长篇小说创作论》，载《济宁师专学报》1998 年第 1 期。

王妍：《人：在文化的掌心中》，载《学术交流》1998 年第 1 期。

邓晓芒：《张炜：野地的迷惘——从〈九月寓言〉看当代文学的主流和实质》，载《开放时代》1998 年第 1 期。

夏瑞虹：《诗意的叙述——张炜小说艺术二题》，载《云梦学刊》1998 年第 1 期。

张国功：《文化大散文的涨落与 90 年代文人群体的心路历程》，载《创作评谭》1998 年第 1 期。

谭运长：《张炜与道德理想主义》，载《佛山文艺》（下半月）1998 年第 2 期。

《本届茅盾文学奖是否有负众望》，载《当代作家评论》1998 年第 2 期。

《长篇小说与现代主义》，载《当代作家评论》1998 年第 2 期。

陆衡：《〈家族〉与当代家族小说关系之探讨》，载《钦州学刊》1998 年第 2 期。

冯尚：《生命与道德的抗衡——张炜长篇小说批评》，载《汕头大学学报》1998 年第 2 期。

汪家明：《〈凝望〉小引》，载张炜：《凝望：四十七幅图片的故事》，山东画报出版社 1998 年版。

赵萍、战海鹏：《摹尽世相，看透本质——〈古船〉对家族意识的剖析》，载《牡丹江师范学院学报》（哲学社会科学版）1998 年第 3 期。

张冠夫：《我与你：一种新的叙史语言的诞生——对〈心灵史〉〈纪实与虚构〉〈家族〉的一次集体解读》，载《文艺争鸣》1998 年第 3 期。

韩光智：《对“老照片”的说法——读张炜〈凝望〉》，载《博览群书》1998 年第 5 期。

李永建：《寻找走近张炜的路径——从〈柏慧〉的家族观念看张炜的内心世界》，载《当代作家评论》1998 年第 2 期。

刘宏伟：《受难的故园情结——张炜长篇小说侧评》，载《枣庄师专学报》1998 年第 2 期。

刘广涛：《论〈古船〉中的“准宗教”境界》，载《聊城大学学报》（哲学社会科学版）1998 年第 2 期。

郭宝亮：《流浪情结与还乡之梦——张炜小说叙境的悖论之一》，载《华北电力大学学报》（社会科学版）1998 年第 3 期。

王枫：《〈美国文摘〉：张炜》，载 1998 年 3 月 26 日《文艺报》。

刘宏伟：《古典自我与现代他者的冲突——张炜长篇小说侧论之一》，载《当代文坛》1998 年第 4 期。

苏桂宁：《紧贴着大地的一代——论 50 年代出生作家的精神背景》，载《文艺争鸣》1998 年第 5 期。

石高来：《追寻古老的精灵——中国二十世纪文学原始主义研究之一》，载《江苏社会科学》1998 年第 5 期。

朱晨辉：《穿越目光的凝望——读〈凝望〉》，载 1998 年 5 月 15 日《中华图书商报》。

郭廓：《小说家，为诗的风骨增加钙质》，载 1998 年 6 月 3 日《联合日报》。

洪浩：《一个作家的情感世界——简评张炜的〈凝望〉》，载 1998 年

8月29日《淄博晚报》。

王矿清：《人物——漂泊在小说的河流上》，载《廊坊师专学报》1998年第11期。

摩罗：《冷硬与荒寒——当代中国文学的根本特征》，载1998年11月1日《文论报》，《南方文坛》1999年第1期。

施叔青：《小说家张炜拥有诗人的灵魂》，载1998年11月11日《中央日报》。

杨松涛：《逃离与固守》，载1998年12月1日《烟台晚报》。

袁坪：《张炜港大论文评》，载1998年12月16日《齐鲁晚报》，1998年12月21日《青岛晚报》。

高荣华：《被触动的心弦——读张炜的〈凝望〉》，载1998年12月25日《大众日报》。

罗强烈：《当代中国有没有文学大师》，载《作家通讯》1999年第1期。

刘晓宁：《读张炜的〈古船〉》，载《文艺评论》1999年第1期。

周国栋：《从"新历史小说"看近年来整个社会历史观念的变动》，载《山东大学学报》（哲学社会科学版）1999年第1期。

房广星：《旷野上的玫瑰——张炜作品中的人格精神》，载《东方艺术》1999年第1期。

刘宏伟、钟鸣、曹新伟：《贵族的写作——评张炜长篇小说〈家族〉》，载《江西师范大学学报》1999年第1期。

黄红日：《反叛与皈依：寻找精神家族——读张炜小说〈家族〉》，载《丽水师范专科学校学报》1999年第1期。

尚德兰：《张炜诗论》，载法国《诗杂志》1999年第2期。

王学谦：《新时期小说与自然文化》，载《黑龙江社会科学》1999年第2期。

冯尚：《生命与道德的抗衡——张炜长篇小说批评》，载《汕头大学学报》1999年第2期。

刘圣红：《从纯美的注视到文化坚守——张炜小说创作道路略论》，

载《胜利油田师范专科学校学报》1999 年第 2 期。

吴义勤：《史诗的尴尬与技术的无奈》，载《钟山》1999 年第 3 期。

耿庆伟：《国民性：一个挥之不去的话题——〈芙蓉镇〉〈古船〉〈爸爸爸〉的国民性分析》，载《江西广播电视大学学报》1999 年第 3 期。

马以鑫：《“史诗”意味的追求与表现——新时期长篇小说创作的艺术成就》，载《华东师范大学学报》1999 年第 3 期。

刘圣红、黄崴：《挽歌与乡愁——试论张炜的道德理想》，载《成都大学学报》（社会科学版）1999 年第 3 期。

王泉：《精神之旅中的点点繁星——论张炜小说中的几个主要意象》，载《廊坊师范学院学报》1999 年第 3 期。

李茂民：《苦难及其救赎——张炜创作中的文化主题》，载《东岳论丛》1999 年第 3 期。

南帆：《个人姿态与对话》，载《学问》1999 年第 3 期。

朱尧耿：《九十年代中国文学中的人文精神》，载《职大学报》1999 年第 3 期。

尹浩洋：《张炜的滋润》，载 1999 年 3 月 1 日《烟台日报》。

李心田：《张炜读书》，载 1999 年 3 月 15 日《济南日报》。

孙继泉：《张炜：为自己画像——读张炜〈流浪的荒原之草〉》，载 1999 年 4 月 17 日《邹城市报》。

刘恩波：《站在潮头看风景——品味张炜的〈心仪〉》，载《中国图书评论》1999 年第 4 期。

叶芳：《张炜小说之人文精神论》，载《襄樊学院学报》1999 年第 4 期。

束学山：《认同与抉择：民间话语的价值取向》，载《当代作家评论》1999 年第 4 期。

秦逸：《转型期知识分子文艺的实现问题》，载《上海师范大学学报》（哲学社会科学版）1999 年第 4 期。

邵宁宁：《牢笼抑或舟船——20 世纪中国文学中“家”的形象演

变》，载《西北师大学报》1999 年第 5 期。

洪治纲：《无边的质疑——关于历届“茅盾文学奖”的二十二个设问和一个设想》，载《当代作家评论》1999 年第 5 期。

陈思和、何清：《理想主义与民间立场（节选）》，载《中山大学学报》（社会科学版）1999 年第 5 期。

王涧：《另一种声音：90 年代的乡村小说》，载《当代文坛》1999 年第 6 期。

《百年的“呐喊”，“传奇”的世纪——香港〈亚洲周刊〉20 世纪中文小说 100 强揭晓》，载 1999 年 6 月 18 日《参考消息》。

《二十世纪中文小说一百强排行榜》，载 1999 年 6 月 25 日《参考消息》。

王光东：《民间的当代价值——重读〈九月寓言〉》，载《文艺争鸣》1999 年第 6 期。

楼剑刚：《记录一种流动——读〈凝望〉有感》，载《中国图书评论》1999 年第 6 期。

陈思和、张新颖、王光东：《张炜：民间的天地带来了什么》，载《文艺争鸣》1999 年第 6 期。

《当代文坛翘楚，荟萃 2000 年文库》，载 1999 年 7 月 2 日《明报》。

高蓓：《生命中的回眸——读〈凝望〉》，载 1999 年 7 月 20 日《扬州时报》。

李掖平：《艰辛而圣洁的精神探求——再读张炜》，载 1999 年 10 月 15 日《大众周末》。

张清华：《张炜专论》，载《山东文学》1999 年第 11 期。

王光东：《重读张炜》，载《山东文学》1999 年第 11 期。

崔苇：《从〈古船〉到〈九月寓言〉》，载《山东文学》1999 年第 11 期。

周海波：《家园守望的文学意义——张炜作品随想》，载《山东文学》1999 年第 11 期。

颜敏：《审美浪漫主义与道德理想主义：张承志、张炜论》，华夏出版社 2000 年版。

张克、刘永春：《未看〈外省书〉怎算得上邂逅文学之美》，载 2000 年 1 月 4 日《山东青年报》。

王光东：《寻找民间的精灵》，载 2000 年 1 月 13 日《文学报》。

李泳吟：《文化还原与创作取向——关于近 20 年来的中国小说的一种文化诗学判断》，载《文艺评论》2000 年第 1 期。

郭宝亮：《弑父的恐惧与家庭血脉的纠结——张炜小说叙境的存在性悖论》，载《小说评论》2000 年第 2 期。

吴三冬：《渴望逍遥——解读〈九月寓言〉》，载《当代文坛》2000 年第 3 期。

贺仲明：《否定中的溃退与背离：八十年代精神之一种嬗变——以张炜为例》，载《文艺争鸣》2000 年第 3 期。

张向阳：《"我不会参与喧嚣"》，载 2000 年 3 月 5 日《齐鲁晚报》。

张清华：《追寻那不朽血脉——读张炜的散文新作〈悲愤与狂喜〉》，载《华章》2000 年第 4 期。

摩罗：《寻找文学的尊严》，载《当代作家评论》2000 年第 4 期。

张清华：《缘何悲愤缘何狂喜——读张炜的〈悲愤与狂喜〉》，载 2000 年 4 月 23 日《齐鲁晚报》。

郭宝亮：《返归大地与大地乌托邦的幻灭——张炜小说叙境的存在性悖论》，载《河北师范大学学报》2000 年第 4 期。

张新颖：《印象点击：〈外省书〉》，载《当代作家评论》2000 年第 6 期。

高立：《印象点击：〈外省书〉》，载《当代作家评论》2000 年第 6 期。

刘卫英：《张炜〈古船〉复仇意识的文化反思意义》，载《阜阳师范学院学报》(社会科学版) 2000 年第 6 期。

郭银田：《纯美的注视》，载 2000 年 8 月 4 日《金融报》。

龚金平：《未来是怎样——读颜敏〈张承志、张炜论〉》，载 2000 年 8 月 29 日《江西日报》。

王洪夫：《〈外省书〉的写作及其他》，载 2000 年 9 月 25 日《生活日报》。

胡殷红：《张炜：永远在"抄书"》，载 2000 年 10 月 1 日《文艺报》。

立川：《我读〈外省书〉》，载 2000 年 10 月 12 日《新画报》。

杨新辽：《〈外省书〉：充满魅力之书》，载 2000 年 10 月 22 日《青岛晚报》。

陆梅：《作家的困惑与思索》，载 2000 年 10 月 26 日《文学报》。

王洪夫：《巨石入水，浪涌如潮——专家谈〈外省书〉》，载 2000 年 10 月 30 日《生活日报》。

张隽：《〈外省书〉托出张炜的迷惘与痛苦》，载 2000 年 11 月 1 日《中华读书报》。

刘玉秋：《无处游弋的人生》，载 2000 年 11 月 4 日《山东青年报》。

千夫：《阅读者的解放——张炜著〈外省书〉》，载 2000 年 11 月 5 日《齐鲁晚报》。

潘宪立、赵虹：《关于〈外省书〉》，载 2000 年 11 月 9 日《精品导报》。

张洪浩：《心史·心情·心篱——读张炜长篇新作〈外省书〉》，载 2000 年 11 月 10 日《烟台日报》。

何西来：《真实的痛苦和痛苦的真实——读张炜〈外省书〉》，载 2000 年 11 月 10 日《大众周末》，2000 年 11 月 23 日《文化周刊》。

肖鹰：《生命寓言：从土地到心田》，载 2000 年 11 月 14 日《中国图书商报》。

周政保：《〈外省书〉：人性与人的处境》，载 2000 年 11 月 15 日《中华读书报》。

潘宪立、赵虹：《凝重·紧密·扎实——〈外省书〉编辑手记》，载 2000 年 11 月 22 日《扬州晚报》。

周政保：《卷入现实与探寻人的奥秘——关于长篇小说〈外省书〉》，载 2000 年 11 月 23 日《文学报》。

李敬泽：《找一找“外省”在哪儿》，载 2000 年 11 月 25 日《文汇报》。

曼宁：《读张炜〈外省书〉》，载 2000 年 12 月 12 日《人民铁道》。

高伟：《张炜六年铸成〈外省书〉》，载 2000 年 12 月 16 日《青岛晚报》。

李洁非：《2000 年中国文坛便览》，载 2000 年 12 月 27 日《北京日报》。

肖敏：《〈外省书〉：让人的灵魂弓起来》，载 2000 年 12 月 31 日《大众科技报》。

李洁非：《张炜的精神哲学》，载《钟山》2000 年第 5 期，《当代作家评论》2001 年第 1 期。

王平：《〈古船〉：提示历史本质的企图》，载《人民论坛》2000 年第 12 期。

刘卫英：《张炜〈古船〉复仇意识的文化反思意义》，载《阜阳师范学院学报》（社会科学版）2000 年第 12 期。

李亦：《我读〈外省书〉》，载《学问》2001 年第 1 期。

胡俊华：《我读〈外省书〉》，载《学问》2001 年第 1 期。

徐红萍：《外省之外省——读张炜的〈外省书〉》，载《观察与思考》2001 年第 1 期。

雷达：《张炜的〈外省书〉》，载《小说评论》2001 年第 1 期。

郭艳：《守望中的自我确认——张炜小说论》，载《当代文坛》2001 年第 1 期。

何清：《民间大地上的精神漫游——〈九月寓言〉细解》，载《苏州铁道师范学院学报》（社会科学版）2001 年第 1 期。

黄忠顺：《解释系统的神话性——〈九月寓言〉研究之二》，载《荆州师范学院学报》2001 年第 1 期。

刘玉秋、张克：《抒情·守望·思索——关于张炜〈外省书〉的对话》，载《当代小说》2001 年第 1 期。

颜敏：《九十年代“最有影响的十部作品”二题》，载《创作评谭》2001 年第 1 期。

樊星：《俄苏文学与 20 世纪中国文学》，载《华中师范大学学报》2001 年第 1 期。

石曙萍：《民间和九十年代小说（摘要）》，载《当代作家评论》2001 年第 1 期。

林涛、彭亚静：《“当代上帝”与道家智慧——〈断头台〉与〈古船〉比较论》，载《长沙铁道学院学报》（社会科学版）2001 年第 2 卷第 1 期。

《谁有资格进人新世纪？50 位作家获得资格认证，专家评选能否得到广大读者认可：专家如是说》，载 2001 年 1 月 8 日《北京晚报》。

周立民：《印象点击：〈突围前后〉》，载《当代作家评论》2001 年第 2 期。

孙郁：《旁观者的叙述》，载《当代作家评论》2001 年第 2 期。

胡芝姗：《小说家散文：精神话语的转换》，载《山东省青年管理干部学院学报》2001 年第 2 期。

席扬、温左琴：《历史与生命的沉重交响——重读张炜长篇〈家族〉》，载《阅读与写作》2001 年第 2 期。

凉萧等：《对张炜〈外省书〉的评价》，载 2001 年 2 月 3 日《生活日报》。

雷达：《激愤过后的沉思》，载 2001 年 2 月 9 日《生活日报》。

张海陵：《张炜〈外省书〉泪透纸背》，载 2001 年 2 月 12 日《亚洲周刊》。

丁国强：《迎视屈子的美目》，载 2001 年 2 月 15 日《中国图书商报》。

丁国强：《永不腐朽的力量》，载 2001 年 3 月 21 日《湖北日报》。

雷达：《评〈外省书〉》，载 2001 年 2 月 28 日《中华读书报》。

赵彤宁：《评〈蘑菇七种〉》，载 2001 年 2 月 28 日《中华读书报》。

吴义勤、白浩、郑鹏、张克、刘永春、贺彩虹、刘玉秋、田广文、朱敏、刘香、邵瑜莲：《〈外省书〉：道德理想与艺术建构——新长篇小说讨论之三》，载《小说评论》2001 年第 3 期。

陈正敏、鲁克兵、吴乐晋：《最后的先知与上帝的遗嘱》，载《当代文坛》2001 年第 3 期。

张景超等：《间歇期的沉稳——世纪交会中的一次长篇小说讨论会》，载《文艺评论》2001 年第 3 期。

媚杜：《读张炜的〈外省书〉》，载 2001 年 3 月 21 日《联合日报》。

刘永春：《〈外省书〉：历史与现实之镜》，载《今日东方》2001 年第 4 期。

勾勾：《文学的又一道盛宴——推荐张炜新作〈外省书〉》，载 2001

年4月17日《烟台日报》。

段金柱：《沉静与忧愤——90年代张炜长篇小说代表作浅论》，载《闽西职业大学学报》2001年第4期。

张国功：《理解与批判——读颜敏〈审美浪漫主义与道德理想主义：张承志、张炜论〉》，载《江西社会科学》2001年第4期。

苗四妞：《试论民粹思想与20世纪中国文学》，载《人文杂志》2001年第4期。

郭宝亮、易平：《无奈的撤离与最后的守望——张炜小说叙境的存在性悖论之三》，载《河北师范大学学报》2001年第4期。

王凤仙：《世纪末的回眸——读〈外省书〉》，载《当代文坛》2001年第4期。

张明：《创造力永无止境——评张炜的长篇小说〈外省书〉》，载《烟台大学学报》（哲学社会科学版）2001年第4期（第14卷）。

雷达：《执著的追问，成功的超越——谈〈外省书〉》，载《读书》2001年第5期。

唐朝晖：《神话的毁灭与创建——关于张炜的〈外省书〉》，载《理论与创作》2001年第5期。

王一川：《我看九十年代长篇小说文体新趋势》，载《当代作家评论》2001年第5期。

王琳：《生命的崇高与灵魂的拷问》，载《山东文学》2001年第5期。

严锋：《诗意的回归》，载《当代作家评论》2001年第5期。

张新颖：《说"长"》，载《当代作家评论》2001年第5期。

绿笙：《直达心灵的深处和情感末梢》，载2001年5月29日《闽南日报》。

张炜炜、周曙光、刘煦：《守望的孤独——解读张炜〈外省书〉》，载《山东行政学院山东省经济管理干部学院学报》2001年第6期。

王爱松：《新历史小说与现代史的另一面》，载《首都师范大学学报》（社会科学版）2001年第6期。

李少群：《20世纪山东文学总体特征》，载《东岳论丛》2001年第6期。

郜元宝：《20世纪90年代中国文坛之一瞥》，载《南方文论》2001年第6期。

丁国强：《张炜与屈原的对话》，载2001年7月29日《深圳商报》。

秦朝晖：《静听张炜的倾诉》，载《鸭绿江》2001年第8期。

陈美兰：《这个时代会写出什么样的长篇小说》，载2001年8月25日《文艺报》。

勾勾：《注目〈凝望〉》，载2001年11月27日《烟台日报》。

王永改：《精神是向上的一棵树》，载2001年12月18日《烟台日报》。

雷世文：《一曲艺术薪火失传的哀歌——读张炜的长篇小说〈能不忆蜀葵〉》，载2001年12月20日《生活日报》，《全国新书目》2002年第2期。

圣泉：《走向自己的莽野》，载2001年12月28日《中国保险报》。

曹蕾：《近年家族小说文化内涵探讨》，载《南京晓庄学院学报》2002年第1期。

南翔：《敞放与沉潜——几部长篇小说的精神解构》，载《深圳大学学报》（人文社会科学版）2002年第19卷第1期。

周政保：《于荒诞中见人生本相——读张炜的长篇新作〈能不忆蜀葵〉》，载2002年1月6日《文汇报》。

勾勾：《渴望一种灵魂去引领》，载2002年1月22日《烟台日报》。

杨经建：《浮光掠影话长篇》，载2002年1月22日《文艺报》。

虞静、战英：《〈能不忆蜀葵〉的惊叹》，载2002年1月22日《中华读书报》。

虞静：《像一棵树那样抓牢泥土》，载2002年2月6日《中国文化报》。

李洁非：《瞧！这个人》，载2002年1月18日《大众日报》，2002年2月10日《深圳日报》。

王国洪：《试论〈古船〉中的人性及人道主义》，载《沧州师范专科学校学报》2002年第1期。

刘海波：《悖离民间的尴尬——从〈外省书〉看知识分子处境》，载《文艺理论与批评》2002 年第 1 期。

王泉：《〈外省书〉的“游”与忏悔意识》，载《益阳师专学报》2002 年第 1 期。

周立民：《印象点击：〈能不忆蜀葵〉》，载《当代作家评论》2002 年第 1 期。

张静、于海英：《对历史嬗递过程中的道德心理审视——〈喧哗与骚动〉与〈古船〉的主题思想比较》，载《烟台师范学院学报》（哲学社会科学版）2002 年第 1 期。

何宇宏：《历史语境中的世纪末文化保守主义》，载《湖南社会科学》2002 年第 2 期。

宗元：《张炜小说中的民间文化趋向》，载《济宁师范专科学校学报》2002 年第 2 期。

张妙文：《张炜〈家族〉的人文主义悲歌》，载《南通师范学院学报》（哲学社会科学版）2002 年第 2 期。

吴培显：《英雄主义·人道主义·文化人格主义——从〈红旗谱〉、〈古船〉、〈白鹿原〉看当代“家庭叙事”的演进及得失》，载《中国文学研究》2002 年第 2 期。

雷达：《张炜〈能不忆蜀葵〉》，载《小说评论》2002 年第 2 期。

雷达：《唤不醒的梦——读张炜〈能不忆蜀葵〉》，载 2002 年 2 月 21 日《文学报》。

龚伯禄：《从悲壮的坚守到主动的放弃》，载《理论与创作》2002 年第 2 期。

罗小东：《当代小说线性叙事的类型分析》，载《文艺评论》2002 年第 2 期。

陈晓明：《“绝对”的美学力量——评张炜的〈能不忆蜀葵〉》，载 2002 年 2 月 6 日《光明日报》。

杨万寿、朱卫国：《边缘与中心的文化整合——关于〈外省书〉的文化解读》，载《甘肃社会科学》2002 年第 3 期。

李扬：《论 90 年代的知识分子立场写作》，载《文艺理论研究》2002 年第 3 期。

王光东、李雪林：《张炜的精神立场及其呈现方式——以九十年代长篇小说为例》，载《当代作家评论》2002 年第 3 期。

韦器闳：《心灵的独语与理想主义的追寻——评张炜的散文创作》，载《河池师专学报》（社会科学版）2002 年第 3 期。

金文兵：《故乡何谓：论“寻根”之后乡土小说的精神皈依》，载《江南大学学报》2002 年第 3 期。

陈晓明：《挪用、反抗与重构》，载《文艺研究》2002 年第 3 期。

雷达：《诗意的乌托邦，残忍的伤心地》，载 2002 年 3 月 5 日《中国青年报》。

侯鑫辉：《守望精神的家园》，载 2002 年 3 月 20 日《燕赵都市报》。

吴俊：《另一种浮躁——从〈能不忆蜀葵〉略谈张炜的小说写作》，载 2002 年 3 月 22 日《文汇报》。

讴阳北方：《飞扬跋扈为谁雄——读〈能不忆蜀葵〉》，载 2002 年 3 月 20 日《中国文化报》，2002 年 3 月 25 日《西部商报》。

栖沐：《行者之书——读张炜的长篇小说〈你在高原〉》，载《边疆文学·文艺评论》2012 年第 4 期。

赵德利：《论 20 世纪家族小说母题模式的流变》，载《文艺争鸣》2002 年第 4 期。

姜智芹：《张炜与外国文学》，载《青岛海洋大学学报》（社会科学版）2002 年第 4 期。

季俊峰：《超越与回归——张炜创作中恋母倾向的深层解读》，载《南昌航空工业学院学报》（社会科学版）2002 年第 4 期。

宗元：《张炜小说的民间情怀》，载《山东师范大学学报》（人文社会科学版）2002 年第 4 期。

张光芒：《天堂的尘落——对张炜小说道德精神的总批判》，载《南方文坛》2002 年第 4 期。

陈晓明：《道德可以拯救文学吗？——对当前一种流行观点的质

疑》，载《长城》2002年第4期。

严锋：《张炜的诗、音乐和神话》，载《当代作家评论》2002年第4期。

孙国亮：《文坛狼来了：也说当下的媚雅与媚俗》，载《艺术广角》2002年第4期。

黄忠顺：《〈九月寓言〉："代后记"与神话的寓言化》，载《荆州师范学院学报》2002年第4期。

唐惠凡：《人性、智性和诗性的光彩——读张炜散文随笔集〈我跋涉的莽野〉》，载《中国图书评论》2002年第5期。

白烨：《理想主义的挽歌》，载《书摘》2002年第5期。

陈思和、王光东：《文学能否面对当下生活——关于几位知名作家近期创作变化的对谈》，载2002年5月11日《文汇报》。

何亚宁：《哀痛和感伤》，载2002年6月25日《山东青年报》。

姜智芹：《〈能不忆蜀葵〉解读》，载《山东文学》2002年第6期。

赵德利：《民族文化心史的剖视与构建——当代家族小说母题模式论之一》，载《青海社会科学》2002年第6期。

陈思和：《欲望：时代与人性的另一面——试论张炜小说中的恶魔性因素》，载《文学评论》2002年第6期。

陈连锦、艾晶：《论张炜创作心态的矛盾》，载《西南民族学院学报》（哲学社会科学版）2002年S3期。

邹强：《人，何处是你诗意的栖居？——对张炜新作〈能不忆蜀葵〉的一种解读》，载《当代小说》2002年第9期。

张懿：《张炜：坚守精神家园的严峻挑战》，载2002年9月11日《羊城晚报》。

陈连锦、艾晶：《由批判到哀挽——张炜现象剖析》，载《西南民族学院学报》（哲学社会科学版）2002年第10期。

夕林：《葡萄园的守望者》，载2002年11月1日《济南大学报》。

李海燕、陈文亮：《道德的位移与人性的守望》，载《山东文学》2002年第12期。

刘恋：《黄粱梦与“野地记忆”——解读〈能不忆蜀葵〉》，载《当代文坛》2003 年第 1 期。

陈义报：《乌托邦的疑惧与破毁——以〈边城〉〈九月寓言〉为例》，载《乐山师范学院学报》2003 年第 1 期。

余琴：《失去铸就的悲哀》，载《语文教学与研究》2003 年第 1 期。

王凤仙：《回顾与质疑：张炜〈外省书〉的文化反思》，载《泰安教育学院学报（岱宗学刊）》2003 年第 1 期。

陈洋：《简朴与自然之美》，载 2003 年 1 月 15 日《太原日报》。

望民：《知识分子心灵的长卷，时代生活的百科全书——张炜新作〈你在高原 · 西郊〉》，载 2003 年 1 月 20 日《半岛都市报》。

李劲松：《从〈九月寓言〉〈柏慧〉看张炜文学创作中的保守主义倾向》，载《湖南城市学院学报》2003 年第 2 期。

金理：《饶舌的海明威和非形式的卡夫卡——张炜〈人的魅力——读域外作家〉读后》，载 2003 年 2 月 12 日《青岛晚报》。

马玉韬：《寻找精神的归宿——读张炜新作〈你在高原 · 西郊〉》，载 2003 年 2 月 24 日《联合日报》。

宫达：《在八百万台阶之上》，载《大家》2003 年第 2 期。

石峰：《行驶与抵达》，载《大家》2003 年第 2 期。

李劲松：《从〈九月寓言〉、〈柏慧〉看张炜文学创作中的保守主义倾向》，载《湖南城市学院学报》2003 年第 2 期。

唐长华：《道德理性与生命理想的抗衡——试论张炜小说的两个精神向度》，载《山东理工大学学报》（社会科学版）2003 年第 2 期。

武新军：《全球化语境中的焦虑——解读张炜的〈外省书〉》，载《山东理工大学学报》（社会科学版）2003 年第 2 期（第 19 卷）。

武新军：《内在焦虑的衍变——张炜小说论》，载《天中学刊》2003 年第 3 期。

雷达、陈思和等：《享受思想智慧和语言快感的盛宴——关于〈丑行或浪漫〉的评论》，载《出版者》2003 年第 3 期。

王凤仙：《迷失与寻找——评张炜长篇小说〈能不忆蜀葵〉》，载

《当代文坛》2003 年第 3 期。

姜智芹：《张炜与海明威之比较》，载《山东社会科学》2003 年第 3 期。

佟文娟：《传统价值取向与现代精神拯救——谈张炜的“归来”及其意义》，载《延边大学学报》（社会科学版）2003 年第 3 期。

朱丽萍：《不是寓言——〈古船〉〈九月寓言〉中关于生存的苦难》，载《萍乡高等专科学校学报》2003 年第 3 期。

房伟：《印象点击：〈你在高原 · 西郊〉》，载《当代作家评论》2003 年第 3 期。

熊元义：《现代冲突与文学批判》，载《文艺理论与批评》2003 年第 3 期。

邓荫柯：《谛听庄严宁静的声音——读张炜〈你在高原 · 西郊〉》，载《学问》2003 年第 4 期。

朱慧君：《一首呼唤人性的悲歌》，载 2003 年 3 月 5 日《文学报》。

臧永清：《一部等待了很久的小说》，载 2003 年 3 月 8 日《中国邮政报》。

陈熙涵、王磊：《张炜：“三条线”书写欢乐和悲哀》，载 2003 年 3 月 18 日《文汇报》。

陈熙涵、王磊：《张炜：一次淋漓尽致的表达欲望》，载 2003 年 3 月 18 日《山东青年报》。

马玉韬：《寻找灵魂的安放之地——张炜长篇新作〈你在高原 · 西郊〉阅读》，载 2003 年 3 月 20 日《黄河口晚刊》，2003 年 3 月 22 日《邹城日报》。

海惠：《与张炜约〈丑行或浪漫〉》，载 2003 年 3 月 22 日《齐鲁晚报》。

吴义勤：《心灵与艺术的双重跨越——析张炜长篇新作〈你在高原 · 西郊〉》，载 2003 年 4 月 8 日《文艺报》。

陈思和：《我看张炜的近作》，载《湖南大学学报》（社会科学版）2003 年第 4 期。

陈思和、周立民：《关于恶魔性因素的对话》，载《黄河》2003 年第 4 期。

汪政：《印象点击：〈丑行或浪漫〉》，载《当代作家评论》2003 年第 4 期。

李娜：《“野地”的重生——论张炜近年小说创作思想的演变》，载《湖南大学学报》（社会科学版）2003 年第 4 期。

武丽霞：《从土和水意象透视张炜的审美追求》，载《淮北煤炭师范学院学报》（哲学社会科学版）2003 年第 4 期。

郑坚：《“慌”的道德美学与“慌”的文体——读张炜的近作》，载《湖南大学学报》（社会科学版）2003 年第 4 期。

张懿：《理想化形象和神经症自尊——〈外省书〉和〈能不忆蜀葵〉的两例心理学解读》，载《湖南大学学报》（社会科学版）2003 年第 4 期。

孙燕华：《你往何处去——〈能不忆蜀葵〉的两难处境》，载《湖南大学学报》（社会科学版）2003 年第 4 期。

聂伟：《“民间”的“地气”断了之后——试论〈外省书〉与〈能不忆蜀葵〉的精神诉求》，载《湖南大学学报》（社会科学版）2003 年第 4 期。

徐闰祯：《〈能不忆蜀葵〉：现代知识分子的神话》，载《湖南大学学报》（社会科学版）2003 年第 4 期。

郑坚：《消费时代的欲望游荡与人性挣扎——世纪初小说的精神维度一瞥》，载《株洲师范高等专科学校学报》2003 年第 4 期。

海惠：《寻求人性的恬美》，载 2003 年 4 月 8 日《东营电视周刊》。

海惠：《张炜：在作品中留下痕迹和声音》，载 2003 年 4 月 11 日《文汇读书周报》。

董彦：《追逐奔跑的女神》，载 2003 年 4 月 24 日《新快报》。

刘铮：《我们为什么看重张炜》，载 2003 年 4 月 24 日《新快报》。

庞守英：《纷繁的长篇小说文体》，载 2003 年 4 月 24 日《光明日报》。

李劲松：《20 世纪 90 年代以来文学中的怀旧情结》，载《美与时代》2003 年第 5 期。

泰娟：《〈丑行或浪漫〉：一曲现代民间叙事诗》，载 2003 年 5 月 2 日

《生活日报》。

陈晓明：《对人性的绝对叩问——评张炜〈丑行或浪漫〉》，载 2003 年 5 月 3 日《邹城日报》。

郝雨：《“出逃”或“寻找”》，载 2003 年 5 月 14 日《燕赵都市报》。

刘晓蕾：《来自大地的声音》，载 2003 年 5 月 14 日《燕赵都市报》。

云飞扬：《人性的叩问》，载 2003 年 5 月 14 日《燕赵都市报》。

汪政：《苦难世界的乡村传奇》，载 2003 年 5 月 23 日《黄河口晚刊》。

江飞：《背负苦难的奔跑：张炜〈丑行或浪漫〉解读》，载《安庆师范学院学报》（社会科学版）2003 年第 22 卷第 5 期。

彭在钦、杨经建：《世纪之交的中国乡土小说创作》，载《理论与创作》2003 年第 6 期。

孙海涛：《家园的守望与咏叹——析张炜〈九月寓言〉的精神旨向》，载《阜阳师范学院学报》（社会科学版）2003 年第 6 期。

毛高杰：《回望的妥协——从〈古船〉到〈怀念与追记〉》，载《河南商业高等专科学校学报》2003 年第 6 期。

王兆胜：《柔弱力量的歌者——读张炜的小说〈丑行或浪漫〉》，载 2003 年 6 月 4 日《中国青年报》。

吴义勤：《向“葡萄园”情结真正告别》，载 2003 年 6 月 6 日《中国图书商报》。

洪浩：《流浪或飞翔的传奇》，载 2003 年 6 月 6 日《中国图书商报》。

刘蓓：《张炜创作的心路历程与文化个性：〈丑行或浪漫〉》，载 2003 年 6 月 10 日《生活新报》。

海惠：《与张炜约〈丑行或浪漫〉》，载 2003 年 6 月 11 日《读书时报》。

郑崇选：《逃寻与抵达》，载 2003 年 6 月 20 日《世纪中国》。

周龙：《沈从文、汪曾祺及张炜诗性艺境通论》，载《江西社会科学》2003 年第 7 期。

南帆：《大地的血脉——读张炜的〈丑行或浪漫〉》，载 2003 年 7 月 7 日《福建日报》，《博览群书》2003 年第 10 期。

林晓莉：《来自大地的灵感》，载 2003 年 7 月 19 日《吉林日报》。

冯至诚：《张炜：大地上的长跑》，载 2003 年 7 月 13 日《天府早报》。

严锋：《〈丑行或浪漫〉：漂泊的精魂》，载《中国图书评论》2003 年第 8 期。

陈占敏：《逃离与追赶——读张炜新作〈丑行或浪漫〉》，载 2003 年 8 月 26 日《羊城晚报》。

孟繁华：《世纪初长篇小说中知识分子的出走现象》，载 2003 年 8 月 27 日《中华读书报》。

高维生：《民间的雅歌》，载 2003 年 8 月 29 日《中国书报刊博览》。

房留祥：《烧灼的文字》，载《书评》2003 年第 5 期。

高伟：《让文字喷出火焰》，载 2003 年 9 月 25 日《青岛晚报》。

周立民：《寻找丰沛的民间世界》，载 2003 年 9 月 28 日《春城晚报》。

燕霁人：《〈丑行或浪漫〉的随想》，载《全国新书目》2003 年第 9 期。

李洁非：《逃离野蛮》，载 2003 年 10 月 22 日《中华读书报》。

洪治刚：《历史与人性的双重审视——评〈丑行与浪漫〉》，载 2003 年 10 月 22 日《中华读书报》。

王一川：《换性别叩问及其张力》，载 2003 年 10 月 22 日《中华读书报》。

林为进：《寓单纯于丰富》，载 2003 年 10 月 22 日《中华读书报》。

陈占敏：《刘蜜蜡能跑多远》，载 2003 年 10 月 22 日《中华读书报》。

高维达：《触摸文学的全部梦想》，载 2003 年 10 月 22 日《中华读书报》。

周立民：《融入野地的自然之子》，载春风文艺出版社 2003 年版。

王光东、隋萍萍、武春野、刘子杰：《丰富的纯真》，载《上海文学》2003 年第 11 期。

张柱林：《母亲的放逐、重构和复归——当代文化和小说中的自然》，载《湖北社会科学》2003 年第 11 期。

孟繁华：《历史是一个女人的身体》，载 2003 年 11 月 9 日《济南时报》。

李世琦：《杰作的标高》，载 2003 年 11 月 21 日《河北日报》。

讴阳北方：《精神废墟上的人性之光》，载 2003 年 12 月 3 日《生活报》。

张新颖：《行将失传的方言和它的世界——从这个角度看〈丑行或

浪漫〉》，载《上海文学》2003年第12期。

唐长华、陈红兵：《试论张炜小说的两个精神向度——从〈外省书〉、〈能不忆蜀葵〉谈起》，载《当代文坛》2004年第1期。

刘进军：《乡村的都市——90年代山东都市小说概论》，载《山东省青年管理干部学院学报》2004年第1期。

张中锋、孙世军：《张炜创作中的托尔斯泰“痕迹”》，载《殷都学刊》2004年第1期。

戴明朝：《叙述作为一种意识形态》，载《山东文学》2003年第1期。

杨俊国：《寻根与无根的困境——重读张炜的〈九月寓言〉》，载《常州师范专科学校学报》2004年第1期。

张卫中：《张炜小说中的道家精神》，载《徐州师范大学学报》2004年第1期。

王春林：《走向个性，走向成熟——2003年长篇小说印象》，载《小说评论》2004年第1期。

张晓平、姜向东：《生命活力的寻找——新时期小说主题研究之一》，载《当代文坛》2004年第1期。

张海志：《暮年的情怀——试论〈外省书〉和〈古船〉中的老人形象》，载《克山师专学报》2004年第1期。

李波、郭玉华：《跋涉：思想的过程》，载《山东文学》2004年第1期。

郝永勃：《寻找榜样的力量》，载2004年1月19日《淄博晚报》。

蔡振丰：《艺术家的屈辱与对应之道》，载2004年1月28日《中国时报》。

刘绪才：《论张炜小说的民粹主义倾向》，载《内蒙古师范大学学报》（哲学社会科学版）2004年第2期。

何启治：《是是非非说“寓言”——张炜著〈九月寓言〉缘何与〈当代〉失之交臂?》，载《出版史料》2004年第2期。

谢刚：《来自大地的声音——〈丑行或浪漫〉评介》，载《中国出版》2004年第2期。

薛忠文：《"新历史小说"历史观刍议》，载《齐鲁学刊》2004年第2期。

吴炫：《穿越当代"经典"——〈心灵史〉和〈九月寓言〉局限评述》，载《山花》2004年第3期。

张清华：《如何重写革命历史：以〈家族〉为例》，载张清华《中国当代文学中的历史叙事：海德堡讲稿》，北京大学出版社2004年版。

吴炫：《穿越当代"经典"——〈心灵史〉和〈九月寓言〉局限评述》，载《山花》2004年第3期。

宋桂花：《"妻妾成群"的建构与解构——评张炜五部长篇小说的两性叙事模式》，载《山东教育学院学报》2004年第3期。

俞春玲：《荆棘中的行走——张炜笔下的孤独者与现代性》，载《贵州师范大学学报》（社会科学版）2004年第3期，《潍坊学院学报》2004年第3期。

江腊生：《试论〈古船〉的性意识》，载《新余高专学报》2004年第3期。

维达：《一次灿烂辉煌的书写》，载《滨州广播电视报》2004年第13期。

杨慧：《水·疯癫·现代性——解读〈小鲍庄〉、〈古船〉和〈米〉》，载《沈阳教育学院学报》2004年第3期。

储双月：《家族历史叙事探索》，载《当代文坛》2004年第3期。

俞春玲：《论张炜小说现代性的张力》，载《南京师范大学文学院学报》2004年第3期。

何玉玲：《家族主义精神在〈古船〉中的运行轨道》，载《绥化师专学报》2004年第3期。

李生滨：《展现生命诗意和大地浪漫的文学——关于张炜创作的回眸与述评》，载《当代文坛》2004年第4期。

刘彦明：《文以载人功能在〈古船〉中的体现》，载《东疆学刊》2004年第4期。

黄忠顺：《历史神话化叙事的时间构成——〈九月寓言〉个案观

察》，载《海南师范学院学报》（社会科学版）2004 年第 4 期。

黄书泉：《论当代长篇小说的文学经典性》，载《当代文坛》2004 年第 4 期。

赵锡钧、张连义：《就恋这把土——农村作家“土地情结”的心理探寻》，载《语文学刊》2004 年第 4 期。

杨毓敏：《读张炜中篇小说〈秋天的愤怒〉后的思考》，载《求实》2004 年 S4 期。

邓楠：《当前文学中的历史观问题》，载 2004 年 4 月 10 日《文艺报》。

刘卫英：《〈古船〉对传统复仇意识的继承和改造》，载《辽东学院学报》2004 年第 5 期。

上官政洪：《无尽的跋涉——张炜小说的精神世界》，载《荆门职业技术学院学报》2004 年第 5 期。

何言宏：《抵抗与批判——近年文学的民间意识与文化政治问题》，载《江苏社会科学》2004 年第 5 期。

吴颖：《当代语境下新历史小说的文本写作和民间立场》，载《阜阳师范学学报》（社会科学版）2004 年第 5 期。

牟洁：《〈柏慧〉再版致读者》，载张炜《柏慧》，中国社会出版社 2004 年版。

李莹：《新旧文明冲突——〈百年孤独〉与〈九月寓言〉的共同主题》，载《枣庄师范专科学校学报》2004 年第 6 期。

卢丽华：《从纯粹走向浑重——从张炜小说看其精神立场的衍变》，载《沙洋师范高等专科学校学报》2004 年第 6 期。

李莉：《徘徊在文化厚土上的幽灵——论张炜长篇小说的文化意蕴》，载《文艺争鸣》2004 年第 6 期。

李莉：《论张炜长篇小说的“家族”化写作》，载《西南民族大学学报》（人文社科版）2004 年第 6 期。

晓南：《看〈大家〉》，载《中文自学指导》2004 年第 6 期。

李莉：《人生苦旅中的固守与突围——论张炜新作〈丑行或浪漫〉》，载《西南民族大学学报》（人文社科版）2004 年第 8 期。

蔡茂、王明强：《二元对立下的邪恶与崇高——张炜小说男性人物形象论》，载《长春师范学院学报》2004年第9期。

［日］坂井洋史：《寓言世界的语言状况》，载日本《东方》2004年第9期。

彭维锋：《狂欢书写与修辞隐喻——以张炜〈九月寓言〉为个案》，载《济南大学学报》（社会科学版）2005年第1期。

王辉：《“发现”与“追思”——论张炜小说中“个体”存在的意义》，载《聊城大学学报》（社会科学版）2005年第1期。

王菊玲：《一个将灵魂钉在十字架上的殉道者——论〈古船〉中隋抱朴形象》，载《湘潭师范学院学报》（社会科学版）2005年第1期。

刘彦明：《论〈古船〉中的人格理想》，载《东疆学刊》2005年第2期。

陈思和、严锋、毛尖：《关于〈精神的背景〉的反响》，载《上海文学》2005年第2期。

张晨怡：《道德理想主义的现实困境——论张炜笔下的“文化寻根”》，载《创作评谭》2005年第2期。

陈思和、王晓明、王鸿生、严锋、罗岗、王光东、张新颖：《文学创作与当下精神背景——关于张炜〈精神的背景〉的讨论》，载《当代作家评论》2005年第2期。

何璐：《论张炜笔下的女性形象的嬗变——以〈古船〉、〈九月寓言〉、〈丑行或浪漫〉为例》，载《长沙铁道学院学报》（社会科学版）2005年第2期。

张志云：《梦醒了的“知识分子”何去何从？——从张炜〈精神的背景〉的讨论谈起》，载《现代中国文化与文学》2005年第2期。

谷海慧：《理想主义散文作家群落创作论析》，载《西南师范大学学报》（人文社会科学版）2005年第2期。

李生滨：《回顾与透视：〈古船〉社会影响的再批评解读》，载《理论与创作》2005年第2期。

郭玉华、李波：《追寻精神品性的家族叙事——〈古船〉的现代性意义解读》，载《理论与创作》2005 年第 2 期。

靳瑞霞：《张炜小说中的自然、男性与女性》，载《烟台教育学院学报》2005 年第 2 期。

苏永前：《〈九月寓言〉：传奇传统的民间复归》，载《陇东学院学报》（社会科学版）2005 年第 3 期。

臧海涛：《总结还是超越——读张炜的〈外省书〉》，载《和田师范专科学校学报》（汉文综合版）2005 年第 3 期。

倪伟：《农村社会变革的隐痛——论张炜早期小说》，载《文学评论》2005 年第 3 期。

王泉：《论张承志、张炜及阿来小说的诗意叙事》，载《海南大学学报》（人文社会科学版）2005 年第 3 期。

季俊峰：《张炜小说中的审父主题》，载《南昌航空工业学院学报》（社会科学版）2005 年第 3 期。

张均：《张炜与现代中国的仇恨美学》，载《小说评论》2005 年第 3 期。

马春花：《流浪与栖居——评张炜的长篇新作〈丑行或浪漫〉》，载《名作欣赏》2005 年第 2 期。

於可训：《“张炜专辑”主持人的话》，载《小说评论》2005 年第 3 期。

叶君：《诗意地栖居——论乡村家园想象中的客居者“回家”之旅》，载《武汉大学学报》（哲学社会科学版）2005 年第 3 期。

夏榆：《这是一个“精神沙化”的时期?》，载 2005 年 3 月 17 日《南方周末》。

丁增武：《不知所终的旅行——评张炜的长篇新作〈丑行或浪漫〉》，载《合肥学院学报》（社会科学版）2005 年第 4 期。

常清、乔东义：《在浪漫与守成之间——张承志、张炜文化审美心理考察》，载《乐山师范学院学报》2005 年第 4 期。

江华：《流浪：“生活在别处”——张炜小说的存在主义精神初探》，载《沧州师范专科学校学报》2005 年第 4 期。

张昭兵：《怀念与追忆：与历史对话——论张炜小说历史叙事的诗性追求》，载《贵阳金筑大学学报》2005 年第 4 期。

周林妹：《回归自然——论张炜小说审美价值观》，载《广州大学学报》（社会科学版）2005 年第 5 期。

刘超：《遥相张望观之如炜——遥望张炜，走近张炜》，载《理论与创作》2005 年第 5 期。

王辉：《多元融合与自由超越：张炜创作的思想资源》，载《齐鲁学刊》2005 年第 5 期。

黄静：《张炜 20 世纪 90 年代长篇小说的反现代性叙事》，载《南都学坛》2005 年第 5 期。

王辉：《论张炜小说创作的精神哲学》，载《山东社会科学》2005 年第 6 期。

胡永吉：《难以摆脱的阴影——论张炜〈古船〉中的家族观念》，载《玉溪师范学院学报》2005 年第 7 期。

王秀芹：《理想主义的二人追寻叙事——解读张炜的〈丑行或浪漫〉》，载《名作欣赏》2005 年第 14 期。

陈思和：《愤怒之后的完美与优雅》，载 2005 年 7 月 18 日《中国国土资源报》。

康志刚：《站着还是跪着》，载《现代交际》2005 年第 9 期。

唐云：《荒芜大地上的凄美之花——从“精神的背景”的论争中得到启示》，载《创作评谭》2005 年第 10 期。

赵亮：《沿着现代性的向度望去——张炜、张承志之于当代文坛的意义》，载《山东文学》2005 年第 11 期。

廖高会：《宿命的出走和艰难的回归——浅析张炜小说中知识分子的流浪意识》，载《名作欣赏》2005 年第 12 期。

王鹏飞：《喧嚣下的寂寞——2005 年的中国文坛》，载《社会观察》2005 年第 12 期。

王辉：《童年记忆对张炜小说创作的影响》，载《当代文坛》2006 年第 1 期。

冯晶：《张炜、莫言小说中的民间取向比较》，载《山东师范大学学报》（人文社会科学版）2006年第2期。

［日］坂井洋史：《文学语言和现代文学的困境——关于〈丑行或浪漫〉致张新颖》，载林建法、乔阳主编《中国当代作家面面观——汉语写作与世界文学》，春风文艺出版社2006年版，《当代作家评论》2006年第3期。

冯晶：《张炜、莫言小说中的民间取向之比较》，载《山东师范大学学报》（人文社会科学版）2006年第2期。

王泉、代天善：《二十世纪中外小说的海洋书写——以海明威、劳伦斯、邓刚、无名氏、徐小斌、张炜为例》，载《名作欣赏》2006年第2期。

江华：《拒绝俗世的泅渡者——张炜的理想主义情结》，载《湖北成人教育学院学报》2006年第2期。

孙正华：《悲怆壮美的生命剖析——读张炜〈丑行或浪漫〉》，载《西南科技大学学报》（哲学社会科学版）2006年第2期。

彭维锋：《张炜小说研究的新路径》，载《当代小说》2006年第2期。

彭维锋：《历史与现实之间的思想突围——试论张炜〈你在高原·西郊〉中创作立场的转换》，载《烟台师范学院学报》（哲学社会科学版）2006年第2期。

赵亮：《理想、浪漫与现实——从〈丑行或浪漫〉的困惑谈起》，载《名作欣赏》2006年第2期。

王辉：《论张炜小说创作中的阈限性因素》，载《烟台大学学报》（哲学社会科学版）2006年第3期。

罗良金：《在流浪中寻找精神的家园——论张炜的小说》，载《贵州文史丛刊》2006年第3期。

汪志彬、瞿华兵：《苦难、权力与文化困惑——张炜小说主题建构》，载《淮北职业技术学院学报》2006年第3期。

冯雪：《从〈柏慧〉看张炜小说中的“民间世界”》，载《枣庄学院学报》2006年第3期。

程亚丽、吴义勤：《痛失前现代乐园的怀旧性神话——重读〈九月寓言〉》，载《南方文坛》2006年第3期。

盛晓雯：《古老航船的悲叹：论〈古船〉》，载《通化师范学院学报》2006年第3期。

刘玉栋：《芬芳四溢的原野——读〈九月寓言〉》，载《南方文坛》2006年第3期。

赵雪梅：《向美的浪漫——解读〈丑行或浪漫〉中的刘蜜蜡》，载《山东文学》2006年第5期。

蔡茂：《"大地伦理"的践行者——对张炜作品意象的研究》，载《玉溪师范学院学报》2006年第4期。

姚春光：《论张炜小说的艺术特质》，载《井冈山医专学报》2006年第5期。

上官政洪：《张炜塑造人物的法宝：圣洁化与妖魔化》，载《荆门职业技术学院学报》2006年第5期。

周林妹：《论张炜小说中的和谐》，载《湖北社会科学》2006年第6期。

吴凤翔、沈琛、胡佳琪：《高蹈·漂泊·本真——从张炜小说知识分子形象入手谈其小说创作的变化》，载《河北北方学院学报》2006年第6期。

李荣秀：《记忆与言说——论张炜小说对文革时期苦难的叙写》，载《山东教育学院学报》2006年第6期。

周序华：《对苦难的不同阐释——试比较张炜、李锐文学作品中的苦难意识》，载《语文学刊》2006年第9期。

孙波：《论张炜笔下的"民间英雄"系列》，载《文教资料》2006年第13期。

高山：《张炜小说的人称问题》，载《名作欣赏》2006年第18期。

袁诠：《张炜小说对拉美魔幻现实主义的借鉴》，载《世界文学评论》2007年第1期。

洪永春：《对民间生存历史的诗意关怀——重读张炜的长篇小说〈九月寓言〉》，载《通化师范学院学报》2007 年第 1 期。

何宇宏、段慧如：《只重存在，不问成败——论张炜的保守主义》，载《当代文坛》2007 年第 1 期。

谢建文：《张炜小说中的生态美学追求——〈九月寓言〉浅析》，载《平原大学学报》2007 年第 1 期。

肖程：《刺猬之歌：三星逼人——读〈刺猬歌〉》，载 2007 年 1 月 21 日《烟台晚报》。

洪浩：《迷失之惑和分裂之痛——读张炜长篇新作〈能不忆蜀葵〉》，载《威海文艺》2007 年 1－2 合刊。

洪浩：《执拗而悲凉的眼神——读张炜长篇小说〈刺猬歌〉》，载《威海文艺》2007 年 1－2 合刊。

洪浩：《告诉你一个发现——读张炜散文集〈书院的思与在〉》，载《威海文艺》2007 年 1－2 合刊。

尹季：《张炜家族题材小说蕴涵的“变”与“恒”》，载《时代文学》（双月版）2007 年第 2 期。

封旭明：《伤痕就是生命的年轮——张炜长篇小说的“救赎”多重奏》，载《理论与创作》2007 年第 2 期。

王俊敏：《欲望的书写与理想的坚守——评张炜的长篇小说〈刺猬歌〉》，载《理论与创作》2007 年第 2 期。

韩高峰：《民间文化的多态呈现——论张炜〈古船〉中的民间文化形态》，载《喀什师范学院学报》2007 年第 2 期。

杜华：《例谈新保守主义与九十年代的中国小说》，载《文学教育》（上）2007 年第 2 期。

吴义勤：《悲歌与绝唱——张炜长篇小说〈刺猬歌〉》，载 2007 年 2 月 6 日《文艺报》。

田金长：《大地上自由的歌唱——论〈九月寓言〉的民间文化形态》，载《商洛学院学报》2007 年第 3 期。

何平：《张炜创作局限论》，载《钟山》2007 年第 3 期。

刘雅：《张炜小说中的“角色模式”——以“秋天系列”和〈古船〉为例》，载《安徽文学》（下半月）2007 年第 3 期。

辛凤：《浅谈张炜小说〈九月寓言〉的叙事艺术》，载《武警工程学院学报》2007 年第 3 期。

周亮：《错综复杂的时空处理手法——〈百年孤独〉与〈古船〉比较》，载《中州大学学报》2007 年第 3 期。

汤克兵：《本真生命与诗意人生——〈九月寓言〉文本阐释》，载《江西科技师范学院学报》2007 年第 3 期。

王琼、王军珂：《精神书写的可能及限度》，载《名作欣赏》2007 年第 3 期。

苏永前：《传奇传统的当代遇合——重读张炜〈九月寓言〉》，载《枣庄学院学报》2007 年第 3 期。

谢俊：《看〈当代〉（节选）》，载《中文自学指导》2007 年第 3 期。

洪浩：《被误解的张炜》，载 2007 年 3 月 1 日《文学报》。

车前草：《用挚爱揭示艺术的奥秘——读张炜〈远逝的风景〉》，载 2007 年 3 月 7 日《西安日报》。

张显翠：《论张炜〈九月寓言〉的“无技巧”叙述》，载《时代文学》2007 年第 4 期。

姚涵：《诗性情怀的坚守——读张炜的〈刺猬歌〉》，载《扬子江评论》2007 年第 4 期。

常梅：《走在时代的边缘上——沈从文和张炜创作思想比较》，载《漯河职业技术学院学报》2007 年第 4 期。

肖严：《从〈古船〉到〈刺猬歌〉——张炜的叙事美学与超历史的话语方式》，载《出版广角》2007 年第 4 期。

王渭清、赵德利：《灵与肉双重欲求冲突中的苦魂——〈白鹿原〉与〈古船〉中女性形象的个案比较阐释》，载《当代文坛》2007 年第 4 期。

徐宏勋、张懿红：《20 世纪 90 年代以来乡土寓言小说的现代性反思——以〈九月寓言〉为例》，载《甘肃社会科学》2007 年第 4 期。

周亮：《从家族的毁灭中孕育民族的新生——〈百年孤独〉与〈古船〉主题和写作手法比较》，载《周口师范学院学报》2007年第4期。

肖严：《从〈古船〉到〈刺猬歌〉：张炜的叙事美学》，载2007年4月13日《中国艺术报》。

李达菲：《〈刺猬歌〉与时代短兵相接》，载2007年4月16日《财经时报》。

肖严：《张炜的“超历史”叙事美学》，载2007年4月18日《中华读书报》。

石明斌：《刺猬：童话抑或寓言——读〈刺猬歌〉》，载2007年4月19日《吉林日报》。

李林荣：《今夏文事拍案惊奇》，载《文学自由谈》2007年第5期。

潘启雯：《“手捧刺猬”的时代》，载2007年2月25日《广州日报》，《阅读与写作》2007年第5期。

曹书文：《〈古船〉：当代家族叙事的经典文本》，载《河南师范大学学报》（哲学社会科学版）2007年第5期。

高庆华、王远舟、甄琦：《“经典阴影”与生命体验交融下的野地之恋》，载《中国现当代文学研究》2007年第5期。

上官政洪：《张炜小说的叙事模式》，载《荆门职业技术学院学报》2007年第5期。

陈思和：《〈刺猬歌〉》，载2007年5月11日《文汇读书周报》。

任雪山：《张炜〈刺猬歌〉浓郁的生态思想》，载《合肥学院学报》（社会科学版）2007年第6期。

吴培显：《“沉默”与“爆发”的双重忧患——阿Q、王秋赦、赵多多形象并论》，载《湖南社会科学》2007年第6期。

何向阳：《奔跑者廖麦》，载2007年6月14日《大河报》。

袁滨：《理想主义光辉下的大地诗情》，载2007年6月19日《泰山周刊》。

董凤鼎：《〈刺猬歌〉为什么“利刺”惊人?》，载2007年6月30日《羊城晚报》。

王春林：《空洞苍白的自我重复——张炜长篇小说〈刺猬歌〉批判》，载《当代文坛》2007 年第 6 期。

曾平：《乌托邦的终结——评张炜的长篇小说〈刺猬歌〉》，载《当代文坛》2007 年第 6 期。

上官政洪：《延续与突破——评张炜〈刺猬歌〉》，载《当代小说》（下半月）2007 年第 6 期。

刘增杰：《文本解读中的超越与发展——〈纯然与超越——张炜小说创作论·序〉》，载《聊城大学学报》（社会科学版）2007 年第 6 期。

王琼、王军珂：《精神书写的可能及限度——以张炜的〈九月寓言〉为中心》，载《名作欣赏》2007 年第 6 期。

李春：《论〈古船〉的时间意识》，载《商丘职业技术学院学报》2007 年第 6 期。

苏永前：《传奇传统的当代遇合——重读张炜〈九月寓言〉》，载《枣庄学院学报》2007 年第 3 期。

张崇员、吴淑芳：《叙事的重复与超越——评张炜小说〈刺猬歌〉》，载《安徽文学》（下半月）2007 年第 7 期。

孟静云：《永无止境的精神之旅——张炜小说的矛盾与冲突》，载《黄河文学》2007 年第 7 期。

张艳梅：《齐鲁作家的文化伦理立场——以莫言、张炜、尤凤伟为例》，载《文艺争鸣》2007 年第 8 期。

赵学志、周景耀：《试论〈古船〉中潜隐生长的浪漫压抑》，载《商情（科学教育家）》2007 年第 11 期。

王光英、张广奎：《从精神分析看〈古船〉里的隋抱朴》，载《时代教育》2007 年第 14 期。

詹玲：《落寞的农耕坚守者——读张炜的〈刺猬歌〉》，载《名作欣赏》2007 年第 19 期。

石圆圆：《融合与对峙》，载 2007 年 8 月 16 日《文艺报》。

田金长：《大地上自由的歌唱——论〈九月寓言〉的民间文化形态》，载《商洛学院学报》2007 年第 3 期。

周习：《力透纸背的焦虑》，载 2007 年 9 月 12 日《潍坊晚报》。

石小寒：《论〈刺猬歌〉中的廖麦》，载《文艺争鸣》2007 年第 10 期。

刘爱萍：《男人心中的理想——有感于张炜〈丑行或浪漫〉》，载《当代小说》（下半月）2007 年第 11 期。

陈青、金永平：《融入野地的皈依——略论张炜 20 世纪 90 年代小说创作走向》，载《语文学刊》2007 年第 17 期。

徐旭刚：《精神守望者的田园生活的变迁》，载《大众科学 · 科学研究与实践》2007 年第 23 期。

王辉：《纯然与超越：张炜小说创作论》，中国社会科学出版社 2007 年版。

安静：《〈刺猬歌〉的悲剧美学倾向》，载《小说评论》2008 年第 1 期。

曹霞：《〈刺猬歌〉中的“人与自然”》，载《小说评论》2008 年第 1 期。

张清华：《在时代的推土机面前》，载《小说评论》2008 年第 1 期。

薛红云：《〈刺猬歌〉中的“大地女儿”形象》，载《小说评论》2008 年第 1 期。

胡明贵：《论张炜小说〈古船〉意象的隐秘含义》，载《漳州师范学院学报》（哲学社会科学版）2008 年第 1 期。

祁春风：《论张炜的〈刺猬歌〉及其创作困境》，载《南京师范大学文学院学报》2008 年第 1 期。

钟希高：《〈九月寓言〉的诗意追求》，载《山东文学》2008 年 Z1 期。

张杰：《魔幻现实主义与魔幻主义现实——张炜〈刺猬歌〉叙事的另一种结构与解构》，载《当代小说》2008 年第 2 期。

张业松：《〈刺猬歌〉的印象和疑问（〈当代创作六题〉节选）》，载《小说评论》2008 年第 2 期。

王艳玲：《“天人合一”文化精神的回归——解读张炜》，载《长江师范学院学报》2008 年第 2 期。

茹英：《试论〈能不忆蜀葵〉的“还乡”情结》，载《濮阳职业技术学院学报》2008 年第 2 期。

邓鹏、陈镭：《结构 · 群像 · 父子密码——从高尔斯华绥世家系列与张炜家族系列看家族文化文学审美》，载《北京理工大学学报》（社会科学版）2008 年第 2 期。

王辉、李琳：《论张炜小说创作中的“自在性”》，载《文艺争鸣》2008 年第 2 期。

阮阿陶、李凤莲：《论张炜小说的生态性》，载《安徽文学》（下半月）2008 年第 2 期。

罗巧玲：《〈古船〉与〈断头台〉比较》，载《文学教育》（上）2008 年第 2 期。

陈应松：《语言是小说的尊严——以张炜〈丑行或浪漫〉为例》，载《钟山》2008 年第 2 期。

范成祥：《论张炜小说〈刺猬歌〉的叙事特色》，载《小说评论》2008 年 S2 期。

郭海波：《被遮蔽的与被揭开的——以〈丑行或浪漫〉为例谈男性视角下的女性形象》，载《语文学刊》2008 年第 3 期。

林清：《论〈古船〉家族观念的审美特色》，载《阅读与写作》2008 年第 3 期。

上官政洪：《“田园”情结遮蔽下的“仿祖”意念——张炜家族小说的另一种解读》，载《沙洋师范高等专科学校学报》2008 年第 3 期。

张静：《无处逃遁的“刺猬”——读张炜的〈刺猬歌〉》，载《安徽文学》（下半月）2008 年第 3 期。

汪昌英：《浅论〈古船〉中的文化人格》，载《漯河职业技术学院学报》2008 年第 3 期。

王妮：《心灵的挣扎——〈古船〉中隋氏三兄妹心灵探索》，载《安徽文学》（下半月）2008 年第 3 期。

刘丹博、王雅：《个人生存状态的探求——〈家族〉的新历史主义表现》，载《商丘职业技术学院学报》2008 年第 3 期。

路翠江：《张炜小说的故土情结及其文化意蕴》，载《鲁东大学学报》（哲学社会科学版）2008 年第 4 期。

王吉鹏、王丽丽：《试析张炜小说中的鲁迅因子》，载《宁波职业技术学院学报》2008 年第 4 期。

汪树东：《生态意识与张炜的文学创作》，载《南京师范大学文学院学报》2008 年第 4 期。

缑英杰：《双重归逸：张炜小说价值倾向探析》，载《河南工程学院学报》（社会科学版）2008 年第 4 期。

周立民：《故土、幻象与精神困惑——谈张炜的长篇小说〈刺猬歌〉及其他》，载《当代作家评论》2008 年第 4 期。

刘皓：《浅析苏童、张炜小说中的两个意象："逃"与"跑"》，载《现代语文》（文学研究版）2008 年第 4 期。

王寰鹏、张洋：《用"野性思维"抗拒现代性的后果——〈刺猬歌〉再解读》，载《山东师范大学学报》（人文社会科学版）2008 年第 4 期。

王光东：《意义的生成——张炜小说中的"主题原型"阐释》，载《当代作家评论》2008 年第 4 期。

唐长华：《道家文化精神对山东新时期小说的影响》，载《管子学刊》2008 年第 4 期。

上官政洪：《炼狱狂欢：张炜的民间叙事透视》，载《荆门职业技术学院学报》2008 年第 5 期。

胡明贵：《山水田园意象与张炜的小说创作》，载《楚雄师范学院学报》2008 年第 5 期，《榆林学院学报》2008 年第 5 期。

张金凤：《超越文本的意义阐释——评王辉的〈纯然与超越——张炜小说创作论〉》，载《聊城大学学报》（社会科学版）2008 年第 5 期。

王爱松：《独白型小说的利与弊——张炜小说艺术的得失》，载《常熟理工学院学报》2008 年第 5 期。

沈敏敏：《失语在归来后——论张炜的"野地"之路》，载《十堰职业技术学院学报》2008 年第 5 期。

王鸿生：《为大自然复魅——关于〈刺猬歌〉及其大地文学路向》，载《文艺争鸣》2008 年第 5 期。

许玉庆：《一部具有浓厚寓言色彩的心灵史诗——读张炜的长篇小说〈刺猬歌〉》，载《山东教育学院学报》2008 年第 6 期。

张昭兵、申欣欣：《承担·逆行·重建·放逐——张炜乡土诗性追求四步曲》，载《阴山学刊》2008 年第 6 期。

张昭兵、申欣欣：《融入野地：还自然之魅——论张炜小说自然叙事的诗性追求》，载《东方论坛》2008 年第 6 期。

孙金金：《诗意的叙述——评张炜长篇新作〈刺猬歌〉》，载《语文学刊》2008 年第 6 期。

刘绪才：《张炜小说节奏美学论》，载《内蒙古师范大学学报》（哲学社会科学版）2008 年第 6 期。

王光东：《“主题原型”与新时期小说创作》，载《当代作家评论》2008 年第 6 期。

刘蕾：《矛盾中的真性情——探析张炜散文创作的精神特质》，载《时代教育》（教育教学版）2008 年第 6 期。

谢建文：《张炜小说创作的“自然”特质》，载《现代语文》（文学研究版）2008 年第 6 期。

李军：《对张炜作品的“症候式研究”》，载 2008 年 6 月 18 日《中华读书报》。

谢建文：《张炜小说的大地情怀——〈九月寓言〉细读》，载《现代语文》2008 年第 7 期。

孙永庆：《融入野地的歌者——读张炜〈我选择，我向往〉》，载 2008 年 7 月 2 日《牛城晚报》。

郭廓：《故土·史诗与寓言童话———读张炜诗集〈家住万松浦〉》，载 2008 年 7 月 17 日《济南日报》。

师恭叔：《白鹿之“原”和濒海之“船”——地域文化学的个案研究》，载《乐山师范学院学报》2008 年第 8 期。

董慧天：《精神的守望与抵抗——张炜〈九月寓言〉简论》，载《中国现当代文学研究》2008 年第 8 期。

索晓海：《道德中心主义的张扬与消解——〈古船〉与〈白鹿原〉比较谈》，载《经济研究导刊》2008 年第 16 期。

徐旭刚、李旭：《启蒙坚守者家园理想的悖论》，载《大众文艺》（理论版）2008 年第 9 期。

李春茂：《在回望中搁浅，在畅想中起航——论〈古船〉中人物身上的文化意蕴》，载《现代语文》（文学研究版）2008 年第 9 期。

郜元宝：《走出当代文学精致的瓮》，载《上海文学》2008 年第 9 期。

陈美兰：《古船：现实底版上的魔幻色彩》，载《语文教学与研究》2008 年第 18 期。

胡宁欣：《〈柏慧〉：启蒙者的困境与选择》，载《现代语文》（文学研究版）2008 年第 10 期。

周金艳：《独语的尴尬——评张炜的散文创作》，载《安徽文学》（下半月）2008 年第 10 期。

蔡敏：《〈刺猬歌〉中的理想与现实的矛盾》，载《现代语文》（文学研究版）2008 年第 11 期。

刘冰：《神的孩子在跳舞——读张炜的〈九月寓言〉》，载《安徽文学》（下半月）2008 年第 12 期。

孙春凤：《怀念：深藏在心中的守望——论张炜小说〈怀念黑潭中的黑鱼〉的生态思想》，载《牡丹江大学学报》2008 年第 10 期。

吴寒柳：《余韵风格文学形象中的移情机制——以〈边城〉和〈古船〉为例》，载《太原城市职业技术学院学报》2008 年第 10 期。

师炜：《中西方文学中的“硬汉”形象探析——以海明威和张炜的创作为例》，载《作家》2008 年第 10 期。

冰虹：《恢宏的民俗画卷》，载 2008 年 10 月 16 日《人民日报》。

李超：《论〈古船〉道德理想的悖谬》，载《四川教育学院学报》2008 年 11 期。

徐旭刚、李旭：《权力欲求的沉痛反思——论张炜上世纪 80 年代短篇小说的权力主题》，载《太原城市职业技术学院学报》2008 年第 11 期。

徐旭刚、李旭：《悖论与失衡：启蒙坚守者的另一种解读》，载《赤峰学院学报》（汉文哲学社会科学版）2008 年第 12 期。

许欣：《在自然中独唱——试论张炜散文的深层内涵及渊源》，载《语文学刊》2008 年第 21 期。

许丙泉：《繁复与轻灵——评张炜〈东莱五记〉短篇小说美学特色》，载《小说评论》2009 年 S1 期。

华宏君、孙艳霞：《挥不去的土地情怀和忧患精神——浅谈张炜作品中的胶东文化质素》，载《天府新论》2009 年 S1 期。

胡文晞：《两千年前的心灵密码》，载《全国新书目·新书导读》2009 年第 1 期。

刘子杰：《张炜小说中的民间道德及其文学性意义——以〈古船〉以及〈古船〉之前的部分小说为例》，载《郑州航空工业管理学院学报》（社会科学版）2009 年第 1 期。

姜莉：《张炜小说中的龙口方言词汇语法现象》，载《西昌学院学报》（社会科学版）2009 年第 1 期。

闫长红：《古船：不是女人的方舟》，载《重庆科技学院学报》（社会科学版）2009 年第 1 期。

邓磊、封旭明：《生命中不能忽视之孤独——〈边城〉〈九月寓言〉的另一种思考》，载《理论与创作》2009 年第 2 期。

王书芬：《心淡泊自宁静——〈刺猬歌〉中寻求精神家园的突围》，载《聊城大学学报》（社会科学版）2009 年第 2 期。

张晓峰：《批判的可能——以〈秦腔〉〈兄弟〉〈刺猬歌〉为例》，载《文艺理论与批评》2009 年第 2 期。

韩文淑：《论张炜〈丑行或浪漫〉主题意蕴特色》，载《长城》2009 年第 2 期。

马萍：《夹缝中的生存——〈古船〉中隋抱朴形象的人格解析》，载《安康学院学报》2009 年第 2 期。

李松岳：《对“走向民间”的再反思——以〈九月寓言〉和〈心灵史〉为例》，载《江西社会科学》2009 年第 2 期。

王万顺：《精神家园的另一种寄托——张炜小说中的恋母情结》，载《聊城大学学报》（社会科学版）2009 年第 2 期。

张守海：《大地的女儿——试论张炜小说〈柏慧〉中的鼓额形象》，载《山东文学》2009 年第 2 期。

周水涛、童佩：《沈从文张炜小说反现代性立场比较》，载《孝感学院学报》2009 年第 2 期。

黄轶：《“现代反思”下的价值困惑与德性坚守——新世纪张炜小说转型论》，载胡星亮主编《中国现代文学论丛》第 2 期，上海人民出版社 2009 年版。

张元春：《浅析张炜小说的田园牧歌表现形式及审美内涵》，载《杨凌职业技术学院学报》2009 年第 3 期。

上官政洪：《无法承受的历史之重——张炜小说中的历史叙写探析》，载《荆门职业技术学院学报》2009 年第 3 期。

孟文彬：《融入野地的精神理想——张炜〈九月寓言〉重读》，载《济南职业学院学报》2009 年第 3 期。

白雪：《论文学人类学视野下的整生性生态观——以张炜的〈九月寓言〉为例》，载《柳州师专学报》2009 年第 3 期。

王川：《芳心何在——评张炜新作〈芳心似火〉》，载《现代语文》（文学研究版）2009 年第 3 期。

李冬影：《悲凉的触摸——〈九月寓言〉和〈额尔古纳河右岸〉中的乡土情怀》，载《当代小说》（下半月）2009 年第 3 期。

王万顺：《双重述说——从〈刺猬歌〉看张炜小说创作的民间立场》，载《当代小说》（下半月）2009 年第 3 期。

陈占敏：《常令芳心对皎月——读张炜新作〈芳心似火〉》，载 2009 年 3 月 5 日《文学报》。

［日］关根谦：《张炜——内心的勇者》，载日本《三田文学》2009 年夏季号。

冯晶：《张炜创作中民间意识的形成流变探析》，载《小说评论》2009 年第 4 期。

［日］韩少功：《张炜的〈刺猬歌〉》，载《中国现代文学》2009 年第 4 期。

张新颖：《凝视整个天宇的芳心——读张炜〈芳心似火〉》，载 2009 年 4 月 9 日《吉林日报》。

李绪政：《月光下的智慧和激情——读张炜〈芳心似火〉》，载《书城》2009 年第 5 期。

刘迪：《浅析〈刺猬歌〉中廖麦的形象》，载《青年文学家》2009 年第 5 期。

崔东奇：《心灵的漂泊与停驻——论张炜长篇小说中的流浪意识》，载《新乡学院学报》（社会科学版）2009 年第 5 期。

维川：《一种特别的芬芳——读张炜新作〈芳心似火：兼论齐国的恣与累〉》，载《出版广角》2009 年第 5 期。

任毅：《张炜论——〈古船〉对中国社会的寓言》，载《经济研究导刊》2009 年第 5 期。

白雪：《精神生态的多元共生——张炜〈古船〉中的生态审美观》，载《现代语文》（文学研究版）2009 年第 5 期。

王艳玲：《回归传统再铸理想人格——再评张炜小说》，载《长江师范学院学报》2009 年第 6 期。

涂昕：《凝视整个天宇的芳心》，载《书屋》2009 年第 6 期。

刘绪才、胡宇慧：《“父”系人物与张炜小说的道德文本嬗变——兼对张炜小说“父”系人物道德意义的考察》，载《内蒙古师范大学学报》（哲学社会科学版）2009 年第 6 期。

王万顺：《迟来的“寻根”——读张炜新著〈芳心似火——兼论齐国的恣与累〉》，载 2009 年 7 月 2 日《社会科学报》。

王川：《寻找美德与信仰——评张炜长篇散文〈芳心似火〉》，载 2009 年 7 月 21 日《文艺报》。

张洪浩：《人应该怎么过生活——读张炜新作〈芳心似火〉》，载

2009 年 8 月 2 日《新民晚报》。

李春：《论抱朴及见素形象，看人生苦难历程》，载《前沿》2009 年第 9 期。

冯晶：《张炜小说创作中植根民间大地的文学观探索》，载《东岳论丛》2009 年第 9 期。

郭晓岩：《析精英文学的韧劲——以〈九月寓言〉和张炜为例》，载《语文学刊》2009 年第 9 期。

李娜娜：《在“本末倒置”的世界里寻找平衡——张炜文学创作管窥》，载《作家》2009 年第 10 期。

张兰：《温情的民间王国——读张炜的〈九月寓言〉》，载《安徽文学》（下半月）2009 年第 10 期。

蔡敏：《张炜小说中神话原型与人物塑造》，载《山东文学》2009 年第 11 期。

李掖平：《大爱芳心，似火燃烧》，载《山东文学》2009 年第 11 期。

苏鹏：《寻找一片灵魂的栖息地——读张炜新作〈刺猬歌〉》，载《现代中国文学论坛》第二卷，中国华侨出版社 2009 年版。

刘华：《论张炜创作中的“桃花源”情结》，载《牡丹江大学学报》2009 年第 12 期。

任毅：《张炜论——〈古船〉对中国社会的寓言》，载《经济研究导刊》2009 年第 14 期。

刘赛：《论张炜的理想主义》，载《青年文学家》2009 年第 15 期。

王艳玲：《土地的坚守者——重读张炜的〈九月寓言〉》，载《飞天》2009 年第 16 期。

刘江：《论隋抱朴的现实意义》，载《青年文学家》2010 年第 20 期。

谢永胜、叶云虹：《心灵的探询——〈古船〉的伦理学研究》，载《传奇传记文学选刊》（理论研究）2010 年第 1 期。

王艳玲：《忧郁的田园牧歌——解读张炜小说》，载《楚雄师范学院学报》2010 年第 1 期。

刘绪才、胡宇慧：《逍遥的“乌托邦”与无可企及的“精神高原”——山东作家张炜小说浪漫主义气质批判》，载《内蒙古工业大学学报》（社会科学版）2010年第1期。

铁凝：《凝视并仰望高原——评〈你在高原〉》，载《法制资讯》2010年Z2期。

汪树东：《张炜：融入野地的生态智慧》，载2010年1月21日《中国绿色时报》。

王尧：《在个人与时代紧张关系中生长的哲学与诗学——关于张炜的阅读札记》，载《扬子江评论》2010年第2期。

鲍朝云：《诗化语言的智性表达——读张炜散文〈人生麦茬地〉》，载《名作欣赏》2010年第3期。

李遇春：《符号的行旅——中国当代文学中土地话语演变的一个历史轮廓》，载《南方文坛》2010年第3期。

鲁洪：《流浪：回归，抑或超越——〈青春〉与〈九月寓言〉中的流浪主题比较》，载《安徽文学》（下半月）2010年第3期。

靳书刚：《人类精神问题的忧患和思索——对张炜文学创作的一种考察》，载《时代文学》（上半月）2010年第3期。

田永丽：《从“女仆”到“女神”——张炜近期小说创作中的女性形象转变》，载《当代小说》（下半月）2010年第3期。

孙永庆：《让齐文化的精灵在书中游走》，载2010年3月10日《云南日报》。

王岩岩：《从乡土小说谈新时期文学真实性的嬗变——以韩少功的〈爸爸爸〉和张炜的〈古船〉为例》，载《丝绸之路》2010年第4期。

吕景丽：《乡土家园诗意生活的和谐向往——评张炜小说〈烟叶〉》，载《作家》2010年第4期。

王燕双：《吞并与抗拒——评张炜的〈刺猬歌〉》，载《文学界》（理论版）2010年第4期。

黄轶：《论世纪之交乡土小说的“城市化”批判》，载《文艺研究》2010年第4期。

张越：《探究〈古船〉的人物命名艺术》，载《安徽文学》（下半月）

2010年第4期。

王燕双：《吞并与抗拒——评张炜的〈刺猬歌〉》，载《文学界》（理论版）2010年第4期。

杨德华：《一座用心血浇铸的历史浮雕》，载2010年4月5日《文汇报》。

全贤淑：《史诗般的毁灭与悲凉——当代作家张炜小说〈家族〉背叛主题的解读及其审美》，载《辽宁师范大学学报》（社会科学版）2010年第5期。

许广慧：《“诗意的苦难书写”和“家园意识的追寻”——论张炜小说〈丑行或浪漫〉》，载《安徽文学》（下半月）2010年第5期。

陈秀珑：《齐鲁文化映照下的张炜小说创作》，载《湛江师范学院学报》2010年第5期。

朱鹏杰：《追寻异域之光——〈九月寓言〉的“癫狂”叙事分析》，载《中州大学学报》2010年第5期。

张艳梅：《张炜的自然与家园忧患》，载《渤海大学学报》（哲学社会科学版）2010年第5期。

蔡登秋：《张炜文学创作生态意识空间的开拓》，载《长春师范学院学报》（人文社会科学版）2010年第5期。

耿立：《张炜：是谁把他逼成了古怪和孤愤？——张炜散文论》，载耿立《绕不过的肉身》，贵州人民出版社2010年版。

于沐阳：《寻找精神家园——论张炜1990年代以来长篇小说中的知识分子形象》，载《辽东学院学报》（社会科学版）2010年第6期。

陈红、成祖堰：《中美自然写作中“鸟”意象的生态意蕴探微——以约翰·缪尔与张炜的生态散文为例》，载《邵阳学院学报》（社会科学版）2010年第6期。

张纪云：《异质的残缺——闪婆与珊婆的人物形象比较》，载《现代语文》2010年第6期。

张高峰：《野地对话与神性复魅——谈高更艺术旨归对张炜小说创作的影响》，载《廊坊师范学院学报》（社会科学版）2010年第6期。

韩晓玲：《迷失于“葡萄园”的张炜》，载2010年6月13日《潮州日报》。

曹晓前：《张炜的创造力让聊斋都显得简陋》，载 2010 年 6 月 18 日《城市信报》。

贺越明：《小说史上的新奇观》，载 2010 年 7 月 20 日（香港）《文汇报》。

孔庆林：《张炜小说研究综述》，载《长城》2010 年第 8 期。

梁鸿鹰：《行走在汉语写作的高原上》，载 2010 年 9 月 14 日《人民日报》。

铁凝：《在创作之路上攀登与超越》，载 2010 年 9 月 15 日《文艺报》。

吴秉杰：《深刻传达知识分子的内心世界》，载 2010 年 9 月 15 日《文艺报》（周三版）。

王巨才：《始终坚持现实主义文学立场》，载 2010 年 9 月 15 日《文艺报》（周三版）。

陈思和：《为我们打开精神窗户》，载 2010 年 9 月 15 日《文艺报》（周三版）。

陈晓明：《〈你在高原〉大气俊朗，宽广通透》，载 2010 年 9 月 15 日《文艺报》（周三版）。

雷达：《燃烧的心灵长旅》，载 2010 年 9 月 15 日《文艺报》（周三版）。

白烨：《三气合一的文学大作》，载 2010 年 9 月 15 日《文艺报》（周三版）。

吴秉杰：《深刻传达知识分子的内心世界》，载 2010 年 9 月 15 日《文艺报》（周三版）。

吴义勤：《文学追求和文学信仰的高度》，载 2010 年 9 月 15 日《文艺报》（周三版）。

兴安：《〈曙光与暮色〉中的孤独与罪》，载 2010 年 9 月 15 日《文艺报》（周三版）。

李建军：《对大自然的最深刻和热切的感情》，载 2010 年 9 月 15 日《文艺报》（周三版）。

何向阳：《与生命同长的精神追索之旅》，载 2010 年 9 月 15 日《文艺报》（周三版）。

胡平：《张炜是有信仰的作家》，载 2010 年 9 月 15 日《文艺报》（周三版）。

马英：《遁世与逃亡——〈庄周的逃亡〉文本细读》，载《安徽文学》（下半月）2010 年第 8 期。

李亦：《固守与创新——评张炜的长河小说〈你在高原〉》，载 2010 年 8 月 11 日《文艺报》。

陈华文：《张炜崇尚自然，〈你在高原〉囊括所有文学实验》，载 2010 年 8 月 26 日《中国新闻出版报》。

黄露露：《人生苦旅中的逃亡与追逐——评张炜的〈丑行或浪漫〉》，载《文学界》（理论版）2010 年第 9 期。

全淑贤：《史诗般的毁灭与悲凉——当代作家张炜小说〈家族〉》，载《辽宁师范大学学报》2010 年第 9 期。

宫达：《〈你在高原〉诞生记》，载《全国新书目》2010 年第 9 期。

陈晓明：《〈你在高原〉就是高原》，载 2010 年 9 月 15 日《文艺报》（周三版）。

李亦：《长歌在高原回荡》，载 2010 年 9 月 15 日《文艺报》（周三版）。

雷达：《燃烧的心灵长旅》，载 2010 年 9 月 15 日《文艺报》（周三版）。

任翔：《漫溢文化悲情的执著乡愁——寻根与历史的文本化》，载 2010 年 9 月 26 日《中国教育报》。

洪治纲：《让文学见证人类的理想》，载 2010 年 9 月 29 日《文艺报》。

李建军：《〈你在高原〉：关于家园的诗意叙事》，载 2010 年 10 月 21 日《光明日报》。

王薇薇：《在包容并举中走多元融合之道——论稷下学宫对张炜创作思想的影响》，载《名作欣赏》2010 年第 18 期。

房伟：《另类的乌托邦——张炜〈九月寓言〉的新民族文化想象》，载《文艺争鸣》2010 年第 19 期。

上官政洪：《灵与肉的撕裂——张炜小说情爱论》，载《荆楚理工学院学报》2010年第10期。

易向阳、张凝：《浅论张炜所受的道家影响》，载《文学界》（理论版）2010年第11期。

邓强：《管窥张炜散文的真性情》，载《时代教育》（教育教学）2010年第11期。

王薇薇：《游走在神秘的丛林意象中——论张炜作品的自然意象》，载《山花》2010年第11期。

秦法跃：《精神生态的忧思和建构——对张炜文学创作的一种考察》，载《长城》2010年第12期。

张平、王启东：《在现代文明的航船上回望传统——〈古船〉人物分析》，载《长城》2010年第12期。

罗红、朱以竹：《浅析〈古船〉中的“老磨屋”意象及其作用》，载《传奇传记文学选刊》（理论研究）2010年第12期。

孟繁华：《对乡土中国的不同叙述没有中断》，载2010年12月29日《中华读书报》。

贺绍俊：《五十年代生人的精神之旅——读张炜的〈你在高原〉》，载《当代作家评论》2011年第1期。

李亦：《长歌行：你在高原——评张炜的长河小说〈你在高原〉》，载《文学界》2011年第1期。

王永剑：《试论张炜家族小说》，载《黑河学院学报》2011年第1期。

秦法跃：《自然的复魅：张炜90年代以来小说生态审美的建构》，载《河南科技学院学报》2011年第1期。

卢军：《论张炜小说〈海客谈瀛洲〉的叙事艺术》，载《理论学刊》2012年第1期。

涂昕：《张炜小说中的两个层面和齐文化的浸润》，载《当代作家评论》2011年第1期。

吴丽艳、孟繁华：《在不确定性中的坚持与寻找——2010年长篇小说现场片段》，载《小说评论》2011年第1期。

施战军：《〈你在高原〉：探寻无边心海》，载《当代作家评论》2011年第1期。

程光炜、杨庆祥、江丽、崔秀霞：《大地行吟与历史书写——张炜〈你在高原〉研讨会实录》，载《当代文坛》2011年第2期。

王永剑：《试论张炜的家族小说》，载《淄博师专学报》2011年第2期。

耿艳艳：《变革中的精神苦痛——试论小城小说〈古船〉与〈浮躁〉》，载《昌吉学院学报》2011年第2期。

涂昕：《齐文化在张炜小说中的意义及由此引导出的"大地"意象》，载《东吴学术》2011年第2期。

彭丽萍、陈进武：《生态的呼唤：解读张炜小说的原野书写》，载《名作欣赏》2011年第2期。

胡媛：《三重地理空间及地理诗化：〈古船〉之文学地理学批评》，载《世界文学评论》2011年第2期。

沈壮娟、赵玲玉：《"野性思维"下的原野传奇——论齐文化中的"自然崇拜"对〈刺猬歌〉创作的影响》，载《海南广播电视大学学报》2011年第3期。

李建立：《小说的"前爪"——〈我的田园〉和〈橡树路〉读记》，载《理论与创作》2011年第3期。

梁鸿：《行走在大地的书写——读〈忆阿雅〉和〈曙光与暮色〉》，载《理论与创作》2011年第3期。

杨晓帆：《流浪者与"讲故事的人"——读〈荒原纪事〉、〈无边的游荡〉》，载《理论与创作》2011年第3期。

徐勇：《边缘写作的困境与可能——评〈家族〉、〈人的杂志〉及其他》，载《理论与创作》2011年第3期。

程煜：《〈古船〉中隋抱朴形象浅析》，载《文学教育（上）》2011年第3期。

孟繁华：《第八届茅盾文学奖：为什么是"50后"?》，载《文学与文化》2011年第4期。

张高峰：《野地神话的危机与缔造——谈高更艺术旨归对张炜小说创作的影响》，载《海南师范大学学报》（社会科学版）2011 年第 4 期。

耿艳艳：《20 世纪 80 年代小城镇小说精神向度片论——以〈新星〉〈矮凳桥风情〉〈古船〉〈浮躁〉为例》，载《牡丹江教育学院学报》2011 年第 4 期。

孙雅琦：《论〈古船〉中传统家族文化的困境》，载《青春岁月》2011 年第 4 期。

张旭东：《从呼唤"现代化"到反思"现代性"——论文化保守主义语境下的"乡土'中国形象'"书写》，载《电子科技大学学报》（社会科学版）2011 年第 4 期。

石兴泽：《张炜：文学家园的守护者和守望者》，载《聊城大学学报》（社会科学版）2011 年第 5 期。

宋来莹：《葡萄园里的"童话王国"——析张炜长篇小说〈我的田园〉》，载《聊城大学学报》（社会科学版）2011 年第 5 期。

戴永新：《坚守、行走与寻找——对张炜文学追求的另一种考察》，载《聊城大学学报》（社会科学版）2011 年第 5 期。

冯晶：《试析张炜小说创作中民间情怀的成因》，载《济宁学院学报》2011 年第 5 期。

刘东方、解文静：《论张炜小说人物理论与创作的互动性——以〈古船〉为例》，载《聊城大学学报》（社会科学版）2011 年第 5 期。

石小寒：《坚守中的超越——读张炜〈你在高原〉》，载《聊城大学学报》（社会科学版）2011 年第 5 期。

张厚刚：《从〈你在高原〉看张炜"理想主义"姿态的调整》，载《聊城大学学报》（社会科学版）2011 年第 5 期。

王辉、王万顺：《论张炜小说"知识分子"民间立场的形成与沉构》，载《聊城大学学报》（社会科学版）2011 年第 5 期。

隋清娥：《试析张炜小说〈曙光与暮色〉中的"奔走"主题意象》，载《聊城大学学报》（社会科学版）2011 年第 5 期。

李刚：《20 世纪 90 年代散文的清洁精神与知识分子自我认同的重

构》，载《文艺评论》2011 年第 5 期。

徐润拓：《乡土诗意与民族寓言——新时期山东作家创作印象》，载《小说评论》2011 年第 5 期。

卢军：《论〈海客谈瀛洲〉中人物的二元对立关系》，载《聊城大学学报》（社会科学版）2011 年第 5 期。

兰玲：《论张炜小说胶东生态民俗描写所体现的精神蕴涵》，载《鲁东大学学报》（哲学社会科学版）2011 年第 6 期。

刘广涛：《简论张炜小说创作的“四重境界”》，载《聊城大学学报》（社会科学版）2011 年第 5 期。

李掖平：《第八届茅盾文学奖获奖作品纵横谈》，载《南方文坛》2011 年第 6 期。

李亦：《舒缓绽放的焰火——读张炜〈午夜来獾〉》，载《出版广角》2011 年第 6 期。

陈华文：《写出大地的厚度——评张炜〈午夜来獾〉》，载 2011 年 6 月 1 日《西安日报》。

阎怀兰：《张炜小说〈你在高原〉中的女性人物审美形象分析》，载《湖南科技学院学报》2011 年第 7 期。

靳书刚：《人与文化：一个独特的文化审美视角——沈从文与张炜比较论》，载《北方文学》（下半月）2011 年第 7 期。

程海岩：《对土地的坚守与背叛——简析〈九月寓言〉中赶鹦与肥的形象》，载《重庆科技学院学报》（社会科学版）2011 年第 14 期。

仵埂：《大地的情怀——从张炜的〈荒原纪事〉兼论其创作历程》，载《中国作家》2011 年第 8 期。

李娥：《论〈柏慧〉中坚定不移的守望精神》，载《语文学刊》2011 年第 8 期。

张杰：《〈你在高原〉：一个文字工作者的精神地图》，载 2011 年 8 月 27 日《中国教育报》。

陈晓明：《相信文学：重建启示价值》，载《文艺争鸣》2011 年第 9 期。

刘密：《对〈古船〉泛象征化倾向的估价》，载《宜春学院学报》

2011 年第 9 期。

赵冰：《历史进程中的人性思考——〈古船〉中的人性探究》，载《长春教育学院学报》2011 年第 9 期。

周亚军：《孤寂伊甸园，虚妄乌托邦——论〈柏慧〉中精神对抗与苦难叙事的悲剧性张力》，载《青年文学家》2011 年第 9 期。

梅疾愚：《张炜对于中国当代文学评论的意义——在张炜小说讨论会上的演讲》，载《文艺争鸣》2011 年第 18 期。

李掖平：《〈你在高原〉：气象恢弘意蕴深厚》，载 2011 年 9 月 5 日《光明日报》。

李掖平：《一部"长长的行走之书"——张炜〈你在高原〉的思想艺术价值》，载 2011 年 9 月 14 日《中国艺术报》。

白烨：《长篇与"茅奖"：扭结与纠结》，载 2011 年 9 月 20 日《文汇报》。

安然：《从肉体的游荡到灵魂的游荡——张炜〈你在高原·无边的游荡〉读后》，载 2011 年 9 月 21 日《新民晚报》。

王蒙：《王蒙谈茅盾文学奖——张炜莫言获奖是对知青一代作家的肯定》，载 2011 年 9 月 23 日《新华每日电讯》。

王倩倩：《张炜与海明威创作中迷惘主题比较》，载《安徽文学》（下半月）2011 年第 10 期。

张力：《从〈古船〉和〈老人与海〉的对比中看中西方文化中精神上的"放逐与游心"》，载《时代文学》（上半月）2011 年第 10 期。

王永剑：《论张炜家族小说》，载《哈尔滨学院学报》2011 年第 10 期。

刘东方、解文静：《论张炜小说人物理论与创作的互动性——以〈古船〉为例》，载《聊城大学学报》（社会科学版）2011 年第 10 期。

陈霞：《执著于道德的悲悯苦难叙事——对〈古船〉中道德拯救苦难思想的思考》，载《青年文学家》2011 年第 10 期。

李掖平：《第八届茅盾文学奖获奖作品纵横谈（节选）》，载《山东文学》2011 年第 10 期。

邓小琴：《文化怀乡与自我想象——论文化守成小说中的"中国形

象”建构》，载吴秀明主编：《文化转型与百年文学“中国形象”塑造》，浙江工商大学出版社 2011 年 10 月第 1 版。

何启治、杨晓帆：《我与〈古船〉——八十年代〈当代〉纪事》，载《长城》2011 年第 11 期。

何志钧：《诗与思的交响——张炜 2010 海外演讲集〈午夜来獾〉读后》，载《法制资讯》2011 年第 11 期。

郜元宝：《中国作家才能的滥用和误用》，载 2011 年 11 月 17 日《文学报》。

谭艳超、高岩、张扬：《灵魂的超越和升华——评小说〈古船〉的文学价值》，载《青年文学家》2011 年第 12 期。

杨位俭、王聪：《传统儒家人文精神与自然本真生命人格——张炜小说〈能不忆蜀葵〉人物形象解析》，载《聊城大学学报》（社会科学版）2012 年第 1 期。

徐兆寿：《学习什么？坚持什么？——由张炜作品与世界文学的关系说开去》，载《小说评论》2012 年第 1 期。

贺绍俊：《十进五的游戏——关于第八届茅盾文学奖的随想》，载《天津师范大学学报》（社会科学版）2012 年第 1 期。

孙彩惠：《〈你在高原〉——一部长长的行走之书》，载《时代文学》（下半月）2012 年第 1 期。

潘维源：《论张炜小说的苦难性》，载《读与写》（教育教学刊）2012 年第 1 期。

涂昕：《生机勃勃的穷人族、魔鬼族和大地型人物——分析张炜小说中的几种人物类型》，载《南方文坛》2012 年第 1 期。

栗丹、王博：《家国想象、现代诱惑及精神乌托邦——从权力叙事的角度评张炜新作〈你在高原〉》，载《北方文学》（下半月）2012 年第 1 期。

阎怀兰：《迷狂的人间魔女——论张炜小说〈你在高原〉中女性人物形象的恶魔性因素》，载《湛江师范学院学报》2012 年第 1 期。

余程程：《“差不多”的城与乡——张炜小说对空间的悖论性书写》，

载《荆楚理工学院学报》2012 年第 1 期。

张清华：《寓言——当代小说诗学关键词之一》，载《小说评论》2012 年第 1 期。

张光芒、陈进武：《“知识分子写作”的终结——从〈你在高原〉谈起》，载《新文学评论》2012 年第 1 期。

杜浩：《麦家的“十几字”和张炜的“几万字”》，载 2012 年 1 月 2 日《工人日报》。

海飞：《提升儿童文学的“含金量”》，载 2012 年 1 月 11 日《中华读书报》。

冰虹：《迈向人生的新高原》，载《现代语文》（学术综合版）2012 年第 2 期。

阎怀兰：《丑陋的堕落天使——张炜小说〈你在高原〉中女性人物形象分析》，载《广东海洋大学学报》2012 年第 2 期。

徐勇：《匮乏中的繁复与反复——解读张炜〈你在高原〉系列》，载《创作与评论》2012 年第 2 期。

张定浩：《被打捞上岸的沉船——读张炜〈你在高原〉》，载《上海文化》2012 年第 2 期。

王万顺：《张炜小说民间性表达中的传统文化影响》，载《滨州学院学报》2012 年第 2 期。

汤拥华：《当代作家与中外文艺资源——张炜创作学术研讨会综述》，载《浙江工商大学学报》2012 年第 2 期。

张学芳：《论张炜小说的主题》，载《读与写》（教育教学刊）2012 年第 2 期。

阎怀兰：《丑陋的堕落天使——张炜小说〈你在高原〉中女性人物形象分析》，载《广东海洋大学学报》2012 年 4 月第 2 期。

余程程：《临水的小传统——张炜小说对空间的悖论性书写》，载《安徽文学》（下半月）2012 年第 3 期。

王万顺：《作为小说互文性的存在或其他——张炜的诗》，载《文艺评论》2012 年第 3 期。

张炜炜、陈东辉：《论张炜长篇小说〈你在高原〉的底层叙述》，载《聊城大学学报》（社会科学版）2012 年第 3 期。

张炜炜、陈东辉：《从底层视角论张炜长篇小说〈你在高原〉道德理想主义的“失落”》，载《齐鲁师范学院学报》2012 年第 3 期。

唐长华：《张炜小说中的传统文化精神》，载《深圳大学学报》（人文社会科学版）2012 年第 3 期。

路翠江：《在静态与鲜活的张力之间——论新时期以来胶东乡土题材小说的民俗书写》，载《烟台大学学报》（哲学社会科学版）2012 年第 3 期。

刘蓉蓉：《忧思和迷惘：〈人的杂志〉对精神家园的建构》，载《湖州师范学院学报》2012 年第 3 期。

房伟：《中国式的“爱弥儿”》，载 2012 年 3 月 2 日《中国新闻出版报》。

吴培显：《“小村”的挽歌与“融入野地”的理性突破——关于张炜〈九月寓言〉的两点辨析》，载《中国文学研究》2012 年第 4 期。

兴安：《伟大记忆与文学长征——张炜长篇小说系列〈你在高原〉印象》，载《边疆文学·文艺评论》2012 年 4 期。

栖沐：《行者之书——读张炜的长篇小说〈你在高原〉》，载《边疆文学·文艺评论》2012 年第 4 期。

李咏吟：《民间英雄史诗：张承志和张炜的想象》，载《吉首大学学报》（社会科学版）2012 年第 4 期。

王辉、王万顺：《张炜小说中的“知识分子”民间立场》，载《绵阳师范学院学报》2012 年第 4 期。

吴言：《向五十年代致敬》，载《黄河》2012 年第 4 期。

刘承思：《张炜：精神高地的朝圣者》，载 2012 年 4 月 13 日《中国新闻出版报》。

张晓琴：《世界格局下的中国经验书写》，载 2012 年 4 月 24 日《光明日报》。

潘华琴：《寻觅野生语言——由张炜论小说语言说起》，载《当代作家评论》2012 年第 5 期。

陈华文：《张炜文学世界的自然观》，载《写作》2012 年第 5 期。

王万顺：《返老还童——评张炜儿童文学“半岛哈里哈气”系列》，载《鲁东大学学报》(哲学社会科学版) 2012 年第 5 期。

李磊：《当代诗人和古代诗人的对话——读张炜〈楚辞笔记〉》，载《出版广角》2012 年第 5 期。

阎怀兰：《张炜小说中民间审美观念的审丑人物形象分析》，载《名作欣赏》2012 年第 5 期。

沈壮娟、裴晓亮：《论〈刺猬歌〉的魔幻现实主义特质》，载《时代文学》(上半月) 2012 年第 5 期。

申朝晖、闫荣：《侵蚀下的坚守——〈柏慧〉中的“孤独者”形象探析》，载《安康学院学报》2012 年第 5 期。

陈娟：《从意象角度比较〈古船〉和〈百年孤独〉的文化内蕴》，载《乐山师范学院学报》2012 年第 6 期。

张辉：《保卫童年》，载《博览群书》2012 年第 6 期。

王瑛：《少年眼中的童真世界——论张炜〈半岛哈里哈气〉第一人称叙述者的运用》，载《当代文坛》2012 年第 6 期。

杨红：《张炜长篇小说〈半岛哈里哈气〉的三个阅读视角》，载《小说评论》2012 年第 6 期。

贺仲明：《浪漫主义的沉思与漫游——论张炜〈你在高原〉》，载《东吴学术》2012 年第 6 期。

曹长英：《“融入野地”的生态理想——张炜小说中的生态意识》，载《文艺争鸣》2012 年第 6 期。

王辉、王万顺：《“民间”意义的生成及中国传统文化的影响——张炜小说的一种理论考量》，载《当代文坛》2012 年第 6 期。

阎怀兰：《张炜小说中大地女儿和大地母亲的人物形象原型分析》，载《哈尔滨学院学报》2012 年第 6 期。

刘蓉蓉：《忧思和迷惘：〈人的杂志〉对精神家园的建构》，载《湖州师范学院学报》2012 年第 6 期。

吴正毅：《双重故事的矛盾与质疑——张炜〈古船〉的显在结构与

潜在结构》，载《作家》2012 年第 6 期。

王干：《〈红楼梦〉与当代小说创作》，载 2012 年 6 月 15 日《文艺报》。

吴景明：《跨界写作：文学的冒险或资本的游戏?》，载 2012 年 6 月 19 日《光明日报》。

李掖平：《一个理想主义者行走的意义与价值——解读张炜的〈你在高原〉》，载《时代文学》（上半月）2012 年第 7 期。

秦振耀：《叙事形式的精神承载——〈古船〉与〈百年孤独〉的历史意识》，载《佳木斯教育学院学报》2012 年第 7 期。

郑伟：《在“真实与魔幻”的民间自然间徘徊——张炜创作论》，载《北方文学》（下半月）2012 年第 7 期。

刘蓓：《论张炜写作的生态内涵与文化意义》，载《时代文学》（上半月）2012 年第 7 期。

孙书文：《张炜创作：追寻诗性的长途跋涉》，载《时代文学》（上半月）2012 年第 7 期。

陈占敏：《〈你在高原〉的放飞》，载《时代文学》（上半月）2012 年第 7 期。

孟文彬：《齐文化视野的文学创作及其审美风格：张炜与莫言》，载《重庆社会科学》2012 年第 8 期。

文娟：《激进与保守动态平衡下的民间立场——从张炜的“保守主义”标签谈起》，载《中国现代文学研究丛刊》2012 年第 9 期。

赵斌：《张炜的葡萄园：真善美的化身》，载《文学界》（理论版）2012 年第 9 期。

王再兴：《“救赎”的隐喻——重读〈黑骏马〉和〈九月寓言〉》，载《名作欣赏》2012 年第 9 期。

白烨：《也谈乡土文学与“50 后”写作》，载 2012 年 9 月 21 日《光明日报》。

徐益能：《征途无悔始知难，苦尽甘来方知味》，载《全国新书目》2012 年第 10 期。

郝永勃：《影响》，载《创作与评论》2012 年第 10 期。

郭名华、王辉：《游荡在大地上的行吟诗人——张炜论》，载《创作与评论》2012 年第 10 期。

姚亮：《记忆 · 叙说 · 历史——析张炜〈你在高原〉》，载《创作与评论》2012 年第 10 期。

李祎：《论改革小说的深化之路——从〈沉重的翅膀〉到〈古船〉》，载《群文天地》2012 年第 10 期。

杨国伟：《救赎理想的"两难"境遇——论张炜小说〈家族〉的苦难叙事》，载《长江师范学院学报》2012 年第 11 期。

朱自强：《张炜〈半岛哈里哈气〉的儿童文学意识》，载《山东文学》2012 年第 12 期。

赵芃：《到中国抢作家》，载《中国企业家》2012 年第 24 期。

兰玲：《论张炜小说对胶东地域文化的多角度呈现》，载《烟台大学学报》（哲学社会科学版）2013 年第 1 期。

路翠江：《泛神论之于张炜》，载《东岳论丛》2013 年第 1 期。

张守海、任南南：《城市痛？田园梦？荒野情——生态批评视野中的〈我的田园〉》，载《文艺评论》2013 年第 1 期。

郭帅：《作家，你敢和自己赛跑吗？——文坛之一瞥》，载《百家评论》2013 年第 1 期。

何镇邦：《主持人语》，载《时代文学》（上半月）2013 年第 1 期。

樊星：《当代乡土政治小说新论》，载《暨南学报》（哲学社会科学版）2013 年第 1 期。

罗坚：《新世纪文学的困境和困境中的文学》，载《山西师大学报》（社会科学版）2013 年第 1 期。

彭松：《中国现代文学中的海洋意识》，载《贵州社会科学》2013 年第 1 期。

张艳梅、盖光、王晓梦、唐长华、孙姣姣：《文学主流是一种生态的艺术——关于新世纪文学中生态写作的对话》，载《百家评论》2013 年第 1 期。

王不俗：《当代作家收藏正当时——从莫言到我的张炜收藏》，载

《文化月刊》（下旬刊）2013 年第 1 期。

任相梅：《高原的呐喊——评张炜的长篇小说〈你在高原〉》，载《中国现代文学研究丛刊》2013 年第 2 期。

陈敬刚：《浅谈张炜先生〈古船〉的艺术成就》，载《霞光》2013 年第 2 期。

李娜：《给地瓜“剥皮”——对〈九月寓言〉中的“地瓜”进行文化分析》，载《北方文学》（中）2013 年第 2 期。

王万顺：《论“长河小说”源流及其在中国的发展》，载《中国比较文学》2013 年第 2 期。

李晓禺：《论当代文学的人类学转向》，载《甘肃社会科学》2013 年第 2 期。

吴雪丽：《“乡土中国”向“现代中国”转换的美学困境——从“五四”到“文化寻根”的“现代性”体验》，载《兰州学刊》2013 年第 2 期。

吴雪丽：《人文地理版图中的“中国”想象——以 20 世纪 80 年代的“文化寻根”为视点》，载《青海社会科学》2013 年第 2 期。

刘巍：《图像时代的文学之变》，载《当代文坛》2013 年第 2 期。

樊星：《深入剖析“国民劣根性”——试论新时期文学中“改造国民性”的主题特色》，载《苏州大学学报》（哲学社会科学版）2013 年第 2 期。

刘绪才：《张炜小说叙事嬗变及其文化探求》，载《小说评论》2013 年第 2 期。

《张炜：理想的恪守者》，载《青年作家》2013 年第 2 期。

刘迎秋：《齐鲁民间文化精神对山东新时期小说的影响》，载《管子学刊》2013 年第 2 期。

李俊国：《以无边的“游荡”趋向精神的“高原”——张炜小说〈你在高原〉的结构－功能研究》，载《华中师范大学学报》（人文社会科学版）2013 年第 3 期。

杨国伟：《论张炜小说的散文化特征》，载《海南师范大学学报》

（社会科学版）2013 年第 3 期。

姚祖才：《现代性视野下 90 年代以来乡土小说的家园想象》，载《江西科技师范大学学报》2013 年第 3 期。

吴红：《以〈你在高原〉为例综观国民的阅读取向》，载《华中师范大学学报》（人文社会科学版）2013 年 S3 期。

晏杰雄：《新世纪长篇小说文体的混沌化》，载《小说评论》2013 年第 4 期。

简以宁：《关于〈凝望〉再版》，载张炜《凝望》，广西师范大学出版社 2013 年版。

简以宁：《关于〈心仪〉再版》，载张炜《心仪》，广西师范大学出版社 2013 年版。

蔚蓝：《张炜介入中国经验的两种书写形态》，载华中科技大学中国当代写作研究中心编《经验与原创——2012 春讲 · 张炜　张新颖卷》，长江文艺出版社 2013 年版。

刘颖：《生存真谛与精神家园的诗意象征——张炜〈九月寓言〉文本意蕴解读》，载华中科技大学中国当代写作研究中心编《经验与原创——2012 春讲 · 张炜　张新颖卷》，长江文艺出版社社 2013 年版。

蒋济永：《〈家族〉的叙述方式、构造及其意义》，载华中科技大学中国当代写作研究中心编《经验与原创——2012 春讲 · 张炜　张新颖卷》，长江文艺出版社 2013 年版。

田蕾：《游荡与诗意的追寻——读张炜的〈无边的游荡〉》，载华中科技大学中国当代写作研究中心编《经验与原创——2012 春讲 · 张炜　张新颖卷》，长江文艺出版社 2013 年版。

胡雯：《张炜研究综述》，载华中科技大学中国当代写作研究中心编《经验与原创——2012 春讲 · 张炜　张新颖卷》，长江文艺出版社 2013 年版。

李俊国等：《百年中国历史经验与文学原创——以张炜的创作为例》，载华中科技大学中国当代写作研究中心编《经验与原创——2012 春讲 · 张炜　张新颖卷》，长江文艺出版社 2013 年版。

王乾坤：《读张炜的〈精神的背景〉，谈关于寻根》，载华中科技大学中国当代写作研究中心编《经验与原创——2012 春讲·张炜　张新颖卷》，长江文艺出版社 2013 年版。

毛克强、袁平：《人学本位与艺术创新——第八届茅盾文学奖获奖作品评述》，载《西南民族大学学报》（人文社会科学版）2013 年第 4 期。

姚晓雷：《“寓言化”的高度与限度——关于当下乡土中国叙事中的“寓言化”追求的审视》，载《扬州大学学报》（人文社会科学版）2013 年第 4 期。

陈元峰：《寓言双刃剑——重读张炜小说的思考之一》，载《西安外事学院学报》2013 年第 4 期。

仪文卿、何志钧：《张炜笔下的徐福形象》，载《廊坊师范学院学报》（社会科学版）2013 年第 4 期。

文娟：《思想者的精神漫游——读张炜的〈你在高原〉》，载《当代作家评论》2013 年第 4 期。

詹冬华：《新时期中国生态散文的审美精神》，载《青海社会科学》2013 年第 4 期。

孙书文、董希文、孙琼、吕杉杉、赵明智、刘颖、王海雁、陈正、李云：《想象是一种深度——关于当代中国作家文学想象力的对谈》，载《百家评论》2013 年第 4 期。

梅兰：《论张炜长篇小说的诗意与反讽》，载《小说评论》2013 年第 5 期。

冯晶：《齐文化浸濡下张炜小说对“流浪”的言说》，载《济宁学院学报》2013 年第 5 期。

张琳、王薇薇：《论齐文化对以张炜、莫言为首的山东作家群的影响》，载《湖北第二师范学院学报》2013 年第 5 期。

宋文坛、吴晓雪：《改革文学：“合法性”修辞的建构与质疑》，载《渤海大学学报》（哲学社会科学版）2013 年第 5 期。

夏文仙、徐丽苹：《当代生态小说中的生态卫士形象解读》，载《赤峰学院学报》(汉文哲学社会科学版) 2013 年第 5 期。

王新鑫:《陈思和先生访谈实录》,载《淮阴师范学院学报》(哲学社会科学版) 2013 年第 5 期。

孙士生:《仁道与 20 世纪山东作家的人道主义精神》,载《齐鲁学刊》2013 年第 5 期。

首作帝、谢晨:《论二十世纪中国文学的疗救精神》,载《安康学院学报》2013 年第 5 期。

王鸿生:《知识分子的独特思考》,载 2013 年 5 月 31 日《文艺报》。

王鸿生:《张炜〈精神的背景〉——知识分子的独特思考》,载 2013 年 5 月 31 日《文艺报》。

马治军:《生态批评视域中的沈从文与张炜》,载《洛阳师范学院学报》2013 年第 6 期。

叶菁:《浅析〈在族长与海神之间〉中的生态伦理价值》,载《青春岁月》2013 年第 6 期。

赵月斌:《"文学鲁军"蓄力前行——2013 年山东小说创作述评》,载《百家评论》2013 年第 6 期。

李婧:《扎根于齐鲁大地的体悟与言说——2013 年山东散文创作综述》,载《百家评论》2013 年第 6 期。

陈国恩、王应平:《"文化守成主义与中国现当代文学"笔谈》,载《海南师范大学学报》(社会科学版) 2013 年第 6 期。

李琨:《李琨随笔二题》,载《躬耕》2013 年第 6 期。

仪文卿:《不孤独的独行者——简评张炜的随笔创作》,载《山东文学》2013 年第 7 期。

何志钧:《检视当代山东随笔散文的"地形图"》,载《山东文学》2013 年第 7 期。

马廷新、唐长华:《张炜小说中的知识分子批判立场》,载《山东社会科学》2013 年第 8 期。

文佳:《纪念青春的欢乐——评张炜〈游走:从少年到青年〉》,载《出版广角》2013 年第 8 期。

韩文淑：《生态意识与新世纪乡村叙事》，载《贵州社会科学》2013年第8期。

谭霜：《〈古船〉家族叙事的双重特征分析》，载《哈尔滨学院学报》2013年第8期。

渔人：《张炜的精神自传》，载2013年8月14日《中华读书报》。

王必胜：《葳蕤的文学之树——读〈张炜散文随笔年编〉》，载2013年9月17日《光明日报》。

刘东方：《论张炜的文学语言观》，载《文艺争鸣》2013年第9期。

杜昆：《乌托邦精神的式微和嬗变——后新时期知识分子小说结尾的意义》，载《山花》2013年第9期。

洛荷：《将信将疑的故事》，载《北京文学》2013年第9期。

彭文忠：《传统话语与当代文学的商人形象建构》，载《文艺争鸣》2013年第9期。

周水涛、江胜清：《论五四文学精神对新时期前期小说中孝文化内涵的影响》，载《江汉论坛》2013年第9期。

高维生：《阅读是一种修炼》，载《黄河文学》2013年第10期。

刘新锁：《二十世纪中国文学的"底层叙述"与社会关切》，载《重庆社会科学》2013年第10期。

付秀宏：《夜读张炜〈中国工运〉》，载2013年第11期。

渠魁：《行者的存在之思》，载《法制资讯》2013年第11期。

陈祥彩：《"宿命式"的回归——浅论〈古船〉中人物的流浪之旅》，载《美与时代》（下旬）2013年第11期。

韩文淑：《新世纪乡村叙事中的"差异性"表达》，载《学习与探索》2013年第11期。

肖太云：《论20世纪后期中国文学的神秘书写》，载《文艺争鸣》2013年第12期。

赵瑜：《行走与对话——张炜、朱又可〈行者的迷宫〉阅读小札》，载《书城》2013年第12期。

龚频：《张炜小说的精神空间解读》，载《短篇小说》（原创版）2013

年第 12 期。

蒋蓝：《行者：用足迹丈量时代的尺度》，载 2013 年 12 月 23 日《文艺报》。

张艳梅：《张炜：一个理想主义者的精神高原》，载《名作欣赏》2013 年第 34 期。

瓦当：《方士的长旅》，载《中国企业家》2013 年第 23 期。

贺仲明、赵月斌、张丽军、孙书文、丛新强：《齐鲁青未了：山东文学的现实与未来》，载《名作欣赏》2013 年 28 期。

陈于思：《野性的呼唤》，载《语文教学与研究》2013 年第 28 期。

韩蜜蜜：《论 90 年代中国乡土小说的文化价值取向》，载《文教资料》2013 年第 32 期。

房广星：《大地行者的坚守——读张炜访谈〈行者的迷宫〉》，载 2014 年 1 月 8 日《中国艺术报》。

孙新明、裴晓亮：《童年记忆与人生理想的交响——论张炜小说〈刺猬歌〉的创作》，载《安徽文学》(下半月) 2014 年 1 月。

陈超、张婷：《重返“80 年代”语境下文学的“反现代”审思》，载《文艺争鸣》2014 年第 1 期。

李俊国、田蕾：《边缘叙事与颓废审美》，载《小说评论》2014 年第 1 期。

武兆雨：《意识形态话语与文本生产——以〈当代〉长篇小说为例》，载《文艺争鸣》2014 年第 1 期。

王春林：《小说伦理的探寻、透视与阐释——评张艳梅〈文化伦理视阈下的中国现当代小说研究〉》，载《新文学评论》2014 年第 1 期。

李浩、张艳梅：《生命智慧与艺术之美的永恒追求——李浩访谈录》，载《百家评论》2014 年第 1 期。

吴耀宗：《张炜“看”小说的方法——以〈你在高原〉中的〈鹿眼〉为例》，载《当代文坛》2014 年第 1 期。

陈元峰：《退却的底限——重读张炜小说的思考之一》，载《广州广播电视大学学报》2014 年第 1 期。

沈琛、师彩霞：《浅析张炜小说“大地”意蕴的变化》，载《芒种》2014 年第 1 期。

苏奎：《反动分子？流氓无赖？心灵变异者——土改文学中的坏分子形象流变》，载《文艺争鸣》2014 年第 1 期。

王爱松：《重复与循环：中国当代小说的一种结构方式》，载《中国现代文学研究丛刊》2014 年第 1 期。

樊星：《1980 年代文学中神秘文化思潮的发展轨迹》，载《山东师范大学学报》（人文社会科学版）2014 年第 1 期。

楚风：《老实说，张老师》，载《长江文艺》2014 年第 2 期。

任艳苓：《论张炜小说中的流浪叙事》，载《集宁师范学院学报》2014 第 2 期。

李俊国、李勇：《当代文学经典化：问题，理念与路径》，载《小说评论》2014 年第 2 期。

陈应松、张艳梅：《在大地和时代深处呼喊——陈应松访谈录》，载《百家评论》2014 年第 2 期。

段守新：《2013 年中篇小说印象》，载《南方文坛》2014 年第 2 期。

牛殿庆：《〈荒原纪事〉：一部当代人的精神沦落史》，载《浙江万里学院学报》2014 第 3 期。

赵月斌：《张炜作品读记（1994～2014）》，载《百家评论》2014 年第 3 期。

木斤：《木斤读札》，载《百家评论》2014 年第 3 期。

彭德金、李鲁平：《不同生态观与生态的多民族书写》，载《当代作家评论》2014 年第 3 期。

邱易东：《一本童话色彩的“冷”小说》，载《四川文学》2014 年第 3 期。

秦法跃：《1990 年代乡土小说理想社会生态的建构》，载《小说评论》2014 年第 3 期。

田蕾：《行走·对话·思索——张炜小说〈无边的游荡〉的精神阅读》，载《海南师范大学学报》（社会科学版）2014 第 3 期。

彭维锋：《张炜小说研究综述》，载《井冈山大学学报》（社会科学版）2014 年第 3 期。

戴瑞、霍有明：《论张炜小说〈古船〉中的人性善》，载《齐鲁学刊》2014 年第 3 期。

张佳鸣：《流浪叙事中的差异化自然赋值——张承志与张炜小说的自然意识比较》，载《文艺评论》2014 年第 3 期。

《东方奇幻，儿童传奇〈少年与海〉：张炜首试长篇儿童小说》，载 2014 年 5 月 21 日《中华读书报》。

蒋雯：《〈柏慧〉的诗性特征及其功能》，载《名作欣赏》2014 年第 5 期。

微紫：《读张炜〈你在高原〉》，载《福建文学》2014 年第 5 期。

张艳梅：《记忆的真切与现实的虚妄》，载《当代小说》2014 年第 5 期。

于爱青：《乌托邦的守望——张炜〈九月寓言〉的"土地"意象分析》，载《神州》2014 年第 6 期。

张厚刚：《张炜诗歌综论》，载《当代文坛》2014 年第 5 期。

唐长华：《张炜小说研究三十年概述》，载《当代文坛》2014 年第 5 期。

陈宗俊：《"五十年代生人"的"焦虑的马拉松"——论张炜的小说〈你在高原〉系列》，载《当代文坛》2014 年第 5 期。

赵月斌：《〈少年与海〉："齐东野语"不老书》，载 2014 年 7 月 25 日《文艺报》。

李东华：《诗意与神性：对大自然和人性的真诚礼赞——读张炜的长篇儿童小说〈少年与海〉》，载《中国图书评论》2014 年第 7 期。

李国银：《生态批评视域下的中外乡土文学比较》，载《文艺评论》2014 年第 7 期。

孙晓玲：《困顿中的坚守——论〈古船〉中人物的悲剧命运》，载《艺术科技》2014 年第 8 期。

舒坦：《作品信息：张炜首部长篇儿童文学作品〈少年与海〉出版》，载《文学教育》（上），2014 年第 8 期。

齐思贤：《张炜：郭沫若借李杜说了许多真话》，载 2014 年 8 月 13 日《中华读书报》。

李东华：《看见“看不见”的童年——张炜长篇儿童小说〈少年与海〉评介》，载《中国出版》2014 年第 9 期。

王子安：《浅谈张炜〈古船〉中的叙事者》，载《当代教育理论与实践》2014 年第 9 期。

张洪浩：《以洞见驱俗见——读张炜新著〈也说李白与杜甫〉》，载 2014 年 9 月 21 日《烟台晚报》。

王冬梅：《地主形象与当代文学的人性话语》，载《青年文学家》2014 年第 11 期。

二、印象记

刘向红：《芦青河的淘金人》，载《山东青年》1983 年第 9 期。

刘大伟：《张炜剪影》，载《牡丹》1984 年第 2 期。

赧然：《生活 · 个性 · 作品——几位青年作家的印象和散评 · 芦青河的歌者——张炜》，载《文艺评论》1985 年第 1 期。

汪稼明：《张炜印象》，载《山东画报》1985 年第 2 期。

陈立宗：《他从芦青河走来》，载 1985 年 4 月 4 日《文学报》。

陈立宗：《芦青河与张炜》，载《青年之友》1985 年第 5 期。

桦筱：《张炜在 1984》，载《青年评论家》1985 年 7 月 10 日。

大山、杨枫：《寻求艺术的故事》，载《文学青年》1985 年第 11 期。

建国：《张炜的丰收年》，载 1985 年 12 月 29 日《中国青年报》。

萧平：《他在默默地挖掘——关于张炜和他的小说》，载《中国作家》1986 年第 1 期。

侯书良、姜振昌：《他追求一个春光明媚的世界——青年作家张炜和他的短篇小说创作》，载《文学知识》1985 年第 9 期。

高连行：《关于张炜》，载 1986 年 10 月 26 日《开封日报》。

唐颖：《在春天里多收获——记青年作家张炜》，载 1986 年 10 月 28 日《农村大众》。

王建国：《张炜与〈古船〉》，载《山东青年》1986 年第 11 期。

王建国：《张炜与〈古船〉点滴》，载 1986 年 11 月 16 日《中国青年报》。

毕胜：《芦青河畔文学之梦》，载 1987 年 1 月 9 日《新民晚报》。

丁彭：《真诚、执着、炽热——张炜剪影》，载《山东文艺界》1987 年第 1 期。

王小鹰：《芦青河告诉我有个张炜》，载《文汇月刊》1987 年第 1 期。

谭湘：《江南小生与胶东硬汉——张炜剪影》，载 1987 年 4 月 2 日《文学报》。

宗杨：《我喜欢芦青河——我喜爱的作家》，载 1987 年 8 月 17 日《山东青年报》。

沙林：《发表力作〈古船〉之后的张炜》，载 1987 年 8 月 22 日《文艺报》。

谭湘：《张炜印象》，载《文学自由谈》1988 年第 3 期。

杨羽：《张炜回到芦青河畔——〈古船〉作者寻踪》，载 1988 年 11 月 20 日《文汇报》。

张和玉：《根植生活沃土，情系故乡人民——访青年作家张炜》，载 1989 年 2 月 2 日《烟台广播电视报》。

鲁夫：《芦青河之谜——记作家张炜》，载 1991 年 5 月 6 日《山东青年报》。

潘永修：《张炜印象》，载 1991 年 5 月 11 日《山东工人报》。

自牧：《张炜，那不倦的琴声》，载 1991 年 5 月 14 日《济南日报》。

杨若：《才华·人格·追求》，载 1991 年 6 月 6 日《大众日报》。

杨羽：《龙口四年访张炜》，载 1992 年 1 月 13 日《文汇报》，1996 年 6 月 29 日《中国石化报》。

左中一：《张炜又有长篇新作》，载 1992 年 7 月 25 日《光明日报》。

文敏：《商品潮中的文人惑》，载 1992 年 11 月 20 日《钱江晚报》。

林煜：《张炜：谦恭的孤独者》，载 1992 年 12 月 1 日《杭州日报》。

汪家明：《〈秋天的思索〉序》，载张炜《秋天的思索》，（香港）天地图书公司 1993 年版，（台湾）风云时代出版公司 1994 年版。

之光：《决绝与温柔——张炜印象》，载《文学世界》1993 年第 1 期。

吴兵：《近读张炜》，载 1993 年 4 月 27 日《新闻图片周报》。

罗健、陈倩：《时代风云与〈古船〉沉浮——关于一位作家的传奇》，载《世纪风》1993 年第 4 期。

宋遂良：《一个作家的境界与追求——在“张炜文学周”研讨会上的讲话》，载《烟台师范学院学报》1993 年第 4 期。

王荣纲、苗枫林、萧平、王兆山：《在’93 张炜文学周上的讲话》，载《烟台师范学院学报》1993 年第 4 期。

李连泰：《回答疑惑和挑战——访著名青年作家张炜》，载 1993 年 6 月 24 日《文学报》。

易平：《把生命的价值押在文学上——访获奖作家张炜》，载 1994 年 7 月 1 日《上海文化报》。

华清：《张炜印象》，载 1993 年 7 月 6 日《济南日报》。

刘捷：《三联集团书刊公司钟情张炜——“’93 张炜文学周”在济南开幕》，载 1993 年 10 月 9 日《三联报》。

王学娟：《’93 张炜文学周在烟师举行》，载 1993 年 10 月 16 日《烟台晚报》。

张清华：《野地上泣血的歌者——作家张炜印象》，载《当代社会》1993 年第 9 期。

志勇、东海：《一场流动的文学盛宴：’93 张炜文学周系列活动拾零》，载 1993 年 10 月 23 日《烟台日报》。

吕志海：《张炜在大学生中间——“’93 张炜文学周”拾零》，载 1993 年 12 月 14 日《山东青年报》。

吕秀芳：《新时期文学的骄子——读著名青年作家张炜》，载 1993 年 11 月 20 日《焦作矿工报》。

山佳：《流动的文学盛宴：’93 张炜文学周小记》，载 1993 年 11 月 20 日《浙江日报》，1996 年 6 月 29 日《中国石化报》。

滕连君：《一次文学的盛宴——记张炜文学周》，载 1993 年 11 月 20 日《联合报》。

魏兴荣：《他有一颗关注苦难的心——张炜印象》，载 1993 年 12 月 7 日《山东青年报》。

项玮：《上海是理解我的——访山东作家张炜》，载 1994 年 6 月 9 日《新民晚报》。

记者张莉莉：《张炜与〈徐福文化集成〉——访著名作家张炜》，载 1994 年 6 月 15 日《人民权力报》。

赵统斌、张宗善：《营造自己的天空——著名作家张炜访谈录》，载 1994 年 6 月 18 日《无锡日报》。

徐春萍：《成功：在抱朴守静之中》，载 1994 年 6 月 23 日《文学报》。

易平：《把生命的价值押在文学上——访获奖作家张炜》，载 1994 年 7 月 1 日《上海文化报》。

张莉莉：《张炜执着于创作》，载 1994 年 7 月 19 日《人民日报》（海外版）。

记者王杰：《孤独地行走在大地上——访作家张炜》，载 1994 年 8 月 31 日《青岛日报》。

伊凡：《张炜正在做什么?》，载 1994 年 8 月 31 日《齐鲁晚报》。

郝永勃：《单向对话——阅读张炜》，载《山东文学》1994 年第 9 期。

逄金一：《张炜谈书》，载 1994 年 9 月 2 日《济南日报》。

郝永勃：《我所认识的张炜》，载 1994 年 12 月 20 日《淄博晚报》。

赵兰英：《收获在四季》，载《瞭望新闻周刊》1995 年第 2 期。

记者肖夏林：《做一个精神上的不撤退者——访作家张炜》，载 1995 年 2 月 22 日《中华读书报》。

布衣：《文坛“二张”向媚俗开战》，载 1995 年 3 月 21 日《山东青年报》。

李连泰：《守望心灵的〈柏慧〉——访著名作家张炜》，载 1995 年 4 月 27 日《文学报》。

杨亮：《我所看到的〈家族〉创作》，载《当代》1995 年第 5 期。

孔昕：《生命的又一次变奏——近访著名作家张炜》，载 1995 年 12 月 4 日《齐鲁晚报》。

周雁羽：《为心灵而写作——作家张炜印象》，载 1995 年 12 月 29 日《淄博日报》，载《新潮》1996 年第 1 期。

沙琳：《张炜的眼睛》，载 1996 年 1 月 10 日《济南时报》。

蓬桦：《阅读张炜》，载 1996 年 3 月 20 日《青岛晚报》。

周雁羽：《为心灵而写作——作家张炜印象》，载 1996 年 6 月 29 日《中国石化报》。

隋熠：《张炜，耐得寂寞苦读书》，载 1997 年 4 月 7 日《济南时报》。

张莹：《与作家对话——张炜签名售书侧记》，载 1997 年 4 月 7 日《齐鲁晚报》。

李玉立：《百年文学经典与齐鲁作家》，载 1997 年 8 月 1 日《烟台日报》、1997 年 8 月 11 日《济南时报》。

青子：《青山绿水，白草红叶黄河》，载 1997 年 10 月 15 日《中华读书报》。

小宁：《走进文字中的张炜》，载 1997 年 10 月 7 日《中国文化报》。

梅子：《守住自己的命运——写给张炜》，载《书缘》1997 年第 7 期。

剑非：《走近张炜》，载《神州学人》1997 年第 10 期。

洪浩：《同一类声音》，载 1997 年 12 月 24 日《威海晚报》，《威海文艺》2007 年第 1～2 合刊。

宫达：《一个人爱艺术多么美好》，载《文学世界》1998 年第 1 期。

青子：《张炜：创作的丰富多彩》，载 1998 年 8 月 22 日《文汇读书周报》。

相惠：《深深的海洋——著名作家张炜回乡小记》，载 1999 年 2 月 12 日《山东交通报》。

尹浩洋：《张炜的滋润》，载 1999 年 3 月 1 日《烟台日报》。

李心田：《张炜读书》，载 1999 年 3 月 15 日《济南日报》。

陈名海：《走近张炜》，载《羊城晚报·新闻周刊》1999 年第 136 期。

孙鹜翔：《双子星座》，载 1999 年 11 月 17 日《威海日报》。

陈洁：《让我慢下来，越慢越好——访思想者张炜》，载 1999 年 12 月 29 日《中华读书报》。

尚晓岚：《张炜：思想者最新的供词》，载 2000 年 11 月 5 日《北京青年报》。

徐虹：《张炜：文学会比太阳长久》，载 2000 年 11 月 7 日《中国青年报》。

陆梅：《张炜：与时尚和喧嚣保持距离》，载 2000 年 11 月 9 日《文学报》。

杨志芳：《张炜：好的作品可以帮助人们寻找信仰》，载 2000 年 11 月 24 日《中国税务报》。

潘宪立、赵虹：《六年张炜磨一剑》，载 2000 年 12 月 13 日《工人日报》。

翟业军：《张炜：无家之游》，载 2000 年 12 月 26 日《中国图书商报》。

姜刚：《农夫张炜》，载《三角洲校园文学文艺选萃》2001 年第 2 期。

夏榆：《张炜：文学或心灵的寓言》，载 2001 年 3 月 2 日《人民铁道》。

夏榆：《张炜与〈外省书〉》，载 2001 年 3 月 4 日《家生活》。

刘玉秋、张克：《文学对话：著名作家张炜 VS 大学生》，载 2001 年 6 月 2 日《齐鲁晚报》。

夏榆：《硬度：判断的勇气和不妥协精神》，载《北京纪事》2001 年第 11 期。

于新超：《不做精神上的跟从者》，载 2001 年 8 月 16 日《文学报》。

彭生：《张炜〈能不忆蜀葵〉举行研讨》，载 2002 年 1 月 24 日《文学报》。

杨润阶、逄春阶：《张炜：不倦的求索者》，载 2002 年 5 月 24 日《大众周末》，《山东作家》2002 年第 1 期。

虞静：《像一棵树那样抓牢泥土》，载 2002 年 2 月 6 日《文化时代》。

阿青：《抒情兼幽默的张炜》，载 2002 年 2 月 19 日《中国图书商报》。

李心田：《张炜的无糖月饼》，载 2002 年 9 月 27 日《济南日报》。

唐朝晖：《张炜：因为爱而告别》，载 2003 年 1 月 16 日《中国文化报》。

刘君、春阶：《张炜：跋涉不倦》，载 2003 年 4 月 18 日《大众日报》。

胡殷红：《我想抓住“真正的语言”》，载 2003 年 4 月 19 日《文艺报》。

韩晓东：《张炜直言恐惧囿于城市寻根写作质疑工业文明》，载 2003 年 6 月 28 日《中国邮政报》。

周立民：《融入野地的自然之子——与张炜有关的一些时间、地点、人物和书》，载张炜《九月寓言》，春风文艺出版社 2003 年版。

王延辉：《万松浦书院归来》，载 2003 年 12 月 17 日《文汇报》。

郝永勃：《寻找榜样的力量》，载 2004 年 1 月 19 日《淄博晚报》。

桑哲：《文学：使人类避免自毁的命运——访山东省作协主席、著名作家张炜》，载《语文建设》2004 年第 2 期。

徐怀谦：《文学是生命中的闪电》，载 2004 年 5 月 13 日《人民日报》。

昊昱：《张炜的忧虑》，载《城乡建设》2004 年第 6 期。

蒋梦婷：《张炜：我有一个梦想》，载 2004 年 7 月 2 日《文汇读书周报》。

舒晋瑜：《文学是长跑——访作家张炜》，载《中国图书评论》2004 年第 8 期。

耿俊敏：《张炜：守园的拓荒者》，载《语文世界》（高中版）2005 年第 3 期。

王延辉：《张炜：独步苍茫》，载 2005 年 6 月 2 日《楚天都市报》。

王延辉：《张炜的故事》，载《当代小说》2006 年第 9 期。

宋庄：《“想象力首先从语言开始”》，载 2007 年 2 月 9 日《人民日报》（海外版）。

王延辉：《张炜肖像》，载《时代文学》（双月版）2007 年第 2 期，《扬子江评论》2010 年第 2 期。

胡殷红：《张炜：回望历史与关注现实》，载 2008 年 11 月 29 日《文汇报》。

王久辛：《张炜之重》，载 2009 年 3 月 12 日《文学报》。

舒晋瑜：《张炜：有根就有立场》，载 2009 年 4 月 22 日《中华读书报》。

赵剑平：《生命的品质——张炜印象》，载2010年1月6日《文艺报》，《海燕》2010年第2期。

鲁夫：《忧郁的长笛——读张炜及其作品》，载2010年1月6日《文艺报》。

王延辉：《张炜肖像》，载《扬子江评论》2010年第2期。

杨建平：《平凡的传奇：作家张炜的故事》，载2010年4月16日《中国经济时报》。

真真：《我的"纳尼亚"之旅——记万松浦书院》，载《山东文学》2010年第6期。

曹晓前：《巨河惊初见：张炜与〈你在高原〉》，载《走向世界》2010年第19期。

逄春阶：《张炜：跋涉在文学高原》，载《党员干部之友》2010年第12期。

晏飞：《张炜印象》，载2010年12月22日《武进日报》。

鲁大智：《张炜关仁山赵瑜等获2010年度"中国作家出版集团奖"》，载2011年3月2日《中华读书报》。

朱又可：《〈你在高原〉：一个人绝望过后的曲折故事——张炜和十卷本小说〈你在高原〉》，载2011年5月6日《南方周末》。

石剑峰：《张炜凭超长篇小说获年度杰出作家》，载2011年5月8日《东方早报》。

傅小平：《张炜：你要爱你的寂寞》，载2011年5月12日《文学报》。

吴敏、周晓婷：《自我定位"雅文学家"，称写作是为了尽兴》，载2011年5月29日《南方日报》。

舒晋瑜：《作家挂职记（韩少功·张炜·关仁山）》，载2011年6月8日《中华读书报》。

田之秋：《张炜在高原》，载《走向世界》2011年第28期。

逄春阶：《他在跑文学马拉松——张炜印象记》，载2011年8月21日《大众日报》。

王凤国：《张炜的胜利》，载2011年8月26日《工人日报》。

何建明：《〈你在高原〉：无尽的长旅》，载 2011 年 8 月 28 日《光明日报》。

陈华文：《在文学野地上行走》，载 2011 年 9 月 1 日《中国环境报》。

石湾：《张炜的愚公精神》，载 2011 年 9 月 27 日《人民政协报》。

陈占敏：《〈你在高原〉的放飞》，载 2011 年 10 月 10 日《文艺报》。

李婷婷：《一个说话最像写字的“逆行者”——张炜印象记》，载 2011 年 12 月 22 日《三湘都市报》。

谢颖：《文学只有一扇门》，载 2012 年 1 月 30 日《人民政协报》。

王京雪：《张炜：看短篇的人最会读文学》，载 2012 年 2 月 10 日《新华每日电讯》。

方莉：《保护和扶持高雅文学艺术》，载 2012 年 3 月 4 日《光明日报》。

马海春：《张炜与〈贝壳〉》，载《时代文学》（上半月）2012 年第 7 期。

王树理：《张炜印象记》，载《时代文学》（上半月）2012 年第 7 期。

逄春阶：《我为什么迷张炜》，载《时代文学》（上半月）2012 年第 7 期。

张海珊：《有情——小记张炜》，载《时代文学》（上半月）2012 年第 7 期。

王延辉：《张炜的气质之谜》，载《时代文学》（上半月）2012 年第 7 期。

陈占敏：《从芦青河走向高原》，载《立传》2012 年第 3 期，《游走：从少年到青年·附录》，广西师范大学出版社 2012 年版。

郝永勃：《影响》，载《文艺与评论》2012 年第 10 期。

李苑：《张炜：“船长”的高歌低咏》，载 2013 年 1 月 16 日《光明日报》。

王川：《莽野上的跋涉者》，载《青年作家》2013 年第 2 期。

尹平平：《张炜：真正的作家不光能够虚构故事》，载 2013 年 2 月 22 日《新华每日电讯》。

舒晋瑜：《张炜：杰作不一定为文学史而写》，载《博览群书》2013 年第 8 期。

孟黎：《张炜：行者的跋涉》，载2013年9月13日《金融时报》。

孙洪威：《作家张炜》，载《走向世界》2013年第36期。

三、硕博论文

陈琪：《性爱·死亡·救赎——〈棋王〉〈红高粱〉〈古船〉对生命意识的诠释》，暨南大学2000年硕士论文。

樊星：《影响·契合·创造——比较文学视野中的当代中国大陆文学》，华中师范大学2000年博士论文。

王珺：《论张承志、史铁生、张炜的小说创作》，华南师范大学2002年硕士论文。

张妙文：《在现实与理想之间流浪》，南京师范大学2002年硕士论文。

刘彦明：《透视与探寻》，延边大学2002年硕士论文。

李劲松：《新保守主义与九十年代文学》，华中师范大学2002年硕士论文。

梁振华：《游走与皈依：跨世纪的苍茫之旅——转型期中国作家的文学态度与自我身份认同》，湖南师范大学2002年硕士论文。

孙德喜：《20世纪后20年小说语言的文化透视》，武汉大学2002年博士论文。

刘旭：《当代文学中的底层形象研究》，华东师范大学2002年博士论文。

罗新星：《难以割舍的家族情结——新时期家族小说论》，湖南师范大学2003年硕士论文。

俞敏华：《虚构历史、创造生命——新历史小说论》，浙江师范大学2003年硕士论文。

严慧：《拉美魔幻现实主义与新时期中国文学》，苏州大学2003年硕士论文。

陆艳：《都市迷宫与乡村怀念——新时期文学中的东西方遭遇》，苏州大学2003年硕士论文。

刘成勇：《生命超越与世俗关怀——当代小说中“智者”形象剖析》，河南大学2003年硕士论文。

王慧：《九十年代文学中人文精神的内在理路及具体呈现》，华南师范大学2003年硕士论文。

姜锦铭：《试论新时期小说中的农民文化》，天津师范大学2003年硕士论文。

王艳玲：《张炜小说的传统文化情结》，西南师范大学2003年硕士论文。

佟文娟：《生活不在别处——张炜创作思想探寻》，延边大学2003年硕士论文。

任天华：《自由与狂欢》，河南大学2003年硕士论文。

顾爽：《九十年代小说中的民间写作》，华中师范大学2003年硕士论文。

刘广涛：《百年青春档案——20世纪中国小说中的青春主题研究》，苏州大学2003年博士论文。

方贤绪：《现代主义文学思潮和80年代小说研究》，苏州大学2003年博士论文。

吴格非：《萨特与中国新时期文学中人的“存在”探询》，苏州大学2003年博士论文。

田全金：《陀思妥耶夫斯基比较研究》，复旦大学2003年博士论文。

王芳：《80年代小说与西方荒诞思潮》，中国社会科学院2003年博士论文。

张春泉：《论接受心理与修辞表达》，复旦大学2003年博士论文。

周水涛：《论新时期乡村小说的文化意蕴》，武汉大学2003年博士论文。

赵欣：《当代女作家家族小说女性形象论》，辽宁师范大学2004年硕士论文。

郭玉华：《共同的关注，不同的言说——论新时期山东“乡民”小说家的创作》，曲阜师范大学2004年硕士论文。

袁园：《文化视角下的90年代乡土小说》，南京师范大学2004年硕士论文。

黄妍：《“文革”后家族小说的叙事模式》，南京师范大学2004年硕士论文。

孙铮：《“逆映式”生存——九十年代小说“远离城市”的创作倾向评析》，苏州大学2004年硕士论文。

张丽慧：《“写实”的深化与变异——八九十年代以来乡土小说的现代主义叙事》，吉林大学2004年硕士论文。

汤红：《论二十世纪八十年代以来当代小说中的历史叙事》，暨南大学2004年硕士论文。

王晓隽：《欲望折磨下的当代士林——转型时代的知识分子小说》，曲阜师范大学2004年硕士论文。

陈文亮：《生态美学视域中的20世纪乡土小说》，山东师范大学2004年硕士论文。

韩琛：《叛逆者·孤独者·零余者——论二十世纪中国文学中的三类知识者形象》，山东师范大学2004年硕士论文。

王继锋：《试论1985以后中国当代小说的非历史化品格》，山东师范大学2004年硕士论文。

郭翠英：《艰难的心路历程——从八十年代农村改革小说看农民精神世界的变化》，山东师范大学2004年硕士论文。

赵同军：《被扭曲的女性——90年代以来男性写作中的女性形象》，南京师范大学2004年硕士论文。

王向辉：《飘荡的诗的幽灵——论新时期小说中的传统诗性质素》，河南大学2004年硕士论文。

孙培云：《几度沉浮几多忧——当代文学中的知识分子叙述》，郑州大学2004年硕士论文。

王娟：《论90年代中国乡土小说》，华中师范大学2004年硕士论文。

胡明贵：《张炜小说意象论》，福建师范大学2004年硕士论文。

蔡沁云：《一个理想主义者的歌唱》，华中师范大学2004年硕士论文。

任秀霞：《流浪：此岸到彼岸的距离》，武汉大学 2004 年硕士论文。

程大志：《变与常中的精神图景》，山东师范大学 2004 年硕士论文。

刘绪才：《“地之子”的诗性创作》，内蒙古师范大学 2004 年硕士论文。

孙晶：《精神家园的寻找》，东北师范大学 2004 年硕士论文。

陈力君：《代言与立言：新时期文学启蒙话语的嬗变》，浙江大学 2004 年博士论文。

邓楠：《全球化语境下的民族文化身份认同——魔幻现实主义与寻根文学比较研究》，浙江大学 2004 年博士学位论文。

韩敏：《〈收获〉的 90 年代》，四川大学 2004 年博士论文。

何卫青：《近二十年来中国小说的儿童视野》，四川大学 2004 年博士论文。

周保欣：《境遇与策略——“文革”后中国当代小说苦难叙述研究》，浙江大学 2004 年博士论文。

刘忠：《思想史视野中的中国现当代文学》，华东师范大学 2004 年博士论文。

陈南先：《俄苏文学与“十七年中国文学”》，苏州大学 2004 年博士论文。

杨庆东：《自由意志的追寻——道德理性在八九十年代小说中的流变》，山东师范大学 2004 年博士论文。

徐巍：《视觉文化语境中的八九十年代小说创作》，复旦大学 2004 年博士论文。

周志雄：《中国新时期小说情爱叙事研究》，山东师范大学 2004 年博士论文。

叶君：《农村·乡土·家园·荒野——论中国当代作家的乡村想象》，华中师范大学 2004 年博士论文。

韦清琦：《走向一种绿色经典：新时期文学的生态学研究》，北京语言大学 2004 年博士论文。

汪树东：《中国现代文学中的自然精神取向——中国现代文学精神

立场初探之一》，武汉大学2004年博士论文。

庄文卿：《“改革文学”现象论》，福建师范大学2005年硕士论文。

陈然：《论二十世纪中国家族家庭小说中的“父与子”》，福建师范大学2005年硕士论文。

王放：《彼岸的景观——论中国当代男性文本中的女性意识》，重庆师范大学2005年硕士论文。

黄轶斓：《游走在乡村少年的生命音符之间——试论新时期少年乡土小说》，重庆师范大学2005年硕士论文。

刘晓飞：《人类学与80年代以来中国当代文学的变革》，山东师范大学2005年硕士论文。

俞春玲：《新时期家族小说中的性别叙事》，山东师范大学2005年硕士论文。

尹萍：《论90年代短篇小说的空间形式》，青岛大学2005年硕士论文。

付娜：《“寻根文学”的现代性分析》，中央民族大学2005年硕士论文。

李达：《沉重的飞翔——论新时期以来小说中进城的乡下人形象》，河南大学2005年硕士论文。

刘艳宗：《近二十年来小说中儿童视角的文化分析》，河南大学2005年硕士论文。

杨荣：《守望与救赎——论新时期山东作家的道德化叙事倾向》，湖南师范大学2005年硕士论文。

周旻：《论二十世纪九十年代散文的救赎意识》，华南师范大学2005年硕士论文。

刘精科：《“地域化”走向的一种解读——论新时期文学生态意识的觉醒》，苏州大学2005年硕士论文。

陈啸：《论寻根派文学的当代新儒家路向》，四川师范大学2005年硕士论文。

王慧开：《转型期以来小说中知识分子形象研究》，南京师范大学

2005年硕士论文。

王丽丽：《精神还乡：论中国现代文学中的“还乡主题”》，苏州大学2005年硕士论文。

李荣秀：《张炜小说创作的苦难主题及救赎理想》，山东大学2005年硕士论文。

沈琛：《从理想宣谕到平等对话》，河北师范大学2005年硕士论文。

陈述：《在坚守中前行》，东北师范大学2005年硕士论文。

臧海涛：《永不停息的跋涉之路》，西南师范大学2005年硕士论文。

冯晶：《融入野地》，山东师范大学2005年硕士论文。

卢锦萍：《救赎姿态与悖论言说》，江西师范大学2005年硕士论文。

徐则臣：《往救赎之路》，北京大学2005年硕士论文。

卢丽华：《“民间”烛照下的个体生存与群体乌托邦》，南京师范大学2005年硕士论文。

王辉：《迷恋与拒抗下的孤独守望》，河南大学2005年博士论文。

荆亚平：《立于人类精神深层的缪斯之舞——新时期小说宗教信仰叙事研究》，浙江大学2005年博士论文。

陈黎明：《魔幻现实主义与20世纪后期中国小说——以加西亚·马尔克斯与“寻根”小说之关系为中心》，苏州大学2005年博士论文。

曾利君：《魔幻现实主义与中国当代文学》，四川大学2005年博士论文。

叶永胜：《现代中国家族叙事文学研究》，华东师范大学2005年博士论文。

李秀金：《日常生活和新时期文学》，华东师范大学2005年博士论文。

林秀琴：《寻根话语：民族文化认同和反思的现代性》，福建师范大学2005年博士论文。

管宁：《消费文化语境中的文学叙事》，福建师范大学2005年博士论文。

张喜田：《论转型期小说“人”的发现》，复旦大学2005年博士论文。

袁红涛：《论新文学中宗族叙事的演进》，复旦大学 2005 年博士论文。

陈尚荣：《市场经济对当代中国文学艺术的影响——90 年代以来文学与影视艺术的一种考察研究》，南京师范大学 2005 年博士论文。

饶丹：《消散在家族中的“历史”——20 世纪末的家族小说热》，四川大学 2006 年硕士论文。

熊华：《20 世纪小说叙事时间与生命体验》，重庆师范大学 2006 年硕士论文。

龚展：《当代农村小说人物谱》，湖南师范大学 2006 年硕士论文。

王丹：《文学观念的嬗变与艺术境界的差异——论新时期以来小说创作内驱力的发展》，湖南师范大学 2006 年硕士论文。

徐莹：《新时期小说对人与自然关系的文学书写》，曲阜师范大学 2006 年硕士论文。

周雨华：《论九十年代的思想散文》，广西师范大学 2006 年硕士论文。

华英：《徘徊在文学与历史之间——当代家族小说的历史观念》，吉林大学 2006 年硕士论文。

许玉庆：《20 世纪 90 年代以来的乡土叙事转型》，山东师范大学 2006 年硕士论文。

张存凯：《文化保守主义语境下的九十年代长篇小说研究》，山东师范大学 2006 年硕士论文。

王忠梓：《“想象的共同体”与“共同体”的想象——论民族主义语境下的中国新时期文学》，山东师范大学 2006 年硕士论文。

康志萍：《新时期小说的浪漫主义精神》，山东大学 2006 年硕士论文。

王华：《新时期小说中的方言问题》，华中师范大学 2006 年硕士论文。

刘江凯：《论 1980 年代以来小说的知识分子想象及其叙事策略》，辽宁师范大学 2006 年硕士论文。

杨守标：《寻根文学与精神家园》，华中科技大学2006年硕士论文。

郭璐琪：《论世纪之交乡土小说创作》，山东大学2006年硕士论文。

叶秀蓉：《新时期家族小说——现代民族国家的继续想像》，厦门大学2006年硕士论文。

石立燕：《论90年代城市小说的叙事形态》，南京师范大学2006年硕士论文。

施学云：《论20世纪80年代以来小说中的农民形象及其文化内涵》，南京师范大学2006年硕士论文。

苏占兵：《从突围到迷遁——新历史主义小说流变》，山东师范大学2006年硕士论文。

李凡路：《民间文化在当代文学思潮中的表现形态》，山东大学2006年硕士论文。

黄岳峰：《从愤怒的批判到“野地”的温情》，浙江师范大学2006年硕士论文。

李淑梅：《论张炜90年代小说的叙事与精神探询》，扬州大学2006年硕士论文。

胡俊：《诗与思的对话》，安徽大学2006年硕士论文。

张明：《挣扎与超越——张炜长篇近作创作论》，东北师范大学2006年硕士论文。

乔懿：《自然主义与人道主义的统一》，山东师范大学2006年硕士论文。

黄婷：《“压抑”与“重返”：社会主义经验的书写》，华东师范大学2006年硕士论文。

赵璞：《诱惑与反抗》，北京语言大学2006年硕士论文。

容媛媛：《消费中的精神困境》，厦门大学2006年硕士论文。

张懿红：《1990年代以来中国乡土小说研究》，兰州大学2006年博士论文。

李清霞：《沉溺与超越——用现代性审视当今文学中的欲望话语》，兰州大学2006年博士论文。

孟绍勇：《革命讲述、乡土叙事与地域书写——中国当代西部小说研究》，兰州大学 2006 年博士论文。

李恒田：《全球化语境下二十世纪末中国小说》，华中师范大学 2006 年博士论文。

李明德：《当代中国文化语境中的文学期刊研究》，兰州大学 2006 年博士论文。

王文玲：《精神探索，苦难展示与被动化存在——论 1980 年代以来小说中的儿童叙事》，吉林大学 2006 年博士论文。

张伯存：《中国当代文学和大众文化中的男性气质》，华东师范大学 2006 年博士论文。

吴志峰：《社会主义现代化进程中的城乡叙事——知青文学（1966～1986）研究》，华东师范大学 2006 年博士论文。

吴妍妍：《作家身份与城乡书写——二十世纪后二十年小说中城乡形象的一种阐释》，苏州大学 2006 年博士论文。

刘智跃：《颓圮的边界与生命的回响——精神分析学说与新时期小说》，苏州大学 2006 年博士论文。

王永兵：《欧美先锋文学与中国当代新潮小说》，山东师范大学 2006 年博士论文。

王金胜：《“新时期”小说的自我认同》，山东师范大学 2006 年博士论文。

涂昊：《二十世纪末中国小说创作理论和创作实践关系研究》，暨南大学 2006 年博士论文。

黄伟：《〈日瓦戈医生〉在中国》，暨南大学 2006 年博士论文。

雍青：《寻找一种言说的方式——1990 年代文学批评话语转型研究》，武汉大学 2006 年博士论文。

李莉：《论现代化进程中的新时期乡族小说》，山东师范大学 2006 年博士论文。

李晓洁：《美学视野下中国当代通俗文学批评的局限》，华东师范大学 2006 年博士论文。

罗宽海：《当代知识分子的生存境遇及其精神状态——论20世纪90年代以来的知识分子题材小说》，湖南师范大学2007年硕士论文。

李哲：《渐行渐远的风景：世纪末田园牧歌小说论》，福建师范大学2007年硕士论文。

周旭峰：《论新世纪以来的生态小说》，上海师范大学2007年硕士论文。

王春霞：《幻境人生——〈聊斋志异〉与灵异山东的文学叙事研究》，山东师范大学2007年硕士论文。

田德云：《风情世界——〈金瓶梅〉与世俗山东的文学叙事研究》，山东师范大学2007年硕士论文。

束树梅：《论新时期小说家的散文》，山东师范大学2007年硕士论文。

曹舒：《精神生态批评视野中的九十年代散文》，山东师范大学2007年硕士论文。

张国远：《新时期乡村小说流变研究》，兰州大学2007年硕士论文。

龙其林：《生态文明的呼唤——中国当代生态小说研究》，湖南师范大学2007年硕士论文。

王宇：《20世纪80、90年代中国文学中的三种父亲形象》，东北师范大学2007年硕士论文。

刘会娟：《新时期小说中的苦难叙事》，陕西师范大学2007年硕士论文。

张艳玲：《新时期小说的“寻父”主题》，陕西师范大学2007年硕士论文。

邓志云：《论当代作家的“文革”叙述》，西北大学2007年硕士论文。

闫娜：《旷野中的回音——对90年代人文精神讨论的回顾和反思》，西北师范大学2007年硕士论文。

张玲爱：《论新时期小说的苦难书写》，南京师范大学2007年硕士论文。

孙溧：《论二十世纪九十年代以来中国小说中的悲剧精神》，南京师范大学 2007 年硕士论文。

郑正平：《从崇高到平实的精神嬗变——试论“寻根文学”以来的知识分子形象塑造》，浙江大学 2007 年硕士论文。

冯慧婧：《张炜小说的生命意志与精神家园主题》，中央民族大学 2007 年硕士论文。

刘英：《张炜小说苦难与救赎主题论》，曲阜师范大学 2007 年硕士论文。

刘波：《张炜诗化小说研究》，安徽师范大学 2007 年硕士论文。

张舒丹：《坚守最后一片野地》，浙江大学 2007 年硕士论文。

查玉喜：《飘扬在精神王国上空的两面旗帜》，山东师范大学 2007 年硕士论文。

何辉：《论张炜新世纪小说创作的转向》，河北师范大学 2007 年硕士论文。

吕晓英：《民间立场的选择》，东北师范大学 2007 年硕士论文。

李娜娜：《在“本末倒置”的世界里寻找平衡》，吉林大学 2007 年硕士论文。

冯雪：《张炜小说与中国传统文化》，兰州大学 2007 年硕士论文。

刘勇：《张炜小说论：心灵探索与文化省思》，厦门大学 2007 年硕士论文。

田泉：《在历史中跋涉的灵魂》，中南大学 2007 年硕士论文。

张立：《论新时期小说中的桃源叙事》，苏州大学 2007 年硕士论文。

冒建华：《从城市欲望到精神救赎—当代城市小说欲望与审美关系之研究》，兰州大学 2007 年博士论文。

范耀华：《论新时期以来“由乡入城”的文学叙述》，华东师范大学 2007 年博士论文。

周黎燕：《中国近现代小说的乌托邦书写》，华中师范大学 2007 年博士论文。

孙谦：《论转型期中国小说中的知识分子叙事》，山东师范大学 2007

年博士论文。

禹建湘：《现代性症候的乡土想像》，华中师范大学 2007 年博士论文。

吴景明：《走向和谐：人与自然的双重变奏——中国生态文学发展论纲》，东北师范大学 2007 年博士论文。

徐正龙：《文学长河论——〈钟山〉二十年读解》，南京师范大学 2007 年博士论文。

谈凤霞：《“人”与“自我”的诗性追寻——中国现代文学中的回忆性童年书写研究》，南京师范大学 2007 年博士论文。

徐晋莉：《现代性与中国二十世纪浪漫主义文学思潮》，厦门大学 2007 年博士论文。

王军宁：《生态视野中的新时期文学研究》，浙江大学 2007 年博士论文。

冯海燕：《苦难叙事的坚守与变异——论世纪之交的苦难叙事》，河北师范大学 2008 年硕士论文。

郑立群：《多维文化视野下的“土改”叙事——从解放区到新时期“土改书写”的叙事变迁》，山东师范大学 2008 年硕士论文。

王秀涛：《历史的祛魅——论新世纪历史小说的边缘化特征》，山东师范大学 2008 年硕士论文。

刘希：《论新世纪小说中的转型期乡村女性形象》，复旦大学 2008 年硕士论文。

刘金良：《现代中国土改小说研究》，兰州大学 2008 年硕士论文。

王丽：《精神的困顿与变异——历史转型期小说中的知识分子形象研究》，中南大学 2008 年硕士论文。

陈中华：《历史解构，文化解读，生命张扬：新时期家族小说叙事策略》，暨南大学 2008 年硕士论文。

龙佳兰：《历史转型与自我塑型——论新时期的知识分子书写》，江西师范大学 2008 年硕士论文。

耿艳艳：《回应与守望——80 年代小城镇小说精神向度片论》，西北师范大学2008年硕士论文。

李瑶：《“民族性”建构的大众化之路》，华中师范大学2008年硕士论文。

杨静：《论知识分子审美视域下的20世纪乡土文学》，湖南师范大学2008年硕士论文。

付伟强：《国民性批判——后寻根小说的文化特征》，青岛大学2008年硕士论文。

薛方闻：《精神的解构：论90年代以来文学中的知识分子形象》，黑龙江大学2008年硕士论文。

马桂君：《论九十年代以来文学中理想主义的新走向》，黑龙江大学2008年硕士论文。

王丽：《乡土眷恋·都市向往——论“城市化”进程下的20世纪90年代乡土小说》，南京师范大学2008年硕士论文。

裴玲：《论90年代乡土小说的家园情结》，南京师范大学2008年硕士论文。

邓渊：《20世纪80年代中国小说中的“爱情理想”》，南京师范大学2008年硕士论文。

郅惠：《旷野的呼唤——论新时期作家的英雄书写》，西北大学2008年硕士论文。

汪志彬：《世纪之交学院题材小说中知识分子形象解构》，南京师范大学2008年硕士论文。

徐权：《论20世纪90年代以来乡土小说作家的身份认同》，南京师范大学2008年硕士论文。

瞿华兵：《新时期以来乡村题材小说中城市意象的研究》，南京师范大学2008年硕士论文。

李斌：《“新时期”以来汉语文学中的流浪意识的考察——以现代性为背景》，苏州大学2008年硕士论文。

杨佳：《影像时代的小说图景》，湖南师范大学2008年硕士论文。

么玉贞：《论张炜小说中的女性悲剧命运》，青岛大学2008年硕士论文。

韩晓岚：《论张炜长篇小说中的女性形象》，华东师范大学2008年硕士论文。

李育红：《张炜小说的历史叙事》，福建师范大学2008年硕士论文。

王倩：《城乡文明中的跋涉和坚守》，山东师范大学2008年硕士论文。

柳伟侠：《灵魂的搏斗》，南京师范大学2008年硕士论文。

杜湘君：《倾诉的品格》，苏州大学2008年硕士论文。

廉新亮：《论张炜小说的道家文化精神》，郑州大学2008年硕士论文。

龙颖：《在浪漫旅途上的奔跑》，南昌大学2008年硕士论文。

陈铁柱：《张炜家族小说的亲子关系研究》，重庆师范大学2008年硕士论文。

辛凤：《独特·诗性·灵动》，陕西师范大学2008年硕士论文。

苏晓贤：《故乡意识与生命诉说》，河北大学2008年硕士论文。

张洁：《精神的流浪与守望》，重庆师范大学2008年硕士论文。

张晓燕：《载道而行》，西北师范大学2008年硕士论文。

蔡敏：《张炜小说的神话性》，湖南师范大学2008年硕士论文。

阮阿陶：《构筑·对抗·还原》，四川师范大学2008年硕士论文。

付伟强：《国民性批判》，青岛大学2008年硕士论文。

张晓琴：《中国当代生态文学研究》，兰州大学2008年博士论文。

赵晓芳：《视觉文化冲击与浸润下的文学图景——论世纪之交中国文学的图像化走势》，华中师范大学2008年博士论文。

王天兵：《20世纪80～90年代中国小说死亡叙事研究》，吉林大学2008年博士论文。

刘进军：《中国新时期历史题材小说论》，山东师范大学2008年博士论文。

刘阳：《小说本体论》，复旦大学2008年博士论文。

罗执廷：《文学选刊与当代小说的发展——兼论一种当代文选运作机制》，暨南大学2008年博士论文。

隋丽：《现代生态审美意识的生成与文本建构》，辽宁大学 2008 年博士论文。

张柱林：《"一体化"/"差距"时代的文学想象——以七位作家的小说为中心》，上海大学 2008 年博士论文。

赵允芳：《90 年代以来新乡土小说的流变》，南京师范大学 2008 年博士论文。

傅异星：《多样现代性追求与乡土中国的悲悯书写——新时期乡土小说研究》，浙江大学 2008 年博士论文。

崔国军：《哀其不幸 怒其不争——中国现当代小说长子形象悲剧性研究》，山东师范大学 2009 年硕士论文。

刘媛媛：《"土改"：不同时空中的文学影像——论 20 世纪四五十年代与八九十年代文学对土改事件的不同书写》，曲阜师范大学 2009 年硕士论文。

侯海荣：《逃逸与留守——新世纪散文批评研究》，吉林大学 2009 年硕士论文。

傅翼：《双重视角下的城乡叙事——新时期农裔城籍作家的城乡交叉叙事研究》，江西师范大学 2009 年硕士论文。

李莉：《论新时期小说的世外桃源叙事》，山东师范大学 2009 年硕士论文。

何立娟：《新历史小说复仇主题研究》，山东师范大学 2009 年硕士论文。

李娟娟：《论新时期山东散文创作》，山东师范大学 2009 年硕士论文。

邓妍：《新时期村落叙事中的家族观念》，山东大学 2009 年硕士论文。

宋俊宏：《新时期乡土小说中农民知识分子探寻》，西北师范大学 2009 年硕士论文。

舒畅：《历史的重与轻——大陆土改小说的两种书写》，江西师范大学 2009 年硕士论文。

秦元元：《寻根文学作品中的水原型研究》，山东师范大学 2009 年硕士论文。

车志远：《1990后中国文学中的苦难精神解读》，哈尔滨师范大学2009年硕士论文。

翟芳芳：《魂归何处——浅析90年代中国知识分子精神转向》，西北大学2009年硕士论文。

白雪：《对生·共生·整生》，广西民族大学2009年硕士论文。

雷磊：《试论张炜作品中的俄苏因素》，华东师范大学2009年硕士论文。

封旭明：《在生存的漩涡中超越——张炜长篇小说生存意识论》，湖南师范大学2009年硕士论文。

郝丽丽：《无尽的旅途》，苏州大学2009年硕士论文。

许燕：《论张炜小说中的逃亡主题》，西北师范大学2009年硕士论文。

刘虎波：《新时期小说中的“审父”意识》，山东师范大学2009年硕士论文。

涂昕：《张炜小说中的结构层次与“大地”意象》，复旦大学2009年硕士论文。

张鹏：《大地伦理的诗意呈现——世纪之交的中国生态文学研究》，上海大学2009年博士论文。

项静：《遭遇“西方”：1980年代文学中“现代”故事的几种叙述方式》，上海大学2009年博士论文。

陈纯尘：《“文革文学”研究》，福建师范大学2009年博士论文。

谢雪花：《困顿与寻找——身份认同和审美现代性阐释视野中的80年代小说》，福建师范大学2009年博士论文。

雷鸣：《危机寻根：现代性反思的潜性主调——中国当代生态小说研究》，山东师范大学2009年博士论文。

房伟：《艰难的生成与暧昧的整合——1990年代中国小说宏大叙事研究》，山东师范大学2009年博士论文。

韩玉洁：《作家生态位与20世纪中国乡土小说的生态意识》，苏州大学 2009 年博士论文。

张守海：《文学的自然之根——生态批评视域中的文学寻根》，苏州大学 2009 年博士论文。

许玉庆：《远逝的村庄——新时期文学中的“村庄”意象研究》，山东师范大学 2009 年博士论文。

郝军启：《1980 年代小说的家庭伦理叙事》，吉林大学 2009 年博士论文。

韩文淑：《新世纪中国乡村叙事研究》，吉林大学 2009 年博士论文。

汪洁：《论新时期以来乡土小说中“鬼怪叙事”》，南京师范大学 2010 年硕士论文。

郭丽伟：《深层呼唤与别样的叙事——中国当代文学作品中神话因素的渗透及深层意味》，辽宁师范大学 2010 年硕士论文。

万婷：《新时期以来行旅主题小说研究》，浙江师范大学 2010 年硕士论文。

杨荣涛：《改革开放 30 年来中国“农民工”文学形象流变研究》，西南大学 2010 年硕士论文。

智斐斐：《新时期以来中国家史小说的诗学研究》，兰州大学 2010 年硕士论文。

曹秀华：《艰难的探寻——新时期乡土小说中乡村知识分子形象研究》，安徽大学 2010 年硕士论文。

徐馨扬：《文学的沙滩：重返八十年代中篇小说热——以中篇小说选刊为中心》，苏州大学 2010 年硕士论文。

田朋朋：《1991～2001：“鲁迅传统”的嬗变》，苏州大学 2010 年硕士论文。

陈萍：《现代性批判中的怀乡》，陕西师范大学 2010 年硕士论文。

王国梁：《新时期家庭小说叙事研究》，延边大学 2010 年硕士论文。

钱路璐：《20 世纪 90 年代家族小说中的传奇叙事》，东北师范大学 2010 年硕士论文。

张延者：《论新时期的村庄小说创作》，山东师范大学 2010 年硕士论文。

陈诚：《通往新历史小说之路——兼论新历史小说的艺术特质》，西北大学2010年硕士论文。

王娟娟：《80年代中国小说中欲望话语的转变》，新疆大学2010年硕士论文。

郑伟：《知识分子情怀与民间性间的徘徊——张炜创作论》，四川师范大学2010年硕士论文。

胡春芳：《执拗的关注和悄然的转变》，天津师范大学2010年硕士论文。

邓竞艳：《张炜与俄国文学》，湖南师范大学2010年硕士论文。

成英玲：《精神家族与精神家园》，山东师范大学2010年硕士论文。

刘华：《论张炜小说创作中的生态意识》，东北师范大学2010年硕士论文。

张康：《论张炜小说中的“野地”意象》，湖南师范大学2010年硕士论文。

雷娟：《理想主义背后的阴影》，华东师范大学2010年硕士论文。

李冬影：《自然中的行吟》，安徽大学2010年硕士论文。

侯国鹏：《民间生存视阈中的人性观照》，山东大学2010年硕士论文。

杜德华：《新时期小说中的土地叙事》，山东师范大学2010年硕士论文。

吉颖：《中国新时期城市游记的审美建构》，暨南大学2010年硕士论文。

张宗慧：《试论我国现代海洋小说的创作与局限》，山东大学2010年硕士论文。

陈芳芳：《论中国当代家族小说文化立场的嬗变》，安徽大学2010年硕士论文。

王堆：《〈当代〉（1979～1989）研究》，新疆大学2010年硕士论文。

王薇薇：《论张炜作品与齐文化的承接关系》，暨南大学2010年博士论文。

刘亚利：《人与自然关系的思考——当代生态小说创作研究》，山东大学 2010 年博士论文。

徐凤：《中国现当代小说原型论——以动物报恩、土地、月亮和再生原型为例》，兰州大学 2010 年博士论文。

田文兵：《民族文化重构与回归精神家园——“京派”文学与 20 世纪中国文学“寻根”思潮研究》，兰州大学 2010 年博士论文。

孔会侠：《从转型期的“底层叙述”看现实主义文学的新拓展》，兰州大学 2010 年博士论文。

周引莉：《从“寻根文学”到“后寻根文学”——试论新时期以来文学中的文化意识》，华东师范大学 2010 年博士论文。

朱杰：《人生“意义”的重建及其限制——“‘潘晓’难题”的文学展现（1980～1985）》，上海大学 2010 年博士论文。

易瑛：《巫风浸润下的诗意想像——巫文化与中国现当代小说》，湖南师范大学 2010 年博士论文。

杨若虹：《中国当代西部散文研究》，苏州大学 2010 年博士论文。

李艳丰：《历史“祛魅”与文化反思——消费主义文化镜像中的“90 年代”小说探析》，暨南大学 2010 年博士论文。

李文莲：《论新时期中国散文中的生命意识》，山东师范大学 2010 年博士论文。

方奕：《本土化视野下的新世纪中国长篇小说》，山东师范大学 2010 年博士论文。

王雪：《二十世纪九十年代以来散文类型研究》，吉林大学 2010 年博士论文。

许心宏：《文学地图上的城市与乡村——二十世纪中国小说“城—乡”符号结构研究》，浙江大学 2010 年博士论文。

詹舒岚：《现代汉语人体下肢名词组合研究》，四川外语学院 2011 年硕士论文。

李清云：《论新时期长篇小说的家族叙事模式》，江西师范大学 2011 年硕士论文。

李松：《现代化进程中的矛盾与焦虑》，山东大学 2011 年硕士论文。

吕传笑：《张炜创作的精神流变》，青岛大学 2011 年硕士论文。

毛玉芳：《论张炜的民间想象世界》，东北师范大学 2011 年硕士论文。

刘希荣：《论张炜小说的精神追求》，延边大学 2011 年硕士论文。

张纪云：《自卑与超越的艰难》，兰州大学 2011 年硕士论文。

刘迎：《乡村守望与现代批判》，郑州大学 2011 年硕士论文。

周国飞：《论张炜的乡村题材小说创作》，重庆师范大学 2011 年硕士论文。

田永丽：《延续与转变》，山东师范大学 2011 年硕士论文。

贾丽莉：《绝望的追寻》，上海师范大学 2011 年硕士论文。

薛猛：《张炜小说语言风格研究》，新疆师范大学 2011 年硕士论文。

张红静：《生态视野下的张炜创作研究》，新疆师范大学 2011 年硕士论文。

丁秀玲：《追寻和谐之美》，曲阜师范大学 2011 年硕士论文。

易向阳：《论张炜小说作品中的“水”意象》，湖南师范大学 2011 年硕士论文。

徐炎君：《1990 年代以来的散文理论研究》，沈阳师范大学 2011 年硕士论文。

曹文娟：《八十年代小说中的审丑》，南京师范大学 2011 年硕士论文。

张胜亚：《寻根文学的世俗精神及其对当代小说的影响》，南京师范大学 2011 年硕士论文。

王东：《新时期小说“河”意象解读》，辽宁大学 2011 年硕士论文。

王宁：《论中国当代小说乡村知识分子形象的美学变迁》，四川省社会科学院 2011 年硕士论文。

邓强：《坚守与回归——张炜散文的精神内涵探析》，青岛大学 2011 年硕士论文。

于佳莹：《论新历史小说的叙事模式》，吉林大学 2011 年硕士论文。

周坤：《二十世纪三四十年代家族小说中的“废墟”意象》，吉林大学 2011 年硕士论文。

李振：《新时期山东作家农村改革小说抽样分析》，山东师范大学 2011 年硕士论文。

谷学良：《乡土的裂变文化的忧思——城市化背景下新世纪乡土小说转型论》，郑州大学 2011 年硕士论文。

李玉杰：《新世纪"乡下人进城"叙事的"表述"偏颇》，郑州大学 2011 年硕士论文。

周琴：《1990 年代以来知识分子精神映照下的乡土创作》，延边大学 2011 年硕士论文。

陈妞妞：《革命历史叙述的"哗变"——十七年革命历史小说与新历史小说的比较研究》，延边大学 2011 年硕士论文。

吴雯雯：《想象中国的空间叙事——新时期小说中的村、镇、城》，江西师范大学 2011 年硕士论文。

张丽：《新时期文学中"乡土中国"形象的书写》，江西师范大学 2011 年硕士论文。

王洪伟：《新时期长篇小说中的地域文化探究——以茅盾文学奖获奖作品为中心》，江西师范大学 2011 年硕士论文。

成方：《20 世纪 90 年代乡土小说新探》，山西大学 2011 年硕士论文。

陈珲：《新时期中国大陆生态文学创作研究》，山西大学 2011 年硕士论文。

吕晓春：《数字化环境与新世纪文学》，鲁东大学 2011 年硕士论文。

郝艳利：《论新时期暴力叙事对"十七年"小说的审美颠覆》，河北大学 2011 年硕士论文。

袁超：《道家生存哲学与 1980 年代中国文学》，河北大学 2011 年硕士论文。

王月：《新世纪媒介场中的文学生产》，华东师范大学 2011 年博士论文。

沈杏培：《小说中的"文革"——当代小说对"文革"的叙事流变

史（1977～2009）》，南京师范大学 2011 年博士论文。

鲁美妍：《当代知识分子小说 60 年的发展历程和文学价值综论》，辽宁师范大学 2011 年博士论文。

李雪梅：《中国现代小说的音乐性研究》，华东师范大学 2011 年博士论文。

郭茂全：《新时期西部散文研究》，兰州大学 2011 年博士论文。

王华：《新世纪乡村小说主题研究》，华中师范大学 2011 年博士论文。

李雁：《新时期文学中的乌托邦精神研究》，山东师范大学 2011 年博士论文。

陈佳冀：《中国文学动物叙事的生发和建构——以新时期文学（1978～2008）为重点》，上海大学 2011 年博士论文。

徐杨：《20 世纪 90 年代以来都市小说婚恋叙事研究》，东北师范大学 2011 年博士论文。

郭萌：《生态美学视域下的 20 世纪 90 年代中国都市小说研究》，陕西师范大学 2011 年博士论文。

张旭东：《文化保守主义思潮下的新时期小说创作研究》，浙江大学 2011 年博士论文。

任相梅：《张炜小说创作论》，山东师范大学 2011 年博士论文。

郑典利：《迷失与拯救——论世纪之交小说中城市生活的书写》，山东师范大学 2012 年硕士论文。

张高峰：《修远的天路——论张炜长河小说〈你在高原〉的经验修辞及其文化功能》，河北师范大学 2012 年硕士论文。

张琰：《风从民间来——新时期地域文化小说中的民歌研究》，河北师范大学 2012 年硕士论文。

常琨：《20 世纪 90 年代中国家族小说的地域色彩》，西北师范大学 2012 年硕士论文。

杜宇：《人类学视野下的寻根文学研究》，渤海大学 2012 年硕士论文。

上官婉清：《从“融入野地”到“奔赴高原”——论张炜〈你在高原〉中的知识分子书写》，暨南大学 2012 年硕士论文。

王倩倩：《张炜和海明威作品悲悯主题比较研究》，辽宁大学 2012 年硕士论文。

魏安娜：《中西方文学乱伦母题比较研究》，辽宁大学 2012 年硕士论文。

汤翔鹤：《活着的传统——论新时期小说中的传统性因素及其影响》，江西师范大学 2012 年硕士论文。

尹苗：《在反叛中建构——新时期以来小说中“非传统”父子关系叙事研究》，苏州大学 2012 年硕士论文。

王瑞：《张炜的长篇小说创作与齐鲁文化》，湖南大学 2012 年硕士论文。

李红霞：《仰视另类生命的高度——论新世纪动物小说》，河北师范大学 2012 年硕士论文。

黄美蓉：《新世纪长篇乡土小说创作论》，上海师范大学 2012 年硕士论文。

王欣：《生命之维——生态文艺批评视角下的寻根文学》，辽宁师范大学 2012 年硕士论文。

赵斌：《新时期小说中的乡村权力叙事》，安徽大学 2012 年硕士论文。

孟文荣：《1990 年代以来乡土型长篇家族小说叙事研究》，南京师范大学 2012 年硕士论文。

陈丽华：《地域文化视野下的 20 世纪八九十年代山东作家家族小说研究》，南京师范大学 2012 年硕士论文。

刘颖慧：《当代审美文化语境中的野趣探析》，湖南科技大学 2012 年硕士论文。

倪娟娟：《新时期现实主义小说的发展与演变》，南京师范大学 2012 年硕士论文。

张茜：《新时期泛生态小说论》，海南师范大学 2012 年硕士论文。

王倩倩：《从“人物出走”看张炜小说创作的变化》，辽宁大学 2012 年硕士论文。

丁玥：《从“人物出走”看张炜小说创作的变化》，吉林大学 2012 年硕士论文。

任继生：《栖息在“诗”与“道”的审美高地》，山东大学 2012 年硕士论文。

马英：《新时期文学中的流浪主题》，辽宁大学 2012 年硕士论文。

余程程：《张炜小说空间叙事中呈现的悖论》，广西民族大学 2012 年硕士论文。

赵然：《多重身份中的纠葛与前行——秦兆阳研究》，华东师范大学 2012 年硕士论文。

刘欢：《现代怀旧现象的审美分析》，山东理工大学 2012 年硕士论文。

顾记芳：《“当代性”的意义与局限》，河南大学 2012 年硕士论文。

李一：《试论新世纪十年文学中的“无后”现象》，复旦大学 2012 年博士论文。

张连义：《新时期小说中农民意识的现代转型》，山东师范大学 2012 年博士论文。

孙俊杰：《茅盾文学奖获奖作品中的儒家文化表现》，山东大学 2012 年博士论文。

郝敬波：《论新时期短篇小说的艺术创新》，山东师范大学 2012 年博士论文。

程娟娟：《土改文学叙事研究》，南开大学 2012 年博士论文。

李明彦：《真实性话语的建构与新时期文学》，东北师范大学 2012 年博士论文。

董琼：《1990 年代以来“文革”题材小说研究》，华中师范大学 2012 年博士论文。

李刚：《20 世纪 90 年代中国散文与知识分子自我认同研究》，苏州大学 2012 年博士论文。

龙慧萍：《当代文学中的反乌托邦寓言研究》，首都师范大学 2012 年博士论文。

徐勇：《八十年代小说创作与“青年问题”》，北京大学 2012 年博士论文。

王艳荣：《1993：文学的转型与突变》，吉林大学 2012 年博士论文。

赵丽妍：《新世纪乡土小说研究》，吉林大学 2012 年博士论文。

邱晶晶：《论〈你在高原〉的叙述艺术》，上海外国语大学 2013 年硕士论文。

薛永再：《当代长篇小说中“精英的俗化”现象研究》，浙江大学 2013 年硕士论文。

赵乐然：《论张炜早期成长经验与文学创作的关系》，山东师范大学 2013 年硕士论文。

宋茜茜：《论现代中国文学中民族资本家形象及其当下意义》，山东师范大学 2013 年硕士论文。

王娟：《张炜小说中的动物叙事研究》，山东师范大学 2013 年硕士论文。

高倩男：《论近三十年中国乡土小说的两次转型（1980～2013）》，渤海大学 2013 年硕士论文。

张芸菡：《多元化空间：一个时代的样本——新世纪以来〈收获〉长篇小说研究》，渤海大学 2013 年硕士论文。

程伟：《论〈你在高原〉的苦难叙事》，浙江师范大学 2013 年硕士论文。

彭超：《寻根文学中“家”母题的文化意蕴探究》，延边大学 2013 年硕士论文。

吴雪凤：《“寻找在路上”：山东海洋文学母题研究》，山东大学 2013 年硕士论文。

丁娟：《新时期儿童小说的乡土叙事研究》，中国海洋大学 2013 年硕士论文。

刘志敏：《〈你在高原〉中的空间场所研究》，山东师范大学 2013 年硕士论文。

余坚：《新时期“寻根小说”中的象征叙事研究》，宁夏大学 2013 年硕士论文。

焦葵葵：《方言观念与方言创作——以方言文艺论争和新时期方言创作为例》，河南大学 2013 年硕士论文。

李艳玲：《论张炜的文学观》，东北师范大学 2013 年硕士论文。

李彦芳：《论 80 年代乡土小说中的“离乡”叙事》，东北师范大学 2013 年硕士论文。

武睿：《迷惘与追寻——论张炜〈你在高原〉系列小说中的流浪意识》，陕西师范大学 2013 年硕士论文。

高艺：《论新时期乡土小说的现代性焦虑》，西北师范大学 2013 年硕士论文。

罗沁：《21 世纪中国儿童文学关键词研究》，中南大学 2013 年硕士论文。

佟鑫：《中国作家对魔幻现实主义的接受》，沈阳师范大学 2013 年硕士论文。

张慧：《张炜小说伦理价值论》，兰州大学 2013 年硕士论文。

吴姗姗：《商业时代的文学接受和批评分裂——以〈兄弟〉和〈你在高原〉为例》，四川师范大学 2013 年硕士论文。

王琦：《一代知识分子的精神自救——论张炜的〈你在高原〉》，山东大学 2013 年硕士论文。

田伟：《张炜〈你在高原〉研究》，西南大学 2013 年硕士论文。

田坤：《寄情乌托邦的精神之旅——张炜〈你在高原〉创作论》，山西师范大学 2013 年硕士论文。

谭沁汶：《张炜小说的动物叙事探析》，西南大学 2013 年硕士论文。

李超：《20 世纪 90 年代小说中饥饿叙事研究》，重庆师范大学 2013 年硕士论文。

李会丽：《迷失的家园——1990 年以来“乡土”叙述的身份想象》，重庆师范大学 2013 年硕士论文。

胡诗暄：《80 年代小说风俗书写的民间立场研究》，辽宁大学 2013

年硕士论文。

俞蕾：《论几本成人文学写作者的儿童小说——“浅语”使用误区分析》，上海师范大学 2013 年硕士论文。

王平：《新土改小说的暴力叙事研究》，福建师范大学 2013 年硕士论文。

孙婧：《茅盾文学奖研究》，南京师范大学 2013 年硕士论文。

赵斌：《难以突破的文化制约——论二十世纪八九十年代小说中的父子秩序》，南京师范大学 2013 年硕士论文。

李蕾：《精神家园的回归与守望——九十年代以来的乡土散文研究》，南京师范大学 2013 年硕士论文。

秦雪：《现代性视野下的九十年代乡土小说》，南京师范大学 2013 年硕士论文。

李晓宇：《大地情怀的诗性坚守——张炜二十世纪九十年代以来长篇小说研究》，南京师范大学 2013 年硕士论文。

张苗苗：《〈天涯〉杂志的散文风格研究》，海南师范大学 2013 年硕士论文。

静馨：《九十年代长篇小说的跨文体研究》，南京师范大学 2013 年硕士论文。

王兴文：《城市化的文学表征——新世纪小说城市书写研究》，兰州大学 2013 年博士论文。

张文东：《传奇叙事与中国当代小说》，东北师范大学 2013 年博士论文。

周建华：《新时期以来小说暴力叙事研究》，武汉大学 2013 年博士论文。

韩彬：《现代中国作家自传研究》，山东师范大学 2013 年博士论文。

高雁：《20 世纪 80 年代以来中国文学的农事书写研究》，首都师范大学 2013 年博士论文。

管晓莉：《“经典化写作”向“市场化写作”的“历史蜕变”——2000～2010：长篇小说的“新 10 年调适”》，吉林大学 2013 年博士论文。

郭家琪：《鸿沟与跨越——两岸乡土小说比较》，北京大学 2013 年博士论文。

田媛：《新时期儿童文学中的生态伦理意识研究》，山东师范大学2013年博士论文。

翟瑞青：《童年经验对现代作家创作的影响及其呈现》，山东大学2013年博士论文。

韩瑶：《寓言体小说体式研究——以新时期寓言小说为例》，河北师范大学2014年硕士论文。

何丽姣：《“融入野地”的绿色遥思——张炜小说创作的生态思想研究》，西南交通大学2014年硕士论文。

张宇霖：《海明威式“硬汉”对中国新时期文学的影响》，湖南师范大学2014年硕士论文。

仪文卿：《审美文化视野中的徐福形象研究》，鲁东大学2014年硕士论文。

陈异：《论张炜长篇〈你在高原〉中的神话色彩》，湖南师范大学2014年硕士论文。

杨国伟：《民俗学视野下的寻根文学研究》，西南大学2014年硕士论文。

李玥：《论寻根小说的神话叙事》，西南大学2014年硕士论文。

杨淋麟：《空间维度下的中国当代底层叙事研究》，华中师范大学2014年硕士论文。

李亚祺：《新时期小说民间叙事的原型研究》，兰州大学2014年硕士论文。

钱慧杰：《新世纪家族叙事研究》，渤海大学2014年硕士论文。

宋嵩：《发现与重读——20世纪80年代“被遮蔽”历史小说研究》，山东师范大学2014年博士论文。

四、文学史论

陈思和：《中国新文学整体观》，上海文艺出版社1987年版。

王庆生主编：《中国当代文学》，上海文艺出版社1989年版。

李达三主编：《中国当代文学史略》，浙江大学出版社1989年版。

丁尔纲主编：《山东当代作家论》，山东教育出版社1989年版。

崔西路：《中国当代文学研究概论》，天津教育出版社 1990 年版。

金汉：《中国当代小说史》，杭州大学出版社 1990 年版。

金汉、冯云青等主编：《新编中国当代文学发展史》，杭州大学出版社 1993 年版。

曹廷华、胡国强主编：《中华当代文学新编》，西南师范大学出版社 1993 年版。

张志忠主编：《中国当代文学艺术主潮》，中国社会科学出版社 1994 年版。

吴三元主编：《中国当代文学文体论稿》，山东大学出版社 1994 年版。

黎风：《新时期争鸣小说纵横谈》，四川大学出版社 1995 年版。

陈思和等：《理解九十年代》，人民文学出版社 1996 年版。

苏光文、胡国强主编：《20 世纪中国文学发展史》下卷，西南师范大学出版社 1996 年版。

孔范今主编：《二十世纪中国文学史》下册，山东文艺出版社 1997 年版。

庞守英：《新时期小说文体论》，山东大学出版社 1997 年版。

朱寨、张炯主编：《当代文学新潮》，人民文学出版社 1997 年版。

许评等主编：《山东当代散文作家论》，泰山出版社 1998 年版。

於可训：《中国当代文学概论》，武汉大学出版社 1998 年版。

陈其光主编：《中国当代文学史》，暨南大学出版社 1998 年版。

洪子诚：《中国当代文学史》，北京大学出版社 1999 年版。

陈思和主编：《中国当代文学史教程》，复旦大学出版社 1999 年版。

樊星：《世纪末文化思潮史》，湖北教育出版社 1999 年版。

金汉：《中国当代小说艺术演变史》，浙江大学出版社 2000 年版。

王光东：《世纪风——现代·浪漫·民间：二十世纪中国文学专题研究》，上海人民出版社 2001 年版。

王万森、吴义勤、方福贤主编：《中国当代文学 50 年》，青岛海洋大学出版社 2001 年版。

张钟、洪子诚、赵祖谟等主编：《中国当代文学概观》，北京大学出版社 2002 年版。

许志英、丁帆主编：《中国新时期小说主潮》上、下卷，人民文学出版社 2002 年版。

杜剑峰主编：《百年中国文学史（插图本）》下卷（1949～1986），四川人民出版社 2002 年版。

金汉总主编：《中国当代文学发展史》，上海文艺出版社 2002 年版。

乔力、李少群主编：《山东文学通史》下卷，山东教育出版社 2002 年版。

王庆生主编：《中国当代文学史》，高等教育出版社 2003 年版。

唐金海、周斌主编：《20 世纪中国文学通史》，东方出版中心 2003 年版。

张炯主编：《中华文学发展史（近世史）》，长江文艺出版社 2003 年版。

李赣、熊家良、蒋淑娴主编：《中国当代文学史》，科学出版社 2004 年版。

孟繁华、程光炜：《中国当代文学发展史》，人民文学出版社 2004 年版。

李平、陈林群：《20 世纪中国文学》，上海三联书店 2004 年版。

方维保：《当代文学思潮史论》，长江文艺出版社 2004 年版。

张梦新：《中国文学》，浙江大学出版社 2004 年版。

王爱松：《当代作家的文化立场与叙事艺术》，南京大学出版社 2004 年版。

姚代亮主编：《中国当代文学史》，广西师范大学出版社 2004 年版。

王嘉良、颜敏主编：《中国现当代文学史》下册，上海教育出版社 2004 年版。

吴秀明主编：《当代中国文学五十年》，浙江文艺出版社 2004 年版。

朱宝清主编：《中国文学史》，首都师范大学出版社 2004 年版。

李杨：《中国当代文学思潮史》，上海社会科学院出版 2005 年版。

庄汉新编著：《中国 20 世纪散文思潮史》，学苑文化出版社 2005 年版。

田中阳、赵树勤主编：《中国当代文学史》，南海出版公司 2006 年版。

张光芒：《中国当代启蒙文学思潮论》，上海三联书店 2006 年版。

黄发有：《文学季风——中国当代文学观察》，山东大学出版社 2006 年版。

杨剑龙主编：《中国现当代文学简史》，华东师范大学出版社 2006 年版。

丁帆等：《中国乡土小说史》，北京大学出版社 2007 年版。

王庆生主编：《中国当代文学史》，高等教育出版社 2007 年版。

朱栋霖、朱晓进、龙泉明编：《中国现代文学史（1917～2000）》下册，北京大学出版社 2007 年版。

赵树勤主编：《中国当代文学名家研究》，中南大学出版社 2007 年版。

梁向阳：《当代散文流变研究》，中国社会科学出版社 2007 年版。

曹万生主编：《中国现代汉语文学史》，中国人民大学出版社 2007 年版。

汪应果、吕周聚主编：《现代中国文学史》，南京大学出版社 2007 年版。

范颖、亓丽：《中国文学简史》，中山大学出版社 2008 年版。

张健主编：《新中国文学史》上卷，北京师范大学出版社 2008 年版。

汪树东：《生态意识与中国当代文学》，中国社会科学出版社 2008 年版。

冰虹、李波：《消费时代的山东文学研究》，中国文联出版社 2008 年版。

陈晓明：《中国当代文学史主潮》，北京大学出版社 2009 年版。

张志忠主编：《中国当代文学 60 年》，高等教育出版社 2009 年版。

吴义勤：《中国新时期文学的文化反思》，江苏文艺出版社 2009 年版。

杨匡汉主编：《共和国文学 60 年》，人民出版社 2009 年版。

吴秀明主编：《中国当代文学史写真》下册，北京大学出版社 2010 年版。

洪子诚：《中国当代文学概说》，北京大学出版社 2010 年版。

曹书文：《中国当代家族小说研究》，中国社会科学出版社 2010 年版。

董健、丁帆、王彬彬编：《中国当代文学史新稿》，北京师范大学出版社 2011 年版。

赵金钟、熊家良、张德明主编：《中国当代文学专题教程》，中国人民大学出版社 2011 年版。

王庆生、王又平主编：《中国当代文学》下卷，华中师范大学出版社 2011 年版。

乔焕江：《日常的力量：后新时期文学与文化反思》，广西师范大学出版社 2011 年版。

李运抟：《现代中国文学思潮新论》，广西师范大学出版社 2011 年版。

肖瑞峰主编：《中国文学简史》，浙江大学出版社 2012 年版。

刘勇主编：《中国现当代文学》，中国人民大学出版社 2012 年版。

朱德发、魏建主编：《现代中国文学通鉴 1900～2010》下卷，人民出版社 2012 年版。

张立群：《中国后现代文学现象研究》，北京师范大学出版社 2012 年版。

张艳梅：《文化伦理视阈下的中国现当代小说研究》，中国社会科学出版社 2012 年版。

周保欣：《伦理视野中的中国当代文学》，人民出版社 2012 年版。

陈娇华：《当代文化转型中的“断裂”历史叙事：新历史小说创作研究》，中国社会科学出版社 2012 年版。

王春荣等：《中国新时期文学三十年（1978～2008）》，文化艺术出版社 2012 年版。

朱德发主编：《现代中国文学史精编 1900～2000)》，山东教育出版社 2013 年版。

张光芒：《道德嬗变与文学转型》，昆仑出版社 2013 年版。

刘锡庆主编：《中国散文通史·当代卷》，安徽教育出版社 2013 年版。

张炯主编：《中国文学通史·当代文学》中册，江苏文艺出版社 2013 年版。

张炯主编：《中国文学通史·当代文学》下册，江苏文艺出版社 2013 年版。

张晓琴：《中国当代生态文学研究》，中国社会科学出版社 2013 年版。

丁帆等：《中国乡土小说的世纪转型研究》，人民文学出版社 2013 年版。

吴家荣：《文学思潮二十五年（1976～2000 年）》，安徽文艺出版社 2013 年版。

席扬主编：《中国现当代文学史简明教程》，北京师范大学出版社 2013 年版。

高玉主编：《中国当代文学史》下册，浙江大学出版社 2013 年版。

张欣主编：《中国现代文学史基础教程》，浙江大学出版社 2013 年版。

图书在版编目（CIP）数据

春声赋：张炜创作40年论文集/山东省档案馆编.
—济南：山东大学出版社，2015.10
ISBN 978-7-5607-5382-9

Ⅰ.①春… Ⅱ.①山… Ⅲ.①文艺评论－中国－当代
－文集 Ⅳ.①I206.7－53

中国版本图书馆CIP数据核字（2015）第251956号

责任策划：傅 侃
责任编辑：傅 侃
封面设计：牛 钧

出版发行：山东大学出版社
社 址 山东省济南市山大南路20号
邮 编 250100
电 话 市场部（0531）88364466
经 销：山东省新华书店
印 刷：山东省英华印刷厂
规 格：880毫米×1230 毫米 1/32
14.625印张 454千字
版 次：2015年10月第1版
印 次：2015年10月第1次印刷
定 价：48.00元
